MICHAEL THOMAS

WOLFS HYBRIDE

DER WEG ZUM ALPHA

novum ▲ pro

Dieses Buch ist auch als
e-book
erhältlich.

www.novumverlag.com

Bibliografische Information
der Deutschen Nationalbibliothek:

Die Deutsche Nationalbibliothek
verzeichnet diese Publikation in
der Deutschen Nationalbibliografie.
Detaillierte bibliografische Daten
sind im Internet über
http://www.d-nb.de abrufbar.

© 2021 novum Verlag

ISBN 978-3-99107-355-0
Lektorat: Mag. Elisabeth Pfurtscheller
Umschlagfotos: Pierell,
Vasyl Duda | Dreamstime.com
Umschlaggestaltung, Layout & Satz:
novum Verlag

Gedruckt in der Europäischen Union
auf umweltfreundlichem, chlor- und
säurefrei gebleichtem Papier.

www.novumverlag.com

KAPITEL EINS

Der Morgen schritt immer weiter voran. Doch die Sonne traute sich nur zaghaft in das mit Vorhängen verdunkelte Zimmer. Aber dennoch schien es fast so, als würde sich die Sonne nicht trauen, auf den schlafenden jungen Mann zu scheinen. Langsam öffnete er ein Auge. Murrend drehte er sich um, aber er wusste, dass er aufstehen musste. So setzte er sich in seinem Bett auf und rieb sich das Gesicht. Müde stand er dann endlich auf und öffnete die Vorhänge. Er war mit seinen ein Meter neunzig der Größte, aber das machte keinen großen Eindruck auf die Sonne. Schlagartig musste er seine Augen schließen. Jedoch gewöhnte er sich langsam an das helle Licht. Gleich darauf machte er das Fenster auf und streckte, bevor er sich aus dem Fenster lehnte, um die frische Luft in seine Lungen zu saugen. Langsam ließ er seinen Blick über den Wald schweifen.

„Was für ein Morgen! Hoffentlich wird alles gut werden", sagte Lukas seufzend.

Erst als er sich sattgesehen hatte, schloss er das Fenster wieder. So drehte er sich um und ging direkt ins Bad. Nachdem Lukas sich geduscht hatte, ging er – nur mit einem Handtuch um seine Hüfte gewickelt – wieder in sein Schlafzimmer. Schnell zog er sich sein Trainingsgewand an und eilte nach unten zur Tür. Flott zog er sich auch noch seine Laufschuhe an, machte die Tür auf und schlüpfte hinaus. Als er sich umdrehte, war er froh, zu sehen, dass in seinem Dorf noch alles gut aussieht. Lächelnd setzte er sich auch noch die Kopfhörer auf und joggte los. Die erste Runde verlief wie immer um das Dorf und dann ging es direkt in den Wald. Dort kannte er jeden Ast, jedes Steinchen, jeden Baum –alles war ihm bekannt. Er folgte den alten Wegen, welche er mit seinem Vater geschlagen hatte. Aber nach einigen Metern blieb er stehen. Ratlos nahm er die Kopfhörer ab und ließ seinen Blick durch den Wald schweifen.

„Es ist doch jedes Mal dasselbe. Ich könnte jetzt mal Hilfe brauchen! Wo ist denn diese Person? Warum kriege ich eigentlich nie eine Antwort von dir?", fragte Lukas in den Wald.

Doch er bekam wie immer nur Stille zur Antwort. Deprimiert machte er sich wieder auf den Rückweg. Als er aus dem Wald rauskam, waren auch schon die anderen wach. Er lief mit abgesetzten Kopfhörern durch das Dorf und alle freuten sich, ihn zu sehen.

„Guten Morgen, Alpha! Wieder einmal eine Joggingrunde durch den Wald?", fragte Tobias ihn.

„Tobias. Ich habe es doch schon so oft gesagt, hör bitte auf, mich Alpha zu nennen. Du weißt doch, ich habe das schon damals bei Papa nicht gemocht. Darum bitte ich dich nochmal: Hör auf, mich Alpha zu nennen!", sagte Lukas.

„Schon gut, doch du weißt doch, wie unsere Regeln lauten? Du weißt es besser als sonst jemand hier, außerdem kenne ich dich schon, seit du zu uns gekommen bist", sagte Tobias.

„Ich weiß. Aber du weißt auch, wie schwer es für mich war, nach dem Tod meiner Mutter und dann zu jemandem zu kommen, den man kaum kennt. Einige können mich nicht leiden wegen dem, was einst war", sagte Lukas und sah sich um.

Einige drehte sich von Lukas weg. Der eine oder andere hatte auch ein paar Narben im Gesicht.

„Du weißt auch, dass ich mir meinen Rang hab erkämpfen müssen. Weshalb ich dir dankbar bin. Aber ich hoffe, dass sich alle daran gewöhnen", sagte Lukas und sah wieder zu Tobias.

Tobias nickte nur und meinte, dass er alles daran setzen werde, dass niemand etwas gegen ihn unternehmen würde. Lukas nickte und joggte wieder zu seinem Haus zurück. Erst als er die Tür hinter sich schloss, konnte er wieder loslassen. Er zog seine Schuhe aus und stellte sie neben die Tür. Kopfschüttelnd ging er dann in die offene Küche. Man merkte, dass er alleine wohnte. Schon an den Möbeln erkannte man das. Allein wenn man ins Wohnzimmer blickte, merkte man, dass die

Couch maskulin wirkte. Allerdings war die Küche etwas eleganter eingerichtet. Man sah, dass seine Stiefmutter hier etwas bewirkte. Aber nur dort. Ohne groß nachzudenken, ging er zum Kühlschrank und nahm sich ein paar Sachen raus. Erst als er sein Frühstück fertig gebraten hatte, fiel ihm das Bild seiner Mutter auf. Wie jeden Tag ging er zum Beistelltisch, nahm das Bild vom Tisch und brachte es mit an den Küchentresen. Dort konnte er kaum einen Bissen zu sich nehmen, ohne dass sein Blick nicht auf das Bild fiel. So nahm er das Bild und betrachtete es. Nach ein paar Minuten schob er den Teller zur Seite. Diesen hatte er kaum angerührt. Wehmütig sah er das Bild an. Je länger er es ansah, desto schwermütiger und trauriger wurde er. Er fing dann auch an irgendetwas vor sich hin zu murmeln. Schlussendlich vergoss er sogar eine Träne. Genau in dem Moment klopfte es an der Tür.

„Komm rein. Es ist offen!", sagte Lukas.

„Ist alles noch in Ordnung bei dir?", fragte Tobias, als er reinkam.

Schnell wischte sich Lukas die Tränen aus dem Gesicht und drehte sich zu ihm um.

„Ähm, ja, alles in Ordnung soweit. Gibt es etwas Besorgniserregendes?", fragte Lukas verwirrt.

„Nein, alles gut. Die paar Wölfe, die gegen dich sind, werden schon weniger. Die meisten stehen schon hinter dir", sagte Tobias.

„Das ist gut. Sonst alles in Ordnung, auch bei den Jungen?", sagte Lukas fragend.

„Ja alles gut. Bloß … du hast schon wieder nichts gegessen? Was ist denn los mit … Oh, ist es wieder der Tag?", fragte Tobias, als er dann das Bild in Lukas Hand bemerkte.

„Ja, ist es wieder mal. Wenigstens da konnten sich beide einigen. Wenn sie sich auch sonst nicht einig waren – waren sie sich wenigstens an dem Tag einig, an dem sie mich verlassen haben", sagte Lukas und legte das Bild verkehrt auf den Tresen.

Tobias merkte, dass es ihm nicht gut ginge. Aber er wusste auch, dass ein paar der Dinge ihn nichts angingen. Dennoch wollte er ihm helfen.

„Okay. Du bist immer noch sauer auf beide. Aber sie können beide nichts dafür. Deine Mutter kam bei einem Verkehrsunfall ums Leben, dein Vater kam bei …", sagte Tobias vorsichtig.

„Bei einem Überfall ums Leben. Ich weiß. Ich war nur froh, dass sie sich das Jahr nicht teilten. So konnte ich wenigstens etwas Zeit mit ihm verbringen", sagte Lukas.

Tobias wusste, dass er nun genug von dem Thema hatte. So schwenke er auf ein anderes Thema um.

„Sag, ist dein kleiner Bruder noch bei seinen Großeltern?", fragte Tobias.

„Ja, ist er. Nach dem Tod seiner Mutter war er zwar noch hier. Aber als auch Papa starb, wollte er bei seinen Großeltern wohnen bleiben", sagte Lukas.

Tobis wusste, welche Beziehung die beiden zueinander hatten. Sie waren fast schon wie beste Freunde.

„Sag bitte mal, wie oft siehst du ihn denn?", fragte Tobias.

„Bis zu acht Mal im Monat. Wir sind mittlerweile wie Kumpels. Dass wir uns so gut verstehen, ist einfach super Seine Großeltern sind ja gegen mich", sagte Lukas.

„Ja schon, doch auch die beiden können nicht ewig …", sagte Tobias.

„Du weißt ganz genau, dass ich nur ein Hybride bin. Halb Mensch, halb Wolf. Niemand mochte mich. Bis auf Papa, meine Stiefmutter, du und Finn. Oh, und auch deine Familie mochte mich. Aber sonst keiner", sagte Lukas.

Tobias merkte, dass es Lukas nicht gut ging. So meinte er noch, dass Lukas fertig essen müsse und dass er dann gehen würde. Lukas wusste, wer ihm da etwas besser helfen konnte als sein Beta Tobias. So aß er noch auf und räumte das Geschirr in den Geschirrspüler ein. Seufzend ging er wieder in sein Zimmer hoch. Er legte sich auf sein Bett und nahm sein Handy aus der Hosentasche. Er tippte eine Nachricht und schickte sie dann an seinen besten Freund. Er war der Einzige, dem er Vertrauen konnte. Sein bester Freund war der einzige Mensch, der in ihr Geheimnis eingeweiht war. Lukas schloss kurz seine Augen und dachte daran, wie er damals für ihn kämpfte. Sein

Handy vibrierte. Er sah es an und freute sich, dass sein bester Freund antwortete.

„Alles klar bei dir? Was ist los? Hast du Probleme mit deinem Rudel?", stand in der Nachricht.

„Nun, es ist kompliziert. Ich bräuchte den Rat von jemandem, der Abstand vom Rudel hat. Hast du vielleicht heute Nachmittag Zeit zum Skaten?", tippte Lukas die Nachricht und schickte sie ab.

Lukas hoffte, dass sein bester Freund Zeit hatte, natürlich überlegte er schon, ob er Tobias fragen konnte, ob er die Lösung der Probleme übernehmen könnte. Kurz darauf kam auch schon die Antwort.

„Ja klar, hab ich Zeit. Du weißt doch, dass ich erst nächste Woche wieder arbeiten bin. Möchtest du auch über noch was Bestimmtes reden?", stand in der Nachricht.

„Nein, einfach nur reden. Ich brauche wohl wieder mehr Kontakt zu normalen Menschen", schrieb Lukas und setzte ein lachendes Smiley dazu – als er es abschickte, war er froh. Schnell noch vereinbarten sie eine Uhrzeit. Aber er freute sich schon darauf, morgen wieder wie üblich arbeiten zu können. Natürlich wusste er, dass er mit Tobias und Jessica reden musste. So machte er sich auf den Weg zu ihnen. Auf dem Weg zu ihrem Haus hörte er ein paar der Jugendlichen über ihn reden. Aber das ließ ihn nun kalt.

„Lukas, was machst du denn hier?", fragt Jessica überrascht.

„Ich müsste mit dir und deinem Bruder reden. Ich hoffe doch, dass ich nicht störe", sagte Lukas.

„Natürlich nicht. Ich bin mir sicher, mein Bruder hat dich bereits gehört", sagte sie.

Gleich darauf war auch schon Tobias da. So konnte Lukas beide darum bitten, die wichtigsten Sachen für das Rudel erledigen und ihn nur in einem Notfall zu kontaktieren. Beide stimmten zu und freuten sich, dass Lukas wieder etwas Zeit mit einem Freund verbringen würde. Lukas war froh, dass beide so hinter ihm standen. Nach der Besprechung machte sich Lukas wieder auf den Weg zurück ins Alphahaus. Der Rest des Tages verging für ihn nicht allzu schnell. Denn er konnte das Treffen mit seinem besten Freund kaum noch erwarten. Doch zuvor machte er sich noch etwas zu essen. Das schlang er mehr runter, als dass er es kaute. Doch das störte ihn nicht so sehr, denn das bisschen wäre schnell wieder weg. So ging er wieder nach oben und zog sich sein Skater-Outfit an. Er griff auch nach seinem Skateboard und dem Helm. Gekonnt schlüpfte er in seine Schuhe, nahm sich auch noch seinen Autoschlüssel und öffnete die Tür. Mit nur einem Fuß zog er die Tür zu und sperrte ab. Summend ging er zu den Autos. Wie üblich waren nur noch die da, die nicht im nächsten Dorf oder der nächsten Stadt arbeiteten. Zielsicher machte er sich auf den Weg zu seinem Hyundai. Als er dann alles im Auto verstaut hatte, setzte er sich und startete den Motor. Langsam rollte er vom Anwesen und bog auf die Straße ab. Im Rückspiegel sah er, wie seine „Heimat" immer kleiner wurde, bis sie der Wald verschluckte. Erleichtert sah er immer weiter geradeaus, bis er an eine Kreuzung kam. Nun konnte er wirklich loslassen. Nur jene, die in der nächsten Ortschaft arbeiten mussten, kamen hier her. Dennoch konnte er nicht anders, als zu lächeln, und bog nach rechts ab. Nichts konnte ihm die Freude nehmen, die ihn durchdrang. Nicht einmal die zehn Minuten Fahrt konnten ihm seine seine gute Laune verderben. Lukas nahm sich seine Sachen und auch sein Cap, als er stehen blieb. Es war zum Glück nicht viel los und so konnte Lukas mal seiner Nase nachgehen. Schon bei der ersten Halfpipe konnte er seinen Freund finden. Lukas näherte sich leise und auf Zehenspitzen, als er dann um die Ecke bog, sah er ihn.

„Du weißt schon, dass du dich zwar verstecken kannst, aber finden kann ich dich doch überall", sagte Lukas zu seinem Freund.

„Tja, wenigstens kann ich dir dadurch helfen, selbst in der Ortschaft deine Instinkte nicht zu vergessen", sagte Matteo freudig.

Sofort kamen beide aufeinander zu und gaben sich einen freundschaftlichen Handschlag. Kaum dass sie sich begrüßt hatten, gingen sie auch schon zur Halfpipe und stellten ihre Technik zur Schau. Beide versuchten, sich gegenseitig zu übertreffen. Keiner schenkte dem anderen auch nur irgendetwas. Diese kleine freundschaftliche Rivalität steckte ihnen schon von klein auf in den Knochen. Beide wussten, dass so etwas auch schnell in Feindschaft umschlagen könnte, aber sie regelten es, indem beide es einfach machten: Jede Wette oder jedes Spiel gewannen stets beide. Doch eine gewisse Rivalität ließen sie dennoch offen. Nach einigen Trick und Späßen ließen sie es gut sein. Sie setzten sich auf einer Bank in der Nähe nieder. Sie tranken erst einmal einen großen Schluck Wasser und wischten sich den Schweiß von der Stirn. Danach folgte eine lange Zeit des Schweigens.

„Okay, Lukas, jetzt sag schon. Du brauchst einen Rat? Etwa in Wolfsangelegenheiten? Sag schon?", sagte Matteo fragend.

„Nicht ganz, eher in Dingen wie Selbstsicherheit, aber leider auch Wolfsangelegenheiten. Mein Rudel ist zwar etwas auf einer ruhigen Ebene, aber es gibt immer noch welche, die gegen mich sind. Da brauche ich etwas Rat von dir", sagte Lukas deprimiert.

„Okay, ich kann dir zwar helfen, was Selbstsicherheit angeht. Aber was dein Rudel betrifft, da kann ich dir nicht wirklich weiterhelfen. Dennoch kann ich dir etwas helfen. Du kannst selbstsicher werden. Glaub mir, besinne dich doch einfach auf deine Stärken. Dann kannst du alles schaffen!", sagte Matteo lächelnd.

„Ja, das würde ich auch sagen, wenn ich so viele Frauen im Bett hatte wie du. Das ist bei dir ja auch einfacher. Bei dir kann keine ein gewisses Geheimnis entdecken und dann der Welt mitteilen, wodurch deine ganze Art in Gefahr gerät", sagte Lukas.

Matteo stimmte zu, aber er war sich sicher, dass Lukas auch recht hatte. Er war zwar auch ein Halbblut, aber keines von Mensch und Wolf. Aber er war eines.

„Aber Lukas, du weißt ganz genau, wie es bei mir oft abgeht, wenn sich meine Eltern streiten, da gehe ich immer noch in Deckung", sagte Matteo vorsichtig.

„Ja, immerhin bist du ja auch ein halber Italiener. Da geht es bestimmt immer wild zu. Aber glaub mir, meine Ohren hören mehr, als ich es möchte. Denn mein Vater und meine Stiefmutter waren nicht gerade leise. Weswegen ich immer froh war, wenn ich bei Freunden übernachtete", sagte Lukas lächelnd.

Matteo nickte nur, ehe eine junge Frau zu ihnen gestürmt kam. Matteo stand auf und stellte sich zu ihr. Auch wenn er überrascht tat, merkte Lukas, dass hier gleich jemand seine Quittung bekommen würde. Beide redeten schnell miteinander in Italienisch. Lukas war froh, dass er ein paar Worte verstand, aber er musste nicht lange warten. Denn schon spritze die Dame Matteo Wasser ins Gesicht. Matteo taumelte etwas zurück und die Dame stampfte davon. Lukas verkniff sich sein Lachen. Matteo wischte sich das Wasser noch aus dem Gesicht. Lachend sah Lukas Matteo an und dieser versuchte, cool zu wirken, aber Lukas wusste, dass er es nicht ganz war.

„Das war nur eine kleine … Unstimmigkeit mit meiner Freundin", sagte Matteo, als er sich umdrehte.

„Okay. Dann sag mir bitte, warum sie, wenn ich es richtig verstanden habe, zu dir Mistkerl auf Italienisch gesagt hat", sagte Lukas immer noch lachend.

„Ich hätte dir nie Italienisch beibringen sollen. Dann könntest du nicht verstehen, was ich, mein Vater oder meine Freundinnen sagen", sagte Matteo.

„Aber dann würden uns immer alle verstehen, wenn wir miteinander telefonieren. Ich hätte dann auch ein paar Schwierigkeiten bei unseren Gästen. Ich bekomme immer, wenn wir italienische Gäste haben, ein großzügiges Trinkgeld", sagte Lukas und rechtfertigte sich.

Beide alberten noch etwas rum, ehe sie wieder auf die nächste Halfpipe gingen. Den restlichen Nachmittag verbrachten sie damit, an ein paar neuen Tricks zu arbeiten. Doch als es langsam in den Abend überging, verabschiedeten sich beide und machten sich wieder auf den Heimweg. Lukas startete den Motor und genau in dem Moment läutete sein Handy. Er konnte es nicht glauben, aber er ahnte schon Übles. Er stellte den Motor ab und nutzte die Freisprechanlage. Es war Tobias und es gab ein Problem. Es war jemand bei ihnen, der unbedingt mit Lukas reden wollte und zwar nur mit Lukas. Unglücklicherweise kam er von einem anderen Rudel. In dem Moment stellten sich Lukas Nackenhaare auf. Er wusste was das bedeuten könnte. Eine Herausforderung! Was anderes konnte es nicht sein. Lukas meinte noch, dass er schnell wieder zurückkäme. Da würgte er auch Tobias ab und startete den Motor wieder. Lukas fuhr mit quietschenden Reifen los. In dem Moment war es ihm egal, ob er einen Strafzettel bekommen würde. Denn das Einzige, was noch zählte, war, dass sein Rudel in Sicherheit war. Nach nur wenigen Minuten war er auch schon wieder in der Auffahrt. Sofort sah er denn fremden Wagen und stellte seinen daneben ab. So schnell er konnte lief er zu den Häusern. Kurz blieb er stehen, um sich zu konzentrieren, ehe er losging. Allerdings musste er tief durchatmen, um einen klaren Kopf zu kriegen. Gleich darauf machte er sich auch schon auf den Weg. Lukas sah sich aufmerksam um, so gut wie jeder in seinem Rudel hatte Angst. Doch als Lukas in ihre Gesichter sah, konnte er bemerken, wie sich die Angst in Hoffnung wandelte. Selbst die, die ihn nicht mochten, waren froh, ihn wiederzusehen. Es fiel ihm nicht schwer, den Fremden zu erkennen. Schließlich trugen nicht alle Wölfe einen Anzug. Tobias sah hinter den Fremden auf und der Fremde drehte sich zu Lukas um. Er sah, dass er aussah wie ein Bankangestellter. Dennoch hatte Lukas Glück, der Wind war dem Fremden im Rücken. Das konnte Lukas Geruch etwas überdecken. Doch Lukas konnte ihn gut riechen. Es war ein vollblütiger Wolf und roch auch noch ziemlich stark nach Parfum. Doch Lukas ließ sich dadurch nicht einschüchtern. Ohne auch nur mit der Wimper zu zucken, zeigte er dem fremden Wolf, wer hier der Alpha war.

„Was willst du hier? Fremde, die ohne zu fragen, in mein Revier kommen, haben in der Regel keinen herzlichen Empfang zu erwarten. Von mir!", sagte Lukas mit einem machtvollen Unterton.

„Bitte verzeih mir. Ich wollte gewiss nicht unhöflich sein. Aber mein Alpha drängte mich zur Eile. Weswegen es mir unmöglich war, vorher Kontakt zu Ihnen oder Ihrem Beta aufzunehmen", sagte der Fremde und verschränkte seine Arme auf den Rücken.

„Dann solltest du dich vielleicht mal vorstellen. Wobei ich ja glaube, dass du aus Amerika kommst. Denn dein Akzent hat dich verraten", sagte Lukas.

Der Fremde war überrascht, dass Lukas seinen Akzent erraten hat. Aber er wusste auch, dass Lukas wissen wollte, was er hier machte.

„Nun gut. Mein Name ist Michael Erikson, aus dem Rudel bei Yellowstone. Mein Alpha schickt mich, um mit Ihnen zu reden", sagte Michael.

Lukas war sich nicht sicher, ob er das glauben sollte. Aber sein Bruder Finn kam auf ihn zu.

„Brüderchen, ich glaube ihm nicht. Vielleicht hat er was vor, um dich zu töten. Wenn du jetzt auch noch stirbst, dann bin ich allein", flüsterte Finn Lukas ins Ohr.

Lukas konnte seinen Bruder verstehen. Außer ihm und seinen Großeltern hatte Finn niemanden mehr. Doch Lukas wusste, dass dieser Michael nicht log.

„Weißt du, Bruderherz, die Menschen haben ein Sprichwort. Da traf der Verrückte auf den Besoffenen und bekam es mit der Angst zu tun", sagte Lukas und reichte Finn sein Cap.

Finn war verwirrt und starrte seinen Bruder mit großen Augen an. Die Angst in Finn wurde immer stärker, doch ehe er etwas sagen konnte, drehte Lukas sich von ihm weg und machte ein paar Schritte auf Michael zu.

„Nun gut. Du willst mit mir reden. Dann sag, was du willst", sagte Lukas kraftvoll.

Doch Michael sah sich um und er war gar nicht so begeistert, vor allen Mitgliedern zu sagen, weswegen ihn der Alpha hergeschickt hatte.

„Ich muss Sie darum bitten, dass wir unser Gespräch unter vier Augen führen. Mein Alpha hat mich darum gebeten. Sonst wäre er persönlich hergekommen", sagte Michael leicht scheu und vorsichtig.

Alle Rudelmitglieder machten ihren Unmut laut.

„Einverstanden!", sagte Lukas laut und übertönte damit den Unmut seines Rudels.

Fast alle versuchten, Lukas umzustimmen. Jedoch ließ er keine Widerworte zu. Er knurrte laut und alle zeigten ihm entweder ihre Kehlen oder ließen ihre Köpfe sinken. Lukas ging zu Michael und führte ihn ins Haus. Weder Lukas noch Michael sagten auch nur ein Wort. Nachdem sie ihre Schuhe ausgezogen hatten, gingen sie am Wohnzimmer vorbei. Nach der Treppe

14

machte Lukas eine Tür auf und Michael folgte ihm hinein. Als sie drinnen waren, konnte Michael nicht, glauben was er sah. Dieser Raum sah wie ein kleines Büro aus, mit einem Regal, einem Schreibtisch und einem Computer. Als Lukas sich auf seinen Sessel setzte, deutete er Michael, dass er sich setzen soll. Michael war etwas irritiert, aber er setzte sich dennoch – aus Höflichkeit.

„Also du wolltest mit mir reden. Dann reden wir", sagte Lukas.

„Was? Ach ja, verzeiht mir, ich bin nur etwas überrascht wegen…", sagte Michael überrascht.

„Wegen dem Büro. Es ist das Büro meines Vaters. Ich nutze es, um die Bestellungen fürs Rudel auf einem Blick zu sehen", sagte Lukas.

„Verstehe. Nun mein Alpha möchte euch nochmal zu dem Tod eures Vaters bedauern. Sowohl mein Alpha wie auch euer Vater waren einst Freunde. Sein Tod hat ihn auch sehr getroffen. Zum größten Teil seinen Gefährten. Euren Onkel", sagte Michael leicht bedrückt.

„Bitte richtet euren Alpha meinen Dank aus und …warte, was? Meinen Onkel? Nur meine Mutter hatte einen Bruder und der starb vor sechs Monaten. Mein Vater hatte keinen …", sagte Lukas überrascht.

„Doch, euer Vater hatte einen Bruder. Er ist sein jüngerer Bruder. Der Tod Ihres Vaters war für ihn eine Tragödie. Er wäre gerne hergekommen, um euch und euren Bruder beizustehen, doch leider konnte er es nicht. Im Moment gibt es ein paar Unstimmigkeiten. Sowohl euer Onkel wie auch der Alpha wollten euch diesen Brief schicken. Aber sie fanden nicht die Zeit. Ich soll ihnen ausrichten, dass es ihnen leidtut. Der Rest steht im Brief und wenn Sie mit mir noch reden wollen, gebe ich Ihnen die Nummer meines Hotels. Dort werde ich noch ein paar Tage bleiben. Ich darf mich nun verabschieden", sagte Michael und ging.

Lukas folgte ihm vorsichtshalber, doch keiner wollte Michael etwas tun. Erst als Lukas hörte, wie er das Gelände verlassen hatte, drehte er sich um und schloss die Tür. Seufzend setzte er sich ins Büro und grübelte nach, was er nun tun sollte.

„Du denkst schon wieder zu viel nach. Was hat er dir gesagt?", sagte Finn als er im Türrahmen stand.

„Setz dich erst mal. Ich glaube, wir haben etwas zu bereden, kleiner Bruder", sagte Lukas und zeigte auf den Sessel ihm gegenüber.

Finn setzte sich und musste schmunzeln, als er Lukas wieder grübelnd sah.

„Du siehst aus wie Papa, wenn du in dem Sessel sitzt", sagte Finn gedrückt.

„Da musst du dich wohl hinten anstellen. Ich kriege das immer wieder zu hören, wenn jemand reinkommt und sagt, dass das Rudel wieder etwas braucht", sagte Lukas deprimiert.

„Darf ich fragen, was dieser Michael von dir wollte?", fragte Finn.

„Er hat gesagt, dass unser Onkel sehr betroffen war, als ihm die Nachricht von Papas Tod erreichte", sagte Lukas.

„Onkel? Aber Papa hatte doch keinen Bruder? Oder?", fragte Finn sichtlich verwirrt.

Lukas konnte nur mit den Schultern zucken. Doch in dem Moment kam Lukas eine Idee. So ging er mit Finn die Treppe rauf. Am Ende der Treppe machte Lukas die Tür auf und sie traten beide in den Raum ein. Lukas und Finn durchsuchten die Kisten und Ordner nach allem, was hilfreich sein könnte. Doch sie fanden in den ersten Kisten nicht viel.

„Glaubst du, dass wir hier Infos finden können?", fragte Finn nach einer Stunde.

„Ich habe selbst keine Ahnung. Aber wenn, dann kann ich es mir nur hier vorstellen. Meine Mutter hat das auch immer gemacht. Dinge, die sie nicht mehr gebraucht hat, kamen einfach auf den Dachboden. Wieso sollte es bei Papa anders sein?", sagte Lukas.

Finn fand die Erklärung etwas dürftig. Aber er wusste, dass Lukas sich manchmal an Erinnerungen seiner Mutter klammerte. Doch bevor Finn noch etwas sagen konnte, fand Lukas schon etwas.

„Hey, Finn. Komm her, ich habe glaube ich etwas gefunden", sagte Lukas aufgeregt.

Schnell kam Finn zu ihm und schaute ihm über die Schulter. „Ein altes Album? Das sollte uns weiterhelfen?", fragte Finn verwirrt.

„Ein Album und das hier. Papa hat offensichtlich Tagebuch geschrieben", sagte Lukas und hielt ein kleines Buch hoch.

Finn und Lukas nahem sich erst einmal Sachen mit nach unten in der Hoffnung, schlauer zu werden. Während Finn das Album durchblätterte, las Lukas die Tagebücher durch. Doch Finn sah ihn immer wieder neidisch an.

„Okay, jetzt sag mir bitte mal, wie du so schnell lesen kannst? Das kann keiner hier?", fragte Finn verwirrt.

„Ich habe früher immer viel gelesen. Das hilft mir wohl jetzt", sagte Lukas.

Finn schüttelte nur den Kopf, weil er wusste, dass Lukas recht hatte. Lukas war der Bücherwurm des Rudels. Es gab kaum ein Buch, das er nicht verschlingen konnte. Doch da fanden sowohl Lukas und Finn etwas. Finn kam zu Lukas und sie sahen sich erst einmal die Bilder an. Finn zeigte auf das Bild mit ihrem Vater und wohl ihrem Onkel. Als sie Teenager waren. Darüber stand auch ein Datum. Lukas blätterte im Tagebuch nach und fand den Eintrag. Lukas las den Eintrag laut und war auch etwas verwirrt.

„Wieso haben sie sich eigentlich da nicht so gut verstanden?", fragte Finn verwirrt.

„Ich habe keine Ahnung. Aber der Michael, der heute da war, der hat mir auch einen Brief für uns beide gegeben. Sollten wir Fragen haben, meinte er auch, dass wir uns bei ihm melden sollen", sagte Lukas.

„Hat er? Das ist nicht die Art eines Boten", sagte Finn.

„Stimmt schon, aber vielleicht sollten wir das Gespräch mit ihm suchen. Mir gefällt es zwar nicht, aber eine andere Wahl haben wir ja eh nicht", sagte Lukas.

„Möchtest du wirklich den Gefährten eines Alphas hier haben? Er könnte dir gefährlich werden!", sagte Finn verwirrt.

Lukas verneinte das, aber er würde sowieso erst den Brief lesen und dann noch mit seinem Bruder und seinem Beta reden. Finn war nicht gerade begeistert, aber er könnte die Meinung von Lukas nicht ändern. Finn war klar, dass er nichts mehr ausrichten konnte. Dennoch blieb er noch, um mit Lukas zu reden. Die meisten Dinge, über die sie redeten, waren oft nur Dinge der Vergangenheit. Als dann der Abend bereits dämmerte, wussten beide, was nun kam.

„Sorry, Lukas, aber ich muss nun heim. Sonst werden Oma und Opa mich suchen", sagte Finn und stand auf.

„Gut, geh ruhig. Ich komme schon zurecht. Denn ich möchte nicht unbedingt mit deinen Großeltern Ärger kriegen", sagte Lukas.

Beide verabschiedeten sich voneinander. Lukas sah Finn noch zu, wie er durch das Dorf marschierte. Die meisten waren schon in ihren Häusern und machten es sich dort bequem. Lukas ging dann auch wieder ins Haus. Aus einer Angewohnheit heraus sperrte er die Tür zu, als er sich umdrehte. Unwillkürlich musste er schmunzeln, da er sich an seinen Vater erinnert hatte. Sein Vater hatte es immer gehasst, wenn er das tat. Für ihn war es einfacher, das auf das Umfeld seiner frühen Kindheit zu schieben. Aber er wusste, dass es einen anderen Grund hatte. Doch damit konnte er sich nicht mehr lange aufhalten. Er nahm sich noch was zu essen und ging damit dann ins Büro. Dort konnte er sich wieder mal eine Übersicht über die momentane Lage verschaffen. Doch er wusste, dass er nicht zu viel Zeit verschwenden konnte. Immerhin musste er morgen wieder arbeiten. Seine Gedanken schweiften immer wieder zum Brief ab. Seufzend nahm er denn Brief und stellte den Teller noch in die Küche, ehe er nach oben in sein Zimmer ging. Dort zog er sich bis auf die Boxershorts aus und ein schwarzes T-Shirt an. Seufzend legte er sich ins Bett. Doch an Schlaf war für ihn nicht zu denken. Für ihn war die Neugier einfach zu groß, er holte den Brief und machte den Umschlag auf. Erst jetzt legte er sich wieder ins Bett. Seine Tischlampe spendete ihm genug Licht, um den Brief aufmerksam zu lesen. Der Brief war drei Seiten lang, aber es war für ihn wichtig, den Brief zu lesen. Egal wie lange es dauern würde.

„Meine lieben Neffen, fünf Jahre ist es nun fast schon her, dass euer Vater, mein geliebter großer Bruder, zur Mutter und zum Vater ging. Als mich die Nachricht von seinem Tod erreichte, war ich zutiefst betrübt. Ich kann es mir kaum vorstellen, wie es euch dabei ging", stand am Anfang der Nachricht. Lukas verstand zuerst nicht, was das sollte. Aber er beschloss, weiterzulesen. Nach ein paar Minuten fiel ihm fast der Kopf zur Seite. Nur mit aller Konzentration konnte er weiterlesen. Je mehr er las, desto mehr war er auch verwirrt. Doch das änderte nichts an seinem Entschluss. Aber das musste warten. Für den Moment brauchte er Schlaf und stellte nochmal den Wecker seines Handys ein. Nur schwer glitt er in den Schlaf, zu sehr kreisten seine Gedanken um das, was er bisher wusste. Aber früher oder später konnte er endlich einschlafen. Friedlich schlief er, bis sein Wecker läuterte. Verschlafen drehte er den Wecker ab und seine Tischlampe auf. Seufzend setzte er sich auf und rieb sich das Gesicht. Doch er wusste genau, dass er jetzt wieder ein Profi sein musste. Sein Morgenprogramm war stramm, immerhin hatte er nicht viel Zeit. Aber diese nutzte er gut aus, sodass er frisch geduscht und gestärkt in seinen Wagen einsteigen konnte. Die Fahrt dauerte zu seinem Glück nicht lange. Er sperrte auf und schaltete erst einmal das Licht ein. Einer seiner Kollegen war gleich nach ihm da.

„Guten Morgen, Lukas! Wie war dein freier Tag?", fragte ihn Karl freundlich.

„Ach, was soll ich sagen. Etwas chaotisch, etwas komisch, aber im allen ganz gut", sagte Lukas freundlich.

Karl war schon immer recht freundlich und auch etwas neugierig. Karl war mit seinen fast dreiunddreißig Jahren ein junger Restaurantleiter. Aber Lukas wusste, dass er Menschen gegenüber immer vorsichtig sein musste. Doch recht viel Zeit blieb ihnen ohnehin nicht, denn es kamen auch schon die ersten Gäste. Karl übernahm sie, da er alle kannte. So konnte sich Lukas um die Vorbereitungen kümmern. Doch je mehr Zeit verstrich, desto mehr driftete er auch mit den Gedanken ab. Immer wieder musste er sich konzentrieren. Jedenfalls bis Karl zu ihm kam. Sachte schlug Karl Lukas auf den Rücken.

„Hey, die Kleine dort auf Tisch fünf. Sie sieht immer wieder zu dir rüber. Ich glaube, sie hat ein Auge auf dich geworfen", sagte Karl mit einem Grinsen.

„Ja, sie sieht richtig geil aus, aber sie ist nicht mein Typ. Zu viel Make-up", sagte Lukas, als er Karls Gesicht sah.

„Echt jetzt? Die ist doch voll dein Beuteschema. Da willst du sie nicht klarmachen, echt jetzt? Das glaube ich ja nicht", sagte Karl Fassungslos.

„Sie sieht aus wie meine Ex-Freundin. Die war so, nur auf das Äußerliche bedacht. Ich sage ja nicht, dass sie hässlich ist, doch sie erinnert mich zu sehr an sie", sagte Lukas.

„Was ist denn los bei euch beiden? Habt ihr keine Arbeit?", fragte Jutta.

„Das Geschäft ist fast schon vorbei. Lukas hat auch alles vorbereitet, Jutta, da können wir auch etwas reden", sagte Karl.

„Ja, aber da könnt ihr doch auch was anderes machen", sagte Jutta.

„Okay und was, Jutta? Inventur? Servietten für die nächsten zehn Hochzeiten falten? Oder was sollten wir tun? Wir haben schon alles gemacht. Die Mozartstube ist vorbereitet, die Krüge sind hergerichtet. Besteck geht noch nicht zu polieren, da es noch nicht gewaschen ist", sagte Lukas und verschränkte die Arme vor der Brust.

„Ja, das stimmt", sagte Karl.

Jutta ließ es dabei beruhen und ging einmal durch die Gaststube. Lukas ging noch zu Tisch fünf und die Dame wollte auch gleich zahlen. Nachdem Lukas bei ihr fertig war, ging er in Küche und sah nach, ob das Besteck schon fertig war.

„Du brauchst gar nicht nachzusehen. Wir haben das Besteck noch nicht gewaschen. Da müsst ihr euch gedulden", sagte Josef ihr Küchenchef.

Lukas ging auch gleich wieder. Dennoch wusste er, dass er wieder daran Schuld haben wird. Jutta glaubte, sie wäre besser als er. Für sie war er nur ein Kind, das von Trauer immer noch überwältigt war. Nur weil er ein Jahr nach dem Tod seines Vaters wieder dazukam. Aber daran wollte er nicht denken. Denn da kam Karl ihm auch schon entgegen.

„Lukas, du kannst heimgehen. Den Rest schaffen Jutta und ich", sagte Karl.

Lukas war zuerst verwirrt und verstand nicht, warum er nun heimgehen sollte.

„Karl, sei mir nicht böse, aber wieso darf ich jetzt schon heimgehen?", fragte Lukas sichtlich verwirrt.

„Das liegt daran, dass du über einhundert Überstunden hast. Deshalb darfst du auch schon gehen", sagte Karl.

Lukas sagte daraufhin nichts mehr und rechnete ab. Als er gerade seine Abrechnung fertig hatte und alles in ein Kuvert verstaute, kam Jutta mit einem Besteckkorb um Eck und sah ihn richtig böse an. Lukas konnte dieser Blick nicht mehr erschrecken. Dafür war er als Welpe zu oft so angesehen worden.

„Weißt du, das Besteck hättest du ruhig mitnehmen und auch machen können, bevor du die Abrechnung erledigst. Dann müsste ich die jetzt nicht polieren", sagte Jutta und richtet sich alles her.

„Das hätte ich auch gemacht. Wenn das Besteck schon fertig gewesen wäre, als ich in der Küche war. Aber da war es noch nicht fertig und Karl hat mich schon heimgeschickt. Er steht immerhin im Rang hier etwas über uns beiden", sagte Lukas, ohne darüber nachzudenken.

Bei seinen Worten drehte sein Wolf fast durch. Zu sehr lauerte er nach Jutta Bemerkung unter der Oberfläche, nun sogar noch mehr. Lukas musste sich richtig zusammenreißen, dass er nicht die Kontrolle verlor. Doch mit seiner Konzentration konnte er ihn wieder zurückdrängen. Lukas machte schnell alles fertig und verabschiedete sich von allen, legte das Kuvert ins Büro und zog sich um. Für Lukas gab es kein Halten mehr. So schnell er konnte, ohne verdächtig zu wirken, ging er zum Auto. Erst als er wieder in der Nähe seines Reviers war, konnte er sich entspannen. Doch bis sein Auto am Parkplatz des Dorfes stand, konnte er es kaum aushalten. Schnell riss er die Autotür auf und lief zu seinem Haus. Doch selbst dort konnte er es nicht wirklich aushalten. So ging er ans Ende des Hauses und zog sich aus. Schnell ließ er sich nach vorne fallen und verwandelte sich in seinen Wolf. Geschickt schlüpfte er durch die Hundeklappe und lief einmal ums Dorf, ehe er in den Wald rannte. Trommelnd ließ er seine Pfoten auf den Waldboden niedersausen. Lukas ließ die Zügel so locker er nur konnte und vertraute seinem Wolf. Beide Teile waren froh, nun endlich wieder den Waldboden so zu spüren. Lukas konnte froh sein, endlich wieder mal sein Wolf zu sein. Lukas kannte sich genau aus. Sein Weg in den Wald führte ihn zu einem See. Dort war er früher oft zum Angeln. Aber er hatte dort noch nie etwas gefangen. Aber wenigstens konnte er dort seine Konzentration üben. Schnüffelnd näherte er sich dem Wasser, gleich darauf nahm er eine große Menge Wasser auf. Kurz darauf hörte er etwas hinter ihm im Wald. Sofort hörte er auf und drehte sich knurrend um. Keine zwei Sekunden später kam ein grau-schwarzer Wolf aus seinem Versteck. Lukas witterte, dass er den Wolf kannte. Er beendete das Knurren und näherte sich dem Wolf. Dieser legte sich auf den Rücken und zeigte ihm damit, dass keine Gefahr von ihm ausgehen würde. Lukas kannte die Geste. Als Lukas an ihm vorbeigelaufen war, machte er sich wieder auf den Weg zurück zum Dorf. Michaels Wolf ließ er in seinem Revier herumlaufen. Erst als er wieder beim Dorf war, ging er wieder normal. Alle wussten, dass Lukas ein ganzes Eck größer war als andere Wolfswandler. Jeder wusste, dass er einen unglaublichen Anblick bot. Kein Wolf war so groß wie er. Doch alle wussten, wenn Lukas ein Wolf war, dann wollte er oft seine Ruhe. Er hatte die Autotür auch fest genug zugeworfen, sodass alle wussten, dass etwas los was. So schlüpfte er wieder in sein Haus und verwandelte sich wieder zurück. Aus reiner Gewohnheit zog er sich sofort wieder an. Schnell machte er sich noch etwas zum Essen und ging ins Büro. Dort stellte er seinen Teller ab und holte erst einmal von seinem „Briefkasten" die Listen raus. Dann aß er noch, ehe er sich an die Arbeit machte. Nun konnte er sich auch noch eine Liste zusammenstellen. Aber nun musste er auch schauen, was noch alles in seinem Vorratsraum war. Seine eigene Liste war schnell zusammengeschrieben und er setzte sich wieder zum Computer. Nach einer halben Stunde hatte er die komplette Bestellung für das ganze Rudel abgeschickt. Doch der Preis ließ ihn fast schon umkippen.

„Hey, stör ich etwa?", fragte Finn verwirrt.

„Nein, tust du nicht. Habe gerade die Bestellung losgeschickt. Nächste Woche ist alles da. Tobias und ich werden alles abholen", sagte Lukas.

„Okay. Hast du den Brief gelesen? Ich will dich nicht hetzen, aber …", sagte Finn fragend.

„Ja, habe ich. Es steht nichts Genaues drinnen. Nur dass sie sich gestritten haben, unser Onkel dann einen Urlaub in der Nähe des Yellowstone Parks gemacht hat, dort ein Rudel getroffen hat und da hat er seinen Gefährten gefunden. Aber du solltest ihn lesen, am Sonntag möchte ich dich, Jessica und Tobias dann hier sehen. Dann möchte ich die Meinung von euch allen hören. Bevor ich etwas entscheide, möchte ich auch deine Meinung hören", sagte Lukas und lehnte sich in den Sessel.

Finn wusste, dass Lukas nicht entscheiden wollte, ohne die Führungsebene zu informieren. Finn ahnte auch, dass dieser Michael dabei sein wird. Aber er wollte darauf nicht eingehen. So ging er dann auch, um den Brief zu lesen.

Die Tage vergingen schnell, der Sonntag war schneller gekommen, als alle dachten. Als Lukas heimkam, war auch schon dieser Michael da. Doch Lukas wusste, dass es nun wichtig war eine Entscheidung zu treffen. So gingen sie auch ins Alphahaus, um dort zu reden.

„So, wir müssen nun eine Entscheidung treffen", sagte Lukas in die Runde und deutete Finn, er solle ihnen alles sagen, was sie wussten.

Finn erzählte ihnen, was sie bisher wussten. Weder Tobias noch Jessica konnten recht glauben, was sie da hörten.

„Okay, was möchtet ihr denn tun?", fragte Tobias.

„Nun unser Onkel möchte uns treffen. Doch er möchte auch, dass wir uns hier treffen. Vielleicht ist er nur sentimental. Oder …", sagte Lukas.

„Oder er möchte dich herausfordern und dich töten. Das können wir nicht zulassen", sagte Tobias.

„Das glaube ich nicht so ganz. Er will nur reden, außerdem ist er auch ein Alpha – da klingt es für mich nicht logisch, hier und in Amerika ein Rudel zu führen", sagte Lukas.

„Das möchte er auch nicht. Er will nur reden, mehr auch nicht. Als er hörte, dass es euch gibt, Alpha Lukas, wollte er schon euren Vater beglückwünschen. Doch er hielt es nicht gerade für klug. Denn sie sind damals im Streit auseinandergegangen. Er wollte seinen Frieden mit eurem Vater schließen, aber da kam er leider zu spät. Deshalb möchte er nur reden, mehr nicht, das kann ich bezeugen", sagte Michael.

Tobias war nicht ganz überzeugt, er meinte, dass es besser wäre, ihn nicht herzuholen. Doch in diesem Punkt wurde er überstimmt. Lukas, Finn wie auch Jessica wollten hören, ob das, was dieser Michael sagte, auch stimmt.

KAPITEL ZWEI

Die ganze nächste Woche verstrich ohne besondere Vorkommnisse. Lukas verbrachte die ganze Woche damit, sein Gästezimmer herzurichten. Er tat alles, damit sich sein Onkel wohlfühlen würde. An dem Tag, an dem sein Onkel kommen würde, war er noch einmal in der nächsten Ortschaft, um noch letzte Besorgungen zu machen. Aber er wusste auch, dass er nicht ewig vom Rudel fernbleiben konnte. Schnell machte er sich wieder auf den Weg zum Rudel. Die ganze Fahrt über kreisten seine Gedanken um das, was heute geschehen würde. Doch seine Nervosität wuchs schlagartig, als er die Auffahrt entlangfuhr. Sofort fiel ihm der silberne Kombi auf. Er wusste, was das bedeutete. So stellte er seinen Wag ab und stieg aus. Schlagartig wurde Michaels Geruch um Lukas Nase geweht. Doch nur sein Geruch, kein weiterer Geruch, der ihm nicht bekannt war. Davon ließ er sich nicht beirren und machte sich auf den Weg. Er war kaum im Dorf, da konnte er schon Tobias höre.

„Was ist hier los?", rief Lukas mit seiner Alphastimme.

Jeder Einzelne drehte sich zu Lukas um und sie waren auch erschrocken.

„Alpha Lukas. Ich möchte Ihnen gerne …", sagte Michael.

„Dein Onkel ist nicht mitgekommen. Der glaubt wohl, er ist etwas Besseres", sagte Tobias wütend.

Doch noch bevor Lukas oder Finn etwas sagen konnte, bemerkte Lukas etwas hinter sich. Seine Ohren waren wachsam, um jederzeit anzugreifen, falls notwendig.

„Faszinierend!", flüsterte eine Stimme leise.

Niemand schien es zu hören, da es nur etwas lauter war als das Lüftchen, was aufkam.

„Was ist hier denn so faszinier…“, sagte Lukas mit seiner Alphastimme, als er sich umdrehte. Geschockt und mit weit auf gerissenen Augen blieb er stehen. Erst jetzt bemerkten alle, was da passierte. Sie drehten sich alle um und sahen einen Mann: groß gewachsen, mit kurzen braunen Haaren, einem karierten Hemd und einer Jeanshose. Neben ihm stand ein Knabe, der etwas verschreckt schaute, als er Lukas sah.

„Faszinierend ist, dass du besser aussiehst, als ich mir dich vorgestellt hatte. Finn? Glaube ich, oder?“, sagte der Mann fragend.

„Ähm … nicht ganz“, sagte Lukas nach kurzer Verwirrung, jedoch fing er sich schnell wieder.

Lukas deutete seinem Bruder, zu ihm zu kommen. Sofort kam Finn auch im Laufschritt zu ihm und nahm ihm den Rucksack ab.

„Ich bin Lukas, das hier ist Finn und nun möchte ich gerne wissen, wer du und der Knabe seid? Wie dir vielleicht wohl Michael gesagt …“, sagte Lukas und richtet sich zur vollen Größe auf. Lukas hoffte, dass das genug Eindruck machte.

„Genau wie dein Vater. Aber ich verstehe natürlich, warum du das möchtest. Nun mein Name Martin Anderson-Moser, der Gefährte des Alphas vom Yellowstone-Rudel. Tja, der Kleine hier heißt Brian Anderson-Moser“, sagte Martin.

Lukas konnte nicht glauben, was er da hörte. Er wusste, dass sein Vater einst Moser hieß, aber das zu hören war schon heftig. Schon alleine, weil sein Onkel starke Ähnlichkeit zu seinem Vater hat. Lukas sah zu Finn und dieser nickte gleich. Kaum, dass er ein paar Schritte von Lukas entfernt war, roch er an der Luft. Martin kam das etwas komisch vor, aber sagte dennoch nicht ein Wort. Als Finn wieder zu Lukas sah, nickte dieser. Lukas wusste, was das bedeutete.

„Dann komm näher. Wir sollten uns von Angesicht zu Angesicht unterhalten. Das ist wesentlich zivilisierter als so auf Distanz“, sagte Lukas freundlich.

Martin kam der Aufforderung nach, jedoch stellte sich Tobias zwischen sie. Lukas gefiel das gar nicht und er stieß Tobias zur Seite. Beide starrten sich an.

Hör bitte auf zu glauben, dass ich nach wie vor auf deinen Schutz angewiesen sei, sagte Lukas ihm, als er die Worte in seinen Kopf setzte. Erschrocken wich er zurück und sah fragend Lukas an. Finn kannte den Gesichtsausdruck nur zu gut. Er war selbst oft genug das Versuchskaninchen für Lukas. *Ich bin in der Lage, die Worte direkt in deinen Kopf zu setzen. Bewahre Stillschweigen darüber,* sagte Lukas erneut.

Tobias nickte nur und trat zur Seite. Als Lukas seinen Onkel ansah, erkannte er, dass er ihn kannte. Lukas deutete auf das Haus und wartete darauf, bis Markus bei ihnen war. Gemeinsam gingen sie ins Haus. Brian konnte es kaum erwarten, ins Haus zu kommen. Als Lukas die Tür aufmachte, stürmte Brian als Erster hinein. Martin war das Ganze unangenehm, aber Lukas sagte kein Wort. Finn fand das merkwürdig, denn Lukas war sonst immer sehr reinlich. Dass Lukas bei dem Kleinen so ruhig bleiben konnte, wunderte ihn. Doch Martin fing Brian schnell wieder ein und zog ihm die Schuhe aus. Erst als die Tür geschlossen war, setzten sich alle vor den Kamin. Nur Lukas ging noch in die Küche, um das Kaffeegeschirr zu holen. Er fragte jeden, ob sie einen Kaffee wollten. Nur Martin wollte lieber einen Kräutertee. Lukas richtete alles her und kam mit einem Tablett wieder zu ihnen.

„Das müsstest du nicht machen. Wir könnten das auch machen", sagte Martin erstaunt.

„Ja, das könntet ihr. Aber ihr seid unsere Gäste, außerdem bin ich da etwas heikel. Und ich habe meine eigene Ordnung, jeder anderer würde das nicht verstehen", sagte Lukas sanft.

Er stellte jeden sein Getränk hin und stellte sogar einen Teller mit Keksen hin. Brians Augen wurden auf einmal groß und er sah zwischen Lukas und seinem Vater hin und her. So lange, bis dann Lukas ein Einsehen mit ihm hatte.

„Es darf sich jeder von euch was nehmen. Ich stand schließlich nicht ohne Grund fast einen Tag in der Küche. Sie sind vielleicht nicht so gut wie die meiner Mutter, aber ich habe mein Bestes getan", sagte Lukas.

Finn schüttelte nur den Kopf verständnislos, aber das war Lukas wichtig. Martin sagte zu Brian, dass er sich was nehmen dürfte. Lukas lauschte den Worten genau. Doch Finn verstand kaum ein Wort.

„Ich hoffe, ihr habt nichts dagegen, dass ich mit ihm auf Englisch rede. Denn Deutsch hat er leider noch nicht gelernt", sagte Martin.

Lukas schüttelte nur den Kopf und übersetzte für Finn das, was Martin gesagt hatte.

„Du kannst Englisch so gut?", sagte Martin fragend.

„Nicht nur Englisch. Ich kann ein bisschen mehr", sagte Lukas.

Martin sah ihn nur verständnislos an, doch da meldete sich schon Finn zu Wort.

„Mein großer Bruder spricht Deutsch, Englisch und Italienisch. Er spricht von uns allen die meisten Sprachen", sagte Finn.

„Genau genommen Deutsch, Englisch, Italienisch, ein paar Worte auf Französisch und ein bisschen Türkisch. Ich schnappe immer wieder etwas auf", sagte Lukas.

„Du sprichst also so viele verschiedene Sprachen? Wie machst du das denn?", fragte Martin verwirrt nach.

„Ich habe laut meiner Mutter ein Talent, Sprachen schneller zu lernen als alle anderen. Ich versuche, mich zurückzuhalten", sagte Lukas demütig.

Alle waren verwirrt, einen Alpha so etwas sagen zu hören. Aber als Lukas sah, dass Brian versuchte, einen Keks ganz zu essen, musste er lächeln. Gemeinsam sprachen sie noch eine ganze Weile, bis Finn mal aus dem Fenster sah. Sofort sah er zu Lukas und beide nickten. Martin fand das Ganze etwas seltsam.

„Okay, warum habt ihr genickt? Und wieso scheint ihr ohne Worte kommunizieren zu können, was nur ein Alpha kann? Lukas, du kannst es zwar, aber Finn ...", sagte Martin fragend.

„Nein, ich kann es nicht, war aber oft das Versuchskaninchen", sagte Finn immer noch leicht sauer.

Verwirrt sah Martin Finn noch eine Weile an, ehe er zu Lukas sah. Dieser lächelte und lehnte nach vorne.

„Papa hat, als ich herkam, eine Tradition eingeführt, nur für uns. Jeden Monat etwas vor dem Vollmond laufen wir durch den Wald, damit wir Kontakt zu unserem Wolf kriegen. Nur heulen können wir nicht immer. Das Rudel versammelt sich bei Vollmond, um zu laufen oder den Mond anzuheulen", erklärte Lukas.

Martin lauschte ihm und er fand das unglaublich. Gerade hier in Österreich konnte es doch noch nicht so viele freie Wölfe geben. Martin sah zu Brian und fragte sich, wie es für Wandlerkinder sein müsste, hier zu leben. Er kannte zwar die Zeit, als er noch ein Welpe war, da konnten sie aber nur wenig heulen und wenn dann mussten sie Angst haben, erschossen zu werden. Doch er musste es nun wissen, wie es jetzt war. Doch Martin hatte große Angst, zu fragen, ob er dabei sein durfte. Lukas sah den Zwiespalt in seinem Onkel, instinktiv wusste er, dass es wichtig war, wieder eine Familie zu haben.

„Was hältst du davon, Onkel Martin, wenn du und der kleine Brian mitkommt zu unserem Lauf. Es wäre, glaube ich, sogar in Papas Sinne, wenn du dabei wärst. Finn, was meinst du?", sagte Lukas fragend.

Finn nickte nur zustimmend. Martin konnte nicht glauben, dass seine Neffen ihn bei ihrer Tradition dabeihaben wollten. Sie sprachen noch eine Weile, doch als es später wurde, fiel Brian in den Schlaf. Lächelnd sah Lukas den Kleinen an und er musste sich an etwas erinnern. Finn sah ihn auch und fühlte sich ertappt. Doch Finn musste nun leider gehen. Er verabschiedete sich und freute sich schon auf den morgigen Tag. Auch Michael verabschiedete sich und machte sich auf den Weg in sein Hotel. Lukas nahm die Tassen wieder auf das Tablett und stellte alles in die Küche. Martin half ihm etwas, ehe er wieder zu Brian ging und ihn auf seinen Armen trug. Lukas ging mit den beiden nach oben und zeigte ihnen das Gästezimmer.

„Entschuldige, aber wenn ich gewusst hätte, dass du ein Kind hast und es mitkommt, dann hätte ich noch ein Bett reingestellt", sagte Lukas und drehte das Licht auf.

„Ach, das passt schon. Brian schläft oft mit mir, Steve und Timmy. Da macht mir das nichts aus", sagte Martin und legte Brian sachte ins Bett.

Lukas sah verwirrt aus, aber dann erinnerte er sich, was Michael einst sagte. Martin schob Lukas aus dem Zimmer und machte die Tür leise zu.

„Du weißt, dass ich einen männlichen Gefährten habe?", fragte Martin.

„Ich habe es vermutet, doch wie ist dann Brian entstanden?", sagte Lukas fragend.

Martin musste etwas schmunzeln und lehnte sich über das Geländer.

„Nun als ich Steve traf, da war er schon Alpha. Mit der Zeit wurde in uns beiden der Wunsch nach einem Welpen immer größer. So hat sich eine aus seinem Rudel gemeldet, die uns einen Welpen schenken wollte. Steve meinte, dass ich zuerst ein Kind zeugen sollte, doch ich konnte ihn überzeugen, dass er zuerst ein Kind haben sollte. So wurde Timmy geboren. Nach ein paar Jahren wollte Steve noch ein Kind, doch diesmal sollte ich der Vater werden", sagte Martin.

Lukas war verwirrt, denn viele Wölfe konnten Veränderung nicht leiden. Nur wenige Rudel waren tolerant genug, um die Kinder von zwei Männern großzuziehen. Lukas lehnte sich neben ihm über das Geländer.

„Hat das Rudel diese großen Veränderungen akzeptiert?", fragte Lukas leicht verwirrt.

„Zuerst nicht, aber sie wussten, dass die Entscheidung steht. Sie konnten Steve nicht umstimmen. Aber wenn es dir zu viel wird hier oder das Rudel dich absetzen möchte, kannst du gerne zu mir ins Rudel kommen", sagte Martin und sah ihn an.

„Wie meinst du das denn? Das Rudel ist mir wichtig und sie wissen auch, dass ich nichts tun würde, was das Rudel in Gefahr bringt", sagte Lukas.

„Das meine ich nicht. Ich will sagen, falls das Rudel dich verstoßen sollte, kannst du mich kontaktieren. Ich werde dann alles tun, um dir zu helfen. Die meisten werden dich vielleicht nicht mögen, da du ein halber Wolf bist, aber Steve weiß von dir", sagte Martin und sah Lukas eindringlich an.

Geschockt trat er etwas zurück und sah ihn fassungslos an. Martin aber ging auf ihn zu und legte ihm seine Hände auf die Schultern.

„Mach dir keine Sorgen. Du bist mein Neffe, mir ist es egal, ob du ein Halber oder vollblütig bist. Steve war am Anfang zwar geschockt, genau wie ich. Doch wir haben viele Stunden miteinander gesprochen und wir sind zu dem Schluss gekommen, dass das unwichtig ist. Das Wichtigste ist, dass wir verwandt sind. Der Rest ist uns egal", sagte Martin zu Lukas und lehnte sich wieder über das Geländer.

Lukas war verwirrt, aber irgendetwas sagt ihm, dass Martin vielleicht recht haben könnte. Immerhin behandelte er Lukas normal und nicht anders. Beide redeten noch kurz miteinander, ehe auch Martin ins Gästezimmer ging, um zu schlafen. Selbst Lukas wollte nur noch schlafen. Als er dann in seinem Schlafzimmer war, konnte er nicht anders und zog sich bis auf die Boxershorts aus. Kaum dass er im Bett lag, fielen ihm die Augen zu und er versank in einen tiefen Schlaf. Ruhig konnte er schon lange nicht mehr schlafen. Erst als der Morgen graute, wurde er wieder wach. Gähnend stand er auf, um seine gewohnte Routine zu absolvieren. Erst als er wieder von seiner Joggingrunde zurückgekehrt war, machte er sich auch ans Frühstück. Doch so richtig konnte er das Gespräch gestern nicht verdrängen. So hatte er Angst, dass das Rudel von seinem Onkel ihm nur wie alle anderen hier ablehnend eingestellt wäre. Doch kurz schüttelte er den Kopf und konzentrierte sich wieder auf das Frühstück. Gerade als er sich um die Eier kümmerte, hörte er kleine Schritte. Als er sich umdrehte, sah er Brian, der versuchte, sich hinter dem Treppengeländer zu verstecken. Lukas musste schmunzeln, als er das sah. Zu sehr fühlte er sich an früher erinnert. Als Finn noch so klein war, versuchte auch oft, sich zu verstecken.

„Hey Brian, willst du nicht hervorkommen? Du könntest mir etwas helfen. Weißt du, ich könnte wirklich deine Hilfe brauchen", sagte Lukas freundlich auf Englisch.

Sofort kam Brian auf ihn zugestürmt mit großen Augen und einem breiten Grinsen. Gemeinsam gingen sie wieder in die Küche und Lukas gab ihm etwas zum Schneiden. Mit großer Begeisterung schnitt Brian alles, was Lukas ihm gab. Dabei achtete er extra darauf, dass Brian mit einem Messer schnitt, das nicht mehr seine ganze Schärfe besaß. Er sah auch immer wieder zu ihm, damit sich Brian nicht wehtat. Oben konnte er schon hören, wie sein Onkel panisch aufstand. Als er dann die Tür aufriss, sahen Brian und Lukas zu ihm hinauf.

„Keine Angst Brian ist bei mir", sagte Lukas.

Martin konnte man sofort seine Erleichterung ansehen. Sofort kam er auch nach unten. Augenblicklich schloss er Brian in die Arme und konnte seine Tränen kaum zurückhalten. Als er sich wieder beruhigt hatte, sah er Luks fragend an.

„Er hat versucht, sich zu verstecken, da konnte ich ihn nicht lassen. Ich habe mir gedacht, er könnte mir etwas helfen", sagte Lukas.

„Wobei denn helfen?", fragte Martin verwirrt.

„Ich habe mir gedacht, dass ich heute für uns Frühstück mache. Da habe ich etwas Hilfe gebraucht", sagte Lukas und stellte sich wieder an den Herd.

Martin sah ihm verwirrt hinterher, als er sich aufrichtete. Doch das was Lukas meinte, sah er erst jetzt. Er hatte viel hergerichtet: von Wurst und Käse über etwas Gemüse und einem Aufstrich. Sogar Gebäck war da, doch da war noch etwas, das Martin verwirrte – und das waren nicht die Eier oder der frisch gebratene Speck.

„Bevor du fragst, Obstsalat habe ich auch noch gemacht", sagte Lukas.

Martin war zwar noch immer verwirrt, doch er wollte jetzt nicht weiter darüber reden. So nahm er Brian auf den Arm und ging ins Gästezimmer. Beide kamen erst wieder, als sie nicht mehr im Pyjama waren. Lukas hatte alles im Wohnzimmer vorbereitet, damit niemand etwas vermissen konnte. Als Brian das sah, war er überwältigt. Schnell setzte er sich auf einen Platz. Doch da räusperte sich sein Vater und Brian sah ihn unschuldig an, ehe er einen Platz weiterrutschte. Martin musste auch schon etwas lächeln, da Brian etwas zu schmollen schien.

„Hey, das ist kein Problem, Brian könnte sich hinsetzen, wo er will", sagte Lukas.

„Ja, aber er setzt sich immer so hin, dass sich fast keiner mehr hinsetzen traut", erklärte Martin und setzte sich neben Brian hin. Lukas setzte sich auf den Sessel. Doch er merkte auch gleich, dass Martin irgendetwas auf dem Herzen hatte. Doch noch bevor Lukas etwas sagen konnte, platzte es Martin schon raus. Es war für ihn seltsam, dass er alleine hier war und das Rudel nicht beim Frühstück dabei war. Doch Lukas erklärte ihm, was einst passiert war, warum das so nun so wäre. Martin fand das Verhalten des Rudels damals respektlos, doch er konnte leider nichts mehr sagen. Denn schon klopfte es wie wild an der Tür. Und noch bevor Lukas etwas sagen konnte, wurde die Tür schon geöffnet.

„Alpha, habt ihr davon gewusst? Hattet ihr eine Ahnung, was mit Finn los ist beziehungsweise war? Oder hat er euch, seinen eigenen Halbbruder, auch belogen?", sagte der ältere Mann, der kurz vor der Tür auf und ab ging.

„Herein. Worum geht es? – Normalerweise wartet man, bis man das hört, bevor man mit der Tür ins Haus fällt. Also, mein lieber Stiefgroßvater, was ist genau passiert?", sagte Lukas leicht gereizt und drehte sich mit dem Sessel um.

„Nun gut, da du ja der Alpha bist, verstehe ich auch deine Einwände. Doch ich bin momentan richtig sauer auf Finn. So sehr, dass ich meine Verachtung gegen deine menschliche Seite vergessen werde, denn das ist einfach zu viel für einen alten Wolf, wie ich es bin", sagte der ältere Mann und tigerte weiterhin auf und ab.

Doch noch bevor Lukas etwas sagen konnte, sah er schon seine Stiefgroßmutter. Sie zog Finn hinter sich her – und das auch noch am Ohr. Sie ließ ihn erst wieder los, als sie vor Lukas standen. Beider waren außer sich und alle redeten wild durcheinander. Lukas verstand kein Wort, da sich jedes Wort in ein Kauderwelsch verwandelte. Martin musste sich zusammenreißen, dass er nicht eingriff, da er es gewohnt war, zu helfen.

„Stopp! Alle drei! So und jetzt erklärt mir bitte, was genau los ist", sagte Lukas, als er aufstand.

„Doch einer nach dem anderen. Wir können gleichzeitig den Mond anheulen, aber nicht gleichzeitig reden. So, Stiefopa, was ist denn los?", sagte Lukas bestimmt, als er sich wieder hinsetzte.

„Nun, wir möchten wissen, ob ihr wisst, was euer kleiner Bruder in seiner Freizeit macht? Ob er sich für das Rudel einsetzt oder Besorgungen macht?", fragte sein Stiefgroßvater.

„Was Finn in seiner Freizeit macht, geht mich nichts an. Er ist alt genug, das selbst zu wissen. Also nein", sagte Lukas leicht ungeduldig.

„Das haben wir uns auch gedacht. Doch dann ist uns sein Handy in die Hand gefallen. Dort haben wir etwas gesehen, was uns überhaupt nicht gefallen hat", sagte seine Stiefgroßmutter wütend.

„Ich glaube, wir sollten uns über Privatsphäre unterhalten. Aber das ist ein anderes Thema. Was habt ihr denn entdeckt, was nicht auch bis nach dem Frühstück hätte warten können", sagte Lukas diesmal ungeduldig.

„Wir haben dort etwas entdeckt, was uns nicht gefällt. Er hat eine Menschenfrau als Geliebte. Ich möchte mir gar nicht vorstellen, was die zwei machen, wenn sie alleine sind und …", sagte sein Stiefgroßvater.

„Und ich habe zwar eine Freundin, doch nicht so eine Freundin. Wieso könnt ihr mich denn nicht in Ruhe lassen", sagte Finn sauer.

„Du willst deine Ruhe haben. Gerne, das kannst du haben. Du kannst dir deine Sachen bei uns abholen. Für die nächsten Tage kannst du selbst zusehen, wo du schlafen kannst", sagte sein Stiefgroßvater und marschierte raus

Seine Stiefgroßmutter ging ebenfalls hinaus und schlug die Tür hinter sich zu.

Finn stand da und verstand rein gar nichts mehr. Doch Lukas stand auf und holte für Finn auch noch etwas.

„Wenn du willst, kannst du dein altes Zimmer haben. Nur heute Nachmittag reden wir über deine Freundin. Aber zuerst essen wir was", sagte Lukas und ging an ihm vorbei.

Finn war einfach nicht in der Lage, etwas zu sagen, was ihm könnte helfen. So ließ er alles über sich ergehen. Als sich Lukas gegenüber hinsetzte, fühlte er sich schuldig. „Lukas, ich wollte es dir schon so oft …", sagte Finn schuldig. „Ich möchte das jetzt nicht hören. Jetzt wird erst mal gefrühstückt. Wir können später reden, in Ruhe. Wenn du es so eilig hast", sagte Lukas mit bestimmtem Tonfall.

Finn wusste, dass er sich bald auf einiges gefasst machen konnte. Aber das war ihm jetzt egal, so nahm er sich auch etwas zum Frühstücken. Martin erzählte etwas aus seinem Leben in Amerika. Sowohl Lukas als auch Finn hörten ihm zu. Für beide schien es, als würden sie ihren Vater lange vor seinem Tod erzählen hören. Für alle war es einmal etwas anderes. Nach dem Frühstück machte sich Martin daran, Brian ein paar Worte auf Deutsch beizubringen, während Lukas und Finn zu seinen Großeltern gingen. Mit jedem Schritt, den sie zum Haus von Finns Großeltern machten, wurde dieser immer leiser. Lukas fiel auf, dass Finn mit immer weiter gesenktem Kopf ging. Als sie bei ihnen ankamen, sahen sie, dass schon einiges vorbereitet wurde. Für Finn war es schrecklich zu sehen, wie seine Großeltern sein Zimmer leergeräumt hatten. Als Finn noch einmal versuchte, mit ihnen zu reden, schrien sie ihn an, dass er eine Schande für ihre Familie sei. Daraufhin gingen beide wieder in ihr Haus. Finn stand frustriert da und nahm sich eine Kiste. Auch Lukas nahm sich eine der fünf Kisten. Da kamen auch schon Tobias, Jessica und Tina zu ihnen, um ihnen zu helfen. Sie sagten nichts, doch Finn wusste, was sie sagen wollten. Deprimiert ging Finn hinter ihnen her. Als sie bei ihrem Haus ankamen, stellten die anderen die Kisten ab. Sie legten eine Hand auf Finns Schultern, um ihm etwas Trost zu geben. Lukas schüttelte nur den Kopf und machte die Tür auf. Lukas half ihm, seine Sachen in sein altes Zimmer zu bringen. Als alle Kisten dort waren, machte Lukas die Tür zu und ließ ihn alleine. Für ihn war es schon schlimm genug, seine Mutter zu verlieren. Doch Finn hatte heute fast alles verloren. Als er wieder nach vorne kam, sah ihn Martin fragend an. Lukas nahm sich noch was zum

Trinken und setzte sich zu ihnen. Martin ließ Lukas kaum aus den Augen, bis er sich setzte.

„Finn ist momentan etwas deprimiert. Wir sollten ihm Zeit geben und besser nichts überstürzen. Ich weiß nicht, wie sich Finn jetzt fühlen muss", sagte Lukas resigniert.

„Das glaube ich dir. Damals, als ich und euer Vater noch jung waren, hatten wir unsere Schwierigkeiten, nachdem ich ihn herausgefordert hatte. Er hat mich zwar verschont, aber nach dem Ganzen konnte ich nicht mehr mit ihm in einem Raum sein", sagte Martin.

„Ja, das habe ich mir fast schon gedacht. Ich habe damals bei meinen Herausforderungen auch meine Gegner verschont. Finn hat es auch versucht. Aber wir haben uns ausgesprochen. Das war kein wirklicher Kampf mit ihm. Es war mehr eine Art Training", sagte Lukas.

„Ja, mein Vater. Euer Großvater wollte immer, dass wir trainieren, um uns eines Tages ein Rudel zu sichern. Er war noch von der alten Schule. Wir mochten es beide nicht, aber wir mussten es tun", sagte Martin.

„Ja, Papa hat Tobias darum gebeten, dass er mir ein bisschen etwas beibringt. Den Rest hat er mir beigebracht. Bei mir war es nicht so einfach", sagte Lukas.

Martin verstand nicht, was er damit meinen konnte, gerade als er antworten wollte, kam noch jemand zu ihnen.

„Du wirst es heute Nacht sehen, was er damit meint. Du wolltest doch mit mir reden, großer Bruder. Nun, da bin ich, du kannst gerne anfangen zu reden", sagte Finn, als er mit gesenktem Kopf zu ihnen kam.

Lukas deutete Finn, er solle sich setzen. Erst als sich Finn gesetzt hatte, konnten sie anfangen, zu reden. Finn wollte sogar, dass Martin mit Brian bleibt. Noch bevor einer auch nur eine Frage stellen konnte, platzte alles aus Finn heraus. Er erzählte ihnen, dass es mit einer einfachen Freundschaft angefangen hatte, dann wurden daraus aber mehr. Sie gaben sich gegenseitig Nachhilfe und auch privat gaben sie Nachhilfe. Sie wollten es geheim halten vor Finns Familie, zumindest vor allen – außer Lukas. Nachdem Finn ihnen alles erzählt hatte, musste er tief durchatmen. Lukas und Martin waren fassungslos und nahmen einen Schluck von ihrem Getränk. Erst dann konnten sie sich etwas fangen.

„Okay, lass mich bitte mal zusammenfassen. Du und deine beste Freundin aus deiner Hochschule, ihr habt euch gegenseitig Nachhilfe gegeben – dann habt ihr euch ineinander verliebt – danach habt ihr Nachhilfe anderen und auch euch selbst gegeben – und ihr wolltet es vor allen, außer vor mir, geheim halten. Habe ich jetzt alles zusammengefasst?", sagte Lukas verwirrt und auch etwas sauer.

„Ja, hast du. Ich möchte einfach keine Vorwürfe von dir hören, wie dass ich nach einer Wölfin Ausschau halten sollte oder irgendetwas anderes", sagte Finn und lehnte sich zurück.

„Das Einzige, was ich dir jetzt sage, ist, zeig mir ein Bild von ihr. Wenn dann möchte ich schon wissen, wer dir so den Kopf verdreht hat", sagte Lukas.

Martin war auch neugierig und wollte auch ein Bild sehen. Nur widerwillig zeigte Finn ihnen ein Bild von ihr. Als sie ihr Bild sahen, waren sie überrascht. Sie war bildschön mit langen dunkelblonden Haaren und einer guten Figur. Lukas war fast schon neidisch, aber er ließ sich nichts anmerken. Lukas gab Finn sein Handy wieder und setzte sich.

„Finn, wenn du glücklich bist, dann ist es etwas, das ich nicht verändern kann. Nur tu mir einen Gefallen und setze nicht so schnell einen Welpen in die Welt", sagte Lukas lächelnd.

„Jetzt, komm schon! Wir haben nicht vor, ein Kind zu haben. Dafür sind wir beide nicht bereit. Das haben wir schon einmal versucht. Ihre Schwester hat mal zwei Tage ins Krankenhaus müssen. Ich und Jenny haben uns um ihren Neffen gekümmert und da sahen wir, dass wir noch Zeit brauchen für einen eigenen Welpen", sagte Finn.

„Ja, nur Papa war damals nicht viel älter als du, als er meine Mutter kennengelernt hat", sagte Lukas.

„Das war aber sein zwanzigster Geburtstag. Da hat er etwas zu viel getrunken und …", sagte Finn vorsichtig.

„Und meine Mutter hat sich ihm quasi aufgedrängt. Ich weiß, sie hat es mir immer wieder erzählt. Aber sie hat es nie als Fehler angesehen. Für sie war ich immer gewollt. Sie wollte schon mit achtzehn ein Kind", sagte Lukas.

Beide mussten dann anfangen zu lachen und Martin war froh, dass sich die beiden immer noch so nahestanden. Die Zeit verging und als es dann dämmerte, gingen alle in ihr Zimmer. Nur als Wölfe kamen sie wieder zusammen. Finn wartete schon auf sie. Sein Wolf war mit einem braungrauen Muster versehen. Als Nächstes kamen dann Martin und Brian hinunter. Martins Wolf war fast vollkommen grau, Brian hingegen war in einem Hellgrau gemustert. Vor Aufregung und Freude konnte Brian nicht stillstehen und sprang sogar an Finn hinauf, was Finn nicht wirklich gefiel und woraufhin er sogar warnend knurrte. Brian ging sofort wieder zu Martin. Gleich darauf hörten sie ein Lachen, als sie nach oben sahen, konnten sie Lukas sehen, nur mit einem Handtuch bekleidet. Martin staunte nicht schlecht, denn Lukas hatte ein definiertes Sixpack, definierte Brustmuskeln und starke Oberarme. Doch Lukas wusste, dass er sie nicht noch neidischer machen sollte. So beschloss er, sich zu verwandeln. So ließ er sich auf die Hände fallen und das Handtuch glitt auf den Boden. Langsam ging er nach unten, doch auch da konnte Martin nur staunen. Doch noch mehr staunen musste er, als Lukas vor ihm stand. Der Wolf von Lukas war groß, doch sein Fell war anders. Die Hauptfarbe seines Wolfes war weiß, doch es gab auch ein paar schwarze Querstreifen bei den Flanken. Lukas deutete auf die Haustür und alle gingen bei der Hundeklappe hinaus. Nur Lukas ging nicht sofort. Draußen warteten sie auf Lukas. Doch Lukas konnte nicht gleich raus, stattdessen hörten sie ihn wild knurrend. Martin sah verwirrt zu Finn, doch da hörten sie schon etwas. Gleich darauf sahen sie die Rückseite von Lukas Wolf. Langsam robbte sich Lukas durch die Klappe. Erst als Lukas auch seinen Kopf aus der Klappe gezogen hatte, konnte sich Lukas freuen. Doch da sah Martin auch, wie groß er wirklich war. Der Kopf von Lukas war auf der Höhe des Geländers, nur die Ohren ragten etwas darüber. Martin aber schätzte die Schulterhöhe von Lukas auf einen Meter und zehn Zentimeter. Martin war beeindruckt von einem so großen Wolf. Doch alle anderen anwesenden Wölfe hielten sich zurück. Langsam kam Lukas zu ihnen und Brian war von der Erscheinung von Lukas erschreckt. Als Lukas vor ihnen stand, zeigte er ihnen, wo es langging. *Finn, übernimm du die Führung! Ich passe auf, dass keiner verloren geht, setzte Lukas in Finns Kopf.* Finn nickte zustimmend und marschierte voraus. Bevor auch Lukas losging, drehte er sich nochmal zum Rudel und sah alle eindringlich an. Doch dann drehte er sich wieder um und lief los. Gemeinsam liefen sie durch den Wald. Sie liefen so lange, bis der Mond aufging. Als der Mond sein Licht auf sie warf, konnten sie sehen, wo es weiterging. Im Mondlicht konnten sie zum See finden. Dort machten sie eine Pause und Brian sprang ins Wasser und spritzte mit seinen Pfoten herum. Bellend lief er um einen Teil des Sees, bis er bei dem im kühlen Wasser liegenden Lukas eintraf. Aus Angst wich Brian zurück, als sich Lukas aufrichtete. Verängstigt zog Brian seinen kleinen Schwanz ein und schloss die Augen. Gleich darauf wurde er von etwas Nassem getroffen. Vorsichtig öffnete er wieder die Augen und sah Lukas mit nassen Vorderpfoten vor ihm stehen. Brian machte bei diesem kleinen Spielchen mit. Finn und Martin beobachteten die beiden. Sie spielten ausgelassen und Lukas tat alles, damit sich Brian lösen konnte. Finn und Martin konnten sich selbst nicht lange halten und spielten mit. Bald darauf machten sie sich auf den Rückweg. Lukas ging hinter ihnen her, damit der erschöpfte Brian nicht verloren ging. Als sie dann zurückkamen, waren in fast jedem Haus die Lichter aus. Finn fühlte sich allerdings etwas mies. Lukas fiel es auf und stellte sich neben Finn. Langsam ging er nun wieder weiter, doch Lukas wusste, dass es mehr gab, als er ihnen sagte. Doch das jetzt zu sage,n war keine gute Idee. Als sie bei der Tür standen nahm Lukas die Türklinke ins Maul und machte die Tür auf. Brian und Martin gingen als erste rein. Lukas ging nach oben und holte sich sein Handtuch. Nach dem auch Lukas sich verwandelt hat wickelte er sich das Handtuch wieder um die Hüfte. Als er wieder unten war schloss er die Tür und sah zu Finn der sich vor dem Kamin zusammen gerollt hatte. Lukas ging zu ihm und setzte sich neben ihn auf den Boden. „Finn ich weiß doch dass es dir nicht gut geht. Ich weiß dass es bald dieser Tag für dich ist. Möchtest du dass ich bei dir bleibe? Wenn ja dann klopf einmal mit dem Schwanz auf den Boden", sagte Lukas und streichelte über Finns Rücken.

Kurz schien Finn zu überlegen. Dann klopfte er einmal mit dem Schwanz. Lukas hatte es schon geahnt. Ihr Onkel fragte, ob er und Brian hier bei ihnen bleiben sollten. Finn klopfte einmal. Fast schon sprang Brian auf Finns Rücken. Allerdings nicht ganz und so rutschte er als Wölfchen runter. Verwirrt sah er zu Finn, genauso als würde er fragen wollen, ob er etwas angestellt hatte. Finn stand dann auf und drehte sich um. Martin verwandelte sich wieder und legte sich Finn gegenüber. Brian legte sich zu seinem Vater und kämpfte noch etwas gegen die Müdigkeit. Alle warteten auf Lukas, dieser verwandelte sich und legte sich neben Finn. Erst dann legten sich alle hin und schliefen ruhig ein. Doch mitten in der Nacht wachte Finn auf, weil sich Brian zu ihm kuschelte. Finn lächelte in sich hinein und legte den Kopf wieder auf seine Pfoten.

KAPITEL DREI

Ruhig und selig schlummerten sie alle noch, bis es an der Haustür hämmerte. Lukas sprang sofort auf und blieb auf seinen Pfoten stehen. Die anderen hoben nur vollkommen verwirrt den Kopf. Murrend ging Lukas zu seinem Handtuch, eher er sich wieder verwandelte. Als das Handtuch wieder saß, machte er auch die Tür auf. Tobias bekam das aber nicht mit und klopfte etwas zu fest auf Lukas Stirn.

„Au. Au. Au. Au. Tobias", sagte Lukas schlaftrunken.

Tobias blieb direkt in der Bewegung stehen und sah zu Lukas. Schnell nahm er die Hand herunter und sah etwas geschockt aus.

„Auu. Kannst du mir sagen, warum du meine Stirn zum Anklopfen nimmst? Das habe ich das letzte Mal in der Schule erlebt", sagte Lukas leicht gereizt.

„Sorry. Aber wir haben heute jemanden gefunden, der nicht zu unserem Rudel gehört. Er wird von meiner Schwester im Auge behalten. Doch wir brauchen dich, er möchte nur mit unserem Alpha reden", sagte Tobias.

„Wir kommen gleich. Gib uns ein paar Minuten", sagte Lukas, als er die Tür schloss. Als Lukas zu den anderen sah, standen alle auf und gingen in ihre Zimmer. Selbst Lukas ging nach oben und zog sich an. Als Lukas schließlich runterkam, waren die anderen schon fertig.

„Können wir jetzt los? Onkel Martin, ich möchte, dass du dabei bist. Ein Außenstehender sieht es vielleicht anders als wir", sagte Lukas zu Martin.

Marin willigte ein und so machten sie sich auf dem Weg zu ihm. Lukas machte sich Sorgen, doch er ließ sich nichts anmerken. Je näher sie kamen, desto mehr fragte er sich, was dieser Wolf will. Das ganze Rudel war bereits versammelt und sie machten Platz, als sie dazustießen. Als sie vor dem Fremden standen, drehte dieser sich um. Er sah jeden Einzelnen an.

„Ich werde nur mit dem Alpha reden. Mit niemandem sonst", sagte dieser Kerl.

„Das wäre wohl ich. Also, was willst du mir sagen?", sagte Lukas, als er vortrat.

Verwirrt sah der Typ ihn an. Man konnte ihm ansehen, dass er erleichtert war.

„Aber bevor wir beginnen, möchte ich wissen, wer du bist", sagte Lukas mit seiner Alphastimme.

„Nicht, solange auch der Rest deines Rudels hier ist", sagte er.

Doch da vernahmen sie ein Wolfgeheul. Der Fremde drehte sich schockiert um. Doch auch die anderen waren erschrocken. Lukas sah Tobis an und deutete in die Richtung des Waldrandes. Tobias nickte und eine paar andere zogen sich schnell aus und rannten als Wölfe los.

„Ich glaube, du hast nicht die Zeit, dass wir dieses Spielchen nach deinen Regeln spielen können. Also, wer bist du?", sagte Lukas zu ihm.

Frustriert drehte er sich wieder zu Lukas um. Kurz schien er mit sich selbst zu ringen, doch dann gab er nach.

„Nun gut. Mein Name ist Gerhard. Gerhard Kister vom Ötschertal-Rudel. Ich bin hier, um dir Informationen anzubieten. Aber dafür möchte ich deinen Schutz. Sonst kriegst du sie nicht", sagte dieser Gerhard.

Lukas kam das seltsam vor: Wieso war jemand vom Ötscher so weit weg von der Heimat?

„Das kommt mir seltsam vor, er lügt zwar nicht, aber keiner verlässt sein Rudel einfach so", flüsterte Finn ihm ins Ohr.

Doch er wollte auch die Meinung von seinem Onkel hören.

„Ich glaube, dass er dir vielleicht wirklich Infos geben möchte. Aber lass ihn besser immer beobachten", sagte Martin ihm ins Ohr.

Lukas wusste, dass er sie sicher auch gehört haben musste. Doch er musste eine Entscheidung treffen. Er hörte, wie Wolfspfoten immer näherkamen. Da er nicht wusste, von wem diese stammten, traf er eine Entscheidung. Er ahnte, dass die meisten nicht damit einverstanden sein dürften, doch er hatte keine andere Wahl.

„Nun gut, dir wird hier Asyl gewährt. Aber solltest du auch nur irgendetwas versuchen, um mir oder dem Rudel zu schaden, dann werde ich dir dein Fell abziehen und es als Bettvorleger nutzen. Habe ich mich klar ausgedrückt?", sagte Lukas mit kraftvoller Stimme mit etwas Zorn.

Verängstigt sah Gerhard ihn an und nickte eingeschüchtert. Keiner wagte es, Lukas jetzt zu widersprechen. Gerade als Lukas seine Entscheidung getroffen hatte, kam aus dem Wald eine kleine Gruppe von Wölfen. Gerhard sah sie an und wich verängstigt zurück. Genau in dem Moment kamen Tobias und die anderen wieder zurück. Sie stellten sich wie eine schützende Barriere vor Gerhard und das Rudel. Knurrend blieben die Fremden Wölfe stehen.

„Gerhard gehört nicht mehr zu euch. Er hat hier das Recht des schützenden Waldes gewährt bekommen. Also habt ihr nun kein Recht mehr, ihn haben zu wollen", sagte Lukas mit seiner Alphastimme.

Wild knurrend wollten sie es nicht wahrhaben und versuchten, die Barriere zu überspringen. Doch Lukas sah den letzten Versuch und sprang ebenfalls nach vorne. Als er wieder auf seinen Füßen landete, verwandelte er auch gleich seinen rechten Arm. Den, der durchkam, drückte Lukas mit seiner Klaue auf den Boden. Lukas versuchte gar nicht, ihn zu schonen, und drückte ihn fest auf den Boden. Erst als die anderen fremden Wölfe etwas mehr Distanz hatten, ließ Lukas seinen Gefangenen wieder frei. Tobias und die anderen folgten den Fremden, um sicherzugehen, dass sie aus ihrem Revier verschwinden. Lukas drehte sich zu Gerhard um und ging auf ihn zu.

„Ich hoffe, dass ich das nicht bereuen werde. Komm zu mir, wenn du dich ein bisschen eingewöhnt hast", sagte Lukas zu Gerhard.

Dieser nickte nur, mit großem Respekt. Als Lukas sich wieder dem Rudel widmete, war die Stimmung immer noch angespannt. Aber sie schien sich langsam wieder zu entspannen. Jessica kam zu ihnen und führte Gerhard zu einer Hütte, die sie alle nur als Gästehütte nutzten. Aber sie wurde nur selten verwendet. Lukas sah alle an und merkte, dass Tobias und die anderen, die ihn begleitet hatten, wieder da waren. Erst dann ging jeder wieder in sein Haus zurück. Lukas ging mit Finn, Brian und seinem Onkel Martin wieder in sein Haus.

„Bruder, ich weiß, dass du weißt, was du tust, aber das, was du gerade getan hast, könnte uns in große Schwierigkeit bringen", sagte Finn vorsichtig.

„Ich weiß, Finn. Doch Matteo hatte mir etwas gesagt, was ich beunruhigend finde. Und dieser Gerhard kommt aus der Region. Da wäre ich doch verrückt, wenn ich es nicht nutzen würde, Informationen aus erster Hand zu kriegen. Sowas kann man nicht einfach ignorieren", sagte Lukas.

„Warte mal, wer ist denn Matteo?", fragte Martin verwirrt.

„Er ist mein bester Freund und der einzige Normalo, der von unserem Geheimnis weiß. Das war zwar Papa nicht recht. Da es ihm schon zu viel war, dass Mamas Bruder von uns wusste. Tja, da wollte er eigentlich nicht, dass noch jemand davon weiß. Aber ich habe mich für ihn eingesetzt", sagte Lukas und sah zu ihnen.

Martin wusste nicht, was Lukas damit meinte. Noch bevor Martin etwas sagen konnte, erzählte Lukas, was genau passiert war. Einst vor ein paar Jahren war Matteo bei Lukas zu Besuch, als sie im Wald waren, und da hatte sich vor Matteo einer verwandelt. Als sie wieder zurückgekehrt waren, hatte Matteo so seine Probleme. Der Vater von Lukas und Finn wollte, dass Matteo einer von denen wird, die in den Wald gehen und nicht mehr zurückkommen. Allerdings hat Lukas alles getan, um das Leben von Matteo zu retten. Sein Vater hat nur Zähne knirschend zugestimmt, ihn zu verschonen. Die meisten Rudelmitglieder waren nicht begeistert, aber sie nahmen es hin. Matteo hatte von da an alles getan, um das Vertrauen von Lukas Vater und dem Rudeln nicht zu schädigen. Lukas erzählte auch, dass Matteo sie immer wieder warnte, wenn eine Treibjagd anstand. Martin konnte seinen Ohren nicht glauben, aber Lukas sagte auch, dass er Matteo schon seit dem Kindergarten kannte und ihm blind vertraute.

Martin musste sich setzen, denn das machte ihn fassungslos. Er fragte auch, ob es noch jemanden gab, der ihr Geheimnis wusste. Lukas erklärte ihm, dass nur der Bruder seiner Mutter es auch wusste. Doch dieser war vor einem halben Jahr gestorben.

„Wow, das ist unglaublich. Dein Vater hat es zugelassen, dass zwei Normalos von unserem Geheimnis wussten. Dazu lebt einer davon noch", sagte Martin zusammenfassend.

„Ja, wusste er, aber meine Mutter hat es auch gewusst. Zugegeben hat es ihr Papa gesagt, als sie schwanger mit mir war. Aber sie hat es auch nie gesagt. Nur mir. Okay, ich habe mich mal verwandelt, als mein Onkel und Papa zu Besuch waren. Mein Onkel war außer sich, aber Papa hat ihn beruhigen können", sagte Lukas.

Martin war zwar nicht begeistert, aber er musste es erdulden. Den Rest des Tages blieb ohne große Vorkommnisse. Lukas war den Großteil des Tages im Büro. Dort tat er alles, um die Finanzen des Rudels aufzubessern. Aber er wusste auch, wenn sie nicht bald etwas tun würden, dann hätten sie große Probleme. Klopfend kam Finn zu ihm herein und er sah, dass Lukas Sorgen hatte. Als Finn sich setzte, erklärte Lukas ihm, dass sie fast schon in den Miesen waren. Den meisten Teil des Geldes nahmen Lukas und Tobias ein. Thomas, Markus und Sonja hatten nur einen Teilzeitjob. Doch ihre Einnahmen waren kleiner als ihre Ausgaben. Selbst Finn wusste, was das hieß.

„Wenn das so weitergeht, dann muss ich auf das Erbe zurückgreifen. Das heißt aber auch, dass du bald nicht mehr ...", sagte Lukas.

„Dass ich auf die Schule gehen kann. Oh Mann, aber wenn du willst, kann ich auch nebenbei etwas Geld verdienen. Ich bin mir sicher, ich kann irgendwo einen Studentenjob kriegen. Im Handel oder in der Gastronomie, da finde ich etwas", sagte Finn selbstsicher.

„Das möchte ich nicht. Noch geht es, aber nicht mehr lange. Die nächste Großbestellung ist erst wieder in zirka drei Monaten fällig. Da können wir noch etwas finden", sagte Lukas.

Doch Finn wusste, dass Lukas sich nicht anmerken ließ, wie ernst die Lage war. Lukas war schon immer der Meister darin, sich nichts anmerken zu lassen. Finn wusste, dass er damit schon immer ein guter Schauspieler war. Doch Finn wollte nichts sagen und ging dann in sein Zimmer. Dort nahm er sein Handy und schrieb seiner Freundin. Finn und Jenny verabredeten sich noch fürs Kino. Freudig zog er sich etwas Schickeres an und sagte Lukas, dass er sich mit Jenny treffen würde.

„Aber sei anständig und mach nichts Unanständiges", rief Lukas ihm hinter her.

„Ja, mach ich schon nicht. Wir sind nur im Kino. Keine Sorge", sagte Lukas und lief weiter.

Lukas hörte noch, wie Finn die Autotür von seinem Auto zumachte. Finn war schnell weg und freute sich, sich wieder einmal mit seiner Freundin zu treffen. Als er am Kino ankam, wartete Jenny bereits auf ihn. Als Finn auf ihn zukam, konnte sie einen Freudenschrei nicht zurückhalten. Als Finn bei ihr war, sprang sie auf ihn und schlang ihre Beine um seine Hüften. Finn lächelte, ehe er in einen Kuss voller Leidenschaft verwickelt wurde. Nach ihrem Kuss sahen sie sich an und Finn setzte sie langsam wieder ab. Nur kurz sahen sie sich noch so an, ehe sie ins Kino hineingingen. Gemeinsam suchten sie einen Film aus, um sich dann einen großen Berg an Popcorn zu kaufen. Sie konnten die Augen, während sie auf den Einlass in den Kinosaal warteten, nicht voneinander lassen. Sie konnten es kaum lassen, sich verliebt anzusehen. Nichts, was sie hörten, konnte sie davon abhalten. Viele Wölfe mochten das Kino nicht, da es für sie zu laut war. Aber Finn war daran gewöhnt. Er schaltete einfach mal ab und ließ seinen Wolf ruhen. Als sie in den Saal hineingehen durften, fanden sie bald ihren Sitzplatz. Jenny kuschelte sich an Finn ran, als sie endlich saßen. Als der Film begann, war es für beide einfach klasse. Sie verbrachten jetzt, da die Ferien noch nicht zu Ende waren, wenig Zeit miteinander. Für Jenny war es einfach zu wenig Zeit. Für Finn war es einfach nicht richtig, sie so auf Abstand zu halten. Aber beide wollten sich nicht gegenseitig verletzen. Also erzählten sie dem jeweils anderen nichts davon. Doch der Film war einfach nur romantisch. Finn dachte sich, dass er sich etwas von dem Typen abschauen könnte. Doch Jenny konnte nicht anders und sie heulte manchmal mit. Jedes Mal, wenn Finn das bemerkte, legte er seinen linken Arm um Jennys Schultern. Für Jenny war es einfach nur süß, Finn war für sie ein Traum von Mann. Finn war wie der Mann im Film. Nur wesentlich geheimnisvoller. Insgeheim war sie neugierig, wie wohl sein großer Bruder war. Doch sie wollte ihn nicht hetzen. Den ganzen Film über konnten sie hören, wie in fast schon jeder Reihe eine weinte. Doch Finn hörte nicht nur die Damen. Auch der eine oder andere Mann heulte. Aber er lächelte nur, damit nichts auffiel. Ihr Popcorn näherte sich langsam dem Ende. Doch Finn hoffte, dass der Film schon bald zu Ende war. Nur ein paar Minuten später war der Film wirklich beendet. Kaum dass der Film seinen Abspann spielte, konnten sie nicht anders und sie sahen sich an. Kurz darauf küssten sie sich und standen auf. Das Popcorn hatten sie noch auf den Weg nach draußen aufgeteilt. Als sie vor dem Kino waren, sahen sie, dass es schon spät war. Finn sah auf seine Uhr und war etwas überrascht.

„Wow, schon zwanzig Uhr. Ich sehe mir nie wieder einen Film mit dir an, der länger als drei Stunden dauert", sagte Finn lachend.

„Es hat dir aber gefallen, oder? Immerhin hat Jannis sich seiner eigenen Natur widersetzt, um mit der zusammen zu sein, die er liebt", sagte Jenny und war gedanklich immer noch beim Film.

„Ja, da hast du schon recht. Aber immerhin hat er sich auch von seiner Familie abgewendet, das ist auch nicht das Beste. Ich selbst könnte es nicht", sagte Finn und sah sie an.

„Dann solltest du mich vielleicht mal jemandem aus deiner Familie vorstellen. Vielleicht ja auch deinem Bruder?", schlug Jenny vor.

„Du willst wohl unbedingt meinen Bruder kennenlernen?", sagte Finn.

„Könnte schon sein. Immerhin erzählst du so viel von ihm. Nur willst du jetzt wirklich noch heimfahren? Wir könnten ja zu mir fahren und etwas Spaß haben. Das haben wir ja schon lange nicht mehr getan", sagte Jenny.

„Klingt gut. Sollen wir zu dir fahren oder fahren wir ...", sagte Finn fragend.

„Nun in meiner Wohnung ist Platz genug", sagte Jenny.

„Okay, dann sehen wir uns in deiner Wohnung", sagte Finn und küsste sie.

Beide gingen zu ihren Autos, doch Jenny musste um das Kino herumgehen. Sie fühlte sich ganz gut, als sie in ihrer Tasche den Schlüssel suchte. Aber da hörte sie ein Rascheln. Die Büsche auf der anderen Seite bewegten sich. Sie sah auf und hatte sofort ein ungutes Gefühl. Jenny rief: „Hallo!" Doch es kam keine Antwort. So ging sie näher ran und wiederholte es. Aber jedes Mal gab es keine Antwort. Plötzlich sprang ein Wolf aus dem Gebüsch. Erschrocken versuchte sie, wegzulaufen, doch da landete der Wolf auf ihr. Bevor sie schreien konnte, wurde sie auf den Rücken gedreht und sah einen nackten Mann mit wilden Augen.

„Du bist zwar keine Wölfin. Aber die Welpen, die ich mit dir zeuge werde, werden Alphas sein!", sagte der Mann.

Panisch versuchte sie, wegzurutschen, doch er ließ sie nicht los. Seine Hand war wie eine Klaue und dieser Mann zerfetzte ihre Kleidung. So laut sie konnte rief sie um Hilfe. Doch da kratzte dieser Typ sie im Gesicht. Und es schien ihm nur noch mehr zu gefallen. Lüstern sah er Jenny an, doch noch bevor er irgendetwas machen konnte, sah er auf.

„Lass sie in Ruhe!", schrie Finn und kam auf sie zu.

Er schmiss diesen Rüpel von ihr runter, doch als sie sich umdrehte, stand Finn nicht dort. Sie sah sich um und entdeckte zwei Wölfe gegeneinander kämpfend. Nach kurzer Zeit verschwand ein Wolf und nur einer blieb zurück. Dieser Wolf drehte sich zu ihr um und er war ganz ruhig. Jenny hatte riesige Angst, doch da erkannte sie etwas an dem Wolf. Er kam an sie heran. Allerdings sie konnte ihren Augen nicht trauen, was sie sah. Denn im nächsten Moment stand dort Finn wieder. Sie verstand nichts, doch Finn hob sie hoch auf seine Arme und ging mit ihr schnell zu seinem Auto. Als sie endlich in Finns Auto saßen, sagte er, dass er ihr alles später erklären würde. Sie war zwar nicht zufrieden damit, aber sie war froh, endlich in Sicherheit zu sein. Kurze Zeit darauf konnte sie nicht anders und fing an zu weinen. Die heißen Tränen rannten ihr nur so über ihr Gesicht.

Finn wollte sie in den Arm nehmen, doch da er fuhr, war das keine Option. Erst als sie sich etwas gefangen hatte, bat Finn sie darum, sein Handy zu nehmen und seinen Bruder anzurufen. Er bat sie auch darum, es laut zu stellen. Nur zögernd machte sie das, aber dennoch hatte sie Angst. Immerhin verstand sie nichts von dem, was passiert war. Finn sprach mit seinem Bruder und dieser wollte, dass sie sofort zu ihnen kamen. Als Lukas aufgelegt hatte, ahnte Jenny Schlimmes. Sie fuhren durch einen Wald, ehe sie bei ein paar Häusern ankamen. Finn stieg aus, auch Jenny wollte es, doch Finn war schon bei ihr und hob sie aus dem Auto raus. In seinen starken Armen konnte sie sich etwas wohlfühlen, wenn Finn und sie nicht fast durch das halbe Dorf hätten laufen müssen. Finn lief auf ein etwas größeres Haus zu und öffnete mit seinem Ellbogen die Tür. Sofort sahen sie ein paar Augen an.

„Finn, was ist passiert? Obwohl, erklär uns das später, bring sie ins zweite Gästezimmer", sagte ein junger Mann, vielleicht etwas älter als Finn.

Doch Finn nickte nur und ging los. Vorsichtig legte Finn sie ab. Sofort rutschte sie von Finn weg. Doch Finn konnte nichts mehr sagen, da kamen schon ein Mann und eine Frau ins Zimmer. Sie baten Finn, zu gehen, dieser stimmte nur missmutig zu, aber er ging. Als Finn vor dem Zimmer stand, spürte er den Blick seines Bruders auf ihm ruhen. Finn kam auf ihn zu.

„Bevor du mir etwas sagst, geh dich umziehen. Ich will dich dann im Büro sehen. Wage es auch nicht, vorher zu Jenny zu gehen", sagte Lukas und ging.

Finn verstand die Welt nicht mehr. Er sollte sich umziehen und nicht zu Jenny gehen. Doch er tat es und ging in sein Zimmer. Erst als er etwas anderes anhatte, ging er raus. Er lauschte an der Tür, hinter der Jenny war. Aber er hörte nur, wie ihr Arzt mit Jenny sprach. Doch das wurde unterbrochen, sein Bruder stand hinter ihm und räusperte sich. Finn wusste, was das bedeutete, und ging ins Büro. Lukas setzte sich hinter den Schreibtisch und Finn sich ihm gegenüber. Sofort erzählte er ihm, was passiert war. Lukas konnte es nicht glauben, doch er wusste auch, dass

Finn ihn nicht anlügen würde. Lukas sah nach einiger Zeit des Schweigens auf. Der Arzt war mit seiner Untersuchung fertig. „Wie lauten die Ergebnisse?", sagte Lukas.

Erschrocken drehte sich auch Finn um und sah ihn mit großen Augen. Zuerst wollte der Arzt nichts sagen, da Finn da war. Aber Lukas gab ihn die Erlaubnis.

„Okay, ich bin nun fertig mit meinen Untersuchungen. Abgesehen von einem Schock, ein paar blauen Flecken und der Verletzung in ihrem Gesicht fehlt ihr nichts. Es gab auch keine Anzeichen, dass dieser Bastard mit seinem Vorhaben erfolgreich war", sagte der Arzt.

„Das ist gut, den Rest übernehmen wir nun. Ich habe da etwas Erfahrung mit diesem Thema. Bringt uns noch etwas zum Umziehen. Sie fühlt sich bestimmt unwohl in diesen zerrissenen Sachen", sagte Lukas.

Der Arzt nickte noch und ging dann. Finn wollte sofort aufspringen und zu Jenny gehen, doch Lukas hielt ihm auf.

„Finn, sie hat dich gesehen, wie du dich verwandelt hast. Lass mich mit ihr reden. Vielleicht hat sie vor mir weniger Angst als ...", sagte Lukas.

„Als was? Als vor mir? Wieso sollte sie Angst vor mir haben?", fragte Finn verwirrt.

„Die Normalos sehen Wölfe immer als was Schlechtes an. Wieso, glaubst du, gibt es so viel Horrorfilme, die irgendetwas mit Werwölfen zu tun haben. Sie haben alle Angst vor uns. Lass mich mit ihr reden", sagte Lukas zu Finn.

Er stimmte nur widerwillig zu und ging. Lukas wusste, dass er darauf achten musste, dass alles seine Richtigkeit hat. Also sah er nach, wo die Kleidungsstücke blieben. Doch Finn hielt es nicht aus und ging zur Tür und klopfte zaghafte. Er hörte ein leises Herein und schlüpfte durch. Als Jenny aufsah, bekam sie es aber mit der Angst zu tun und kroch in die hinterste Ecke vom Bett.

„Hör zu, Jenny, ich will dir nichts tun. Wirklich nicht!", sagte Finn und machte sich etwas kleiner.

„Das glaube ich dir nicht. Geh weg. Verschwinde!", sagte Jenny aufgebracht.

„Bitte, hör mir doch zu, ich bin nicht wie dieser Typ beim Kino", sagte Finn flehend und kam näher.

„Nein das will und kann ich dir nicht glauben. Verschwinde!", schrie sie dieses Mal und zog einen Ring vom Finger. Sie warf ihn zu Finn, der gerade etwas sagen wollte. Doch da traf der Ring seine Stirn. Schmerzverzerrt schüttelte Finn den Kopf und der Ring fiel zu Boden. Verwirrt darüber, was gerade geschehen war, bemerkte er gar nicht, dass Lukas im Zimmer war. Erst nach einem Räuspern drehte er sich um und musste schlucken. Doch Lukas schickte ihm nur raus. Als die Tür zu war, legte Lukas den Stapel Kleider ab.

„Diese Kleider sind dir vielleicht etwas zu groß, aber sie werden schon ihren ...", sagte Lukas freundlich.

„Bist du auch wie der Kerl oder wie Finn?", fragte Jenny.

„Nun, da musst du mir schon sagen, was du damit meinst? Denn ich bin nicht wie mein kleiner Halbbruder", sagte Lukas Ruhig.

Jenny sah ihn nur verwirrt an und fragte sich wieso nur „Halbbruder". Lukas erklärte ihr aber dann, dass sie nur denselben Vater hatten, nicht aber dieselbe Mutter. Lukas erwähnte auch noch, dass wenn sie bereit wäre, könnte sie rauskommen zu ihnen und dass keiner ihr etwas tun würde, solange sie diesen Ring tragen würde. Zumindest hier nicht. Ihre Verwirrung hielt selbst dann noch an, als Lukas schon die Tür geschlossen hatte. Sie wusste nicht, was sie davon halten sollte. Aber mit der Zeit hörte sie, wie sich Finn und noch jemand stritten. Sie wollte es zwar nicht wissen, wer noch da war. Doch je mehr Zeit verging, desto mehr wollte sie wissen, was los war. Sie nahm sich ein paar Kleidungsstücke und zog sich um. Wehmütig sah sie ihre zerrissenen Sachen an. Langsam kam sie der Tür näher. Doch als sie den Türgriff in der Hand hatte, hörte sie etwas, das wie ein Knurren klang. Sofort kehrte ihre Angst zurück. Am ganzen Leib fing sie an zu zittern. Alles in ihrem Körper sagte ihr: Versteck dich. Aber da hörte sie noch jemanden, der dieses Knurren stoppte. Doch ihre Angst war immer noch stark. Sie wollte aus dem Fenster stürmen und in den Wald fliehen. Jedoch konnte sie das nicht tun. Wenn hier alle so waren wie Finn und dieser Typ, dann hätte sie keine Chance. Sie wusste, dass sie nur eine Antwort bekommen würde, wenn sie zu ihnen ginge. Langsam öffnete sie die Tür, da konnte sie die Stimmen deutlich hören. Der Streit war noch in vollem Gange. Mit jedem Schritt, den sie machte, wurde der Streit immer lauter. Irgendwann stand sie neben der Treppe und sah, wie zwei Männer mittleren Alters mit Finn stritten. Da war auch noch eine Frau, doch sie verhielt sich genau wie der Mann, der ihr die Sachen brauchte. Es schien fast so, als wäre er in Trance, doch da schlug er die Augen auf und sah sie an. Erschrocken versteinerte sie und bewegte sich nicht mehr. Doch er stand auf und schubste die Streithähne auseinander.

„Ihr habt genug gestritten! Ihr werdet euch nun beruhigen und sollte das keiner von euch tun, dann tragt den Streit raus und kämpft von mir aus. Von mir aus zerfleischt euch. Nur ich werde euch nicht wieder zusammensetzen mit unserem Arzt", sagte der Mann und sah sie alle so an, als würde er sie töten wollen.

Die sahen sich alle an, als würden sie nur darauf warten, dass jemand etwas Falsches sagt. Einer wollte schon etwas sagen, doch das wurde unterbunden.

„Habt ihr etwa Tomaten auf den Ohren? Oder muss ich euch wieder auf euren Platz zurückweisen?", fragte er so laut, dass es Jenny schon fast das Trommelfell platzen ließ.

Alle hielten sich die Ohren zu und sahen gebückt zu Boden. Erst jetzt schien er sich zu beruhigen. Als Finn aufsah, fragte er sich, wie lange sie schon dort stand. Fragend sahen sie sich an. Da kam der Mann näher zu ihr.

„Ich hoffe, du hast keinen schlechten Eindruck von uns. Aber manchmal muss ich eingreifen. Doch ich komme jetzt mal zu etwas Angenehmerem. Ich bin Lukas Huber – Moser. Der große Bruder von Finn. Ich glaube er hat dir schon von mir erzählt", sagte er und hielt ihr seine Hand hin.

Zögernd nahm sie seine Hand und schüttelte sie.

„Es freut mich, Sie kennenzulernen", sagte sie zögerlich und schüchtern.

„Mach dir keine Sorgen, hier tut dir niemand etwas. Nicht solange ich oder Finn in der Nähe sind. Sehe uns als deine Wächter an", sagte Lukas.

Kurz darauf zeigte er ihr die Couch und sie setzte sich. Finn wollte sich zu ihr setzen, doch er hielt plötzlich inne. Kurz darauf kam Lukas mit einem Tablett mit Tassen, einer Kanne und ein paar kleinen Brötchen. Lukas stellte alles auf den Tisch ab. Jenny konnte nicht glauben, was sie da sah. Dieser Lukas schien sehr freundlich zu sein und auch sehr offen. Sie sah in die Runde. Der eine Mann hatte Ähnlichkeiten mit Finn. Der Nächste sah finster aus. Die Frau hingegen sah auch freundlich aus, aber es war etwas in ihrem Blick, das ihr sagte, dass mit ihr nicht zu spaßen war. Sie sah neben ihr einen unschlüssigen Finn stehen. Sie wollte seine Nähe spüren, andererseits wollte sie ihn nicht zu nahe bei ihr haben. Lukas sah das und setzte seine Tasse ab.

„Du hast Fragen. Das sehe ich dir an. Also gut, du kannst mir jetzt drei Fragen stellen. Über den Rest können wir reden", sagte Lukas.

„Was, nur drei Fragen? Wieso nur so wenig?", fragte Jenny fassungslos.

„Okay, zwei Fragen gleichzeitig. Die werte ich jetzt als eine Frage. Ja, nur so wenig, das hat alles seinen Sinn", sagte Lukas.

Jenny wollte schon wieder eine Frage stellen, doch da spürte sie eine Hand auf ihrer Schulter. Erschrocken sah sie, dass es Finn war. Doch er nahm seine Hand wieder weg. Man konnte sehen, dass es für ihn nicht leicht war.

„Finn sorgt sich um dich. Man sollte nicht die Hand wegschlagen, die einem helfen möchte. Aber ich bin da nicht sehr versiert", sagte Lukas zu ihr.

Für Jenny war es schwer, das Geschehene zu verarbeiten. Aber sie wusste auch, dass Lukas recht haben konnte.

„Okay, wer seid ihr wirklich? Seid ihr Menschen oder etwas anderes?", sagte Jenny vorsichtig.

Die zwei Männer, die neben Finn standen, schienen zu knurren. Doch Lukas musste sie nur kurz ansehen und beide schwiegen wieder. Lukas sah wieder zu ihr und überlegte kurz.

„Wir sind sowohl Menschen als auch Wölfe. Fast alle, die du hier siehst, sind vollwertige Wölfe. Aber wir sind auch in der Lage, die Welt der Wölfe zu verlassen und die Welt der Menschen zu sehen. Äußerlich sind wir Menschen, doch in uns wohnt ein Wolf. Viele können ihren Wolf nur schwer verstehen. Doch wenn einer von uns leidet, leidet der andere auch. Wie du es bei Finn siehst", sagte Lukas.

Geschockt sah sie zu Finn und sah, dass es ihm nicht allzu gut ging. Da sah sie, dass ihre abweisende Art Finn wehtat.

„Okay, nun möchte ich aber wissen, wer die sind, die zum Rest gehören?", sagte Jenny.

Sofort sah Finn zu ihr und war geschockt von dem,was er da hörte. Doch Lukas schien cool zu bleiben.

„Es gibt einen hier, der nicht so ist wie Finn zum Beispiel. Dieser jemand bin ich. Bevor du fragst, lass es mich erklären. Wie du weißt, sind ich und Finn Halbbrüder. Wir haben denselben Vater, aber verschiedene Mütter. Susanne, Finns Mutter,war eine Wölfin, unser Vater ein Wolf, aber meine Mutter war wie du. Eine Normalo. Das Ergebnis von diesem One-Night-Stand bin ich. Ich bin ein Hybride, meine Menschenseite hilft meiner Wolfsseite und beschützt sie vor Silber. Mein Wolf hilft und beschützt meine Menschenseite vor Gefahren", sagte Lukas.

Jenny schien zwar versuchen, das einzuordnen. Aber sie konnte es nicht.

„Könnt ihr mir vielleicht helfen, das besser zu verstehen", sagte Jenny und nahm ihre Tasse.

Lukas und Finn sahen sich an und verstanden nicht, was sie wollte.

„Bitte zeigt mir eure andere Seite. Ich habe zwar Angst davor, aber ich muss es sehen, um es zu verstehen", sagte Jenny.

Lukas und Finn waren sichtlich überrascht, aber sie konnten ihre Bitte nicht ablehnen. Lukas und Finn stimmten zu. Als Lukas aufstand, machte sich Finn auf den Weg in sein Zimmer und Lukas ging die Treppe hoch. Noch bevor beide wiederkamen, konnte sie fast schon spüren, wie die beiden Männer ihr gegenüber feindselig eingestimmt waren. Zum Glück hörte sie schon die erste Tür aufgehen. Doch als Finn wieder bei ihnen war, konnte Jenny ihren Augen nicht trauen. Ihr Freund stand da, nur mit einem Duschtuch um die Hüfte gewickelt. Noch bevor sie was sagen konnte, kam auch schon sein Bruder genauso wie Finn wieder zu ihnen. Doch sie konnte ihren Augen immer noch nicht trauen. Finn war schon eine Augenweide mit einem leichten Sixpack-Ansatz. Doch sein Bruder war noch etwas definierter als Finn.

„Nun gut, du möchtest unseren Wolf sehen, dann kannst du es. Aber du darfst dich nicht fürchten, weder Finn noch ich werden dir etwas tun. Nur ist mein Wolf etwas größer als der von Finn", sagte Lukas zu ihr.

Jenny war verwirrt, aber sie stimmte zu. Da sah sie zu Finn, aber dieser sah etwas anders aus. Jenny konnte nicht glauben, was sie da sah. Finn ließ sich nach vorne fallen. Während diesem Fall verwandelte er sich. Als seine Pfoten auf den Boden aufkamen, sah man es Jenny an, dass sie sich ängstigte. Doch da sah sie Finn an und dieser legte sich hin. Es dauerte etwas, bis sich Jenny wieder gefangen hatte. Erst jetzt kam Finn auf sie zu und blieb ein paar Schritte von ihr entfernt stehen. Jenny sah zu Lukas, doch dieser sagte kein Wort und ließ sich noch vorne fallen. Wie auch bei Finn war die Verwandlung für sie etwas komisch. Aber als sie den Wolf von Lukas sah, blieb ihr die Spucke weg. Lukas war aus ihrer Sicht fast doppelt so groß wie Finn. Aber beide waren anders. Während Finn eine braungraue Fellfarbe besaß, war Lukas fast vollkommen weiß bis auf ein paar schwarze Muster. Doch obwohl sie wusste, wer sie waren, verspürte sie Angst. Finn schien das zu spüren und ging ganz nahe zu ihr. Jenny hörte ihn nicht, sie merkte es erst dann, als Finn seinen Kopf auf ihren linken Oberschenkel legte. Erschrocken sah sie ihn an, doch da sah sie in seine Augen. Sofort kam in ihr ein Gefühl des Vertrauens wieder. Unwillkürlich streichelte sie Finn über den Kopf, doch da wich er zurück und sah sie fast schon vorwurfsvoll an. Sie wusste nicht, was Finn hatte.

Finn mag es nicht, wenn man ihm über den Kopf streichelt. Da kommt er nach unserem Vater. Er hat es auch nie leiden können, setzte Lukas in Jennys Kopf.

Jenny sah sich verwirrt um, doch sie konnte niemanden sehen, der mit ihr sprach. Noch ehe sie etwas sagen konnte, griff sie sich an die Stirn und dachte, sie hätte Fieber, doch das stimmte nicht. Aber ihre Verwirrung ließ sie nicht los.

Du bist nicht verrückt. Fieber hast du auch keines. Ich bin in der Lage, die Worte direkt in deinen Kopf zu setzen. Meine Rangkollegen *aus anderen Gebieten sind auch dazu in der Lage. Ich selbe nutze das nicht sehr oft. Außerdem tue ich das nur, wenn ich keine andere Möglichkeit zur Kommunikation habe. Oh, ich stehe neben dir, der große weiße Wolf,* setzte Lukas wieder in Jennys Kopf, als er merkte, dass sie *etwas zweifelte.*

Vorsichtig sah sie sich noch einmal um und sah dann zu Lukas Wolf. Man merkte, dass sie ziemlich geschockt war. Als Lukas einen Schritt auf sie zu machte, drehte sich Finn zu ihm um. Sofort stellte sich Finn zwischen sie beide und zeigte Lukas wild knurrend seine Zähne. Doch Lukas zeigte auch Finn die Zähne und knurrte. Augenblicklich hörte Finn auf, zu knurren, und legte sich auf den Rücken und zeigte ihm seinen Bauch. Lukas machte einen Schritt zurück und hob sein Duschtuch auf und ging die Treppe hoch. Auch Finn ging einen Schritt zurück, ehe er auch ging. Jenny war noch verwirrt, aber sie wollte nichts sagen. Nur die eine Frau schien sie nicht böse anzusehen. Aber dennoch hatte sie viele Fragen, die sie beantwortet haben wollte. Kurz danach kamen auch Finn und Lukas wieder. Lukas setzte sich wieder auf seinen Platz und nahm sich wieder seine Tasse.

„Du hast nun sowohl Finn wie auch mich als Wolf gesehen. Ich hoffe nur, das gerade eben hat dich nicht verängstigt. Aber ich musste Finn etwas zurechtweisen", sagte Lukas zu ihr.

„Nicht ganz, aber es war schon etwas komisch. Doch du hast etwas gesagt von wegen Rangkollegen? Was meinst du damit?", sagte Jenny fragend.

„Nun jedes Rudel hat – ich nenne es – eine Führungsebene, denn ein Rudel hat meistens. einen Alpha, zwei Betas, einen, der sich um die Sicherheit des Rudels kümmert. Manche nennen es Vollstrecker, doch ich sage immer nur die Wolfpolizei dazu. Es gibt aber auch noch den Gefährten des Alphas. Das ist wichtig, dass jeder weiß, wer das Sagen hat. Ich bin der Alpha des Rudels, Tobias ist einer meiner Betas. Er war schon ein Beta, als unser Vater noch lebte. Seine Schwester Jessica ist die Wolfspolizei. Finn aber ist mein zweiter Beta", sagte Lukas und zeigte auf alle. Aber dennoch fragte sie sich, wer der andere Mann war. Aber sie hatte das Gefühl, dass er wohl zur Familie gehörte.

„Er ist unser Onkel Martin. Wir haben nicht gewusst, dass es ihn gibt; unser Vater hat nie über ihn gesprochen", sagte Finn zu ihr.

Jenny war immer noch sichtlich verwirrt, aber sie merkten alle, dass alles für Jenny wohl etwas viel war. Lukas sah aus dem Fenster und merkte, dass es schon Nacht war. Er wusste, dass er Jenny nicht einfach gehen lassen könnte, aber er fragte sich, wie wohl ihre Eltern reagieren würden, wenn sie nicht heimkommen würde.

„Jenny, tu uns allen einen Gefallen und ruf deine Eltern an. Das Letzte, was wir brauchen können, sind besorgte Eltern. Sag ihnen, dass du bei deinem Freund übernachtetes", sagte Lukas zu ihr.

Jenny war sich nicht sicher, was nun mit ihr geschah. Sie fragte sich, ob sie nun für immer hierbleiben müsste. Oder ob man sie jemals alleine wieder gehen ließe. Sie merkte, wie Tobias als auch dieser Martin nicht ganz begeistert waren. Aber so nahm sie das Handy, das Lukas ihr entgegenreichte. Sie tippte die Nummer ihres Vaters ein. Angespannt hörte sie das Freizeichen und hoffte, das jemand abheben würde.

„Hallo Papa? – Du ich muss dir etwas Unglaubliches sagen", sagte Jenny ins Handy.

Sie spürte aber die Blicke von Tobias und Martin auf ihr. Als sie zu ihnen sah, war ihr nicht wohl zumute. Die Blicke der beiden ängstigten sie fast schon zu Tode. Finn merkte, dass sie wieder anfing zu zittern, und stellte sich beschützend vor hin. Jenny war beeindruckt von dieser Geste. Doch da hörte sie schon ihren Vater besorgt fragen.

„Entschuldige, bitte. – Aber mein Auto ist leider nicht angesprungen. Ist wohl die Batterie. – Nein, das brauchst du nicht. Finn war so freundlich und lud mich zu ihm ein. Ich schlafe heute bei Finn. – Papa wir machen schon nichts Unanständiges. Wir bleiben brav. – Okay, gut bis morgen", sagte Jenny und legte auf.

„Unanständiges? Von wo kommt mir das nur bekannt vor",
sagte Finn und sah zu Lukas.

„Da bin ich wohl nicht der Einzige, der sich Sorgen macht.
Immerhin ist es vielleicht nicht verkehrt, wenn ihr in getrennten
Zimmern bleibt", sagte Lukas und sah beide streng an.
Sie fühlten sich etwas ertappt. Aber sie versprachen es. Lukas
schien das etwas zu beruhigen, er sah zu Tobias und Jessica rüber
und nickte ihnen zu. Sie nickten auch und gingen zur Tür. Als sie
draußen waren, machte sich Lukas auf in die Küche. Jenny sah an
Finn vorbei und war überrascht. Sie konnte nicht glauben, dass
Lukas in der Küche stand und etwas zum Essen kochte. Martin
ging nach ein paar Minuten und machte sich auf den Weg nach
oben. Sie hörte, wie er die Tür schloss. Sie ahnte nur, was wohl
nun Martin oben tun würde oder nicht, aber sie wusste nichts
über sie. Lukas sah immer wieder zu ihr und Finn. Lukas konnte nur ahnen, wie es wohl Finn nun ging. Aber er konnte es sich
nicht ganz vorstellen. Doch Lukas versuchte, sich nicht anmerken zu lassen. So konnte er sich auf die Arbeit konzentrieren. Er
machte das Essen fertig und deckte auch dann gleich den Tisch.
Als Lukas das Essen herstellte, wunderte sich Jenny, weil es doch
recht viel war. Lukas pfiff als er fertig war und Martin und Brian
kamen zu ihnen. Finn wollte sich auf das andere Ende der Couch
setzen, doch Lukas hielt ihn auf. Jenny konnte es nicht sagen,
aber sie wollte Finn neben sich sitzen haben. Es war für Jenny
unglaublich, Martin und Finn nahmen sich eine große Portion.
Finn gab auch Jenny etwas, aber viel weniger, als er es sich selbst
gab. Doch selbst Lukas nahm sich nicht einmal so viel, wie es Finn
tat. Lukas sah ihren verwirrten Blick und schmunzelnde etwas.

„Du fragst dich, warum die anderen sich so viel nehmen. Das
ist einfach erklärt. Unser Stoffwechsel ist etwas schneller als eurer. Da wir ja quasi für zwei essen", sagte Lukas.

„Das mag zwar sein. Aber das ist doch etwas seltsam für mich.
Immerhin nimmst du dir ja auch nicht so viel. Was wohl daran
liegt, dass du zum Teil so bist wie ich", sagte Jenny leiser.

„Ja, das stimmt. Da ich nur zur Hälfte ein Wolf bin, muss ich
doch auch etwas aufpassen. Leider muss ich das", sagte Lukas.

Jenny sagte danach nichts mehr und widmete sich ihrem Teller. Nach einiger Zeit sah sie, wie Brian sich immer näherte. Als er fast schon bei ihr war, lehnte sich Finn nach vorne und knurrte leise. Nicht nur Jenny hatte das etwas erschreckt, sondern auch Brian. Dieser ging wieder zu seinem Vater und blieb brav dort sitzen. Aber Jenny war verwirrt und Lukas stellte seinen Teller ab und blickte zu ihr.

„Bei uns muss man auf seinen Teller aufpassen. Futterneid kommt oft vor. Vor allen bei Geschwistern ist der stark ausgeprägt. Nur bei Gästen eher selten. Aber du musst nur Finn fragen. Ich war in meiner Pubertät ziemlich futterneidisch", sagte Lukas.

„Ja, das stimmt. Meine Mutter hat immer viel gekocht schon mal deswegen, weil er fast das Doppelte von der Portion unseres Vaters gegessen hat", sagte Finn scherzhaft.

Lukas nickte nur. Nachdem sie das Essen beendet hatten, ging Jenny in ihr Zimmer. Später hörte sie, wie auch die anderen in ihre Zimmer gingen. Jenny versuchte dann, sich hinzulegen und etwas zu schlafen. Doch in dieser Nacht konnte sie nur schwer schlafen. Immer wieder wurde sie von Albträumen heimgesucht. Als sie von ihrem letzten Alptraum aufwachte, war sie schweißgebadet. Schwer atmend richtete sie sich auf. Sie schaltete die Tischlampe ein und setzte sich auf die Bettkante. Sie hielt sich ihren Kopf und verstand nichts. Sie konnte die Angst immer noch spüren und sie wusste, dass sie frische Luft brauchte. Sie ging zur Haustür und wurde sofort von der Luft sanft umspielt. Im schwachen Mondlicht sah sie die Hütten und lehnte sich an die Veranda. Nun fühlte sie sich frei von allen.

„Du hattest wohl einen Albtraum, oder?", sagte Lukas.

Erschrocken wich Jenny zwei Schritte zur Seite. Sie hatte Lukas nicht einmal gehört, als er neben ihr stand.

„Wie hast du das gemacht? Bisher hat sich noch keiner an mich …", sagte Jenny verwirrt.

„Ich habe eine enge Bindung zu meinem Wolf. Dadurch bin ich auch in der Lage, mich an alle anzuschleichen. Also nun bist du dran", sagte Lukas.

„Was? … Oh ja richtig. Ja, hatte ich. Es ist einfach nur schwer für mich. Ich will endlich nicht mehr diese Angst haben", sagte Jenny.

„Das ist unmöglich. Du kannst dich nur deiner Angst stellen. So wie ich es mache. Jedes Mal, wenn ich mich an Lenkrad setze", sagte Lukas.

Jenny wollte wissen, was er damit meinte, doch da kam Finn zu ihnen. Er sah besorgt aus, als Jenny und Lukas sich zu ihm umdrehten. Als er Jenny sah, wollte er sofort zu ihr, doch er durfte ihr nicht zu nahe kommen und blieb etwas von ihr entfernt stehen. Aber Jenny kam auf ihn zu und sprang ihn um den Hals. Finn war verwirrt, aber er war froh. So umarmte er sie auch und war einfach nur froh, dass er sie wieder in den Arm nehmen konnte. Kurz darauf sahen sie sich beide wieder an. Beide waren froh, dass sie sich nun wieder wie früher ansehen konnten. Lukas sah das und ging wieder hinein. Die beiden blieben noch etwas draußen. Jenny fror etwas, aber sie war froh, dass Finn neben ihr war. Dank ihm wurde ihr nicht mehr so kalt. Doch sie gingen nach einiger Zeit wieder rein. Finn wollte wieder in sein Zimmer gehen, doch da hielt Jenny ihn auf und zog ihn in ihr Zimmer rein. Als sie die Tür schlossen, konnte Jenny sich nicht mehr beherrschen und verwickelte Finn in einen wilden Kuss. Beide ließen sich in ihren Kuss fallen. Finn hoffte nur, dass ihn niemanden hörte.

KAPITEL VIER

Am nächsten Morgen waren Lukas, Martin und Brian am Küchentresen. Lukas fragte sich nur, wo Finn und Jenny blieben. Denn Finn war wie verrückt, wenn es um gebratenen Speck ging. Lukas schüttelte verständnislos den Kopf und machte sich daran, weiter das Frühstück vorzubereiten. Irgendwann machte er sich auf zu Finns Zimmer und klopfte an. Doch schon beim ersten Klopfen ging die Tür etwas auf. Verwirrt machte Lukas die Tür auf und sah, dass Finn nicht mehr in seinem Bett lag. Fassungslos konnte er es nicht glauben und er hoffte, dass sich Finn zusammenreißen konnte.

„Glaubst du, dass dein Bruder dir Schwierigkeiten macht?", sagte Jenny an Finn gekuschelt.

„Ich glaube nicht. Immerhin bin ich doch nur hier, um dich vor neuen Albträumen zu beschützen", sagte Finn zu ihr.

Beide küssten sich, doch dieses Mal war ihr Kuss intensiver als jemals zu vor. Es fühlte sich an, als würde ein leichter Blitz in ihnen einschlagen. Beide sahen sich erstaunt an und waren verwirrt, was da mit ihnen los war.

„Was war denn das gerade?", fragten sich beide gleichzeitig.

Keine drei Sekunden später hörten sie es auch schon klopfen. Vor lauter Schreck erstarrten sie beiden. Sie hofften, dass es nicht Lukas war.

„Du glaubst doch wohl nicht, dass Lukas uns gerade gehört hat?", fragte Jenny fragend.

Sie sah Finn an, doch sie sah sofort, dass Finn seine Zweifel hatte.

„Glaubst du etwa wirklich Jenny, dass ich so schlechte Ohren haben? Denn wenn du das glaubst, dann bin ich die Jungfrau von Orleans. Die bin ich nicht!", sagte Lukas durch die Tür.

Finn schluckte und selbst Jenny war etwas beunruhigt. Aber sie war auch peinlich berührt, sie hatte Angst, dass Lukas sie letzte Nacht gehört hatte.

„Alle beide in drei Sekunden angezogen, frühstücken und Finn, danach will ich dich im Büro sprechen. Und das presto!", sagte Lukas laut.

Martin ahnte bereits, dass Finn nicht artig blieb. Als Lukas wieder in der Küche war, konnte er es nicht fassen und nahm sich auch gleich etwas zum Essen.

„Soll ich raten? Finn hat mit Jenny die Nacht verbracht", sagte Marin schmunzelnd.

„Genau. Das, was er nicht machen sollte. Er hätte seine Hormone im Zaum halten sollen. Was macht er stattdessen? Er wird Opfer seiner Triebe", sagte Lukas immer noch sauer.

Martin konnte nur lächeln und war froh, dass sein Bruder nicht mehr lebte, sonst wäre es peinlich geworden. Aber mit Lukas zu reden, war auch nicht einfach gerade einfach. Nachdem Lukas sich sein Essen nahm, war er auch schon im Büro verschwunden. Aber lange musste Martin nicht warten. Kaum dass Lukas seine Bürotür zumachte, kamen Finn und Jenny. Doch er traute seinen Augen kaum. Jenny und Finn schienen wie frisch verliebt zu sein. Sogar Brian war verwirrt. Doch die beiden nahmen sich gleich mal was zum Essen und setzten sich auf die Couch. Martin war mehr als nur etwas verwirrt, die beiden konnten ihre Finger kaum aus dem Gesicht des anderen lassen. Doch das war kaum das, was ihn verwirrte. Denn alleine schon der Geruch war komisch. Martin kannten diesen Geruch nur zu gut. Aber die beiden hatten sich nicht viel genommen und waren auch gleich fertig. Doch noch bevor Martin etwas sagen konnte, musste Finn schon zu Lukas.

„Ich muss los, sonst bringt er mich noch um", sagte Finn und sah Jenny lange in die Augen.

„Ich weiß, aber ich kann mich nur schwer von dir trennen", sagte Jenny und drückte ihm einen Kuss auf.

So sehr er das auch nicht wollte, musste er gehen. Denn er wusste, dass Lukas nicht gerade geduldig war, wenn man seine

Anordnungen nicht Folge leistete. So ging er ins Büro und Jenny setzte sich wieder und sah sehnsüchtig aus.

Doch Finn konnte sich diesen Luxus nicht leisten, denn kaum, dass er die Bürotür schloss, drehte sich Lukas mit dem Sessel um. Finn hätte schwören können, wenn das ein Film wäre, dann hätte Lukas jetzt wie ein Schurke gewirkt.

„Du hattest nur eine Sache und die verbockst du? Ich will gar nicht wissen, was ihr beide letzte Nacht getrieben habt", sagte Lukas sauer.

„Bruder, hör mir zu. Es war nicht meine Schuld. Sondern ...", sagte Finn.

„Sondern? Wessen Schuld?", schrie Lukas laut.

Selbst Jenny drehte sich um, als sie Lukas schreien hörte. Sie ahnte schon, dass Finn nun sein Fett wegkriegte.

„Okay, wenn Lukas so schreit, dann müsst ihr beide wohl etwas falsch gemacht haben", sagte Martin.

„Nun so falsch war das nun auch wieder nicht. Wir haben nur Spaß gehabt, mehr nicht", sagte Jenny.

„Nur Spaß oder habt ihr eurem Fortpflanzungstrieb nachgegeben?", sagte Matin.

„Also wir haben nicht ...", sagte Jenny.

„Wir haben uns nicht gepaart. Ich habe verhütet, also wirst du nicht Onkel", sagte Finn.

„Das hat damit nichts zu tun. Finn, du solltest in deinem Zimmer schlafen. Ihr habt ein Problem, wenn sie jetzt doch schwanger geworden ist", sagte Lukas laut.

„Immerhin haben Finn und ich stets darauf geachtet, dass wir beide verhüten", sagte Jenny.

„Ja, nur wir Wölfe sind nicht wie ihr Menschen. Wir sind da etwas anders", sagte Martin zu Jenny.

„Ja, das habe ich gemerkt, nur es wissen doch alle, dass ein ...", sagte Jenny.

„Ein Welpe braucht neun Monate bis zur Geburt. Bis dahin wird es bestimmt schon was werden", sagte Finn.

„Drum geht es nicht. Kannst du dir vorstellen, wie viel ich damals als Kind immer gegessen habe? Meine Mutter hat immer gesagt, ich fresse ihr die Haare vom Kopf. Damals habe ich es nicht verstanden, doch heute schon. Es ist schon schwer genug das Rudel gerade so durch zu bringen. Wenn jetzt noch ein Hybride gezeugt wird, weiß ich nicht, wie wir das machen sollen", sagte Lukas und setzte sich wieder.

„Wie meinst du das, Martin? Mit Geldsorgen? Finn hat mir nie etwas gesagt", sagte Jenny verwirrt.

„Vielleicht hat er auch nur nichts gesagt, damit er dich nicht beunruhigt", sagte Martin zu Jenny.

Doch sie stand gleich danach auf und folgte den Stimmen zum Büro.

„Du weißt aber schon, dass unser Rudel ums Überleben kämpft. Jenny?", sagte Lukas.

Auch Finn drehte sich zu ihr um.

„Lukas, wenn du willst, kann ich euch vielleicht helfen. Meine Mutter kennt sich da aus. Sie hat mir was beigebracht. Ich könnte mir eure Finanzen ansehen. Vielleicht sehe ich ja ein paar Möglichkeiten zum Einsparen", schlug Jenny vor.

„Ich soll dir Zugang zu unseren Finanzen geben? Dir ist schon klar, dass das sehr komisch klingt, oder?", sagte Lukas zweifelnd.

„Hey, sie hat mir sogar geholfen. Wir sollten ihr die Möglichkeit geben, uns zu helfen. Ich weiß, du bist auf uns beide sauer, aber bitte lass deinen Stolz mal zur Seite. Hierbei geht es jetzt ums Rudel. Wenn du willst, dann streich mir mein Taschengeld, aber lass sie wenigstens mal drüber...", sagte Finn zu Lukas.

„Nun gut, aber ich möchte nicht, dass irgendetwas den Raum verlässt", sagte Lukas streng.

Finn und Jenny nickten und Lukas stand auf, damit Jenny sich an dem Computer setzen konnte. Davor machte Lukas noch die Seite mit dem Bankkonto auf. Jenny sah sich die Finanzen an und wollte gerade nach den Rechnungen fragen. Da legte Lukas ihr einen Ordner auf den Tisch. Sie sah ihn sich durch und fand jede Rechnung. Lukas deutete beiden, dass sie Jenny kurz alleine lassen. Doch Finn wollte sich zu ihr gesellen, um ihr Gesellschaft zu leisten. Aber Lukas nahm ihn am Ohr und zog ihn hinter sich nach draußen. Jenny musste schmunzeln, auch wenn sie gerne Finn dabeigehabt hätte. Aber sie musste jetzt mal sich an die Arbeit machen. Sie nahm sich auch noch einen Zettel und einen Stift, um alles auf einen Blick zu haben. Sie schrieb alles monatsweise auf und war zum Teil erstaunt. Für Finn aber bahnte sich in zwischen schon das nächste Donnerwetter an. Als Lukas dann endlich Finn losließ, war dieser froh darüber. *Was ist denn nur mit dir los? Du hast dich doch sonst immer so gut unter Kontrolle. Kaum dass Jenny da ist, verlierst du auch fast noch deine Hose? Was soll das?*, setzte Lukas in Finns Kopf.

Finn konnte das schon immer nicht leiden. Wenn Lukas, ohne ein Wort zu sagen, mit ihm reden konnte.

„Ja ich weiß, dass ich normalerweise alles gut meistere. Aber der letzte Kuss war unglaublich. Als würde ein Blitz bei uns einschlagen. Seitdem kann ich gar nicht mehr richtig klar denken. Immer wenn sie in der Nähe ist, da spielt alles verrückt. Ich weiß selber nicht, was los ist", sagte Finn als er sich auf die Couch setzte.

Lukas wie auch Martin sahen sich an und beide nickten nur. Beide konnten riechen, dass Finns Erregung langsam wieder abklang. Aber sie wussten auch, dass es noch etwas dauern könnte. So ließen sie Finn kaum aus den Augen, geschweige denn aus der Nase. Erst als sich bei Finn wieder alles normalisiert hatte, setzte sich Lukas Finn gegenüber.

„Finn, ich weiß ja nicht, ob du es hören willst, aber ich glaube, ich weiß, was es ist", sagte Lukas zu ihm.

„Was denn? Nur willst du nicht mehr deine Fähigkeit bei mir einsetzen", sagte Finn.

„Nein, da gibt es keinen Grund. Denn ich glaube, bestimmt auch Onkel Martin glaubt, dass du und Jenny vom Schicksal vorbestimmte Gefährten seid", sagte Lukas.

Finn sah ihn verwirrt an. Er kannte zwar die Geschichten von seinen Großeltern wie auch von ihren Eltern. Aber niemand sagte je etwas, dass das auch zwischen Wolf und Mensch passieren könnte. Finn war verwirrt und konnte es nicht glauben. Aber da klinkte sich ihr Onkel ein. Dieser erklärte ihnen, dass es so ist. Er hatte zwar auch keine Erklärung, warum oder wie das bei einem Menschen und einem Wolf passieren kann.

Aber dennoch war es so. Martin erklärte ihnen auch, dass es bei dieser Gefährtensache mehr gibt als nur Zuneigung und Erregung. Er erklärte ihnen auch, dass es wichtig ist, den zweiten Teil zu treffen. Sie hörten dann auch, dass Jenny zu ihnen kam, mit dem Ordner.

„Lukas, ich brauche dich mal kurz. Ich will wirklich nicht stören, aber es gibt ein paar Dinge, die für mich etwas unklar sind", sagte Jenny zu ihnen.

„Okay, dann komme ich gleich", sagte Lukas und konnte riechen, dass Finn wieder erregt wurde alleine von ihrem Duft.

Das war für Lukas der letzte Beweis, dass sie recht haben konnten mit der Gefährtensache. Lukas nickte nur Martin zu. Dieser verstand, was er tun musste. Lukas ging mit Jenny ins Büro. Dort setzte sich Jenny und zeigte Lukas die Rechnungen, die ihr unklar waren. Lukas erklärte ihr, dass es sich dabei um Malutensilien handelt. Er erklärte ihr auch, dass eines der Rudelmitglieder eine künstlerische Ader hat.

„Ich habe gehört, dass du und euer Onkel mit Finn gesprochen habt. Aber was habt ihr gemeint mit vom Schicksal vorbestimmte Gefährten?", sagte Jenny fragend.

„Nun das ist etwas schwierig zu erklären. Aber ich weiß nur, was zwischen meinem Vater und meiner Stiefmutter war. Glaub mir, eine Wolfsnase ist ein Segen ebenso wie ein Fluch und Wolfsgehör auch", sagte Lukas und sah sie an.

„J‚a nur das beantwortet nicht meine Frage. Nicht, dass ich dir nicht glaube, aber ich möchte einfach nur eine Antwort. Finn kann ich es leider nicht fragen", sagte Jenny.

„Nun, ich weiß nur das, was Onkel Martin mir und Finn erzählt hat. Aber es geht darum, den anderen Teil von uns zu finden, um wieder ein Ganzes zu sein", sagte Lukas.

Jenny sah ihn an, als würde sie ihn noch etwas fragen wollen, aber Lukas kam ihr zuvor.

„Unser Vater hat uns erzählt, dass etwa 70 % aller Wölfe ihren Gefährten in einem Nachbarrudel finden. Die anderen 28 % finden ihren Gefährten durch Zufall", sagte Lukas.

„Und die letzten 2 %? Was ist mit denen?", fragte Jenny.

„Die finden ihren Gefährten leider nie. Ich weiß nicht, ob das daran liegt, dass viele nur selten das Revier verlassen. Oder daran, weil sie sich fürchten", sagte Lukas und lachte leise, „Die meisten Wölfe hassen große Veränderungen, nicht alle sind so wie meine Stiefmutter. Ihr hat es nie etwas ausgemacht, noch einen Mann im Haus zu haben."

„Aber nun bin ich hier und dieser Tobias mag mich nicht. Ich bin wohl für ihn ein Problem", sagte Jenny niedergeschlagen.

„Für ihn bist du ein Sicherheitsrisiko. Für unser Rudel wie auch für meine Art. Er befürchtet, dass wenn du auspackst, dann gibt es keine Wandler mehr", sagte Lukas.

Jenny sah ihn verwirrt an. Aber nicht nur sie war verwirrt, denn auch Finn stand in der Tür und war verwirrt. Lukas drehte sich zu ihm und bat ihn rein. Finn machte auch die Tür zu und setzte sich auf den Sessel Jenny gegenüber.

„Papa hat mir einst erklärt, dass es, als unser Großvater noch klein war, verschiedene Wandlerarten gab. Doch als du geboren wurdest, starb auch die letzte Wandlerart aus. Es gibt nur noch Wolfswandler. Keine Hasen-, Hirsch-, Bären-, Puma- oder Adlerwandler mehr. Niemand weiß, warum", sagte Lukas und sah zu Finn.

Beide waren geschockt, aber auch verwirrt. Finn versuchte, das zu verstehen.

„Damit ich alles richtig verstehe, gibt es keine anderen Wandler mehr. Wir sind die Letzten unserer Art!", sagte Finn geschockt.

Lukas nickte nur. Gleich darauf setzte sich Finn wieder, jedoch war er fassungslos. In weniger als 80 Jahren waren fast alle Wandlerarten verschwunden. Jenny wollte zu Finn gehen, um ihn etwas aufzufangen. Doch da läutete das Handy von Lukas und augenblicklich wurde er bleich wie Kreide. Gleich darauf sagte Lukas, dass er sofort kommen solle. Beide sahen ihn besorgt an, aber er sah beide an und versuchte, sie zu beruhigen.

„Jenny, könntest du uns helfen, etwas mehr Geld zu verdienen? Oder irgendwie Geld zu sparen? Das Rudel könnte das mehr Geld brauchen", sagte Lukas.

Jenny nickte und wollte ein paar Möglichkeiten aufzählen, doch Lukas winkte ab.

„Schreib deine Ideen auf. Ruf deine Eltern an, sonst machen sie sich noch Sorgen. Wir reden dann über deine Ideen heute Nachmittag. Finn, ich möchte die ganze Führungsebene hier haben", sagte Lukas und ging.

Beide blieben verwirrt zurück und fragten sich, was los war. Aber Jenny wusste, dass sie sich an die Arbeit machen musste. Finn verstand nicht, was los war, aber er ging dann und informierte Jessica und Tobias. Beide verstanden nicht, was mit Lukas los war, aber sie wussten, dass es wichtig sein musste. Kurz darauf hörten sie, wie jemand stehen blieb. Sie eilten zu den Autos und Matteo kam ihnen entgegen. Doch dieser blieb nicht stehen und hetzte an ihnen vorbei. Sie hechteten ihm hinterher und sprangen auch gleich ins Haus. Doch leider verstanden sie kein Wort, Matteo sprach auf Italienisch und dann auch noch recht schnell. Lukas sah ihre Verwirrungen und legte Matteo die Hände auf die Schultern.

„Matteo! Jetzt beruhige dich! Ganz langsam, komm runter und setz dich erstmal", sagte Lukas und schüttelte ihn etwas.

Matteo nickte nur und setzte sich, aber davor breitete er noch eine Karte aus.

„Okay, Matteo, was hast du herausgefunden?", fragte Lukas etwas ungeduldig.

„Also, die Jägerkollegen von mir haben etwas gesagt, was ich unglaublich finde", sagte Matteo.

„Und was wäre das, wenn ich fragen darf?", sagte Finn nervös.

„Okay, sie sagten bei der letzten Versammlung, dass ein guter Freund von unserem Oberjäger bei der Polizei in der Ötscher Gegend ist. Dort soll es angeblich zu Entführungen von jungen Frauen gekommen sein. Aber dazu noch nicht genug, die Wolfpopulation in diesem Gebiet ist exponentiell angestiegen. Von ein paar wenigen auf über zweihundert. Das ist einfach nicht möglich. Ich meine, so viele Rudel kann es nicht geben", sagte Matteo fassungslos.

Keiner verstand so richtig, was Matteo meinte, doch langsam, aber sicher dämmerte es allen. Lukas stand es ins Gesicht geschrieben. Alle wussten, dass Lukas wusste, was getan werden musste.

„Finn, hol sofort diesen Gerhard her. Es wird Zeit für die Infos, die er mir versprochen hat. Wenn es sein muss, setzt Gewalt ein", sagte Lukas und sah Finn an.

Dieser wusste, dass sein Bruder es ernst meinte, wenn er in diesem Tonfall sprach. Finn machte sich sofort auf den Weg, keiner wollte es sich jetzt mit Lukas verscherzen. Selbst Matteo wusste, dass es gefährlich wäre, sich nun mit Lukas anzulegen. Keine Zwei Minuten später war auch schon Finn mit David und Gerhard wieder da. Gerhard sah sofort, dass etwas nicht stimmte, aber als er Lukas sah, merkte er, dass irgendetwas nicht richtig war.

„Was weißt du über den Plan deines Alphas? Und keine miesen Tricks, ist das klar?", sagte Lukas deutlich aggressiv.

„Ich weiß selbst nichts Konkretes oder Gewisses", sagte Gerhard.

Doch Lukas konnte sich damit nicht zufriedengeben. So verwandelte er seinen rechten Arm zu einer Klaue, sofort packte er Gerhard am Hals und drückte ihn gegen die nächste Wand. Lukas zog ihn sogar etwas hoch und würgte auch Gerhard.

„Ich habe keine Zeit für deine fadenscheinigen Erklärungen. Mein Rudel ist in Gefahr. Ich möchte, dass du mir sagst, was du weißt", sagte Lukas und warf dann Gerhard auf den Boden.

Nach Luft ringend richtete er sich wieder auf und hielt sich den Hals. Alle wussten, dass nun nicht mehr mit ihm zu spaßen war.

„Okay. Das, was ich weiß, stammt vom Beta des Alphas. Dieser hat gesagt, dass der Alpha einst sagte dass die Zeit der Menschen vorbei sei. Außerdem sagte er, dass der Alpha einen Siebzehn-Jahres-Plan hat", sagte Gerhard schwer atmend.

„Dein alter Alpha hat einen Siebzehn-Jahres-Plan? Wofür braucht er dann die Frauen, die entführt wurden?", fragte Finn verwirrt.

„Er sagte, dass er einen Stromausfall auf dem ganzen Kontinent verursachen möchte, um eine EMP-Bombe zu starten. Nur um einen globalen Stromkollaps zu verursachen, wodurch alles lahmgelegt wird. Dann wird es ein Kinderspiel für ihn sein, jede Regierung zu übernehmen. Aber dazu braucht er noch eine Armee. Aus Kreuzungen zwischen uns und den Menschen. Unempfindlich gegenüber Silber", sagte Gerhard.

Erst jetzt fiel es Martin, Lukas wie auch Finn wie Schuppen von den Augen. Was sein Ziel ist.

„Er hat vor, eine...", sagte Finn stotternd.

„Eine Hybriden-Armee aufzustellen, um die Menschen zu verunsichern", sagte Lukas.

„Ja, das will er. Aber das ist nicht seine einzige Absicht. Er möchte die Menschen wieder das Fürchten lehren", sagte Gerhard, „Mehr weiß ich nicht. Ich schwöre es."

Lukas hatte genug gehört, er wies David an, Gerhard wieder zurückzubringen. David nickte und packte Gerhard am Arm. Beide gingen wieder, doch Lukas konnte sich nicht wirklich beruhigen, so stürmte er davon. Bald darauf hörten alle, wie Lukas seine Tür zuschlug.

„Oh, Mann. Das ist aber schlimm. Egal was dieser Typ vorhat, es scheint, als würde es Lukas so richtig sauer zu machen", sagte Matteo.

„Ja, scheint so. Nach dem, was ich weiß, gibt es in ganz Österreich um die zwanzig Rudel. Wenn er schon über zweihundert hat, dann gibt es vielleicht keine Hoffnung mehr", sagte Finn.

„Es gibt immer Hoffnung. Finn, ihr schafft das. Gibt es nicht noch andere Rudel? Vielleicht könnt ihr euch ja mit ihnen verbünden", sagte Matteo.

Doch Finn war sich nicht sicher, ob es noch Hoffnung gab. Lukas kam den ganzen Tag nicht aus seinem Zimmer raus. Doch Jenny erklärte am Nachmittag auch Finn, wie sie alles schaffen konnten. Auch wie sie dem Rudel mehr Geld verschaffen könnten. Aber Lukas konnte nicht runterkommen, dafür war er einfach zu sauer. Langsam wurde es dann Nacht und Finn startete noch einen Versuch, um mit seinem Bruder zu reden. Doch dieser wollte nicht mit ihm reden. Deprimiert kam Finn wieder nach unten. Jenny wartete schon auf ihn, doch dieser schüttelte nur den Kopf. Beide gingen dann auch noch zu Bett. Lukas aber konnte nur schwer in den Schlaf finden. Als er es dann endlich schaffte, war alles komisch. *Ein Windhauch ließ ihn wieder aufwachen. Er fand sich auf einer Lichtung wieder. Aber alles war anders, es war keine ihm bekannte Lichtung. Aber er hörte Vogelgezwitscher. Wo war er denn nun?*

„Ich bin froh, dass du hier bist", sagte eine weibliche Stimme.

„Wir haben schon lange auf dich gewartet", sagte eine männliche Stimme.

Lukas drehte sich um und blieb wie versteinert sehen. Er konnte und wollte seinen Augen kaum trauen.

„Mama? Papa? Wie kann das seinen? Das ist doch unmöglich, ihr seid doch? Das kann nicht sein?", sagte Lukas verwirrt und ihm kamen auch schon fast die Tränen.

„Ich weiß, wir mögen wie deine Eltern aussehen, aber wir sind der Vater wie auch die Mutter. Deine Eltern sind bei uns. Aber wir brauchen dich und dein Rudel", sagte die Mutter.

„Was? Aber wieso braucht ihr mich? Ihr seid doch Götter? Wofür braucht ihr dann einen Sterblichen, wie ich es bin", sagte Lukas fragend.

„Weil du unsere letzte Hoffnung bist. Nur du kannst diesen Alpha Georg aufhalten", sagte der Vater.

„Aber wie soll ich das machen? Ich bin doch nur ein Hybride. Alleine kann ich es nicht mit ihm aufnehmen. Mein Kumpel hat mir viel erzählt, dass es viele Wölfe gibt in dem Gebiet. Ich kann es nicht mit zweihundert Wölfen aufnehmen", sagte Lukas hoffnungslos.

„Halte den Alpha auf und der Rest wird sich wieder finden", sagte der Vater.

„Du scheinst eines zu vergessen. Du bist niemals alleine. Denn nur zu fünft könnt ihr ihn aufhalten. Ein Stern hat immer fünf Zacken", sagte die Mutter.

„Was meint ihr denn damit?", sagte Lukas.

Doch er bekam keine Antwort von ihnen, denn langsam verschwanden sie. Als sie verblasst waren, blieb Lukas alleine zurück. Verwirrt versuchte er, das zu verstehen, doch da hörte er eine Stimme die seinen Namen ruft.

Langsam schlug Lukas seine Augen wieder auf. Verschwommen sah er Finn, der Lukas wachrüttelte.

„Lukas wach auf! Lukas wach jetzt auf, großer Bruder!", sagte Finn und rüttelte weiter an Lukas.

„Ja, ja, ich bin wach, was ist denn los?", fragte Lukas gähnend.

„Besser, wenn du dich anziehst. Wir haben Besuch, doch das wird dir nicht gefallen", sagte Finn tonlos.

„Wieso, was ist denn los? Welchen Besuch denn?", fragte Lukas verschlafen.

„Zwei Alphas aus den Nachbarterritorien sind hierhergekommen. Matteo und Jenny sind im Haus. Sie wollen mit dir reden. Worüber, weiß ich nicht", sagte Finn.

Auf einmal war Lukas wieder hellwach. Er sprang aus dem Bett und warf Finn seine Bettdecke über den Kopf. Schnell griff Lukas nach seinen Sachen und zog sich an. Finn nahm währenddessen die Decke vom Kopf. Lukas stand in dem Moment noch oben T-Shirt-frei da, aber schnell hatte er schon ein Shirt in der Hand. Finn ging mit Lukas nach unten und beide sahen schon, wie Matteo und Jenny leicht nervös waren. Lukas bat Matteo darum, auf dem Dachboden Position zu beziehen. Er erklärte ihm auch noch, wo es die besten Schussmöglichkeiten gab. Schnell wie auch leise machte sich Matteo auf den Weg. In der Hand sein Jagdgewehr.

„Jenny, du bleibst bitte hier drinnen. Es ist besser für dich. Lenk dich, wenn es geht, mit irgendwelchen Dingen ab", sagte Lukas bittend zu ihr.

Sie nickte und ging an beiden vorbei und machte sich auf den Weg ins Büro. Lukas wie auch Finn waren noch etwas angespannt. Aber Lukas atmete ein paar Mal noch tief ein und aus, ehe er zu Tür ging. Sein ganzes Rudel war bereits auf den Beinen. Alle waren angespannt, genau das konnte man sehen. Lukas sah dann zu jenen, wegen denen alle so angespannt waren. Alphas konnte man leicht erkennen. Sie strahlten eine gewisse Autorität aus. Die beiden sah auch Lukas und sie waren nur mäßig beeindruckt.

„Ihr seid also der Alpha dieses Rudels?", fragte der eine Alpha.

„Ja, das bin ich. Doch die bessere Frage ist wohl, wer ihr beide seid?", sagte Lukas von der Veranda.

„Wir sind der Alpha des Ofenlochrudels und ich bin der Alpha des Pielachtalrudels. Wir sind hier, um mit dir zu reden. Wir wollen dir auch etwas vorschlagen", sagte der andere Alpha.

„Nun gut, wir können gerne reden. Doch ich würde gerne eure Namen wissen, das wäre durchaus Zivilisierter", sagte Lukas und kam auf sie zu.

„Nun gut. Ich bin Alpha Max Graf. Der hier neben mir ist Alpha Richard Nieder. Wir haben gehört, dass es einige Rudel bereits erwischt hat", sagte Max.

„Einige Rudel hat es bereits erwischt. Die Hälfte würde ich eher sagen. Uns liegen Berichte vor, dass es schon die Hälfte aller Rudel erwischt hat", sagte Lukas.

Die beiden anderen Alphas waren sichtlich verwirrt. Sie wussten nicht, was sie sagen sollten.

„Darf ich fragen, woher ihr das wisst? Wir haben das erst heute Nacht von unseren Betas erfahren?", sagte Richard fragend.

„Ein Freund von mir hat es gestern von einem Bekannten erfahren. Gleich darauf hat er uns davon in Kenntnis gesetzt. Da wir auch noch einen aus dem Ötschertal-Rudel aufgenommen haben, wissen wir, was er vorhat", sagte Lukas.

Beide waren sichtlich beeindruckt. Dass hätten sie niemals einen Hybriden zugetraut. Für sie als Wölfe war es schon immer schwierig, Infos von den menschlichen Behörden zu bekommen. Doch dieser Hybride kam an solche Infos scheinbar problemlos ran.

„Nur beantworte uns bitte, wie du an diese Informationen rangekommen bist", sagte Richard.

„Ein Freund von mir hat mir diese Infos gegeben, wie auch schon gesagt. Doch ich möchte jetzt gerne mal wissen, worüber ihr reden möchtet?", sagte Lukas und hob bei den letzten Worten die Stimme an.

Am liebsten wären die anderen Alphas Lukas an die Kehle gesprungen. Doch da erinnerten sie sich daran, dass sie in seinem Revier waren. Nach kurzer Zeit des Anschauens machte einer der beiden einen Schritt nach vorne. So gut wie alle von Lukas Rudel machten das auch. Die Alphas schienen damit fast gerechnet zu haben.

„Es ist etwas beeindruckend, dass ihr so beliebt in eurem Rudel seid. Obwohl ihr nur ein Hybride seid", sagte Max.

„Ich habe hart daran gearbeitet. Alle hier wissen, dass ich jeden Einzelnen mit meinem Leben beschützen würde", sagte Lukas.

„Nun gut, aber kommen wir zurück zu dem, was wir euch vorschlagen wollen", sagte Max.

„Ich bin ganz Ohr. Sowohl mein Mensch wie auch mein Wolf hören euch zu", sagte Lukas lächelnd.

„Wir schlagen euch eine Allianz vor. Aber als Gegenleistung nehmt ihr wie auch euer Bruder eine unsere Töchter zur Gefährtin, womit die Allianz noch stärker wird", sagte Max ausschweifend.

„Einen Gefallen für einen Gefallen? Sehe ich das etwa richtig", sagte Lukas.

„Sozusagen. Ja. Aber ihr habt dann auch die Möglichkeit, in unseren Revieren Zuflucht zu ersuchen", sagte Richard.

„Ich glaube nicht, dass mein Bruder sich dem anschließen wird. Immerhin hat er seine Gefährtin bereits gefunden. Wie wäre es damit, ich werde eine Tochter von euch zur Gefährtin nehmen und mein Cousin wird die andere zur Gefährtin nehmen", sagte Lukas.

Am liebsten hätte Richard sich von hier verabschiedet, doch er wusste genau, dass auch er die Allianz braucht. Nur missmutig stimmten Richard und Max dem zu. Erst als sie sich verabschiedet hatten und wieder in ihre Autos saßen und wegfuhren, konnten sich alle entspannen. Selbst Lukas konnte sich erst jetzt entspannen. Aber er drehte sich um und sah seinen Onkel an – dieser wusste, was Lukas wollte. Als sie wieder im Haus waren, fragte Lukas seinen Onkel, wer der Vater und auch wer die Mutter war. Nach und nach kamen auch die anderen alle zusammen. Martin bat sie alle, nun Platz zu nehmen.

„Okay, also Matteo, Jenny, das, was ich nun sage, betrifft in erster Linie uns Wölfe. Aber ich hoffe nur, dass ich es bereuen werde. Denn wir Wölfe glauben an nicht nur einen Gott. Wir wurden in der Zeit der Verfolgung dazu verdammt, in Höhlen zu leben und unsere andere Hälfte zu verbergen. In dieser Zeit gab es zwei, die uns geholfen haben. Der Vater erschuf die Elemente Feuer und Erde, die Mutter schuf die Elemente Wasser und Wind. Der Vater hat die Wesen der Winde erschaffen, die Mutter hat die Wesen des Waldes erschaffen. Gemeinsam erschufen sie die Wesen der Meere, die Pflanzen wie auch die Menschen. Doch sie gaben vielen Menschen die Gabe, sich in Tiere zu verwandeln. Sie teilten ihre Aufgabenbereiche auf: Während der Vater die Sterne und Himmelskörper bewachte, bewacht die Mutter unsere Welt. Wenn jemand stirbt, dann kommen sie in ihr Reich. Wo es immer Frühling gibt und Wälder, so weit das Auge reicht. Ich selbst bin ihnen noch nie begegnet, aber Steve schon. Er beschrieb sie ständig in bodenlange Gewänder gehüllt. Aber er sagte immer, dass wenn er sie sah, dann sahen sie aus wie…", sagte Martin.

„Wie die eigenen Eltern? Die eigene Mutter in beigen Gewändern und den eigenen Vater in dunkelgrünen Gewändern etwa", sagte Lukas verwirrt.

Martin sah ihn an, als würde er seinen Ohren nicht trauen. Erst nach ein paar Minuten kam wieder Farbe in sein Gesicht zurück. Martin musste sich setzen. Erst jetzt schaffte er es, wieder einen klaren Gedanken zu fassen.

„Du bist ihnen begegnet?", fragte Martin.

„Ja, letzte Nacht. Sie sahen aus wie meine Mutter und mein Vater. Für mich war alles seltsam und doch sagten sie etwas zu mir", sagte Lukas unsicher.

Alle waren verwirrt, sie kannten Lukas nicht so verunsichert. Nicht einmal Martin kannte das, aber seine Neugier war etwas geweckt.

„Wenn es nicht zu viel für dich ist, dann erzähle uns, was sie dir sagten. Vielleicht hilft es dir. Wir wissen vielleicht, was sie dir damit sagen möchten", sagte Martin.

„Nun gut. Sie sagten, dass ich die letzte Hoffnung bin, ich soll den Alpha aufhalten, der uns alle bedroht. Aber sie sagten auch, dass ein Stern fünf Zacken hat", sagte Lukas.

Martin überlegte, was die beiden damit sagen wollten, aber er wusste es nicht.

„Könnte es vielleicht sein, dass es Fünf gibt, die ihn aufhalten sollen?", fragte Jenny verwirrt.

„Nein, das kann es nicht heißen. Nur Lukas kann ihn aufhalten. Nicht mehr, nicht weniger", sagte Finn.

„Was? Mamma Mia. Wieso kann es nicht so sein?", sagte Matteo fassungslos.

„Wir haben eine Tradition und diese ist allen Alphas heilig. Egal ob wir es wollen oder nicht. Diese Tradition ist auch eine Art ungeschriebenes Gesetz, für alle Alphas", sagte Lukas.

Jenny und Matteo sahen sich verwirrt an. Matteo schüttelte nur den Kopf. Selbst für ihn war es komisch. Er wusste zwar viel, aber das wusste er nicht. Sie sahen zu Martin, dieser wusste, dass er es sagen musste. Doch Lukas kam ihn da zuvor.

„Wir, Alphas, führen alle ein Rudel an. Aber wir können es spüren, wenn ein Kind ebenfalls als Alpha geboren wird. In der Regel ist es unser eigenes. Jedoch können auch die Kinder unserer Geschwister Alphas sein. Sollten wirklich zwei Alphas in einem Rudel geboren werden, kommt es zu einem Kampf um die Führung des Rudels zwischen ihnen", sagte Lukas.

„Ja, das stimmt, aber das muss nicht immer sein. Es kommt oft zur Zusammenführung von zwei Rudeln, wenn es eine Herausforderung gibt. Bei einer Herausforderung kämpfen die Alphas gegeneinander als Wölfe. Doch da gibt es nur einen Sieger. Der stärkere Alpha siegt immer. So ein Kampf ist stets auf Leben und Tod", sagte Martin.

Jenny wie auch Matteo sahen fassungslos beide an. Sie konnten nicht verstehen, warum das so war.

„Wisst ihr, es ist ein Teil unserer Kultur. Früher war das oft der Fall, vor allem als es noch mehr Wandler gab. Lange vor der Verfolgung. Auch jetzt ist es noch so", sagte Finn.

Bei seinen letzten Worten sah er Lukas und auch seinen Onkel an. Lukas wie auch Martin wurden mit einem Mal kreidebleich. Lukas musste sich setzen. Finn sprang auf und holte ein Glas Wasser. Selbst Martin ahnte, was der Plan war.

„Lukas, ich will dich ja nicht drängen, aber was ist los?", fragte Jenny.

„Der Plan von diesem Alpha ist es, die Menschheit wieder ins dunkle Zeitalter zu stürzen. Das ist wohl sein Plan", sagte Lukas.

KAPITEL FÜNF

Die Tage vergingen und Martin musste mit Brian wieder nach Hause fliegen. Aber er sagte zu Lukas und Finn, dass sie ihn auf dem Laufenden halten sollen. Nach der Abreise von Martin trafen sich Lukas mit den anderen Alphas, um sie zu warnen. Auch wenn es beide nicht wahrhaben wollten, versprachen sie, vorsichtig zu sein. Aber er wusste auch, dass sie wahrscheinlich nicht allzu vorsichtig sein konnten. Doch Lukas musste ihnen im Gegenzug versprechen, sie so bald wie möglich wieder zu informieren. Für Lukas war es nicht allzu einfach, aber er versprach es ihnen. Nach dem Gespräch trennten sich wieder ihre Wege. Nie zuvor war Lukas so froh, wieder in seinem Revier zu sein. Aber dennoch konnte er sich keinen Moment der Ruhe gönnen, denn schon trat Tobias in sein Büro. Wild schimpfend ging er auf und ab, dabei stampfte er auch noch heftig mit den Füßen.

„Okay, Tobias, jetzt komm mal runter. Dann kannst du mir erklären, welche Laus dir über die Leber gelaufen ist", sagte Lukas mit seiner Alphastimme.

„Was los ist? Ganz einfach, dieser Gerhard ist ein Risiko. Er ist bestimmt ein Spion und du lässt ihn hier einfach bleiben", sagte Tobias laut.

„Ich treffe hier die Entscheidungen. Nicht du. Wenn dir das nicht passt, kannst du mich gerne herausfordern, falls du den Mut dazu hast", sagte Lukas noch lauter als Tobias.

„Du weißt, dass ich nur um deine Sicherheit besorgt bin. Ebenso wie um die des ganzen Rudels. Alleine deswegen kann ich dich nicht herausfordern. Aber wie kannst du es zulassen, dass sowohl dieser Gerhard als auch Matteo und diese Jenny einfach rumlaufen, ohne sie zu überwachen", sagte Tobias.

„Zum einen lasse ich Gerhard von David beobachten, zum anderen ist Finn bei Jenny, allein schon deshalb braucht Jenny nicht noch einen, der sie beobachtet, und was Matteo angeht, kenne ich ihn schon seit dem Kindergarten. Ich vertraue ihm. Da gibt es keine Diskussionen mehr", sagte Lukas und wurde immer lauter.

Tobias wusste, dass es besser war, nun zu gehen, und so ging er auch. Lukas setzte sich wieder in seinen Sessel und machte sich wieder an die Arbeit. Finn und Jenny hatten ganze Arbeit geleistet. Zusammen hatten sie eine Website aufgezogen, um ein paar Dinge des Rudels zu verkaufen. Lukas sah, dass sie alles versuchten, um dem Rudel zu helfen. Selbst Matteo hat ihnen ein bisschen geholfen. Schmunzelnd sah Lukas an, was sie vorhatten zu verkaufen. Leise klopfte es an seiner Bürotür. Als er hinsah, stand Finn in der Tür. Lukas deutete auf den Sessel.

„Sag, was ist los mit dir? Immerhin ist heute doch Montag. Hast du da nicht immer Schule?", sagte Lukas.

„Ja, schon, doch wir haben heute Nachmittag keine Schule. Wegen Krankheit. Aber ein paar weitere Rudelmitglieder wollen etwas beitragen. Nun können wir nicht nur Gemälde oder gestrickte Socken verkaufen, sondern auch noch etwas anderes", sagte Finn aufgeregt.

„Wirklich? Was denn noch?", fragte Lukas neugierig.

„Nun, Großmutter will auch die ganzen Mützen verkaufen, die sie seit Opas Tod gestrickt hat. Das kann uns auch helfen", sagte Finn.

„Das ist gut. Wie geht es ihr denn? Ich sehe sie kaum", sagte Lukas fragend.

„Es geht ihr gut. Sie möchte nur mal mit Onkel Steve reden. Sie will auch Timmy kennenlernen. Doch leider weiß sie, dass du es nicht magst, einen anderen Alpha hier zu haben. So möchte sie mal zu ihnen fliegen", sagte Finn.

„Sie will fliegen? Hat sie nicht einmal gesagt, dass sie Fliegen nicht mag", sagte Lukas.

„Ja, aber sie möchte sie mal kennenlernen. Aber vielleicht können wir ihr ja einen Gefallen tun", sagte Finn.

„So und welchen Gefallen möchtest du ihr tun?", fragte Lukas verwirrt.

„Wir könnten ihr ja die Flugtickets kaufen, damit sie es nicht selbst machen muss. Sag, was hältst du davon", sagte Finn.

„Nun, das ist gar keine schlechte Idee. Nur weißt du auch, wann sie fliegen möchte, denn wenn nicht, dann können wir es vergessen", sagte Lukas.

„Okay, da hast du mich erwischt, aber hast du vielleicht einen anderen Plan?", sagte Finn zu Lukas.

Doch Lukas grinste. Finn war nun völlig verwirrt. Aber noch bevor Finn fragen konnte, erklärte Lukas ihm, was er vorhatte. Lukas wollte ihre Großmutter dazu bringen, ins Büro zu kommen und mit Martin und seiner Familie über Skype zu reden. Finn war etwas skeptisch, aber er wusste, dass sie es versuchen könnten. Immerhin wollte ihre Großmutter auch einmal Jenny kennenlernen. Aber Finn war sich nicht sicher, ob das auch Jenny wollte. Doch sie wussten, dass sie es versuchen mussten. Gemeinsam heckten sie einen Plan aus, damit sie ihre Großmutter hierherlocken könnten. Doch Finn musste auch dann wieder los, sonst könnte Jenny noch einen Zusammenbruch erleiden. Lukas war verwirrt, doch Finn erklärte nur, dass es beide alleine nur schwer aushalten würden. Sie verabschiedeten sich und Finn fuhr dann los. Als sich Lukas wieder in sein Büro setzte, erhielt er eine E-Mail. Er öffnete sie und sah, dass sie von seinem Onkel Martin kam. Aufgeregt las er die Nachricht durch. Am Ende der Nachricht war sogar ein Bild mit Angehängt mit allen vieren. Er freute sich wirklich und schickte sofort eine Nachricht zurück. Bevor er den Computer schloss druckte er, noch das Bild aus. Er nahm es mit und ging aus dem Haus. Er ging durch das Dorf bis hin zu einer kleineren Hütte. Fast schon zaghaft klopfte er an. Die Tür ging auf und da stand eine ältere Frau mit weißen schulterlangen Haaren vor ihm. Sie freute sich sehr über ihren Besuch und fiel Lukas um den Hals.

„Oh, ich freue mich, dich wiederzusehen. Ich weiß, wir hatten nicht den besten Start, aber komm erst mal herein", sagte sie zu Lukas.

Lukas folgte ihr und konnte nicht glauben, was er da hörte. Aber er war froh darüber, sie nun wieder glücklich zu sehen. Als er in der Hütte war, glaubte er seinen Augen nicht. In dem Haus waren so viele Erinnerungen an alle schönen Dinge.

„Die Bilder sind das Einzige, was ich noch von eurem Vater noch habe. Genauso wie von Martin", sagte sie leicht traurig.

„Ja, das stimmt aber Onkel Martin hat mir eine E-Mail geschickt und da hat er mir dieses Bild mitgeschickt. Ich soll es dir geben, damit du weißt, wie sie aussehen", sagte Lukas und reichte ihr das Bild.

Als sie das Bild sah, kamen ihr die Tränen, doch sie versuchte, sich zusammenzureißen.

„Oh, ich kann es nicht glauben. Ich habe also doch endlich ein Enkelkind", sagte sie.

„Ja und wir können es für dich auch einrichten, dass du mal mit ihnen reden kannst. Das ist mal ein Anfang, oder?", sagte Lukas zu ihr.

„Ja, das wäre bestimmt gut, aber ich weiß nicht, ob das möglich ist", sagte sie.

„Das machen wir schon möglich. Was hältst du davon, wenn du am Samstag frühabends zu mir kommst? Da könntest du auch Jenny kennenlernen", sagte Lukas.

„Nur zu gerne komme ich. Ich hoffe, dass du wieder etwas Gutes kochst", sagte seine Großmutter.

„Natürlich. Ich werde etwas Besonderes kochen", sagte Lukas.

Seine Großmutter freute sich schon jetzt darauf. Doch Lukas musste dann auch wieder los, aber selbst er freute sich, denn sein Plan ging zum Teil auf. Nur jetzt musste auch noch der Rest aufgehen. Aber daran mochte er im Moment nicht denken. Denn jetzt brauchte er etwas Zeit für sich. Doch so weit kam es nicht, denn David und Gerhard kamen auf ihn zu.

„Lukas, wir müssen reden", sagte Gerhard aufgebracht.

„Worum geht es denn?", fragte Lukas verwirrt.

„Wir haben bei einer Tour durch den Wald jemanden aus seinem alten Rudel getroffen", sagte David.

„Und was ist da genau vorgefallen?", fragte Lukas.

„Er hat eine Botschaft für dich. Sein Alpha will alle Rudel vereinen, aber er würde dich verschonen. Wenn du ihm ewige Treue schwörst. Er würde dich dann auch als der Anführer seiner Hybriden-Armee einsetzen", sagte Gerhard.

„So und was habt ihr ihm gesagt?", fragte Lukas.

„Dass wir dir die Botschaft überbringen und du etwas Zeit brauchst, um darüber nach zudenken", sagte David.

„Gut. Ich werde diese Entscheidung nicht übers Knie brechen. Aber ihr wisst vielleicht schon, wie meine Entscheidung ausfällt", sagte Lukas und ging weiter.

Gerhard und David blieben alleine zurück. Sie wussten, dass Lukas diese Botschaft nicht annehmen würden. Aber dennoch hofften sie, dass Lukas nicht den falschen Weg einschlug. Sie gingen dann wieder zu ihren Hütten zurück und hofften einfach, dass das zum letzten Mal passiert. Den restlichen Tag sprach Lukas mit niemandem mehr ein Wort. Nicht einmal ans Telefon ging er. Erst als es Nacht wurde, konnte er etwas zur Ruhe kommen. Aber dennoch konnte oder wollte Lukas nicht ganz verstehen, warum ein Alpha so einen Vorschlag machte. Langsam, aber sicher wusste er auch dass er sich bei den anderen melden muss, doch das würde er morgen machen. Jetzt war er einfach zu müde. Aber selbst als er im Bett lag, fand er nur schwer in den Schlaf. Doch selbst dieser war unruhig – bei jedem Geräusch von draußen schlug er die Augen auf. Gerade als er halbwegs tief schlafen konnte, läutete sein Handywecker. Genervt stellte er den Wecker ab und stand auf. Er sah aus dem Fenster und wollte sich nur noch mal hinlegen. Aber es nutzte nichts, so ging er ins Bad und stellte die Dusche auf kalt. Blitzartig war er ganz wach. Nachdem er auch mit dem Frühstück fertig war, schnappte er sich seine Sachen. Als er in seiner Firma war, wusste er wie seine Schicht sein würde. Aber heute waren alle irgendwie gut drauf. Genau das verstand er nicht, zwar waren sonst auch alle gut drauf, aber nicht so gut.

„Sag mal, Karl, was ist denn los mit euch allen? Ihr habt so eine gute Laune, da wird mir ja schon fast komisch im Bauch", sagte Lukas fragend.

„Das ist einfach. Ich hatte letzte Nacht richtig geilen und wilden Sex, die anderen haben gute Laune, weil sie heute etwas mehr Geld bekommen haben. Nur du siehst irgendwie müde aus", sagte Karl freudestrahlend.

„Too much for me. Ich habe einfach nur schlecht geschlafen. Ich habe kein Auge zugekriegt. Keine Ahnung wieso, aber ein paar Espressi und ich bin wach", sagte Lukas und ging, um sich für den Dienst fertig zu machen.

Karl blieb verwirrt zurück, aber insgeheim hoffte er, dass Lukas einfach nur schlecht geschlafen hatte. Den ganzen Tag über tat Lukas alles, damit keiner irgendetwas merkte. Am frühen Abend kam ein Anruf und Lukas ging ran. Er tippte in den Computer die Reservierung ein. Später als dann auch die Küche geschlossen hatte, kam noch ein Anruf. Diesmal ging aber Linda ans Telefon.

„Gasthaus zum Braumeister, Linda am Apparat. – Einen Moment bitte", sagte Linda.

Leicht verwirrt kam sie auf Lukas zu. Lukas bemerkte es zuerst nicht, da er noch mit der Kellnerbörse zu tun hatte. Doch da knackste Lindas Fußgelenk. Lukas sah auf und ließ es so gut er konnte natürlich aussehen.

„Was ist denn, Linda? Du siehst irgendwie verwirrt aus", sagte Lukas zu ihr.

„Nun ja, da ist ein Mann am Telefon und er möchte dich sprechen. Wieso hat er nicht gesagt", sagte Linda.

Lukas ging schnellen Schrittes auf das Telefon zu und führte es dann zum Ohr, als er es in der Hand hatte.

„Lukas, wie kann ich … – Moment warte was? – Okay sie dürfen bleiben. Wir reden morgen mit ihnen. – Halte Tobias zurück. Okay, bis später", sagte Lukas und legte auf.

Kopfschüttelnd legte er das Telefon wieder auf den Platz zurück. Linda fragte ihn zwar, was los sei. Doch da musste er sie anlügen, so erzählte er ihr, dass ein paar Schulfreunde von Finn bei ihnen waren. Linda gab sich damit zufrieden und machte sich wieder an die Arbeit. Doch Lukas fühlte sich dennoch mies, da er einer guten Kollegin mitten ins Gesicht log. Trotz seines schlechten Gewissens tat er so, als ob nichts Großes wäre. Den Rest seines Dienstes war dann nicht mehr so spannend. Als sie dann alles sauber gemacht und aufgefüllt hatten und niemand mehr da war, sperrten sie zu. Als sie auch mit der Börse fertig waren, machten sie sich auch auf den Heimweg. Sie verabschiedeten sich auch noch von ihrem Kollegen, der an der Bierbar als Barkeeper arbeitete. Als sie dann bei ihren Autos waren, verabschiedeten sie sich auch voneinander. Lukas stieg in sein Auto ein und drehte den Schlüssel um. Bald darauf dröhnte auch schon der Bass. Aber genau das brauchte er jetzt, sonst hätte er sich nicht ablenken können. Je weiter er fuhr, umso mehr wünschte er sich, dass nie etwas vorgekommen wäre. Aber er wusste, dass es nichts nutzen würde, doch als er endlich in seinem Revier war, kehrte wieder seine alte Kraft zurück. Zu seiner Überraschung waren ein paar neue Autos auf dem Rudelparkplatz. Er stellte sein Auto ab und machte sich auf den Weg. Schon hörte er Gelächter und das Knacken von Holz. Der Duft von Rauch mischte sich mit dem Duft der Erregung, kaum dass er auf den Hauptplatz betrat, konnte er es nicht glauben. Gut und gerne zehn neue Wölfe waren versammelt. Alle sprachen mit den anderen und sogar mit Gerhard. Auch Finn war mit Jenny dort. Ein paar Wölfinnen sprachen mit Jenny und es schien, als würde es sie nicht stören, dass Jenny ein Mensch war. Finn sah auf und erkannte Lukas sofort. Finn kam auf ihn zu und strahlte fast schon.

„Sag mal, Finn, was ist los mit dir, du strahlst so?", sagte Lukas leicht verwirrt.

„Ach, nun ja, es ist einfach anders und sie alle brauchten einen Ort, wo sie bleiben können. Tobias hat mich angerufen. Ich kam mit Jenny und wir organisierten hier alles, als du noch nicht da warst", sagte Finn und drehte seinen Kopf zu Jenny.

Im schwachen Licht des Lagerfeuers konnte Lukas etwas am Hals von Finn sehen. Lukas erkannt sofort, was das war. Dann sah er zu Jenny rüber und sie strich sich die Haare hinter ihr rechtes Ohr. Da fiel sein Blick sofort auf ein Pflaster. Lukas fiel fast vom Glauben ab. Doch da schlug er Finn sanft mit der Faust gegen die Schulter.

„Also, ich weiß jetzt nicht, was ich davon halten soll. Denn entweder sollte ich sauer sein oder dich beglückwünschen", sagte Lukas freudig.

„Und wofür genau?", fragte Finn verwirrt und rieb sich die Schulter.

„Du hast mit Jenny den Gefährtenbund vollzogen. Da könnte ich ja neidisch sein", sagte Lukas.

Finn lächelte nur sanft und erklärte Lukas auch noch, dass alles geklärt wäre, wo ihre Gäste übernachten würden. Lukas nickte und ging mit Finn an seiner Seite zu den anderen. Als sie merkten, dass sich Lukas und Finn näherten, verstummten die Gespräche. Angespannt sahen sie zu ihnen, selbst Jenny kam mit den Wölfinnen zur Gruppe dazu.

„Ich möchte euch alle hier willkommen heißen. Ihr seid herzlich eingeladen, so lange zu bleiben, wie ihr wollt. Bevor ihr mir erzählen wollt, was passiert ist, möchte ich euch noch sagen, dass das bis morgen warten kann. Heute erholt euch und tankt Kraft. Wir sehen uns dann morgen. Ich wünsche euch eine erholsame Nacht", sagte Lukas und ging zu seinem Haus.

Ihre Gäste waren verwirrt, dass der Alpha jetzt schon ging.

„Mein Bruder unser Alpha arbeitet als Restaurantfachmann in einem Wirtshaus. Er hat einen langen Tag hinter sich. Deswegen verabschiedet er sich auch so früh", sagte Finn zu ihnen.

Das schien ihnen zu reichen und sie vertieften sich wieder in ihre Gespräche. Lukas war froh darüber, dass Finn ihm den Rücken freihielt. Doch als es dann etwas später war, legte er sich hin. Von draußen kam kein Geräusch mehr. Alle schliefen. Zufrieden konnte sich Luks nun endlich in den Schlaf fallen lassen. Lukas wachte auf, als die ersten Sonnenstrahlen durch sein Fenster fielen. Sein Glück war, dass alle noch schliefen, als er sich fertig machte zum Joggen – alle bis auf Finn. Dieser wartete schon im Wohnzimmer auf Lukas.

„Finn? Wieso bist du jetzt schon wach? Und wieso trägst du ein Trainingsoutfit? Ich wusste ja nicht einmal, dass du läufst?", sagte Lukas fragend.

„Nun ja, ich wollte einmal wissen, wieso die Menschen immer so viel tun, um möglichst schlank zu sein. Aber ich möchte auch mal etwas Stress abbauen. Wenn es dich nicht stört", sagte Finn wirkte leicht verunsichert.

„Ich habe dir schon oft angeboten, dass du mitkommen kannst. Aber diese Worte von dir zu hören, ist etwas Gutes", sagte Lukas. Beide gingen aus dem Haus und machten zunächst eine Runde um das Dorf. Jetzt da sie wussten, dass alles gut war, liefen sie in den Wald. Lukas zog immer wieder das Tempo etwas an und Finn tat alles, um nicht zurückzufallen. Aber er merkte schon bald, dass seine Muskeln nicht mehr so richtig mitmachten. Finn blieb stehen und keuchte. Lukas kam auf Finn zugejoggt.

„Tut mir leid, Finn. Ich hätte dich nicht so triezen sollen. Ich hätte etwas langsamer laufen sollen", sagte Lukas und stellte sich zu Finn.

„Schon gut, das ist ja nicht deine Schuld. Ich bin dieses Laufen nicht gewöhnt als Mensch. Ich hoffe nur, dass meine Muskeln nicht sauer werden", sagte Finn außer Atem.

„Muskelkater nennt man das. Aber frag Jenny, was du da am besten dagegen machen kannst. Komm, wir gehen wieder zurück. Schön langsam", sagte Lukas.

Sie joggten langsam wieder zurück und als sie wieder zurück waren, waren die anderen schon auf den Beinen. Was sie da sahen, war anders, als das was sie kannten. Die Rudelmitglieder wie auch ihre Gäste machten gemeinsam Frühstück für das Rudel. Beide sahen sich verwirrt an, aber sie gingen durch das Dorf. Alle grüßten sie und die neuen Wölfe strahlten fast schon und sie bedankten sich bei Lukas, dass sie bleiben durften. Auch Jenny kam auf sie und warf sich Finn um den Hals.

„Da seid ihr ja endlich. Es fragen sich schon alle, wo ihr seid. Aber so wie ihr aussieht, wart ihr laufen", sagte Jenny als sie Finn wieder losließ.

„Ja, das waren wir. Nur Jenny-Mausi, du weißt nicht vielleicht, was gegen diesen Muskeltiger hilft", sagte Finn.

„Nicht Muskeltiger, sondern Muskelkater", sagten Jenny wie auch Lukas zu gleich.

Aber Jenny schnappte sich Finn und zerrte ihn mit ins Haus. Lukas blieb noch etwas und sah ihnen zu.

„Alpha Lukas, guten Morgen. Ich bin froh, Sie heute zu sehen. Sie haben hier ein schönes Fleckchen Erde. Oh, verzeihen Sie, ich bin Cornelia. Die Cousine des künftigen Alphas unseres alten Rudels", sagte Cornelia.

„Danke, ich wünsche dir auch einen guten Morgen. Das freut mich. Aber darf ich fragen, ob ihr Hilfe braucht", sagte Lukas zu ihr.

„Das ist nett, aber wir haben alles im Griff. Nur ich glaube, es wäre für uns alle gut, wenn Sie duschen gehen und dann zum Frühstück kommen", sagte Cornelia.

Lukas nickte und ging dann in sein Haus. Finn kam gerade von der Dusche runter. Lukas machte sich auf den Weg in sein Zimmer.

„Lukas, du bist doch wohl nicht noch sauer wegen dem Gefährtenbund von mir und Jenny?", fragte Finn vorsichtig.

„Nein, bin ich nicht. Ich hätte mir zwar gewünscht, dass ihr noch etwas wartet, aber nun ja, ich freue mich für euch. Aber mit dem Kinder kriegen wartet noch", sagte Lukas eindringlich.

Finn nickte nur und Lukas war froh, dass er sich zumindest darüber keine Sorgen machen muss. Aber daran wollte er jetzt nicht denken. Als er geduscht war, zog er sich fertig an und Jenny wartete schon mit Finn auf ihn. Lukas sah sie an und war sichtlich verwirrt. Da klopfte es an der Tür. Jenny machte die Tür auf und Cornelia sagte ihnen Bescheid, dass das Frühstück fertig war. Sie winkten Lukas runter und machten sich gemeinsam auf den Weg zum Frühstück. Alle Rudelmitglieder hatten gemeinsam drei Tische und ein paar Stühle auf den Hauptplatz gestellt. Auf jedem Tisch standen Teller mit frisch gebratenen Köstlichkeiten.

„Habt ihr das alle selbst gemacht? Das ist ja unglaublich", sagte Lukas leicht verwirrt.

„Ja, das haben wir alle. Ich hoffe nur, dass es sie nicht stört. Wir möchten nur euch allen etwas zurückgeben", sagte Cornelia.

„Natürlich stört es hier niemanden. Nur das müsst ihr nicht tun", sagte Lukas.

„Okay, ihr beiden, können wir nun bitte essen. Sonst fällt mir Finn noch vom Fleisch. Oder er bekommt noch viel längere Zähne und isst uns alles alleine weg", sagte Jenny.

Lukas nickte und alle setzten sich. Keiner traute sich so richtig, sich was von dem Teller zu nehmen, bis sich Lukas was genommen hatte. Erst jetzt nahmen sich nun auch die anderen etwas zum Essen. Lukas konnte sehen, wie sich alle freuten, mal wieder in Gemeinschaft zu essen. Selbst Jenny ging nun auch weiter aus sich raus. Aber am meisten freuten sich alle über die Eier, den gebratenen Speck und noch viele anderen Sachen. Sie halfen alle zusammen, alles wieder aufzuräumen, als sie fertig waren mit dem Frühstück. Selbst die Großmutter von Lukas und Finn war da. Sie unterhielt sich mit Jenny und den anderen. Noch während sie sich unterhielten, kam Cornelia zu Lukas und bat ihn um ein Gespräch. Er führte sie in sein Haus und ging direkt ins Büro weiter. Als sie dort waren, nahm Lukas hinter dem Schreibtisch Platz und deutet Cornelia, dass sie sich setzen sollte. Zuerst war sie sich nicht sicher, was sie tun sollte, aber zögernd nahm sie auch Platz.

„Okay, du wolltest mit mir reden, jetzt kannst du es. Denn wie du weißt, habe ich Fragen an dich. Du scheinst das ranghöchste Mitglied deiner Leute zu sein", sagte Lukas ruhig.

„Ja, ich weiß. Ich wollte mit euch …", sagte Cornelia.

„Bitte nenn mich einfach Lukas. Ich steh nicht so wirklich auf dieses Alpha-Getue. Ich will nicht, dass jemand so tut, als wäre es ein Gesetz, den Alpha zu siezen", sagte Lukas zu ihr.

Cornelia nickte, wenn auch leicht verunsichert, wie sie nun mit der Situation umzugehen hatte.

„Nun gut, wie Sie … ähm wie du willst. Ich bin das nur nicht ganz gewöhnt. In meinem alten Rudel haben wir alle den Alpha auch mit Alpha angesprochen. Tja, da ist es für mich etwas komisch", sagte Cornelia.

„Verstehe. Aber ich bin nicht so. Wie du es sicherlich gesehen hast, ist mein Rudel zu mir etwas anders. Ich habe damals als ich herkam, nicht gewollt, dass mich jemand wie ein Alpha behandelt. Mein Vater hat das verstanden und es auch durchgesetzt, auch bei Finn und seiner Gefährtin", sagte Lukas zu ihr.

Cornelia sah ihn an, als hätte er etwas gesagt, was verstörend wäre.

„Wie du wohl weißt, bin ich ein Mensch-Wandler-Hybride. Meine ersten zehn Lebensjahre wuchs ich unter Menschen auf. Nach dem Tod meiner Mutter kam ich her. Die Umstellung war schwer, aber wir sind nicht hier, um über mich zu reden", sagte Lukas.

„Stimmt. Wir sind hierher geflohen. Wir kommen aus dem Pielachtal-Rudel. Unser Alpha wurde herausgefordert, doch das war nicht richtig", sagte Cornelia.

„Wie meinst du das? Erkläre mir bitte, was nicht richtig war", sagte Lukas.

„Bei der Herausforderung sind normalerweise nur die Alphas wie auch ihre Betas anwesend, wie ihr wisst. Aber bei dieser hatte neben den Betas auch noch die Familie des Alphas dabei sein sollen. Der Kampf war ungerecht, dieser Alpha, der meinen Onkel herausgefordert hat, war grausam. Es war ein Massaker. Mein Onkel hatte so gut wie keine Chance. Sollte ich ihn finden, dann werde ich ihn töten", sagte Cornelia sauer.

„Cornelia, bitte beruhige dich. Er wird seine gerechte Strafe bekommen. Nur sag mir bitte, wie der Name dieses Alphas war", sagte Lukas beruhigen.

„Sein Name war Georg. Er war richtig arrogant. Als er meinen Onkel getötet hat, sagte er noch, dass alle Ränge nun nicht mehr gelten würden. Sollten wir einen Rang behalten wollen, sollten wir darum kämpfen. Meine Tante wie auch meine Cousine sind quasi seine Gefangene. Ich und ein paar andere konnten fliehen. Wir packten die notwendigsten Sachen und fuhren erst einmal ein paar Stunden, damit wir nicht verfolgt werden", sagte Cornelia bedrückt.

„Alpha Georg, also. Diesen Namen habe ich schon mal gehört. Hier seid ihr vorerst in Sicherheit. Sollte er auch hierherkommen, versprich mir eines, wenn er herkommt, dann werde ich mich um ihn kümmern", sagte Lukas eindringlich.

Cornelia nickte nur zustimmend. Lukas meinte dann noch, dass sie nun erst einmal gehen könnte, wenn sie will. Cornelia nickte, stand auf und ging. Lukas blieb noch etwas. Für ihn war das gerade Gehörte einfach nur schrecklich. Aber er musste diese

Info den anderen Alpha weitergeben, damit er sich darauf vorbereiten konnte. Nachdem er die E-Mail zu ihm geschickt hatte, konnte er sich nicht mehr auf irgendetwas anderes konzentrieren. So ging er in die Küche und suchte sich alles zusammen. Als er das gemacht hatte, fing er an zu kochen. Die nächste halbe Stunde machte er nichts anderes, als zu rühren und alles zusammenzumixen. Draußen hingegen waren Jenny und seine Großmutter in ihr Gespräch vertieft.

„Was wirklich?", sagte Jenny.

„Ja, wirklich. Lukas wie auch Finn kamen mit einem Fell voller Kletten wieder. Ihr Fell war voller grünen Kletten. Sie sahen irgendwie lustig aus. Selbst ihr Vater musste lachen. Sie haben oft verrückte Dinge angestellt", sagte sie.

„Erzählst du meiner Gefährtin etwa die Klettengeschichte. Eines kann ich sagen, für mich und Lucky war das Entfernen nicht lustig", sagte Finn.

„Ich glaube, seit wir uns kennen, hast du Lukas noch nie als Lucky bezeichnet. Wie kommt denn das?", sagte Jenny fragend.

„Tja, das liegt daran, dass nur ich ihn Lucky nennen darf. Aber auch nur seit einer anderen Sache. Die sollte aber er dir selbst erzählen", sagte Finn und deutete auf das Haus von Lukas.

Zu dritt gingen sie hin und währenddessen erzählte seine Großmutter Jenny noch eine ganz andere Geschichte. Doch Finn hoffte nur, dass sie dort sind noch vor den anderen Peinlichen Sachen. Zu seinem Glück war das auch so. Lukas machte die Tür auf und trat ein. Sofort wurden seine Sinne von einem süßen Duft schon fast betäubt. Finn sah sofort zur Küche und er ahnte schon, was los war. Jenny wie auch seine Großmutter blieben neben ihm stehen und sie spürten, dass irgendetwas nicht stimmte.

„Lukas, ist alles in Ordnung?", fragte Jenny.

Finn schlug sich sofort die flache Hand auf die Stirn. Lukas war kurz davor,die Beherrschung zu verlieren, aber er ließ es nicht zu.

„Nein, es ist überhaupt nichts in Ordnung. Ich habe mit Cornelia gesprochen. Was sie mir erzählt hat, war zu viel. Immerhin hat dieser Bastard ein ungeschriebenes Gesetz der Alphas gebrochen. Wie soll man da ruhig blieben", sagte Lukas und schlug auf die Arbeitsfläche.

Alle gingen einen Schritt zurück.

„Mausilein, was ich vergessen habe, dir zu erzählen, war, wenn mein Bruder kocht und es schwebt so ein süßer Duft in der Luft, dann frage ihn nicht, ob alles in Ordnung ist. Das war meine Schuld. Sorry, Liebes", sagte Finn leicht reumütig.

Langsam schien Lukas sich aber wieder etwas mehr gefangen zu haben, denn als er sich umdrehte, konnte man sehen, dass es ihm leidtat.

„Tut mir leid, nur nach dieser Nachricht, da bin ich nicht gerade die beste Gesellschaft", sagte Lukas.

„Schon in Ordnung. Nur jetzt mal ehrlich, was kochst du denn da?", sagte Jenny fragend.

„Er kocht wohl seinen Schlechte-Laune-Pudding", sagte Finn.

„Ja, stimmt schon. Aber Jenny, ich koche hier eine Schoko-Pudding mit dreierlei Schokosplitter und fruchtiger Himbeersauce", sagte Lukas.

Jenny bekam schon allein beim Zuhören Lust darauf, am liebsten hätte sie Lukas gefragt, wie viel es war. Aber so weit kam sie nicht einmal, schon drehte sich Lukas um und holte eine zweite Schüssel Pudding aus dem Kühlschrank.

„Wenn ich schlechte Laune habe, kann ich nicht einschätzen, wie viel ich brauche. Also wenn du willst, kannst du gerne mitessen. Ich habe genug für uns alle gemacht. Also wenn ihr beide wollt, Oma und Finn, könnt ihr gerne mitessen. Oder zumindest probieren", sagte Lukas und reichte allen einen Löffel.

Jeder nahm sich gerne den Löffel und probierte. Für Finn und ihre Großmutter war es etwas zu süß, aber Jenny liebte es. Allein schon diese Kombination fand sie richtig gut.

„Lukas sag mal, woher hast du denn das Rezept?", fragte Jenny neugierig.

Schlagartig wurde Lukas fast schon depressiv. Finn und seine Großmutter wussten, was es war. Finn wollte schon was sagen, aber Lukas kam ihm zu vor.

„Diesen Pudding hat mir meine Mutter immer gemacht, wenn es mit nicht gut ging. Entweder wenn ich krank war, mich verletzt hatte oder etwas anderes war, hat sie mir diesen Pudding gemacht. Sie wusste immer genau, was ich damals brauchte. Sie hat viel für mich gemacht, wenn es mir nicht gut ging. Ich habe mir ihr Rezeptbuch damals mitgenommen. Sie hat immer alles notiert", sagte Lukas mit gedrückter Stimmung.

Jenny wie auch Finn kannten seine Gefühle zu seiner Mutter. Nur seine Großmutter war nicht so sehr erfreut. Aber sie hatte immer noch einen Trumpf im Ärmel. Doch sie spielte ihn nicht aus. Stattdessen bat sie Lukas darum, mit ihr zu kommen. Lukas stimmte zu, bat aber Finn und Jenny darum, sich um das Rudel zu kümmern, solange er weg war. Beide stimmten zu. Lukas folgte ihr durch den Wald und doch fragte er sich, was mit ihr los war. Denn sie hatten bisher nie einen sehr engen Draht zueinander gehabt. Aber da kamen sie bei einer Höhle an, sie nahm zwei Steine und schlug sie aneinander, bis sich ein Funke bildete. Beim Ast, den sie bereitgelegt hatte, bildete sich eine Flamme, sie hob ihn hoch und ging rein. Lukas drehte seine Handytaschenlampe auf, um mehr zu sehen.

„Du bist zu sehr auf dieses neumodische Ding angewiesen", sagte seine Großmutter.

„Dieses Ding ist wenigstens heller als diese Fackel. Nur was ist das hier für ein Ort?", fragte Lukas verwirrt.

Gerade da kamen sie in einen großen Raum. Die Höhle war groß genug für eine Versammlung. Lukas ging hinein und sah auch ein paar Bilder an den Wänden. Aber er fragte sich immer mehr, was sie hier taten.

„Dies ist für unser Rudel wichtig, um nicht zu sagen heilig", sagte Sie.

„Wie meinst du das mit heilig? Das Einzige, was ich hier sehe, ist eine Art Podest und eine große Höhle, aber mehr nicht", sagte Lukas immer noch verwirrt.

„Hier konnten wir uns verstecken. Das war der einzige Ort, wo wir Wölfe sein konnten. Doch im Laufe der Zeit wurden wir weniger. Als dein Vater noch ein Kind war, war unser Rudel fast doppelt so groß. Heute sind wir nur noch übrig. Du, Finn, David, ich, Tobias, Jessica, Finns Großeltern, sein Onkel, seine Tante, die drei Kinder und deren Eltern. Wir sind nur mehr fünfzehn. Als dein Vater älter wurde, verließen uns viele. Wir hatten damals auch einen kleinen Bauernhof. Doch der musste leider geschlossen werden. Nun kämpfen wir ums Überleben", sagte sie.

Lukas wusste, dass das, was sie sagte, richtig war. Er kannte die Finanzen des Rudels, sie kämpften wirklich ums Überleben. Aber er hatte einfach das Gefühl, hier etwas gefunden zu haben, das dem Rudel wieder helfen könnte. Aber seine Großmutter sprach wieder. Aber Lukas konnte es nicht mehr hören.

„Bitte hör auf zu reden, Oma. Ich möchte jetzt etwas alleine sein", sagte Lukas seine Stimme hallte von der Höhle und verlieh ihr mehr Kraft.

Sie nickte nur und ging aus der Höhle raus. Hier spürte er das Gefühl von damals, als ihm der Vater wie auch die Mutter erschienen. Aber hier war es etwas anderes.

Wir haben gehofft, dass du hierherkommst. Wir möchten dir eine Geschichte erzählen. Eine andere wie die deiner Großmutter. Sieh auf die Bilder und lass dich durch die Bilder der Vergangenheit verzaubern, sagten der Vater und auch die Mutter gleichzeitig in seinem Kopf.

Als dein Großvater noch ein junger Alpha war, hielt er hier regelmäßig Versammlungen seines Rudels ab. Wir schickten ihm nach einiger Zeit deine Großmutter. Sie waren von uns vorbestimmte Gefährten. Sie gebar ihm zwei Söhne: deinen Vater und deinen Onkel. Sie wurden älter und dein Onkel ging zu seinem Gefährten. Doch nach dem Tod von ihrem Vater fiel dein eigener Vater in ein Loch und wir schickten ihm deine Mutter. Als sie sich zum ersten Mal sahen, verliebten sie sich ineinander. Ja, sie waren vorbestimmte Gefährten. Als dein Vater das seiner Mutter sagte, war sie dagegen, sie wollte nicht, dass ihr Sohn eine Menschenfrau zur Gefährtin nimmt. Dein Vater hätte es getan, aber er wusste nicht, was seine Mutter noch vorhatte. Aber dennoch trafen sie sich heimlich weiter. Als dann Susanne, Finns Mutter, mit ihren Eltern und ihrer Schwester zu euch kam, tat deine Großmutter alles, um ihren Sohn mit der Tochter der Neuen zu verbinden. Dein Vater wehrte sich dagegen, aber es frustrierte ihn, nicht bei dir und deiner Mutter zu sein. So stimmte er zu. Doch nach der Verbindung kam noch ein Wolf zu euch. Er erzählte, dass sie falsche Götter anbeten würden. Dein Vater tat alles, um diese Worte zu entkräften. Doch viele folgten den Versprechungen des Fremden, so kehrten sie uns den Rücken. Auch deine Großmutter verfiel den Worten des Fremden. Genau in dieser Zeit erzählte deine Mutter deinem Vater, dass sie dich erwartet. Er hatte keine andere Wahl mehr und musste Susanne euer Geheimnis anvertrauen. Deine Großmutter war es auch, die diesen Ort entweihte sie führte ihn hier her und hier tat er alles, um diesen Ort für uns zu versperren. Deine Großmutter wollte das weitermachen, aber als du zu deinem Vater kamst, ging ihr das Wasser aus. Sie bekam kein neues Wasser mehr. Aber der Schaden war bereits angerichtet. Dein Vater spürte, dass die Verbindung zu uns fast verloren ging. Deshalb kam keiner mehr hier her. Doch nun im Laufe der Zeit wurde unsere Verbindung wieder stärker. Nun kannst du wieder Versammlungen veranstalten. Doch du darfst mit niemandem reden. Darum bitten wir dich, sagten der Vater wie auch die Mutter in seinem Kopf und zeigten ihm auch die Bilder der Vergangenheit.

Noch ein paar Minuten bleib er reglos stehen – in der Hoffnung, dass beide noch einmal mit ihm reden würde. Doch das taten sie nicht. So ging er wieder zum Eingang der Höhle zurück. Doch das Licht der Sonne blendete ihn. Erst als sich seine Augen wieder an das Licht gewöhnt hatten, machte er sich wieder auf den Weg zurück zum Rudel. Schon als er nah dort war, konnte er hören, wie seine Großmutter wollte, dass ihre Gäste nun endlich verschwinden sollen. Lukas lief schnell zu ihnen hin. Doch als er ankam, hatte sich schon ein Mob gebildet. Noch bevor sich alle aufeinander stürzen konnten, griff er ein.

„Was soll das hier? Keiner geht irgendwo hin. Ihr könnt bleiben. Es gibt genug Platz in unserem Wald. Unsere Gäste bleiben, so lange wie sie wollen. Keiner darf nun gegen meine Anordnung verstoßen", sagte Lukas laut.

Alle entblößten entweder ihren Hals oder neigten ihren Kopf als Geste der Unterwerfung. Alle gingen wieder, selbst seine Großmutter machte sich wieder auf den Weg zu ihrer Hütte. Lukas blieb noch stehen und Cornelia kam auf ihn zu.

„Ich danke dir. Sie kam auf uns zu und sagte, dass wir verschwinden sollen. Sie sagte auch, dass du es auch möchtest. Aber ich konnte es nicht glauben", sagte Cornelia.

„Ich würde niemals etwas tun, was euch an meinem Wort zweifeln lässt. Da meine Mutter mich gut erzogen hat, bin ich nun hoffentlich ein guter Alpha", sagte Lukas zu ihr.

Cornelia nickte und ging wieder. Die drei Jungen kamen auf ihn zu.

„Alpha, dürfen wir etwas fragen?", sagte der junge Teenager.

„Ja, was wollt ihr denn wissen?", fragte Lukas.

„Wir möchten gerne wissen, ob wir für euch etwas tun können? Unsere Eltern sind etwas genervt von uns zurzeit", sagte der Junge.

„Ja, ihr könnt etwas für mich tun. Geht zu meiner Großmutter und haltet sie unter Beobachtung. Wenn sie ihr Haus verlässt, folgt ihr unauffällig. Sobald ihr etwas wisst, gebt mir und zwar nur mir Bescheid. Dafür bekommt ihr alle drei von mir zehn Euro. Abgemacht", flüsterte Lukas ihnen zu.

Alle drei stimmten zu und Lukas war froh, dass nun seine Großmutter nichts mehr tun konnte, was dem Vater wie auch der Mutter schaden könnte. Aber er hatte auch ein etwas ungutes Gefühl, da er niemandem etwas sagen durfte. Lukas machte sich nun auf den Weg zu seinem Haus. Er hoffte nur, nicht in irgendein Gefährtending hineinzuplatzen. Aber zu seinem Glück waren die beiden immer noch mit dem Pudding beschäftigt.

„Sagt nicht, ihr habt das gerade nicht mitgekriegt?", fragte Lukas verwirrt.

„Mitgekriegt, was denn?", fragte Jenny verwirrt und sah zu Lukas.

„Ich habe auch nichts mitbekommen. War irgendetwas?", sagte Finn verwirrt mit halbvollem Mund.

Lukas staunte nicht schlecht, dass sich die beiden so von einem Pudding ablenken lassen konnten. Noch kurze Zeit starrte Lukas fassungslos beide an. Aber er konnte sich dann wieder fangen. So erzählte er ihnen, was sich vor ein paar Minuten alles abgespielt hatte. Er erzählte ihnen, dass ihre Großmutter ihre

Gäste von hier wegschicken wollte. Jenny wie auch Finn waren geschockt darüber, was sie da hörten. Ihnen blieb glatt die Sprache weg. Keiner glaubte seinen Ohren, aber es musste wahr sein. Das Glück von Finn und Jenny war, dass es heute wegen Krankheit keinen Unterricht gab. Aber dennoch war das gerade Gehörte fast schon zu viel für sie. Sie schnappten sich beide noch die Schüssel und setzten sich ins Wohnzimmer, um erst einmal alles sacken zu lassen.

„Ich meine, das würde Oma doch nie tun", sagte Finn.

„Nun, ich kenne sie zwar erst seit Kurzem, aber sie scheint doch ganz nett zu sein. Da fällt es mir auch schwer, das zu glauben", sagte Jenny und steckte sich noch einen Löffel in den Mund.

„Wenn ihr nur wüsstet. Finn, du weißt genau, wie sie zu mir immer war. Die Bindung zwischen mir und Oma war schon immer recht kühl", sagte Lukas

„Ja stimmt. Sie war mehr als nur kühl. Papa hat immer gesagt, dass eure Beziehung kälter ist als Eis", sagte Finn und nahm ebenfalls einen Löffel Pudding.

„Ja, das stimmt. Nur ihr beiden passt besser auf, ich werde dieses Mal nicht die Couch putzen. Sondern ihr beide, wenn ihr auch nur einen Puddingfleck auf die Couch bringt. Ist das klar, oh und Finn das zahlst du dann von deinem Taschengeld", sagte Lukas bestimmt.

Beide wussten, dass mit Lukas nicht zu spaßen war, wenn er diesen Ton anschlug. Doch Lukas ging nach oben auf sein Zimmer und ließ die beiden alleine zurück. Weder Jenny noch Finn wussten, was er jetzt haben könnte. Doch sie ließen das Thema einfach ruhen und genossen einfach die Zeit zu zweit. Lukas hingegen konnte im Moment einfach nichts mehr verstehen und setzte sich auf sein Bett. Er verstand nichts mehr. Für ihn war es unvorstellbar: Wie konnte ein Wolf nur so etwas tun, wie konnte ein Wolf nur irgendetwas tun, was der Natur schadet? Das ergab für ihn einfach keinen Sinn mehr. Er stand auf und ging zu seinem Bücherregal. Er suchte sich sein absolutes Lieblingsbuch heraus. Das hatte er von seiner Mutter zum zehnten Geburtstag bekommen und er hütete es wie seinen Augapfel. Er legte sich auf sein Bett und begann zu lesen. Die Seiten waren nach all der Zeit schon abgegriffen. Aber er liebte das Buch. Er konnte sich kaum noch daran erinnern, wie oft er es gelesen hat. Jedes Mal, wenn er etwas Abstand brauchte, wollte er sein Buch lesen. Aber heute fiel es ihm einfach schwer, sich fallen zu lassen. Er schlug das Buch zu und starrte einfach an die Decke. So viele Fragen schwirrten ihm durch den Kopf. Fragen über Fragen und auf keine hatte er eine Antwort.

„Was will nur dieser Georg mit seinem Plan erreichen? Warum will er die Menschheit wieder ins dunkle Zeitalter stoßen? Das dunkle Zeitalter. Das dunkle Zeitalter!", sagte Lukas.

Sofort sprang er auf und machte die Tür auf. Jenny und Finn sahen verwirrt zu Lukas auf.

„Jenny! Finn! Wir müssen auf den Dachboden. Jetzt kommt mit", sagte Lukas bestimmt.

Finn wie auch Jenny wollten oder konnten Lukas nicht widersprechen. Bald darauf folgten sie ihm auf den Bachboden und sie durchsuchten jeden Karton. Lukas suchte, ohne etwas zu sagen. Doch Finn war schon bald nur noch genervt.

„Okay, großer Bruder. Könntest du uns vielleicht mal sagen, was wir hier suchen? Wir haben hier alles fast schon durchsucht. Sag uns einfach, wonach wir suchen", sagte Finn leicht genervt.

Jenny stand auf und versuchte, Finn zu beruhigen, doch er wollte nicht auf sie hören.

„Erinnerst du dich an das alte Buch, was Papa immer in seinem Büro aufbewahrt hat. Er hat uns doch einmal eine alte Legende daraus vorgelesen. Genau danach suchen wir hier jetzt. Ich ahne, was dieser Alpha vorhat", sagte Lukas.

Finn und Jenny waren fast schon sprachlos, mit dieser Reaktion hätten sie nicht gerechnet. Aber sie suchten weiter. Doch Jenny wusste nicht einmal, wie dieses Buch überhaupt aussah. Nach ein paar Minuten aber fand Finn in einem Karton das Buch.

„Leute, ich hab's. Es ist immer noch wie damals", sagte Finn und blätterte im Buch herum.

Selbst Jenny konnte es nicht glauben, was für ein Buch das war. Auch Lukas stand hinter Finn und war froh, das alte Buch wiederzusehen. Alle machten sich auf den Weg nach unten. Erst als sie auf der Couch saßen, sahen sie sich das Buch genauer an. Jenny war von diesem Buch begeistert. Es sah richtig alt aus und der Buchtitel war etwas hervorgehoben.

„Die Legenden der Wolfswandler. Gibt es etwa viele davon?", sagte Jenny leicht verwirrt.

„Das ganze Buch ist voll mit unseren Legenden. Papa hat uns, als wir noch klein waren, immer eine daraus vorgelesen. Erinnerst du dich noch an die Legende?", sagte Finn mit einem Lächeln.

„Ja, das war die Legende des Roten Wolfs. Der Wolf, der unbedingt wie die Sonne sein wollte. Unsere Lieblingslegende. Aber nach der suche ich nicht", sagte Lukas.

„Okay und nach welcher suchst du dann?", fragte Jenny verwirrt.

„Finn, wir suchen nach der Legende vom dunklen Zeitalter. Ich habe da so einen Verdacht. Aber ich hoffe doch sehr, dass ich mich irre", sagte Lukas.

Finn blätterte sich durch die Legenden. So lange, bis er die richtige Legende fand. Aber Finn erinnerte sich an die Warnungen von ihrem Vater. Lukas wusste davon, aber er drängte Finn nicht, die Legende zu lesen. Er würde es selbst tun. Finn und Jenny waren froh darüber. Lukas nahm das Buch und schlug die Legende wieder auf. Aber dennoch war Finn besorgt, da ihm immer noch die Warnungen ihres Vaters im Ohr klangen.

„Lukas. Papa hat uns beide immer gesagt, dass wir diese Legende niemals lesen dürfen. Denn es könnte gefährlich sein", sagte Finn besorgt.

„Ich weiß. Aber sollte mein Verdacht sich bewahrheiten, dann stehen uns schlimme Zeiten bevor. Ich muss es einfach wissen, ob mein Verdacht wahr ist oder nicht. Mama hat immer gesagt, wenn man nichts aus der Vergangenheit lernt, verliert man die Zukunft", sagte Lukas und starrte auf die Legende.

„Aber Lukas, du hast selbst gesagt, dass es nur noch euch Wolfswandler gibt. Seid ihr dann nicht vom Aussterben bedroht? Zumindest die Wandlerart", sagte Jenny fragend.

„Ja, das kann man sagen. Wir sind vom Aussterben bedroht. Aber auch nur, weil wir zu viel von unserer eigenen Geschichte vergessen haben, befürchte ich", sagte Lukas.

Finn wollte Lukas etwas sagen, doch da bat er Finn wie auch Jenny, zu gehen. Beide sahen sich an, doch sie wussten, dass es nichts nützte, zu bleiben. So gingen sie und ließen Lukas mit seinen Überlegungen alleine. Aber sie hofften, dass er nichts Dummes machte. Lukas saß da und sah das Buch an. In seinem Kopf hörte er immer wieder die Warnung von seinem Vater.

„Lest niemals die Legende der letzten dunklen Könige. Vor allem du nicht, Lukas", hörte er die Stimme seines Vaters in seinem Kopf.

Seit er bei seinem Rudel war, hatte sein Vater ihn immer wieder vor dieser Legende gewarnt. Bis zum heutigen Tag wusste er nicht, wieso. Lukas wollte schon anfangen zu lesen, doch alles verschwamm vor seinen Augen. Noch ein paar Mal versuchte er es, aber jedes Mal, wenn er es versuchte, passierte dasselbe. Schlussendlich legte er das Buch zur Seite und stand auf.

„Wieso passiert das denn immer wieder?", fragte sich Lukas selbst.

„Du weißt noch nicht genug, mein Sohn", sagte eine ihm bekannte Stimme.

„Papa? Wie kann das sein?", sagte Lukas fassungslos, als er sich umdrehte.

Doch da war niemand. Lukas dachte schon, er wäre verrückt geworden. Jedoch sah er am Fenster eine Silhouette vorbeigehen. Schnell stürmte er hinaus und folgte der Silhouette in den Wald hinein. Als er die Silhouette fast eingeholt hatte, verschwand sie einfach. Fast schon panisch sah er sich um, aber nichts. Doch da hörte er einen anderen Wolf. Fassungslos drehte er sich um, da stand ein ihm unbekannter Wolf. Der Geruch war aber nicht der eines Wandlers, sondern eines echten Wolfes. Aber dennoch sah er komisch aus, sein Fell hatte etwas Graubraunes, um die Augen hatte dieser Wolf eine schwarze Waschbärmaske und die Pfoten waren alle weiß. Lukas kam auf ihn zu und kniete sich vor ihm hin.

„Ein wilder Verwandter. Was machst du denn hier? Hat dich der Vater oder die Mutter geschickt?", sagte Lukas zu dem Wolf.

Doch der Wolf machte keinen Laut, stattdessen stand er auf und ging in den Wald. Lukas war verwirrt, aber er folgte dem Wolf durch den Wald. Lukas verstand nicht, was der Wolf wollte. Lukas folgte ihm, bis sie zu dem See kamen. Lukas verstand nicht, warum der Wolf ihn hierhergeführt hatte. Noch während Lukas darüber nachdachte, hörte er den Wolf knurren. Als er zu ihm sah, stand der Wolf in der Nähe des Weges. Lukas ging zu ihm. Als Lukas dort war, ging der Wolf zur Seite und Lukas hob den Stein an. Unter dem Stein sah er eine Kiste. Als er aufsah, ging der Wolf zum Wasser und verschwand. Lukas verstand nun überhaupt nichts mehr. Aber so nahm er die Kiste mit. Im Dorf war alles noch ruhig. Doch Finn und Jenny sahen, wie Lukas mit der Kiste auf der Schulter wiederkam.

„Sag mal Lukas, wo hast du denn diese Kiste her? Die ist ja völlig verdreckt!", sagte Finn verwirrt, als er zu Lukas kam.

„Das ist eine lange wie auch seltsame Geschichte. Aber bringen wir erst mal die Kiste ins Haus", sagte Lukas.

Als sie dann im Haus waren, versuchten sie, die Kiste zu öffnen. Doch sowohl Lukas als auch Finn verzweifelten daran, die Kiste zu öffnen. Bis Jenny auf die Idee kam, ihr Dietrichset zu nutzen. Luka sah ihr dabei zu und fragte sich, wen sich Finn nur angelacht hat. Jenny merkte den Blick von Lukas und erklärte ihm, dass das Set ein Geschenk von ihrem Cousin war, da sie sich öfter aus der Wohnung aussperrte. Kaum, dass sie es erklärt hatte, war die Kiste schon offen. Sie sahen in die Kiste hinein und sofort fiel Lukas ein Symbol auf, das er das letzte Mal vor einigen Jahren gesehen hatte.

KAPITEL SECHS

Die Woche verging ohne weitere Vorkommnisse. Selbst in der Arbeit war nichts vorgefallen. Aber Lukas blieb weiterhin wachsam. Doch der Inhalt der Kiste war für ihn ein Rätsel.

„Hey Leute, ich muss euch etwas sagen", sagte Karl freudig.

„Was ist es denn? Sag nicht, du bist nun wieder Vater geworden", sagte Lukas verspielt.

„Nein, das ist es nicht. Aber wir bekommen einen Lehrling, der bei uns seine Lehre beendet, da seine vorherige Firma Konkurs gemacht hat. Er kommt nächste Woche zu uns. Begrüßt ihn bitte freundlich", sagte Karl.

„Noch ein Mannsbild. Aber naja, vielleicht ist er ja ein Fescher und wäre eine gute Partie für meine Nichte", sagte Jutta.

„Ist dir und deiner Familie etwa das Geld so wichtig? Es gibt Wichtigeres als Geld", sagte Lukas fassungslos.

„Das weiß ich, aber sie soll es besser haben als ich oder meine Schwester. Da hilft Geld schon", sagte Jutta.

„Mit Geld kannst du dir aber keine Liebe kaufen", sagte Lukas.

„Du könntest ja vielleicht mal deine Mutter fragen, wie sie das macht", sagte Jutta.

Schlagartig spürte Lukas einen Stich in seinem Herzen. Alle wussten, dass seine Mutter schon seit über zehn Jahre nicht mehr lebte. Das war einfach nur unfair.

„Würde ich ja gern, Jutta. Doch mit den Toten kann ich leider nicht reden. Aber das weißt du ja eigentlich", sagte Lukas und ging.

Gleich nachdem Lukas von ihnen weg war, bereute es Jutta.

„Jutta, du weißt doch, dass seine Mutter tot ist. Wie kannst du nur das sagen?", sagte Karl fassungslos zu ihr.

„Tut mir leid, aber er sollte langsam mal darüber hinweg sein", sagte Jutta.

„Du musst ihm aber auch verstehen, immerhin war er bei dem Verkehrsunfall ja auch dabei. Er hatte viel Glück, dass er das damals überlebt hat", sagte Linda.

Sie diskutierten noch eine Weile, doch Lukas blieb ganz hinten und hätte sich am liebsten in sein Revier teleportiert, wenn das möglich gewesen wäre. So musste er sich mit dem Gastgarten zufriedengeben. Er blieb noch etwas, bis ihr Barkeeper kam.

„Hey Lukas. Alles in Ordnung?", sagte Linus.

„Es geht. Jutta hat nur mal wieder einen Nerv bei mir getroffen", sagte Lukas deprimiert.

„Oh je. Schon wieder das Thema. Komm ich gebe dir deinen Spezialcocktail, danach geht es dir besser", sagte Linus und klopfte ihn sanft auf die Schulter.

Lukas wusste, dass es Jutta vielleicht nicht so meinte, aber dennoch fühlte er sich nicht so gut. Schließlich starb seine Mutter noch am Unfallort, er musste mit ansehen, wie sie starb. Da war es nicht leicht für ihn, das zu vergessen. Als Linus wiederkam, hatte er ihm seinen Cocktail mitgebracht und gesagte, dass Karl ihn dann später wieder vorne sprechen möchte. Lukas ahnte, was nun kommt. Wieder mal ein Gespräch über das Loslassen. Doch für ihn war es nicht so einfach. Sein Mensch war zwar bereit, loszulassen, doch sein Wolf war es nicht. Das war der Nachteil von seinem Hybriden-Dasein. Aber er hoffte nur, dass das Gespräch nicht zu wild sein wird. Zu seinem Glück war es das auch nicht, denn ein paar Stunden später durfte er dann auch gehen. Als er wieder bei seinem Rudel war, wurde sein Wolf wieder fröhlicher. Aber er konnte nicht anders, also ging er ins Haus zog sich aus und verwandelte sich. Als er ein Wolf war, lief er sofort in den Wald. Ihre Gäste waren aber überrascht, wie groß Lukas als Wolf war. Doch Lukas wollte nicht anhalten, sondern lief einfach weiter. Er lief so lange, bis er an einer Lichtung ankam. Dort stand er in der Mitte der Lichtung und heulte seinen Schmerz gen Himmel. Aus der Entfernung kam ein Heulen aus der Richtung des Dorfes zu ihm. Da hörte er einen Ast brechen. All seine Sinne waren geschärft und er sah in die Richtung des Geräusches. Da kam gerade Matteo aus dem Wald mit seinem Jagdgewehr.

„Mensch, Lukas, du musst mehr aufpassen. Auch wenn dein Revier in meinem Jagdrevier liegt, musst du immer noch auf der Hut sein", sagte Matteo besorgt.

„Spar dir deine Besserwisser-Worte. Du weißt doch, dass es manchmal nicht anders geht. Von Zeit zu Zeit müssen wir auch mal unserem Wolf erlauben, sein Leid gen Himmel zu schicken", setzte Lukas in den Kopf von Matteo.

„Dennoch, pass einfach bitte auf. Die umliegenden Wolfsreviere von den echten Wölfen sind verlassen. Ein Jägerkollege hat mir das gesagt. Die sind in den anderen Revieren. Aber Genaues weiß ich nicht", sagte Matteo.

Lukas ging etwas auf und ab, aber er konnte sich das nicht erklären.

„Komm morgen bitte zu mir, wir müssen das klären", setzte Lukas wieder in Matteos Kopf.

Matteo nickte nur und Lukas lief wieder in die Richtung des Dorfes. Als Lukas wieder dort ankam, schien alles gut voranzugehen. Selbst ihren Gästen schien es nun etwas besser zu gehen. Auch Jenny und Finn waren wieder einmal da. Jenny hatte ein paar neue Informationen über den Inhalt der Kiste. Lukas bat sie ins Haus. Er ließ beide im Wohnzimmer und machte sich auf den Weg in sein Zimmer.

„Diese Dinge sind wirklich über zweihundert Jahre alt?", sagte Finn Lukas.

„Mindestens, wenn nicht noch älter. Der Bekannte meines Vaters würde ja gerne die Originale sehen, denn auf dem Foto sagte er, dass es schwierig ist", sagte Jenny.

„Diese Gegenstände sind mindestens zweihundert Jahre alt. Aber er will es in echt sehen? Ich glaube nicht, dass wir das machen können. Diese Gegenstände sind ein Teil unserer Geschichte. Da können wir sie nicht jemandem gebe", sagte Lukas und kam die Treppe runter.

„Das habe ich ihm auch gesagt. Er findet es zwar schade, aber anhand der Bilder konnte er sagen, dass diese Gegenstände von irgendeiner Adelsfamilie stammen. Das glaubt er zumindest. Sicher ist er sich nicht, aber da gibt es noch etwas. Etwas, das ihm sofort ins Auge fiel", sagte Jenny.

„Was denn genau?", sagte Lukas fragend.

Jenny ging zur Kiste und holte eine Art Krone heraus.

„Also, er glaubt, dass das hier keine Königskrone ist, sondern eine Art von Standesabzeichen. Denn er findet es interessant, dass es davon fünf gibt. Denn die sehen fast alle gleich aus. Wieso, kann er nicht sagen. Aber ich vermute, dass diese Kronen die Kronen für die Führungsebene sind. Für die Betas, die Gefährtin des Alphas, den Alpha und den Vollstrecker. Vielleicht ist es ja auch ein Teil eurer Geschichte", sagte Jenny.

Lukas sah Finn an und beide schienen dasselbe zu denken.

„Okay, nur was sind die anderen Gegenstände?", fragte Lukas.

„Nun, er sagt das der Rest vielleicht für irgendwelche Spirituelle Ereignisse verwendet wurden. Ganz sicher ist er sich aber nicht", sagte Jenny.

Lukas und Finn waren sich fast schon sicher, was sie nun tun müssten. Jenny sah das Buch und fragte Lukas so feinfühlig, wie sie konnte, ob er schon die Legende gelesen hat. Doch Lukas verneinte dies, da er sich nicht sicher war, was sie für ihn bedeutete. Finn kannte seine Bedenken, aber sie mussten wissen, was der Verdacht von Lukas war.

„Lukas, wir müssen wissen, was es mit dem Verdacht von dir auf sich hat. Ich weiß, dass Papa gesagt hat, wir dürfen diese Legende nie lesen, aber wenn er das hier wüsste, dann wäre er sicher dafür", sagte Finn.

„Glaubst du, das wüsste ich nicht. Aber Papa hat immer gesagt, dass es Legenden gibt, die für mich gefährlich sind. Da ich nun mal ein Hybride bin, meinte er auch, dass ich vorsichtig sein muss", sagte Lukas.

„Ich weiß es ja, aber du musst es wissen. Du sagst doch immer wieder selbst: Lerne aus der Vergangenheit", sagte Finn vorsichtig.

„Würdest du das auch sagen, wenn dir ständig alles vor Augen verschwimmt? Jedes Mal, wenn ich versuche, diese Legende zu lesen. Dann sehe ich alles wie durch eine Brille, wie es Betrunkene sehen", sagte Lukas missmutig.

Jenny konnte dieses ständige Hin und Her nicht mehr ertragen. So ging sie zu dem Buch und nahm es mit zur Couch. Lukas wie auch Finn sahen sie verwirrt an.

„Was habt ihr denn? Die Legenden gehen auch mich jetzt etwas an. Aber wenn ihr die ganze Zeit nur diskutiert, wird nichts besser", sagte Jenny.

Lukas wie auch Finn sahen sich verwirrt an, aber es war vielleicht die beste Möglichkeit.

„Okay. Jenny, eines musst du aber wissen, manche Legenden sind nicht gerade gut für normale Menschen", sagte Lukas.

Jenny aber schwieg und setzte sich hin. Sie wartete, bis sich auch Lukas und Finn setzten. Erst dann blätterte sie das Buch bis zur Legende durch. Finn wollte es lesen, damit Jenny es nicht tun muss. Doch als er auf die Wörter blickte, geschah dasselbe wie auch bei Lukas. Alles verschwamm. Finn schloss die Augen und rieb sich die Augen. Jenny merkte das und nahm sich wieder das Buch.

„Sieht so aus, als müsste ich es doch lesen. Na, dann sollte ich anfangen", sagte Jenny.

Lukas stand auf und holte etwas aus der Küche. Als er wieder zurückkehrte, hatte er eine Teekanne und ein paar Tassen dabei. Erst als Lukas wieder Platz nahm, atmete Jenny noch einmal durch.

„Vor vielen Jahrhunderten lebten einst alle Wandler mit den Menschen. Manche lebten friedlich mit den Menschen zusammen, aber viele haben die Menschen tyrannisiert. Die Wandler lebten damals unter einem König. Er hasste die Menschen, für ihn waren sie einfach nur schwache Geschöpfe. So ließ er die Menschen in seinem Reich gefangen nehmen. Einige versuchten, sich dagegen zu wehren. Aber die, die sich zur Wehr setzten, wurden in die Arena gebracht – dort mussten sie gegen die Bärenwandler kämpfen. Ohne Waffen nur mit den Händen. Sie kämpften nicht für Ruhm, sondern nur für den König. Der König Carl von den Wolfswandlern wollte über alles und jeden herrschen. Aber sein Sohn Stefan war ganz anders. Stefan tat alles, um den Menschen zu helfen. Für Stefan waren die Menschen keine schwachen Geschöpfe. Für ihn waren sie genauso stark wie die Wandler. Die Menschen hatten in seinen Augen genauso viele Eigenschaften, wie es die Wandler hatten. Doch sein Vater konnte das nicht mehr so hinnehmen. Sein Vater fing darauf hin Kriege mit den Menschenreichen an. Die Gefangenen ließ er in Siedlungen einsperren. Sein Vater ließ seinen Sohn nicht in die Nähe dieser Siedlungen", las Jenny laut vor.

„Wie teuflisch", sagte Finn und ballte seine Hände zu Fäusten.

„Finn. Wie geht es weiter, Jenny?", sagte Lukas.

„Stefan stellte seinen Vater zur Rede. Er wollte doch nur helfen. Doch sein Vater schrie ihn an und meinte nur, dass die Menschen zu schwach sind, um sich dagegen zu Wehren. Sie sind ja keine Wandler. Das alleine macht sie schwach. Stefan konnte das nicht glauben. So schlich er sich immer heimlich mit der Hilfe eines Freundes zu den Siedlungen. Dort verteilte er an die schlafenden Menschen Essen wie auch Kleidung. Aber bei seinem dritten Ausflug wurde er gesehen von einer jungen Frau. Als sie ihn sah, war sie erschrocken. Doch Stefan beruhigte sie, er freundete sich im Laufe der Zeit immer mehr mit ihr an, sodass die beiden gemeinsam einmal eine Nacht am Fluss verbrachten. Sein Vater bekam davon dank den Freunden von Stefan nichts mit. Aber der Krieg wurde immer weiter ausgeführt. So griff König Carl auch andere Wandlerreiche an. Die Könige ließ er öffentlich hinrichten. Ebenso die Königinnen, doch die Prinzen und Prinzessinnen nahm er gefangen. So sicherte er sich die Loyalität der anderen Wandler. Aus Furcht, ihre Prinzen und Prinzessinnen zu verlieren, taten sie, was er wollte. Aber Stefan ging einmal zu den Prinzen und Prinzessinnen, um sich förmlich für die Behandlung, die ihnen zuteilwurde, zu entschuldigen. Aber sie waren nicht daran interessiert, denn sie wollten nur noch ihre Freiheit. Aber Stefan tat alles, um sie zu beruhigen. Er erzählte ihnen auch, dass sein Vater nicht mehr der ist, der er einmal war. Keiner weiß, was passiert war. Nicht einmal der Tod seiner Mutter konnte seinen Vater umwerfen. Die Prinzen und Prinzessinnen beruhigten sich langsam wieder, doch sie konnten sich ihre Behandlung nicht erklären. Stefan versuchte es noch, aber dann gab er auf und ging in sein Zimmer. Dort legte er sich zum Schlafen hin. Aber in dieser Nacht konnte er nur von der Menschenfrau träumen. Als er wieder erwachte, konnte er sich es nicht erklären, wieso das so war. So schlich er sich zur Siedlung, um sie zu sehen. Als sie sich sahen, konnten sie es kaum glauben. In ihnen beiden entbrannte ein Feuer. Stefan wusste, was das war, und erklärte ihr auch, was mit ihnen war. Sie konnte es kaum glauben, aber sie versuchte, ihm zu glauben. Aber als Stefan zurückkehrte, wartete schon sein Vater auf ihn. Sie stritten stundenlang. So traf König Carl eine Entscheidung. Er schloss Stefan in seinem Zimmer ein und ließ eine Truppe von verschiedenen Wandlern aufstellen. Noch im Schlosshof mussten sich die Wandler verwandeln. Nach dem sich die Letzten verwandelt hatten, schickte er sie zur Siedlung. Er selbst folgte ihnen. Bei der Siedlung schickte er sie los, um alle Menschen zu töten. König Carl genoss die Schreie der Menschen. Stefan konnte ein paar Schreie im Schloss hören – trotz der Entfernung. Stefan wurde verrückt bei dem Gedanken, dass seine Liebste auch getötet würde, es brachte ihn an den Rand des Wahnsinns. Doch da hörte er, wie seine Tür wieder aufgesperrt wurde. Als die Tür ganz offen war, konnte er seine Freunde bei den Wachen sehenn und auch die Prinzen und Prinzessinnen der anderen Wandler. Einer der Wachen meinte, dass sie sich beeilen müssten. Stefan wie auch seine Freunde und die anderen eilten zur Zugbrücke. Sie nahmen sich auch ein paar der Pferde und eilten zur Siedlung, aber in einiger Entfernung mussten sie stehen bleiben, damit König Carl und die anderen Wandler sie nicht sehen konnten. Als sie weg waren, eilten sie zur Siedlung. Doch als sie dort waren, sahen sie, wie die Siedlung in Schutt und Asche lag. Stefan rannte in die Siedlung und schrie den Namen seiner Liebsten. Aber er hörte sie nicht. Da kamen ein paar Wachen zu ihnen. Stefan wurde wütend, aber hinter ihnen konnte er ein paar Menschen erkennen und da war auch seine Liebste. Überglücklich stürzte er zu ihr und küsste sie. Die anderen waren verwirrt, aber die beiden erklärten ihnen alles. Die Wachen nahmen sie mit zu einem sicheren Ort, dort konnten sie schlafen und etwas essen. Sie waren sehr froh darüber. Aber als sie dort waren, konnte Stefan seinen Vater heulen hören, er wusste, dass sein Vater bemerkt hatte, dass er weg war. Gemeinsam überlegten sie, wie sie ihre nächsten Schritte planen sollten. Nach ein paar Tagen schafften es die Prinzen und Prinzessinnen, ein paar ihrer Leute für ihre Sache zu gewinnen. Gemeinsam schafften sie es, eine kleine Armee auf die Beine zu stellen. Noch bevor sie angreifen konnten, verbrachten Stefan und seine Liebste die Nacht zusammen. Am nächsten Morgen griffen sie das Schloss an. Carl konnte sie nicht dazu bringen, ihre königlichen Anführer zu töten. Doch Stefan forderte seinen Vater um die Krone heraus. Sein Vater lachte nur, aber dann verwandelte er sich. Die beiden kämpften den ganzen Tag, aber Stefan schaffte es, seinen Vater zu töten. Stefan übernahm das Königreich wie auch die Krone seines Vaters. Doch er gab den neuen Königen ihre Reiche wieder und bald darauf kam auch schon seine Liebste zu ihnen. Sie strahlte und erzählte ihm, dass sie ein Kind erwarten würde. Beide waren froh über diese Nachricht. Stefan herrschte friedlich über das Reich und er zeugte mit seinen Frauen viele Welpen. Aber sein ältester Sohn wurde zum König bestimmt. Sein Sohn herrschte auch friedlich, bis es zur großen Verfolgung kam. Bald darauf versteckten sich die Wandler, so vergaßen sie auch das dunkle Zeitalter. Aber der Name von Stefans Sohn blieb in Erinnerung: Sein Name war Adam, der weiße Wolf", las Jenny weiter vor.

Lukas hörte sich das an, doch als er den Namen hörte, versank er in Gedanken. Finn hingegen war immer noch sauer und aufgebracht.

„Wie kann das nur sein, dass sich keiner gegen dieses König Carl gestellt hat", sagte Finn.

„Vielleicht haben sie es ja versucht, aber scheiterten. Aber was meinst du, Lukas. Lukas?", sagte Jenny fragend und verwirrt, als sie ihn sah.

Jetzt sah auch Finn zu Lukas.

„Dieser Name … das kann nicht sein. Das kann nicht wahr sein", sagte Lukas und stürmte nach oben in sein Zimmer.

Jenny wie auch Finn sahen ihm zuerst verwirrt hinterher, ehe sie sich selbst verwirrt ansahen. Aber es blieb keine Zeit, den anderen zu fragen, denn schon kam Lukas mit einer Kiste zurück. Er stellte die Kiste auf den Tisch und zog gleich darauf ein Buch heraus. Jenny fragte sich, ob das wieder eine Legende war, aber Lukas sah sich das Buch selbst an. Außerdem zog er noch eine kleine Schatulle aus der Kiste heraus.

„Ich weiß jetzt, warum Papa nie wollte, dass wir die Legende lesen. Schon gar nicht, dass ich die Legende lese. Stefans zweiter Sohn Joachim, den er mit einer Wölfin gezeugt nach dem Tod seiner Frau gezeugt hatte, ist einer der Vorfahren unseres Vaters. Aber sein erster Sohn Adam war einer der Vorfahren meiner Mutter. Wir sind die Nachfahren dieses Carls", sagte Lukas und setzte sich wieder. Weder Jenny noch Finn verstanden das. Aber Lukas sah sich nur die Schatulle an und wusste nicht, ob er es nun tragen sollte. Doch er hatte etwas Angst davor. Jenny sah zu Lukas und war verwirrt.

„Lukas, was ist den los mit dir? Wieso starrst du diese Schatulle an?", fragte Jenny.

Doch Lukas reagiert nicht. Lukas aber schien nicht anwesend zu sein. Lukas versank in einer Erinnerung aus seiner Kindheit. Er verbrachte einen Nachmittag mit seiner Mutter. Da sah er auf die rechte Hand seiner Mutter. Den Ring, den er da sah, war seltsam. Er kannte jeden Ring seiner Mutter, aber diesen kannte er nicht.

„Mama, was ist das denn für ein Ring?", fragte Lukas in seiner Erinnerung.

„Es ist ein besonderer Ring. Dieser Ring gehört meiner Familie schon seit vielen Jahrhunderten. Man gibt ihn von Generation zu Generation weiter. Dieser Ring soll nun dir gehören. Behalte ihn immer bei dir. Er kann dir sicherlich einmal helfen. Immerhin wird dein Leben noch lange dauern. Du bist ja auch erst acht. Versprich mir einfach nur, dass du ihn niemals vergisst", sagte seine Mutter und drückte ihn fest an sich.

Erst nachdem Jenny einmal gepfiffen hatte, konnte sich Lukas wieder aus der Erinnerung lösen. Jenny und Finn sahen Lukas verwirrt wie auch verständnislos an.

„Lucky, was ist los mit dir? Und vor allem was ist mit dieser Schatulle?", fragte Finn verwirrt.

„Es ist nichts. Nur eine Erinnerung von mir und meiner Mutter. Es ging auch um diese Schatulle. Dabei weiß ich genau, was da drinnen versteckt ist. Seit über dreizehn Jahren habe ich diese nicht mehr geöffnet. Zu schmerzlich sind die Erinnerungen. Aber nun geht es nicht mehr anders", sagte Lukas und öffnete die Schatulle. Keiner der beiden verstand, was Lukas damit meinte. Sie verstanden es erst, als sie den Ring sahen. Jenny bat darum, sich den Ring etwas genauer anzusehen. Lukas gab ihn ihr und sie sah den Wolfskopf darauf. Sofort fiel es ihr wie Schuppen von den Augen. Sie nahm sich augenblicklich einen der Gegenstände aus der Kiste und verglich die beiden Siegel miteinander. Jetzt fiel es ihr auf, dass beide Siegel ein und dasselbe zeigten. Jenny versteinerte kurz, bis Finn sich ihr näherte.

„Was hast du?", fragte Finn Jenny besorgt.

„Diese Siegel sind ein und dasselbe. Das heißt, dass diese Legende wahr ist. Und diese Gegenstände müssen irgendeine Verbindung zu eurem Rudel haben. Nur welche ist mir ein Rätsel. Abgesehen davon, dass ihr Nachfahren von diesem Carl oder Stefan seid", sagte Jenny.

„Das wissen wir, doch der Wolf, der mir das Versteck zeigte, muss es von irgendwoher gewusst haben. Die Verbindung zu uns muss doch etwas bedeuten", sagte Lukas und sah aus dem Fenster.

Jenny und Finn blieben noch etwas, doch als es dann dämmerte gingen sie wieder. Lukas saß noch eine ganze Weile nur da und sah die Gegenstände wie auch den Ring an. Er wusste nicht, was das alles zu bedeuten hatte. Doch als es dann vollkommen dunkel war, entschied er, dass es besser wäre, sich auszuruhen. Doch in dieser Nacht fand er kaum eine ruhige Minute. In seinen Träumen sah er, wie diese Gegenstände verwendet wurden: Bei jeder Rudelversammlung trugen der Alpha wie auch seine Gefährtin, seine Betas wie auch der Vollstrecker diese Kronen. Sogar alle anderen Gegenstände wie der Kelch oder der Dolch wurden verwendet. Der Alpha sagte etwas, was ihn verwirrte.

„Dieser Dolch soll uns daran erinnern, was wir niemals vergessen dürfen. Für uns ist es wichtig, die Familie zu beschützen. Der Kelch erinnert uns daran, dass es selbst in der größten Dürre eine Möglichkeit gibt, um an Wasser zu kommen", sagte der Alpha.

Lukas hörte, wie die anderen ihm zustimmten. Doch schon bald änderte sich alles. Das gesamte Rudel stand auf und sah Lukas an. Verwirrt sah sich Lukas um, doch er sah keinen Ausweg.

„Wir haben lange auf dich gewartet, Lukas", sagte der Alpha.

Lukas sah ihn verwirrt an und verstand nun nichts mehr.

„Ich verstehe deine Verwirrung, Lukas. Lass es mich erklären", sagte der Alpha.

„Okay, was geht hier vor sich", sagte Lukas verwirrt.

„Die Mutter und der Vater schickten uns zu dir. Komm mit. All die Dinge hier haben eine wichtige Symbolik für das ganze Rudel. Der Dolch symbolisiert unseren Beschützerinstinkt, der Kelch symbolisiert den See in unserem Revier, diese Kette darf nur der Alpha tragen. Wie du selbst siehst, hat sie ein paar Kreise – sie symbolisiert den Kreis des Lebens, doch diese Kronen sind nicht nur dazu da, um den Rang zu zeigen. Nein, sie sind da, um allen zu zeigen, wer welchen Rang hat", sagte der Alpha.

„Sie sollen nur zeigen, welchen Rang wer im Rudel hat? Aber wieso dann überhaupt Kronen?", fragte Lukas verwirrt.

„Einst hatte ein Alpha vier Kinder, sie stritten schon in jungen Jahren. Aber er ließ diese Kronen anfertigen und gab ihnen je eine Krone, als er dann starb, gab es keinen Streit mehr. Sie hielten zusammen. Als dann auch der Ältere eine Gefährtin hatte, ließ er noch eine Krone anfertigen und übergab die Krone seiner Gefährtin. Dadurch gab es nun fünf Kronen", erklärte der Alpha.

„Sie haben eine Geschichte? Das habe ich nicht gewusst", sagte Lukas.

„Ja, sie haben eine Geschichte. Jeder Alpha hat sich zu dieser Geschichte hinzugefügt. Wir mussten sie zwar verstecken. Aber dennoch kam jeder zur Geschichte dazu. Genauso wie du nun zur Geschichte dazugehörst", sagte der Alpha und setzte Lukas die Krone auf den Kopf und legte Lukas die Kette um den Hals.

Lukas war verwirrt, doch als er sich umdrehte, sah er all die Alphas vor ihm. Bis hin zu Stefan. Jeder strahlte, doch als Lukas sich umsah, konnte er es nicht glauben. Sein Vater wie auch seine Mutter waren dort. Seine Mutter kam auf ihn zu und fiel ihm um den Hals, selbst sein Vater kam zu ihm und umarmte ihn. „Wir sind so stolz auf dich. Du wirst das Rudel gut anführen. Wir wissen auch von der Legende, die dir und Finn vorgelesen wurde. Doch wir sind froh, dass ihr es nun wisst. Ja, das stimmt: Je besser man die Vergangenheit kennt, desto besser kann man sich für die Zukunft wappnen", sagten sein Vater und auch seine Mutter.

Doch sie verblassten langsam, bis keiner mehr da war. Aber da war ein lautes Geräusch. Lukas wachte auf und stellte seinen Wecker ab. Doch etwas hatte sich verändert. So sah er auf seine Brust und sah, dass die Kette dort war. Aber davon nicht genug. Er spürte auch ein leichtes Gewicht auf seinen Kopf und griff auf den Kopf. Als er es von seinem Kopf nahm, konnte er es nicht glauben. Eine Krone war auf seinem Kopf. Doch er fragte sich, wie sie auf seinen Kopf kam. Warum das passiert war, konnte er nicht sagen. Doch nun musste er sich zunächst auf die Arbeit konzentrieren. Aber selbst dort schweiften seine Gedanken immer wieder ab. Doch er schob sie immer zur Seite. Karl fiel auf, dass sich Lukas über irgendetwas Gedanken machte. So setzte sich Karl zu Lukas, als dieser in der Pause war.

„Okay, Lukas, ich sehe dir an, dass du dir über irgendetwas Gedanken machst. Also sag schon, was ist es? Hast du Stress mit deinem Bruder?", fragte Karl.

„Nein, das ist es nicht. Ich habe nur etwas aus der Vergangenheit gefunden und da gibt es ein paar Ungereimtheiten. Weder ich noch mein kleiner Bruder wissen, was diese Dinge zu bedeuten haben. Doch ich hatte auch einen komischen Traum", sagte Lukas.

„Einen komischen Traum? Da hast du keine Ahnung, was ich mit meinem Sohn durchmache. Da ist alles normal", sagte Karl.

„Ja, ich weiß. Immerhin bist du erst dreiunddreißig, hast einen fast sechzehnjährigen Sohn und wärst auch fast schon dreimal Großvater geworden", sagte Lukas.

„Erinnere mich nicht daran. Mein Sohn ist einfach schrecklich. Er fickt alles, was nicht bei drei auf den Bäumen ist. Ganz egal ob nun Mann oder Frau. Er kommt gar nicht nach mir oder nach seiner Mutter", sagte Karl fassungslos.

„Stimmt schon. Mich wundert nur, dass du ihm nicht einen Keuschheitsgürtel angelegt hast. Oder du lässt ihn auch kastrieren. Dann würdest du das Problem umgehen", sagte Lukas.

„Ja, nur Lukas, ich möchte schon Opa werden, nur nicht so früh. Wieso glaubst du, dass meine Schläfen schon grau sind", sagte Karl.

„Aus meiner Sicht sind deine Schläfen eher graumeliert", sagte Lukas.

Karl wollte noch etwas diskutieren, doch Lukas wollte nicht mehr diskutieren, aber er verstand die Sorge von Karl. Tja, er musste ja auch auf seinen Bruder aufpassen. Aber er wollte nicht weiter darauf eingehen.

KAPITEL SIEBEN

Am nächsten Tag konnte Lukas sich wieder besser auf alles konzentrieren. Er schaffte es, den Traum mithilfe seiner Tante zu verarbeiten. Nur leider musste er sie in das Geheimnis einweihen. Am Anfang war sie geschockt und verstand nichts. Aber je länger sie miteinander sprachen, desto besser verstand sie es. Lukas fühlte sich freier, da er nun mit jemand anderem reden konnte. Er genoss es zwar, mit Matteo zu reden, aber seine Tante war auch eine Therapeutin. Sie konnte damit am besten umgehen. Sie sagte Lukas auch, dass dieser Traum ein Zeichen sein müsste, dass er nun dort angekommen war, wo er sein sollte. Lukas hoffte das inständig, doch da war eine kleine Stimme in seinem Kopf, die ihm das Gegenteil sagte. Aber Lukas ließ sich davon nicht beirren. So entschied er, auch Finn die Höhle zu zeigen. Finn konnte es kaum glauben. Er staunte über die Höhle und war beeindruckt von den Malereien an den Wänden.

„Wow, unglaublich. Ich kann es nicht glauben, dass Oma es zugelassen hat, dass Papa hier keine Versammlung abgehalten hat", sagte Finn staunend.

„Ja, ich kann es auch nicht glauben", sagte Lukas leicht nervös.

Finn merkte sofort, dass sein Bruder etwas verheimlichte.

„Okay, Lucky. Jetzt mal raus mit der Sprache. Ich kenne dich doch. Was ist denn los mit dir?", sagte Finn fragend.

„Finn, ich kann nicht darüber reden. Ich würde es ja gerne, aber ich kann nicht", sagte Lukas.

„Wieso kannst du denn nicht? Da muss es doch etwas geben?", sagte Finn verwirrt.

Noch ehe Lukas etwas sagen konnte, hörten sie schon die Stimmen. Finn sah sich verwirrt um, aber er sah niemanden. Lukas erklärte Finn, dass diese Stimmen dem Vater und der Mutter gehören. Die Stimmen stimmten Lukas zu und sie erzählten auch Finn, was vor einigen Jahren hier passiert war. Finn konnte es nicht glauben. Selbst dann nicht, als sie ihm alles erklärten. Lukas roch die aufflammende Wut in Finn. Finn rannte los, noch bevor Lukas reagieren konnte. Aber kurz vor dem Höhlenausgang konnte Lukas seinen Bruder einholen.

„Finn, wir dürfen nichts sagen. Noch nicht", sagte Lukas beruhigend.

„Wie noch nicht? Wir hätten die Chance, dem ganzen Rudel zu zeigen, was Oma einst tat. Aber du willst nichts sagen. Bist du nicht wütend?", schrie Finn schon fast.

„Doch natürlich bin ich wütend auf sie. Aber fast alle im Rudel schätzen Oma und du weißt genau, wie sie immer noch genannt wird", sagte Lukas.

„Ja, sie wird selbst jetzt noch die Alphamutter genannt. Ähnlich wie manche alten Königinnen nur die Königinmutter genannt wurden. Aber nun könnten wir sie endlich stürzen. Genauso wie wir sie auch wegen der Verschwörung rankriegen können", sagte Finn wütend.

„Ja, da hast du recht, aber vergiss nicht, dass wir keine Beweise haben. Sie kann alles abstreiten und unsere Ränge schwächen. Wir würden alles verlieren und sie würde alles daran setzen, uns aus dem Revier zu jagen. Außerdem könnte sie dann irgendjemand anderen als Alpha einsetzen, sie würde das Rudel dann zu einem Gott der Menschen führen. Genau das dürfen wir nicht zulassen. Wir beide wie auch sie kennen die Wahrheit. Aber sie kann sie auch verdrehen. Also schweigen wir! Ist das klar?", sagte Lukas mit seiner Alphastimme.

Finn versprach, sich zurückzuhalten und auch weiterhin nichts zu sagen. Auch wenn es ihm schwerfiel, aber Finn wollte die Erlaubnis, wenigstens Jenny einzuweihen. Zögernd gab Lukas ihm die Erlaubnis. Finn war wenigstens darüber froh, aber sein Zorn war immer noch da. Erst als sie wieder beim Dorf waren, verflog Finns Zorn etwas. Dennoch war Finn zu wütend, um sie heute zu sehen. So fuhr er nach einiger Zeit wieder zu Jenny. Lukas ging wieder in sein Haus und arbeitet etwas an seinem

Hobby. Aber leider schwirrten seine Gedanken immer wieder zu den Finanzen des Rudels. Lukas konnte nicht anders und so setzte er sich wieder dran. Als er sich die Finanzen ansah, konnte er es nicht ganz glauben. Schon die ersten Überweisungen waren eingetroffen. Er konnte seine Freude kaum verbergen, aber er wusste auch, dass es noch etwas dauern würde, bis sie wieder mehr Geld hatten.

Lukas wusste auch, dass es jetzt, wo der Frühling immer weiter voranschritt, auch etwas schwieriger werden würde. Immerhin ist ein Teil der Sachen, die sie anbieten, für den Herbst oder Winter besser geeignet. Aber er wusste auch, dass die getrockneten Kräuter, die sie nun auch anboten auch etwas helfen konnten. Sie brauchten nur noch mehr Gläser und verschiedene Kräuter und nicht nur Wildkräuter. Lukas wusste, dass das nur dank Jenny zustande kam. Sie hatte immerhin alles getan, um ihre eigenen Kräutermischungen verkaufen zu können. Nur waren die finalen Ergebnisse noch nicht da. Denn sie wollten ja nicht nur getrocknete Mischungen verkaufen, sondern auch reine Kräuter. Lukas versuchte, sich abzulenken, damit ihm die Zeit nicht zu lange vorkam. Aber die Zeit verging und er musste sich dann hinlegen. Denn morgen würde der neue Lehrling kommen. Als er dann im Bett lag mit einer Boxershort und die Decke nur bis zum Bauchnabel zugedeckt, kreisten in seinem Kopf die Gedanken, wie dieser Lehrling wohl aussah. Lukas stellte ihn sich in unterschiedlichen Körperkombinationen vor. Einmal so groß wie Karl, nur mit etwas mehr Muskeln und kurzen schwarzen Haaren, ein anderes Mal kleiner als Linus und dünn, sodass man ihn als „Lauch" bezeichnen könnte. Aber ganz egal, wie sich Lukas ihn auch vorstellte, er würde es morgen ja dann wissen. Denn seine Vorstellung konnte sich auch extrem von der Realität unterscheiden. So drehte er sich um und versuchte, an nichts mehr zu denken. Aber in seinem Kopf tauchten immer wieder Bilder auf. Mal waren es die Bilder von dem Lehrling und mal von den Gegenständen. Aber er schaffte es dann endlich mal, ruhig zu schlafen. Doch die Nacht war für Lukas unruhig. Denn als er seine Augen aufschlug, war er wieder ein Kind. Doch das konnte nicht sein, genau das wusste er. Doch noch bevor er was sagen konnte, sah er ein helles Licht auf ihn zukommen. Augenblicklich krachte es laut. Lukas wurde durchgeschüttelt. Irgendetwas traf ihm am Kopf. Kurz tat es weh, bis sich alles beruhigt hatte und sie kopfüber da lagen. Verstört sah er sich um und entdeckte seine Mutter: blutüberströmt mit offenen Augen und einem Metallsplitter im Hals steckend. Als er schrie, wachte Lukas wieder auf, schwer atmend und mit einer Heidenangst. Sofort griff er nach der Nachttischlampe und schaltete sie ein. Alles war wieder normal. Er war immer noch in seinem Zimmer. Verängstigt zog er die Beine an, legte seine Arme auf die Knie und seinen Kopf legte er darauf ab. Unruhig drehte er seinen Kopf auf den Armen hin und her. Seine Arme waren ungewöhnlich feucht. Doch da griff er sich an die Stirn und merkte, dass es Schweiß war. Doch der Geruch sagte ihm, dass es Angstschweiß war.

„Ein Albtraum. Doch diesen hatte ich schon eine Ewigkeit nicht mehr. Wieso denn ausgerechnet jetzt?", fragte Lukas sich selbst.

Als er sich zurücklehnen wollte, merkte er, dass sein Leintuch auch komplett durch geschwitzt war. Da kam ihn der einzige Gedanke, der für ihn einen Sinn machte. So drehte er die Lampe wieder ab und stand auf. Schnell zog er auch noch seine Boxershort aus und verwandelte sich. Schwermütig ging er zu einem Schrank und zog an einer Schnur mit seinen Zähnen. Sofort ging die Tür auf und er legte sich in die offene Tür rein. Zusammengerollt lag er da und überlegte kurz noch, bis der Schlaf ihn wieder einholte. Diesmal war sein Schlaf ruhiger. Kein böser Traum suchte ihn nun heim. Aber als er seinen Wecker hörte, wollte er noch etwas schlafen. Aber er wusste genau, dass Karl ihm das Fell über die Ohren ziehen würde, wenn er nicht käme. So hatte er keine andere Wahl. Er streckte sich und gähnte genüsslich, bevor vor er sich wieder verwandelte und den Wecker abdrehte. Er saß noch kurz auf der Bettkante, bevor er sich duschte und dann frühstückte. Lukas war überhaupt nicht motiviert, heute zu arbeiten, aber er wusste, dass er gebraucht wurde. Selbst wenn der Lehrling seine Lehre bei ihnen beenden wollte, musste sich Lukas auch etwas zurücknehmen. Aber wie dem auch sei, machte Lukas noch sauber. Er nahm sich seinen Rucksack und ging zum Auto. Als er losfuhr, kreisten seine Gedanken wieder um den Unfall von einst. Lukas musste sich sehr konzentrieren, um nicht einen Unfall zu verursachen. So er war heilfroh, als er dann endlich bei der Firma war. Lukas ging in die Firma und nahm seine Utensilien. Karl war schon da und sie wechselten kurz ein paar Worte. Karl merkte es sofort, dass Lukas etwas auf dem Herzen hatte. Aber für ihn war es im Moment nur wichtig, dass sie alles vorbereiten konnten und auf den neuen Lehrling warteten. Lukas ging zu seinem Spind und legte seinen Rucksack hinein. Er nahm seine Börse raus und schloss den Spind. Lukas ging wieder zu Karl und freute sich. Immerhin war bereits einer seiner Lieblingsgäste schon da.

„Leonhard! Oh Mann, ist das schön, dich wiederzusehen", sagte Lukas freudestrahlend.

„Oh Lukas, ich glaube es ja nicht, du bist ja schon wieder gewachsen", sagte Leonhard.

„Nein, das bin ich nicht. Aber wir haben uns ja schon einen Monat nicht mehr gesehen. Warst du etwa auf Urlaub?", sagte Lukas fragend.

„Nein, war ich nicht. Aber die Enkel waren zu Besuch. Doch du hattest einen Albtraum. Das sehe ich dir an", sagte Leonhard.

Lukas konnte nichts sagen und sah zu Boden. Karl kannte Lukas so nicht mehr wirklich. Doch Leonhard kannte diesen Blick und auch Karl kannte ihn.

„Es war wieder dieser Traum? Von dem Unfall", sagte Leonhard vorsichtig.

Karl kam nur einen Schritt näher. Sie wussten, dass Lukas eine tiefe Bindung zu seiner Mutter hatte. Karl sah auch, dass eine Träne an seiner Wange entlangrann. Leonhard griff in seine Tasche und holte etwas heraus.

„Lukas, ich weiß, dass das nicht leicht ist, aber du weißt, wenn du reden willst, kannst du jederzeit zu mir kommen", sagte Karl.

„Ja, das weiß ich, aber mit manchen Sachen kann ich es nicht", sagte Lukas.

Leonhard drückte das, was er aus seiner Tasche geholt hatte. Als Lukas hörte, was Leonhard mit hatte, grinste er etwas. „Das hast du von deiner Mutter. Doch so wie du aussiehst, kannst du eines brauchen", sagte Leonhard und reichte es ihm. „Ja, die Liebe zu diesen Waldmeisterbonbons habe ich von ihr. Sie hatte immer welche mit. An manchen Tagen roch sie nur danach", sagte Lukas wehmütig.

„Ja ich weiß. Immerhin habe ich sie auch ausgebildet und dann dich. Ich habe ja auch mit ihr zusammengearbeitet", sagte Leonhard.

„Tja, da kann ich kaum mitreden. Ich kannte sie ja nicht wirklich", sagte Karl.

„Ja, sie war einfach eine tolle Frau. Für viele, die mit mir gearbeitet haben, war sie die neue Geschäftsleitung", sagte Leonhard.

„Ja, doch nach dem Unfall da hat mein Großonkel den Betrieb übernommen. Tja, wenigstens ist es in der Familie geblieben", sagte Lukas.

„Mhm, das ist gut. Ach ja, es ist eine Schande, dass sie nicht mehr ist. Sie hat mir ja auch etwas über deinen Vater gesagt. Aber nie viel", sagte Leonhard.

„Ja, das ist es. Mein Papa hat immer gesagt, dass sie eine gute Seele ist", sagte Lukas.

„Ja, das war sie. Es ist einfach nur eine Schande, dass Karl sie nicht mehr kennenlernen konnte. Ich kann mir gut vorstellen, dass ihr beide ein gutes Stiefvater–Sohn-Gespann abgeben würdet", sagte Leonhard grinsend.

Lukas und Karl sahen sich an und schüttelten nur den Kopf. Sie wussten natürlich, dass Leonhard nur Spaß machte. Aber nach ein paar Minuten kam auch schon ein junger Mann zu ihnen an die Bar.

„Ähm, Entschuldigung. Ich suche einen gewissen Herrn Karl Jäger?", sagte der junge Mann fragend.

„Ach, da bist du ja. Ich hab mich schon gefragt, wo du bleibst", sagte Karl, als er um die Ecke bog.

„Hallo Herr Karl. Ich freue mich schon auf die Zusammenarbeit mit ihnen. Ich bin Gustav", sagte Gustav freudig.

„Ich freue mich schon auf die Arbeit mit dir. Aber dir muss auch klar sein, dass wir ein Team sind. Entweder stehen wir gemeinsam oder wir gehen gemeinsam unter. Da sind wir anders als dein letzter Betrieb. Oh, und wir reden uns alle mit du an", sagte Karl.

„Ja, das verstehe ich", sagte Gustav.

„Okay, dann zeig ich dir mal wo du deine Sachen lassen kannst und dann zeige ich dir hier alles", sagte Karl und klopfte ihm leicht auf die Schulter.

Gustav folgte ihm nach hinten. Dort kamen sie an eine Tür und Karl öffnete sie. Karl drehte das Licht auf und ging mit ihm nach unten. Da waren neben den Spinden auch noch ein paar Garderobenständer. Gustav hängte seine Jacke auf und folgte Karl wieder nach oben. Karl zeigte ihm, wo alles zu finden war.

„Okay, dann zeig ich dir noch den Rest vorne. Da lernst du auch noch den Lukas kennen. Er ist neben mir der, mit du heute noch zusammenarbeitest", sagte Karl.

Als sie vorne waren, zeigte Karl Gustav noch die Braumeisterstube, das Speisezimmer und das Gastzimmer. Da war auch Lukas gerade dabei beschäftigt, die Sessel runterzugeben.

„Lukas, ich darf dir unseren neuen Lehrling vorstellen", sagte Karl.

„Ich habe ihn schon gesehen. Hallo, ich bin Lukas", sagte Lukas und reichte ihm seine Hand.

„Hallo, ich bin Gustav. Ich freue mich, mit euch zu arbeiten", sagte Gustav und schüttelte die Hand von Lukas.

Doch Gustav spürte sofort, dass dieser Lukas nicht nur ein Kraftpaket war. Allein schon dieser Händedruck ließ ihn die Macht spüren, die in Lukas schlummerte. Von außen sah man es ihm nicht an, aber durch den Händedruck spürte er diese Macht deutlich. Lukas musste schmunzeln, da dieser Gustav zum Teil so war, wie er ihn sich vorgestellt hatte. Gustav ist zwar das, was man einen Lauch nennen kann, aber er ist etwas kleiner als Karl. Lukas war froh, dass er selbst größer war als Gustav. Karl zeigte Gustav auch noch die Schankanlage und ihren Kühlraum, wo sie ihre Getränke gekühlt lagerten, Karl zeigte Gustav auch ihre

Bar hinten, beim Saal. Als sie wieder nach vorne kamen, hatte Lukas bereits die Zitronen gepresst.

„Hey, du hast ja schon die Zitronen fertig gepresst. Da warst du ja schon fleißig", sagte Karl.

„Tja, du kennst mich ja. Ich bin ja flott", sagte Lukas lächelnd.

„Flott bist du wirklich. Aber ich glaube, das hat mehr mit deinen Muskeln zu tun. Da haben die Zitronen bestimmt Angst gekriegt", sagte Gustav.

„Nein, das hat nichts mit meinem Bizeps zu tun. In meiner Lehrfirma habe ich jeden Tag acht Liter Zitronensaft pressen müssen", sagte Lukas.

„Wieso denn so viel immer?", fragte Gustav.

„Meine Lehrherren hatten auch ein Café. Dort war Zitronensaft Mangelware", sagte Lukas.

Gustav konnte seinen Ohren nicht trauen. Er wollte auch noch wissen, wo Lukas gelernt hatte, aber Lukas wollte nicht mehr darüber reden. Lukas schnappte sich die Schalen und ging in die Küche. Gustav war verwirrt, denn das war komisch. Karl merkte das und sagte Gustav, dass Lukas keine gute Erinnerung an seine Lehrzeit hat. So ließ es Gustav für den Moment ruhen. Karl sagte Gustav auch, dass er für den heutigen Tag nur Getränke und Speisen tragen würde. Denn Karl musste noch die Arbeitsnummer für ihn suchen. Gustav stimmte zu, war aber nicht ganz damit zufrieden. So verging der Tag. Lukas und Karl teilten sich alles etwas auf. Während Karl mit Gustav auch tragen würde, sollte Lukas alles aufnehmen, die Getränke machen und kassieren. Über den Mittagsbetrieb war Gustav etwas nervös noch, doch das legte sich bald. Lukas merkte, dass Gustav nun selbstbewusster wurde. Aber er blieb noch ruhig. Denn sie mussten sich noch etwas finden. Alle zusammen.

„Sie wollten zahlen", sagte Lukas, als er bei einem Tisch.

„Ja, das haben wir dem Kollegen gerade gesagt", sagte die Dame.

„Ja, der Kollege hat mir das gerade gesagt. Also alles zusammen? Oder getrennt?", sagte Lukas mit einem Lächeln fragend.

„Alles zusammen gleich. Nur brauchen wir auch noch eine Rechnung", sagte die Dame.

„Okay. Na dann. Vier kleine Soda Zitrone und zweimal das Menü drei mit Suppe komplett. Das macht dann 25 Euro genau", sagte Lukas lächelnd.

„Hier, das passt schon. Nur die Rechnung brauchen wir noch", sagte die Dame.

„Danke schön und die Rechnung wird schon gedruckt. Hier bitte schön", sagte Lukas und reichte ihnen die Rechnung.

Dankend nahmen die Damen die Rechnung entgegen und nahmen ihre Taschen mit und gingen. Lukas ging zur Schank zurück und da war auch gerade Gustav.

„Gustav, räum Gastzimmer sieben ab und schau in die Küche", sagte Lukas.

„Ja, mach ich", sagte Gustav und nahm ein Tablet.

Lukas hofft insgeheim, dass es dieser Gustav richtig machte. Aber machte sich auch weniger Sorgen darum. Lukas wusste, dass er bald mal ins Speisezimmer schauen musste. Als es dann ruhiger wurde und Lukas schon fast alle kassiert hatte, musste Karl Lukas etwas sagen.

„Du, Lukas. Ich weiß, das ist jetzt etwas blöd, aber ich muss in die Schule. Mein Sohn hat eine Schlägerei angefangen. Weil er glaubte, seine Freundin betrüge ihn mit seinem besten Freund", sagte Karl blass.

„Wie jetzt, schon wieder! So langsam glaube ich, dein Sohn hat seine Hormone nicht unter Kontrolle. Jetzt mal ehrlich, die wievielte Schlägerei ist das jetzt", sagte Lukas fassungslos.

„Die Zehnte und das allein nach den Weihnachtsferien. Ich weiß langsam echt nicht mehr weiter. Ich komme, sobald ich kann", sagte Karl, „Linus kommt in einer Stunde. Gib dem Gustav eine Aufgabe."

„Mach dir keine Sorgen. Jetzt sieh erstmal zu, dass du in die Schule kommst. Wenn du willst, nimm deinen Sohn mal mit. Vielleicht sieht er ja dann, was sein Handeln anrichtet", sagte Lukas.

Karl danke ihm und ging raus. Gustav fragte sich, was los war, und ging auf Lukas zu.

„Bevor du fragst, Karl musste kurz weg. Bis er wieder da ist, haben wir beide noch was zu tun. Also wisch alle Tische ab, wo keiner mehr ist. Dann gehst du was essen", sagte Lukas und reichte ihm eine Sprühflasche und ein Wettex.

Gustav nickte nur und machte sich auf den Weg. Lukas räumte währenddessen die Gläser in den Spüler ein. Aber seine Gedanken kreisten immer noch um die aktuelle Situation für sein Volk. So sehr, dass er gar nicht merkte, wie sich sein Großonkel näherte. „Hallo Lukas. Wie geht's dir denn? Alles in Ordnung, sind die Gäste zufrieden?", fragte sein Großonkel.

„Ja, das sind sie. Es geht so halbwegs, hatte nur einen unruhigen Schlaf. Das ist alles", sagte Lukas.

„Das ist gut und wen haben wir denn da?", fragte sein Großonkel.

„Grüß Gott, ich bin Gustav Lindenbauer", sagte Gustav.

„Freue mich, dich kennenzulernen. Alles okay?", sagte sein Großonkel.

Er sprach noch etwas mit beiden. Aber lange konnte er nicht bleiben, denn er musste weiter, er hatte noch einen anderen Termin. Beide blieben verwirrt zurück, aber sie machten sich weiter an die Arbeit. Lukas schickte, als das Mittagsgeschäft nachließ, Gustav in die Pause. Lukas arbeitete weiter, damit der Lehrling sich was zum Essen nehmen konnte. Für Lukas war das Ganze etwas einfacher. Er konnte auch mal etwas fasten. Aber bevor Lukas sich was zum Essen nehmen konnte, kam Karl wieder. Alleine, doch er war ziemlich sauer. Als dann Karl an der Bar war, stand dort schon ein kleines Bier. Karl nahm es sofort und trank erstmal einen großen Schluck. Selbst Gustav sah das und staunte nicht schlecht. Den mit nur einem Mal ansetzen, fehlte etwas mehr als die Hälfte des Biers. Lukas musste ihm nur ansehen und wusste, dass es seinen Sohn betrifft.

„Ich glaube, ich muss nicht raten, oder", sagte Lukas und sah über seine linke Schulter.

„Nein, das brauchst du nicht. Mein Sohn Konsi. Er macht mich noch wahnsinnig. Was er sich geleistet hat. Er steht kurz davor, von der Schule zu fliegen", sagte Karl sauer.

„Wenn du willst, kann ich versuchen, mit ihm zu reden. Ich hab etwas Erfahrung, was störrische Teenager angeht. Immerhin habe ich meinen Bruder zum Teil miterzogen", sagte Lukas und drehte sich zu ihm um.

„Stimmt, ja. Aber mein Sohn, der schläft wirklich mit allen und jeden. Weder ich noch meine Freundin kommen mit ihm zurecht, seitdem das mit seiner Mutter war", sagte Karl fassungslos.

„Du hast noch nie so von seiner Mutter gesprochen. Da ist es schon etwas komisch. Aber vielleicht könnte das auch nur eine Rebellion gegen dich sein", sagte Lukas.

„Tja, nur das werden wir, das heißt ich, nicht herausfinden. Außer du kennst einen Therapeuten. Nur ich bezweifle, dass Konstantin was sagen wird", sagte Karl.

„Ich kenne eine Therapeutin und sie ist sowohl eine Trauma-, Sexual- wie auch eine Verhaltenstherapeutin. Ich könnte dir ihre Nummer geben. Du könntest es versuchen. Wenn alle Stricke reißen, dann nehme ich ihn mal mit zu mir. Dort lernt er dann, was es heißt, Mitglied von etwas zu sein", sagte Lukas.

Karl war von den letzten Worten mehr als nur leicht geschockt, aber er wusste, wie Lukas aufgewachsen war. Aber er überlegte kurz, ob er auf den Vorschlag eingehen sollte. Doch der letzte Vorschlag war für Karl etwas zu heftig, so überlegte er den ersten Vorschlag mit der Therapeutin. Doch da kam ihm doch auch Zweifel.

„Weißt du Lukas, der zweite Vorschlag von dir ist heftig. Aber beim ersten Vorschlag, da habe ich auch in paar Zweifel", sagte Karl leicht besorgt.

„Glaubst du etwa, dass meine Tante sich mit einem Teenager einlassen würde. Sie hat selbst einen Sohn in dem Alter. Aber wenn du willst, werde ich vor der Tür stehen bleiben. Wie du willst. Nur gute alte körperliche Arbeit formt den Charakter", sagte Lukas.

„Ja schon, doch er ist das nicht gewöhnt. Er spielt immer mit seiner Konsole. Lernen tut er nicht. Aber kannst du mir ... warte, die Therapeutin ist deine Tante?", sagte Karl zum Schluss schockiert.

„Ja, ist sie. Glaub mir, sie ist nach dem Tod meines Onkels wäre sie fast in ein Loch gefallen. Ohne meinem Cousin wäre sie heute nicht mehr dieselbe. Sie kann mit ihm umgehen", sagte Lukas.

Auch wenn es Karl nicht recht war, nahm er dann doch den Vorschlag von Lukas an. Gustav hatte dabei die ganze Zeit zugehört und fand das, was Lukas vorschlug, extrem. Aber er wollte nicht auch noch was dazu sagen. Karl schickte dann auch Lukas zum Essen und Gustav schickte er heim, aber er sollte am Abend wieder da sein. Lukas war selbst jetzt noch verwirrt, was mit seinem Großonkel los war. Doch irgendetwas konnte nicht ganz stimmen, Lukas konnte an ihm etwas Fremdes riechen. Aber das war auch von irgendwoher bekannt. Karl merkte, dass etwas nicht stimmte. Er fragte sich, was mit Lukas los war. Als Lukas dann von der Küche wiederkam, ging Karl direkt auf ihn zu.

„Lukas, was ist los? Du bist schon wieder so komisch, also, was ist los mit dir?", fragte Karl.

„Der Chef war da und er war komisch. Ich hab da ein ganz mieses Gefühl dabei. Da stimmt irgendetwas nicht. Doch ich konnte ihn nicht fragen, da Gustav da war", sagte Lukas besorgt.

„Du glaubst doch nicht, dass der Chef das Wirtshaus verkaufen möchte, oder?", fragte Karl geschockt und blass.

„Ich glaube es nicht, aber ich glaube, dass es etwas mit seinem Gesundheitszustand zu tun hat. Denn hast du ihn dir mal angesehen? Er ist blass, kommt nur noch selten, ist gereizt und sein Haar ist kraftlos", sagte Lukas.

„Tja, es können ja nicht alle volles Haar haben wie du", sagte Karl zu Lukas.

„Hahaha. Echt witzig. Du weißt, dass wenn ich mir einen Kurzhaarschnitt verpassen würde, dann wären meine Haare nach nicht einmal vier Wochen wieder so lange, dass sie mir über die Ohren hängen. Deshalb lass ich meine kinnlange Mähne. Mein Friseur ist froh, dass ich ihn besuche", sagte Lukas.

„Ach ja, stimmt schon. Dein Vater hatte schulterlange Haare. Doch du hast auch mal die Haare kurz gehabt. Aber lassen wir das Thema besser jetzt", sagte Karl.

Lukas konnte da nur zustimmen. Doch in seinen Gedanken ging sein Wolf auf und ab. Die Sorge um seinen Großonkel war sichtbar.

KAPITEL ACHT

Am nächsten Tag war das Mittagsgeschäft etwas stressiger. Doch sie schafften es ganz gut. Als dann das Mittagsgeschäft vorbei war, strich sich Lukas eine Strähne aus dem Gesicht. Karl schickte Gustav in die Pause und Lukas in die Pause. Für ihn war das von gestern immer noch präsent. Er kannte das Ganze, doch er wusste nicht, wo er das schon mal gesehen hatte. Doch er glaubte, dass es von seiner Zeit als Zivildiener stammte. Aber insgeheim konnte oder wollte er es nicht glauben. Denn dafür war dieser Geruch zu neu. Aber er schob das Ganze einfach mal zur Seite. Dafür hatte er jetzt keine Zeit mehr. Er musste sich auf was wichtigeres konzentrieren.

„Lukas, deckst du gleich noch die Mozartstube auf", sagte Karl zu ihm.

„Ja. Bin schon so gut wie auf dem Weg dorthin", sagte Lukas und machte direkt kehrt.

Lukas nahm sich das Besteck und stellte die Besteckwanne auf einen Tisch ab. Gleich darauf ging er nach vorne und holte sich die Servietten. Schnell sah er auch noch nach, für wie viele er aufdecken musste. Als er das wusste, ging er wieder zurück und deckte auf. Seine Gedanken kreisten zwar immer wieder ab von der Arbeit, aber er konnte sich schnell wieder fangen. Erst als er fertig war, konnte er sich wieder der Frage stellen, woher er den Geruch kannte. Aber ihm fiel nicht ein, woher. So ließ er das erstmal sein. Aber für ihn war es nicht ganz einfach. Denn sein Großonkel war schon wieder da. Er sprach mit Karl, doch irgendetwas war komisch. Das konnte Lukas sowohl riechen wie auch sehen.

„Ist alles in Ordnung bei dir?", fragte Lukas verunsichert.

„Ja alles … in Ordnung … Ich bin … gleich wieder da …", sagte er und ging an Lukas vorbei.

Da konnte Lukas etwas riechen, was ihm wirklich nur zu bekannt war. Er konnte einen schwachen, wenn auch metallischen Geruch wahrnehmen. Sein Wolf tigerte auf und ab bei dem Geruch. Aber er wusste, dass er ihm nicht nachgehen konnte, ohne vorher mit Karl zu reden.

„Was ist denn los?", fragte Lukas verwirrt.

„Der Chef will nächsten Montag eine Besprechung mit dem ganzen Personal. Doch worum es dabei geht, weiß ich leider nicht", sagte Karl.

„Okay, ich werde aber erstmal ihm hinterhergehen, er sah überhaupt nicht gut aus. Ich habe Angst, dass er umkippt", sagte Lukas.

Karl nickte nur und Lukas folgte ihm. Der Geruch von Blut war immer noch in der Luft, sodass Lukas ihm leicht folgen konnte. Als Lukas ihn fand, wusch er sich gerade das Gesicht.

Da konnte Lukas den Geruch genauer einordnen.

„Wie lange weißt du es schon? Dass es dir schlecht geht, sieht man sofort", sagte Lukas.

Sein Großonkel sah in den Spiegel und konnte Lukas sehen.

„Schon seit ein paar Wochen weiß ich es. Ich habe gehofft, dass ich mehr Zeit habe, als die Ärzte mir gesagt haben, aber scheinbar nicht", sagte er.

„Was meinst du damit genau?", fragte Lukas verwirrt.

„Ich habe eine sehr aggressive Form des Lungenkrebses. Für mich gibt es keine Möglichkeit mehr auf eine Behandlung", sagte sein Großonkel.

„Du hast Krebs", sagte Lukas geschockt.

„Ja, leider. Ich habe auch keine Hoffnung mehr auf eine Spenderlunge. Vor einer Woche hieß es dann, ich habe nur noch vier bis maximal fünf Wochen. Nicht genug Zeit, um auf eine Spenderlunge zu warten", sagte sein Großonkel.

„Möchtest du deshalb auch eine Besprechung mit uns allen führen oder geht es um was anderes?", sagte Lukas fragend.

„Da musst du dich gedulden. Ich weiß auch, dass das nicht zu deinen Stärken gehört. Da kommst du nach deiner Mutter", sagte sein Großonkel.

Lukas nickte nur und sagte nichts mehr. Aber sein Großonkel wollte, dass er niemanden etwas sagte. Er wollte das selbst sagen. Lukas hatte ein ungutes Gefühl dabei, aber er versprach es. Beide waren etwas angespannt, aber sie mussten ihr Bestes tun. Lukas ging wieder nach vorne, damit Karl nun nicht mehr alleine war. Aber als Lukas um die Ecke bog, war schon ein hässlicher Streit entbrannt. Denn Karl stritt heftig mit seinem Sohn, auch Karls Freundin war dabei. Alles in Lukas sagte, er sollte sich einmischen, aber er hielt sich zurück. Karl war wirklich sauer. Mit jeder Sekunde, die verging, wurde Karl lauter. Nach einiger Zeit musste Lukas dann doch eingreifen.

„Hey! Ihr könnt ja gerne weiter streiten, aber macht das bitte im Saal oder in der Mozartstube. Damit ich mir keine Sorgen machen muss, dass mir hier die Gläser zu Bruch gehen", sagte Lukas laut.

Konstantin wollte gehen, doch Karl packte ihn an der Kapuze seines Kapuzenshirts und zog ihn hinter sich her. Karls Freundin folgte den beiden und sie flüsterte Lukas ein Danke zu, ehe sie um die Ecke bog. Lukas ahnte, worum es ging, aber er wollte sich nur noch auf die Arbeit konzentrieren. Etwas später kam ein älterer Mann und wollte eine Feier abhalten bei ihnen. Lukas nahm alles auf: die Anzahl der Gäste, die Sitzordnung, Deko, Serviettenform und Speisewünsche. Als Lukas alles aufgenommen hatte, war der Mann glücklich darüber. Er bedankte sich und ging wieder. Lukas legte den Durchschlag des Übersichtblatts ins Büro, damit Karl die Speisewünsche an die Küche weiterleiten konnte. Lukas schnaufte kurz, da ihm wieder alles von seinem Rudel durch den Kopf ging. Aber darauf konnte er sich nicht konzentrieren. Jetzt war die Arbeit wichtiger. Er musste sich auf das kommende Wochenende vorbereiten. Da würde es ordentlich zugehen. Immerhin war das die erste Hochzeit für dieses Jahr. Alleine dafür musste er sich schon gut konzentrieren, aber seine Neugier war schon da. Was sein Großonkel ihnen sagen wollte? Allein schon die Tatsache, dass er Krebs hatte, macht ihm Sorgen. Aber Lukas wurde gleich darauf aus seinen Gedanken gerissen, da Karl wie auch Konstantin wütend an der Bar vorbeigingen.

„Junger Mann, du bleibst stehen. Das klären wir sofort", schrie Karl.

„Wieso sollte ich? Ich werde ganz bestimmt nicht zu dieser Psychotante gehen. Da kannst du dich sogar auf den Kopf stellen. Ach und was die Schule angeht, das ist mir scheißegal", sagte Konstantin und lief fast schon weg.

Karl versuchte, ihm hinterherzulaufen, doch er konnte ihn nicht mehr erwischen. Immer noch kochend vor Wut ging Karl wieder zurück. Als er wieder hereinkam, schlug er die Tür mit all seiner Kraft zu. Alle wussten, dass wenn Karl so drauf war, dass mit ihm nicht zu scherzen war.

„Lasst mich raten, Konstantin will nicht zur Therapie gehen, ihm sind seine Schulnoten nicht wichtig und er wird sich auch nicht bei seinem Kumpel entschuldigen. Ich glaube, da habe ich wohl recht", sagte Lukas und schenkte Karl wie auch seiner Freundin etwas zum Trinken ein.

„Ja und wie. Aber eines hast du nicht ganz mitbekommen. Eigentlich wollte ich noch etwas warten, aber so wie es aussieht, geht es nicht anders", sagte Karl und sah seine Freundin an.

Sie nickte nur freudig und strahlte fast schon etwas.

„Okay, was ist los?", fragte Lukas verwirrt.

„Nun ja Konstantin will das nicht, was du gesagt hast, aber nicht nur das. Denn ich und Svenja werden Eltern und Konsi will kein kleines Geschwisterchen haben", sagte Karl.

Lukas stand nur so da. Die Augen weit aufgerissen und der Mund stand offen. Kurz darauf freute sich auch Lukas mit ihnen mit. Er verstand natürlich auch, dass er Stillschweigen behalten musste. Für ihn war auch klar, warum Konstantin so reagiert hat. Er wollte auch kein Geschwisterchen, als er noch jünger war. Für ihn war da ein Teil klar. Aber er schob auch sein Verhalten auf Konstantins Hormone. Jedoch war ihm klar, dass es für Karl nur noch schwieriger sein würde. Aber er wollte Karl nicht auf seinen letzten Vorschlag ansprechen. Das muss er selbst machen. Lukas wusste das, denn das war eine seiner ersten Lektionen als Alpha seines Rudels. Da musste er sich gedulden.

„Nur, Lukas. Karl hat mir erzählt, dass du ihm einen Vorschlag gemacht hast", sagte Svenja fragend.

„Ja, hab ich. Ich habe ihm sogar zwei Vorschläge gemacht, da ja mein erster Vorschlag nicht so gut ankam. Da konnte wirklich nur dieser Vorschlag bleiben", sagte Lukas.

„Glaub mir, das weiß, ich aber ich versuche es einfach mal mit reden. Aber viel Hoffnung habe ich nicht", sagte Karl deprimiert.

„Karl, mein Vorschlag steht noch, solltest du nicht mehr weiter wissen. Dann wird er sehen, wie man solche Muskeln kriegt. Eins kann ich sagen, die kriegt man nicht vom Zocken. Da steht schon harte Arbeit dahinter", sagte Lukas und präsentierte seinen Bizeps.

„Ja, aber die sind nicht nur von deiner Landarbeit, Landluft oder guten Ernährung", sagte Karl.

„Unglücklicherweise nicht. Ich selbst muss mindestens einmal die Woche ins Studio", sagte Lukas.

Aber davon wollten sie nicht weiter reden. Denn es gab jetzt etwas Wichtigeres, denn der Chef kam nach vorne und fragte, was vorhin los war. So erklärte Karl, was vorgefallen war. Der Chef war schon etwas besorgt, aber er ließ es auf sich beruhen. Kurz darauf verabschiedete sich auch der Chef und ging wieder. Da fiel auch Karl auf, was Lukas meinte. Karl begann sich nun auch etwas zu sorgen. Doch er wusste, dass sie Genaueres erst am Montag erfahren würde. Aber Karl sah auf seine Uhr und meinte zu Lukas, dass er heimgehen sollte. Lukas war etwas verwirrt.

„Sollte ich nicht noch etwas bleiben? Denn du siehst mir auch nicht gerade stark genug aus, um den Abenddienst zu machen", sagte Lukas.

„Den muss ich auch nicht schaffen. Aber Leonie kommt dann. Ich bleibe noch, bis sie und Gustav wieder da sind, und ich gehe dann auch. Ich werde zu Hause dann noch auf Konstantin warten", sagte Karl.

Lukas wollte nun nicht mehr mit Karl diskutieren. So machte Lukas noch den Rest und erledigte alles und gab Karl das Trinkgeld. Dieser nahm es und staunte nicht schlecht. Lukas war schon immer gut, aber heute war er fast schon zu gut. Lukas hatte nur zu Mittag fast einhundert Euro gemacht. Aber er wusste ja, dass die meisten Gäste Lukas mochten. Deshalb stellte er auch keine Fragen mehr. Lukas verabschiedet sich noch von Karl und Svenja. Er machte sich auf den Weg zum Tresor und warf den Umschlag ein. Erst dann ging er zu seinen Sachen und machte sich auf den Heimweg. Erst als er wieder bei seinem Dorf war, konnte er sich etwas entspannen. Aber als er den Weg zu den Häusern raufkam, sah er schon von Weitem die Kinder vor seinem Haus stehen. Lukas ahnte, um was es ging, und ging etwas schneller. Als er dann bei ihnen war, wollten sie schon anfangen zu erzählen. Aber da konnte Lukas die drei noch mal bremsen. So gingen sie ins Haus und ins Büro. Erst dort fühlte sich Lukas sicher.

„Okay, was habt ihr den herausgefunden?", fragte Lukas.

„Wir haben eure Großmutter beobachtet und heute ging sie in den Wald", sagte Sebastian, der Teenager.

„Da sind wir ihr gefolgt und haben einen Abstand zu ihr gelassen. Erst bei einer Lichtung blieb sie stehen. Sie schien zu warten", sagte Bianca.

„Eine Lichtung? Was hat sie denn im Wald bei einer Lichtung getan?", fragte Lukas verwirrt.

„Das haben wir uns auch gefragt, aber kurz darauf kam ein Mann zu ihr. Er war ein Wolf so wie wir. Aber er war anders. Er roch so komisch", sagte Benjamin, der Jüngste der drei.

„Inwiefern komisch? Wie war er anders?", fragte Lukas mit großer Neugier.

„Er roch so komisch. Sein Geruch war zwar der eines Wolfes, aber er hatte etwas Rauchiges, Würziges, Zitroniges und einen Nadelbaum-Duft. Dieser Duft war penetrant", sagte Sebastian.

„Er roch nach Nadeln und Zitronen?", wiederholte Lukas fassungslos.

Sie nickten nur zurückhaltend. Lukas wurde blass und musste sich setzen. Er kannte den Geruch, den sie versuchten zu beschreiben. Für ihn ergab es langsam einen Sinn. Seine Großmutter hat sich dem christlichen Gott zugewandt. Nur glauben wollte er es nicht so richtig. Aber er wusste genau, dass es wohl so war.

„Ich danke euch allen. Keine Sorge, ich habe es nicht vergessen, was ich euch versprochen habe. Jeder bekommt zehn Euro. Aber wenn ihr meine Großmutter seht und sie macht irgendetwas Verdächtiges, haltet sie unter Beobachtung. Dafür gibt es zwanzig Euro für jeden von euch. Einverstanden?", sagte Lukas und hielt das Geld in der Hand.

Kurz schienen die drei nachzudenken, aber dann siegte doch ihre Neugier. Sie stimmten zu und Lukas gab ihnen das Geld und sagte noch, sie dürften niemandem etwas sagen, bis er etwas anderes sagt. Als sie wieder aus dem Haus waren, setzte sich Lukas wieder an seinen Schreibtisch und war nahe an der Verzweiflung. Er konnte es nicht glauben. Ein Wolf, der alles tat, um die Mutter und den Vater zu vertreiben. Aber noch weniger konnte er es glauben, dass sich Wölfe von der Natur abwenden konnten. Je mehr er darüber nachdachte, desto weniger konnte er es verstehen. Wieso konnte das nur sein? Er war sich nicht sicher, warum das war. Er war so sehr in seine Gedanken vertieft, dass ihm nicht einmal auffiel, dass Finn und Jenny in der Tür standen. Erst als Finn klopfte, sah er auf. Er wusste nicht, wie lange die beiden schon da waren. Er fühlte sich ertappt und versuchte alles, um halbwegs normal auszusehen. Doch die beiden merkten sofort, dass Lukas irgendetwas herausgefunden hatte. Aber sie wussten nicht, was es war.

„Lukas, du hast doch irgendetwas, das merkt man sofort", sagte Finn vorsichtig.

„Ja, das merkt man leider wirklich. Also komm, was hast du?", sagte Jenny.

„Okay, aber ich glaube, ihr solltet euch besser setzen, es hat ja sogar fast schon mich umgehauen. Also, bitte setzt euch", sagte Lukas.

Finn und Jenny waren verwirrt, aber sie setzten sich und Lukas erzählte ihnen, was er gerade von den Jungen herausgefunden haben. Beide wurden blass und verstanden die Welt nicht mehr. Jetzt wussten sie, warum Lukas wollte, dass sie sich setzen.

„Oh Mann, wie kann das nur sein?", fragte Jenny fassungslos.

„Das ist doch echt zu viel. Ich gehe jetzt zu ihr und kläre das", sagte Finn und stand auf.

Doch Lukas schubste ihn wieder auf seinen Platz zurück. Das Spielchen ging ein paar Mal so weiter, bis es Finn reichte.

„Okay Lukas, jetzt lass mich zu ihr gehen", schrie Finn fast schon.

„Das werde ich bestimmt nicht tun. Sie weiß noch nicht, dass wir es wissen. Also haben wir einen Vorteil. Denn werden wir nicht jetzt aufgeben", sagte Lukas.

Finn war damit nicht ganz einverstanden. Aber er wollte es nicht in einem Knurrkampf enden lassen. Finn wusste genau, dass Lukas von ihnen beiden am längsten wie auch am lautesten knurren konnte. Finn beruhigte sich, wenn auch nur widerwillig. Lukas musste nur kurz zu Jenny sehen und sie nickte. Lukas ging und machte sich daran, in den Keller zu gehen. Jenny war verwirrt, doch nach kurzer Zeit fragte Jenny Finn, was los ist mit ihm.

„Lukas hat da ein Hobby, wo er viel Platz braucht. Das kann er nur im Keller machen. Papa hat es gehasst, wenn in seinem Zimmer immer Holzspäne lagen", sagte Finn.

„Wie Holzspäne? Sägt Lukas etwa? Oder tut er drechseln?", fragte Jenny verwirrt.

„Was er genau macht, weiß ich nicht. Ich war damals noch zu klein, als er damit nach unten ging. Dort hat er mit Papa irgendetwas gemacht. Ich war damals neidisch, da er so viel Zeit mit Papa zusammen verbringt", sagte Finn und ließ auch jetzt etwas Neid mitschwingen.

Jenny merkte, dass Finn immer noch neidisch war, aber sie wollte nicht weiter darauf eingehen. Seufzend setzte sie sich zum Computer, um die neuen Abläufe in ihrem Onlineshop zu beobachten. Sie hatte alles in die Wege geleitet. Sie hatte sich für Lukas die Genehmigung von den Kammern geholt, da sie auch eine Vollmacht von ihm bekommen hatte. Da war sie froh, dass sie nun alles hatten. Ihr Onkel war bei Lukas und stand ihnen als Steuerberater zur Seite. Jedoch wusste sie, dass es noch dauern würde, bis die letzten Ergebnisse da waren. Doch als sie sich die E-Mails ansah, konnte sie es kaum glauben. Die Ergebnisse waren da und sie war froh, dass nun alles gut war. Ihre Freude konnte sie kaum in Zaum halten und sie ließ einen Freudeschrei von sich. Finn sah sie verwirrt und verschreckt an und sie hörten sogar Lukas die Treppe raufstürmen. Als Lukas in der Tür stand, sah er auch verwirrt aus.

„Die Ergebnisse sind da. Alles hat bestanden. Wir können in drei Wochen den Shop eröffnen", sagte Jenny freudig.

Lukas und Finn waren auch froh und sie freuten sich. Lukas war froh darüber, dass sie nun endlich sich etwas weniger Sorgen machen mussten. Aber er wusste auch, dass es etwas dauern konnte, bis sich die Verkäufe etwas mehr steigern würden. Aber dennoch waren sie froh. Lukas war sogar so froh darüber, dass er kurz noch mal im Keller war, um eine besondere Flasche zu holen. Jenny und Finn konnten es nicht glauben, dass Lukas eine Champagner-Flasche im Haus hatte. Lukas erklärte ihnen, dass er diese vor ein paar Monaten bekommen hatte. Aber weil es auch etwas zu feiern gab, musste die Flasche leider geköpft werden. Auch wenn es Jenny noch als etwas früh erachtete, wollte sie ihm jetzt nicht die Freude nehmen. So stießen sie gemeinsam an und freuten sich. Erst als der Abend dämmerte, da verabschiedeten sich die beiden und fuhren heim. Lukas nahm sich nur eine Kleinigkeit zum Essen und ging wieder in den Keller. Dort angekommen, nahm er wieder Platz und nahm sich seine Sachen wieder. Geschickt nahm er wieder das noch unfertige Kunststück. Das Messer setzte er wieder an und formte das Holz nach seinen Vorstellungen. Nur langsam nahm das Holzstück Form an. Aber Lukas wusste auch, dass es noch eine ganze Zeit dauern konnte, bis dieses Stück fertig war. Erst als es draußen schon ganz dunkel war, stellte er es wieder weg. Seufzend sah er sich um. Um ihm herum standen Dutzende Figuren, die er im Laufe der Jahre gefertigt hatte. Jede dieser Figuren war ein Unikat. Viele waren in der Farbe des Holzes geblieben. Vor allem die Stücke, die Waldtiere darstellten. Doch einige waren farbig und stellten Fabelwesen dar. Einige hat er mit seinem Vater bemalt. So wusste er auch, dass er manche nie jemanden zeigen würde. Doch er ahnte, dass Jenny neugierig war, warum er in den Keller ging. Aber er wollte nicht, dass irgendjemand das wüsste. Ihm war seine Privatsphäre wichtig, aber er überlegte, ob er nicht ein paar Sachen auch im Shop verkaufen konnte. Aber diesen Gedanken verwarf er gleich wieder. Denn dafür waren seine Sachen wohl nicht geeignet. Den die meisten Sachen waren nun mal Unikate. Keine Sachen vom Band, die die meisten heutzutage wollten. Aber naja, er konnte das ja nicht machen. So machte er sich auf den Weg wieder nach oben. Jeden Gedanken, der den Shop betraf, hatte er in die hintersten Ecken seines Verstandes verbannt. Nach dem Duschen saß er nur auf der Bettkante. An Schlaf war nicht mehr zu denken. So holte er die Gitarre seiner Mutter aus dem Schrank und fing an zu spielen. Seit Jahren hatte er nicht mehr gespielt, aber seine Finger kannten die Griffe immer noch. So spielte er das Lied, das ihm seine Mutter beigebracht hatte. Dieses Lied hatte ihm seine Mutter immer wieder vorgespielt, als er noch klein war. Dieses Lied war ihm wichtig. Als er herkam, kannte er niemanden, nur seinen Vater. Ihm war fast nichts geblieben, nur ein paar wenige Sachen. Diese Gitarre war eine davon. Immer wenn er sie in der Hand hielt, fühlte er sich seiner Mutter näher. Wie es auch dieses Mal war. Als er zu Ende spielte, fuhr er über den Körper der Gitarre. Alles war noch so, wie er sich erinnerte. Nur schweren Herzens stellte er sie wieder weg und legte sich schlafen. Unwillkürlich sah er auf seine Wanduhr und war froh, dass er morgen frei hatte. Da konnte er wenigstens mehr Zeit mit dem Schnitzen oder mit Gitarre spielen verbringen. Er konnte es sich aussuchen, doch egal, was er machen würde, er macht es mit all seinem Herzblut. Doch er ließ seine Gedanken einfach wieder los und verfiel in den Schlaf. Doch er fand keinen ruhigen Schlaf. Wieder wurde er von Albträumen gequält. Aber sein Glück war, dass die Sonne ihn wieder mal aufweckte. Zum Teil schon erleichtert, war er froh, nun wach zu sein. Auch wenn er am liebsten nie wieder einen Alptraum erfahen möchte, ging das nicht. So ging er erst mal eine Runde laufen. Während des Laufes konnte er sich endlich mal wieder gehen lassen. Nichts war jetzt besser, als zu laufen. Nur so konnte er sich vollkommen von allem lossagen. Hier gab es keinen gefährlichen Alpha, keine Geldsorgen, kein

Rudel, nur ihn. Genau das brauchte er jetzt. Niemand konnte ihm irgendetwas sagen. Doch nun musste er erstmal wieder zurück zum Rudel. Als er durch das Dorf ging, waren alle dabei, das Frühstück zu machen. Er konnte hören, wie sich alle unterhielten. Gemeinsam redeten alle und machten Frühstück für das ganze Rudel. Aber das war nicht mal alles, sie unterhielten sich auch über die verschiedensten Rezepte. Einige verabredeten sich auch zum gemeinsamen Kochen. Lukas konnte nicht glauben, dass sich diese Gemeinschaft nun endlich finden konnte. Es gab keinen Streit, aber dafür viele Gespräche. Auch Witze und ein paar Späße. Alle schienen sich zu freuen. Lukas musste sogar mit dem Gedanken spielen, nach der Krise die Rudel zusammenzulegen. Jedoch war da immer noch die Sache, dass ihre Gäste ein Rudel hatten. Da war einfach noch die Möglichkeit, dass ihre Gäste wieder zurück nach Hause gehen könnten oder wollten. Er musste sich diese Möglichkeit einfach noch mal überlegen. Aber naja, er musste ja erst noch mit Tobias, Finn und Jessica reden, bevor er diese Entscheidung festigte. Erst als sie dann gemeinsam gegessen hatten, hatte Lukas die Zeit, darüber nachzudenken. Aber die Frage war schon, was dann ihr neuer Alpha machen würde, wenn er davon erfahren würde. Fragen über Fragen und leider hatte er keine Antworten darauf. Noch nicht jedenfalls. Er hatte keine Ahnung, was er machen sollte. Aber darüber konnte er später nach nachdenken. Denn es kam über ihn das Verlangen nach seiner Gitarre. So ging er in sein Haus und holte seine Gitarre. Er verließ das Haus durch die Hintertür und ging in den Wald. Später am Tag kamen Finn und Jenny wieder. Jenny wollte sich nur noch auf die Finanzen stürzen, um nachzusehen, ob sie noch etwas verbessern könnte. Doch so weit kam es leider nicht. Denn da blieb Finn plötzlich stehen und sah sich um. Jenny fiel das sofort auf, denn Finn stellte sich schützend vor sie. Als Jenny etwas an Finn vorbeisah, konnte sie sehen, dass ein paar neue Autos da waren. Jenny verstand grad gar nichts mehr. Doch da kamen auch schon ein paar Leute zu ihnen. Man konnte ihnen ansehen, dass sie es nicht leicht hatten. Die Angst war ihnen ins Gesicht geschrieben.

„Bitte verzeiht uns, aber wir müssen unbedingt mit dem Alpha reden!", sagte die junge Frau, die zu ihnen kam.

Jenny sah die getrockneten Tränen in ihrem Gesicht und sah etwas, was sie als Blut interpretierte. Doch da war sie leider einem Wandler gegenüber im Nachteil.

„Wir holen meinen Bruder, unseren Alpha. Er wird die Entscheidung treffen", sagte Finn und ging los.

Jenny folgte ihm sofort, doch sie konnte sehen, dass es nur wenige waren. Einige von ihnen waren noch jung. Aber sie konnte nicht erahnen, was sie durch gemacht hatte. Erst als sie das Haus erreichten, wollte sie Finn fragen, was nun passieren könnte. Doch so weit kam es nicht. Denn da hat Finn bereits die Tür geöffnet und nach seinem Bruder gerufen. Doch er hörte nichts und folgte erstmal seiner Nase hoch in das Zimmer von Lukas und dann wieder nach unten zu ihnen und nach hinten zur Hintertür und in den Wald hinaus. Finn konnte es nicht glauben, gerade jetzt brauchte sie ihn und er war in den Wald gegangen. Doch als er wieder zu Jenny kam, las sie gerade einen Zettel, der auf den Tresen lag. Finn wollte fragen, was los sei, aber da hörten sie schon einen Tumult von draußen. Als Jenny und Finn aufsahen, waren auch schon Tobias wie auch seine Großmutter da. Sie wollten die Neuankömmlinge davonjagen. Jenny sagte Finn, dass er nun das Sagen hätte und nun müsste er das unterbinden. Finn verstand nichts, doch er ging hinaus.

„Was ist hier los?", fragte Finn laut in die Runde.

„Ganz einfach Finn, wir werden sie nicht aufnehmen. Wir haben schon genug Hilfe Suchende aufgenommen und das wird auch Lukas einsehen", sagte seine Großmutter.

„Tja, nur leider hat Lukas uns eine Nachricht geschrieben, dass während seiner Waldrunde Finn hier das Sagen hat", sagte Jenny und trat zu seiner Großmutter.

„Ich glaube nicht, dass du hier mir oder irgendjemanden etwas sagen kannst. Nun denn …", sagte seine Großmutter.

„Das glaube ich nicht. Ich und Finn sind nun Gefährten und ich bin durchaus berechtigt, etwas jemanden etwas zu sagen. Also Finn hat jetzt das Sagen und nicht du oder Tobias. Sondern

Finn und ich wäre jetzt sehr vorsichtig, denn ich habe ein paar Silberringe und einen trage ich jetzt, also vorsichtig", sagte Jenny leicht drohend.

Sofort machten sie wie auch Tobias einen Schritt zurück. Finn konnte sehen, dass sie seit ihrer Bindung mutiger wurde. Aber als sie sich umdrehte, hatte sie wieder ihr Lächeln: „Ja, also ihr könnt gerne bleiben. Der Alpha wird bald wieder hier sein. Ruht euch aus und esst mal etwas", sagte Finn zu ihnen. „Ich danke euch schon mal. Nur ist diese Menschenfrau wirklich Ihre Gefährtin?", sagte die junge Frau zögernd.

Finn nickte nur und Jenny kam auf sie zu und nahm den Ring ab. Sie stellte sich vor sie hin und entschuldigte sich für das gerade Gesehene. Doch sie wollte nur klarstellen, dass nun Finn das Sagen hat. Finn stimmte ihr zu und beide gingen wieder ins Haus zurück. Erst als sie wieder im Haus waren, machte Finn die Tür zu und sah sie verwundert an.

„Wow, also wenn ich ehrlich bin, hab ich dich lieber als Gefährtin als zur Feindin", sagte Finn etwas zittrig.

„Ja, das stimmt schon. Du weißt aber auch, dass ich mir noch nie etwas gefallen ließ. Außerdem finde ich es nicht toll, wenn jemand dir nicht den Respekt zollt, den du verdienst. Schon allein deswegen, wenn Lukas dir das Kommando übertragen hat", sagte Jenny.

„J,a nur wenn ich ehrlich bin, bin ich auch froh, dass du Parfum trägst. Das überdeckt fast jeden anderen Geruch", sagte Lukas.

„Stimmt, aber jetzt mal ehrlich, wo ist denn Lukas?", sagte Jenny fragend.

„Wenn ich raten müsste, ist er irgendwo im Wald und versucht, irgendetwas zu finden. Kannst du bitte nach ihm suchen, ich muss hier bleiben, um aufzupassen, dass niemand etwas versucht anzustellen", sagte Finn.

„Ja nur, wie soll ich ihn finden? Ich habe keine Wolfsnase, Wolfsohren oder was ihr noch so habt", sagte Jenny.

„Dann nimm dir das mit. Damit kannst du ihn finden. Nur pass bitte auf! Im Moment trau ich meiner Großmutter alles zu", sagte Finn zu ihr.

„Keine Sorge. Solange ich ein paar Sachen aus Silber und die-se Pfeife habe, wird mir keiner zu nahe kommen", sagte Jenny. Finn war zwar immer noch besorgt, aber er wusste, dass sie vorsichtig sein würde. Aber er gab ihr auch noch eine Jacke von ihm mit. Dadurch blieb ihr Geruch etwas länger unbemerkt. Noch kurz sahen sie sich an. Doch dann musste sie los, um Lukas zu finden. So schnell sie konnte, rannte sie durch den Wald und pfiff alle paar Minuten in die Pfeife. Nach einiger Zeit hörte sie jemanden, der ihr folgt. Doch aus Angst blieb sie nicht stehen und rannte weiter. Auch wenn sie wusste, dass das ein Fehler war. Doch da pfiff sie lange in die Pfeife und sie hörte, wie ihr Ver-folger winselte und sie dadurch einen Vorsprung gewann. Nach kurzer Zeit kam sie auf eine Lichtung – in der Mitter war ein großer Fels und da saß Lukas mit dem Rücken zu ihr. Als sie ste-hen blieb, drehte sich Lukas zu ihr um und kam sofort auf sie zu.

„Jenny, wie konntest du mich finden? Wieso hast du eine Jacke von Finn an? Warst du das, der da ständig pfiff?", fragte Lukas verwirrt.

„Erstens, ich bin einfach auf gut Glück durch den Wald ge-laufen. Zweitens und drittens ja, aber es ist wichtig, denn zum einen wurde ich verfolgt von jemandem zum anderen haben wir Neuankömmlinge. Da brauchen wir deine Hilfe", sagte Jenny.

Lukas nickte nur und nahm seine Gitarre mit. Auf dem Rück-weg fühlte sie sich sicherer. Lukas konnte, als sie an der Stelle waren, wo Jenny ihren Verfolger etwas quälte, einen bekannten Geruch wahrnehmen. Er roch sofort, dass es seine Großmutter war. Doch da drängte sich die Frage auf: Warum?

„Also deine Verfolgerin war meine und Finns Großmutter. Du musst ihr ja ziemlich auf den Schlips getreten sein. Doch wie?", sagte Lukas fragend.

„Nun ja, sie wollte die Neuankömmlinge loswerden genauso wie Tobias. Sie wollten sie einfach loswerden, da musste ich sie auf ihren Platz verweisen. Ich weiß, steht mir nicht zu, aber ...", sagte Jenny.

„Im Gegenteil, es steht dir zu. Wenn ich Finn das Sagen über-trage, dann hast du das Recht, sie auf ihren Platz zurück zu verweisen. Wenn Finn quasi der Alpha ist, hast du den nächsthöheren Rang von allen", sagte Lukas zu ihr.

Jenny verstand das zuerst nicht, doch er wollte es ihr etwas später genauer erklären. Da kamen sie schon in Sichtweite der Häuser. Lukas konnte schon hören, wie sich Finn abmühte. Doch da stieg ihm ein betörender Duft in die Nase. Sofort blieb er stehen und seine Augen veränderten sich. Jenny sah sofort, dass etwas nicht stimmte. Doch noch bevor sie fragen konnte, sah Lukas sie an. „Hol Finn sofort! Sofort", sagte Lukas.

Jenny rannte los und kam gleich darauf mit Finn wieder, dieser sah sofort, was mit Lukas los war, und riss etwas aus dem Boden. Jenny verstand nun nichts mehr, sie sah, wie Lukas fast schon die Kontrolle verlor und Finn schnitt irgendeine Knolle auseinander. Doch als Finn fertig war, lief er sofort zu Lukas und hielt ihm die Knolle unter die Nase. Lukas nahm ein paar tiefe Atemzüge und drehte sich sofort würgend weg.

„Geht's nun wieder? Hast du ihn wieder unter Kontrolle?", fragte Finn vorsichtig.

„Ja geht wieder und ja alles wieder unter Kontrolle. Danke. Nur, riechst du das nicht?", sagte Lukas leicht verwirrt.

„Ähm, wollt ihr mir nicht sagen, was los ist?", fragte Jenny verwirrt.

„Diese Knollenblume ist ein Alpenveilchen. Der Duft von einer aufgeschnittenen Knolle wirkt auf unseren Wolf betäubend. Fast so wie Wolfswurz nur noch viel schlimmer. Unser Wolf schläft dann stundenlang", sagte Finn.

„Okay, nur was ist mit dir, Lukas?", fragte Jenny verwirrt.

„Ich habe scheinbar wohl mein Gegenstück gefunden. Doch bei mir ist es was anderes als bei euch", sagte Lukas und ging weiter.

Jenny sah zu Finn, doch dieser sah etwas hilflos aus. Aber dieser sagte nichts und folgte Lukas. Als sie um die Ecke bogen, saßen bereits ihre Neuankömmlinge um den Lagerfeuer Platz. Lukas ging noch mal kurz duschen. Als er im Haus war, holte er sofort sich ein paar Tropfen raus und nahm sie gleich. Erst nachdem er die Tropfen genommen hatte, hatte er wieder alles unter Kontrolle. Als Jenny und Finn im Haus waren, ging Lukas nach oben und gleich darauf ins Badezimmer. Jenny sah ihm verwirrt hinterher und sah dann zu Finn. Aber dieser sah ebenfalls so verwirrt aus wie sie. Keiner verstand so richtig, was wirklich mit Lukas war. Aber sie mussten wieder rausgehen, damit auch nichts passierte. Lukas schloss sich ins Badezimmer ein und versuchte, sich wieder zu beruhigen. Nichts hatte ihn bisher so aus der Bahn geworfen. Doch das hatte ihn nun komplett rausgeworfen. Lukas ging zum Spiegel und sah sich erst einmal an. Als er ein paar Mal tiefe Atemzüge machte, sah er sofort, dass sich seine Zähne veränderten. Lukas wusste zwar, was das sein könnte, aber das war gerade jetzt der schlechteste Zeitpunkt, den es gibt. Jedoch konnte er das nicht bestimmen. Denn sein Vater hatte ihm oft genug gesagt, dass man niemals alles kontrollieren kann. Doch das musste jetzt erst mal warten. Jetzt musste er duschen, damit niemand glaubte, er würde nach altem Holz riechen. Er war froh, endlich das kalte Wasser über sich laufen zu fühlen. Die meisten würden sich beschweren, da es zu kalt ist. Doch das half ihm jetzt, sich besser zu fokussieren. Nach ein paar Minuten musste er sich nur noch trocknen und anziehen. Jetzt konnte er sich wieder besser konzentrieren. Doch er musste nur noch dafür sorgen, dass sein Wolf ruhig bleibt. So ging er frisch angezogen in die Küche und nahm sich ein paar Tropfen von einer besonderen Mischung. Erst jetzt spürte er, wie sich sein Wolf langsam wieder beruhigte. Jetzt war er in der Lage, zu den anderen zu gehen. Er hörte, wie sich alle miteinander unterhielten. Diesmal waren es ein paar mehr als bei den letzten Malen. Einmal atmete er noch tief durch und ging nun zu ihnen. Finn sah sofort, dass es Lukas nun besser ging, doch er sah eine Veränderung. Denn irgendetwas war anders an Lukas. Doch das konnte er jetzt nicht so ohne Weiteres sagen. Lukas kam näher und die Neuankömmlinge sahen zu ihm.

„Ich möchte euch hier willkommen heißen. Ich möchte mich auch für das Benehmen von meiner Großmutter wie auch von einem meiner Betas bei euch entschuldigen. Sie sind wohl nur etwas besorgt. Aber hier seid ihr nun in Sicherheit. Ich werde mich in den nächsten Tagen mit der Person zusammensetzen, welche den höchsten Rang hat. Da werden wir …", sagte Lukas.

Doch da stand eine bildhübsche junge Frau auf und kam auf ihn zu.

„Das müssen Sie nicht mehr, Alpha. Ich bin die Tochter unseres alten Alphas. Wir sind im Moment einfach nur etwas müde und auch angespannt", sagte die junge Frau bedrückt und sah zu Boden.

Lukas kam auf sie zu und legte die eine Hand auf ihre linke Schulter. Sie sah auf und war etwas verwirrt.

„Ich verstehe deine Betrübnis. Wir können reden, sobald es dir und deinen Leuten besser geht. Ihr könnt euch Zeit nehmen", sagte Lukas.

Doch er spürte auch schon, wie sein Wolf immer mehr an Kontrolle gewann. Aber er merkte sofort, dass seine Handfläche anfing zu kribbeln. Sie nickte nur und Lukas nahm seine Hand wieder weg. Sie schien noch etwas sagen zu wollen, doch sie schien verunsichert zu sein. Doch sie ging wieder zu den anderen und Lukas drehte sich um, doch er blieb noch einmal stehen. Lukas drehte sich um und sah sich alle noch mal an. Aber sein Blick blieb bei der jungen Frau hängen. Auch sie sah sich auch um. Da blieb ihr Blick auch an Lukas hängen. Lukas konnte sofort die Trauer und die Wut in ihren Augen sehen. Beide sahen sich ein paar Minuten so in die Augen. Aber sie sah dann wieder weg und nahm sich ein Taschentuch, um sich eine Träne aus dem Gesicht zu wischen. Lukas kannte das Gefühl, was jetzt in ihr sein durfte. Aber leider konnte er ihr nicht helfen. Denn er spürte die Anziehung, die sie auf ihn hat, und so ging er wieder ins Haus. Finn merkte das und ging seinem Bruder hinterher. Jenny blieb bei den anderen und sie tat alles, damit es keinen an irgendetwas fehlte. Als Finn die Tür erreichte, fragte er sich, ob es richtig war, Lukas hinterherzugehen. Doch als er gerade wieder gehen wollte, hörte er seinen Bruder, wie er „Komm rein!" rief. Finn fand das komisch, denn früher wollte er immer alleine sein, wenn er so einen Abgang hinlegte. So machte Finn die Tür auf und sofort kam ihm ein vertrauter Klang entgegen. Er kannte diese traurige Melodie, sein Bruder spielte sie oft, wenn es ein Todestag war. Als er die Tür wieder schloss, sah er, wie

Lukas auf der Couch saß und seine Gitarre in der Hand hielt. Finn glaubte es kaum, denn Lukas hatte seine Gitarre schon einige Zeit nicht mehr in der Hand.

„Was ist denn, Finn? Gab es ein Problem?", sagte Lukas, ohne dabei zu Finn zu sehen oder aufhören, zu spielen.

„Ähm nein, alles in Ordnung. Doch du hast die Gitarre seit drei Jahren nicht mehr in der Hand gehabt. Was ist denn bei dir passiert? Denn du nimmst die Gitarre nicht ohne einen Grund nach so langer Zeit wieder in die Hand", sagte Finn verwirrt.

„Es gibt keinen. Nein, es gibt ein Grund. Denn die, mit der ich gesprochen habe, sie ist scheinbar richtig traurig, aber das ist nicht alles", sagte Lukas und stellte die Gitarre wieder ab.

Während die beiden im Haus sprachen, war Jenny damit beschäftigt, sich um alles zu kümmern. Sie sorgte dafür, dass jeder etwas essen konnte. Jeder bis auf die junge Frau, die mit Lukas sprach. Jenny merkte, dass es ihr nicht so gut ging, und sie beschloss, zu ihr hinzugehen. Als sie bei ihr war, merkte Jenny, dass sie etwas suchte, doch leider nicht fand. Wortlos hielt Jenny ihr ein Taschentuch hin. Verwirrt sah sie auf und war leicht geschockt, dass es sie war. Doch sie nahm das Taschentuch dankbar an.

„Darf ich mich zu dir setzen?", fragte Jenny freundlich.

Doch ihr Gegenüber nickte nur. Jenny setzte sich zu ihr und sagte nichts.

„Ich weiß, es ist seltsam für dich, aber keine Angst. Euer Geheimnis ist bei mir sicher. Ich möchte ja schließlich nicht, dass mein Schatz wegkommt", sagte Jenny.

„Nur, wieso tust du das alles für uns? Wir sind doch nicht wie du. Also sag mir bitte, warum tust du das für uns?", sagte sie verwirrt.

„Ganz einfach, ich hatte zwar Angst am Anfang. Aber Lukas hat mir geholfen. Ich weiß auch, dass es für dich schwierig sein musste. Denn du hast wohl einiges durchgemacht. Aber gib ihm eine Chance. Er ist etwas Besonderes", sagte Jenny und sah auch etwas ins Feuer.

„Inwiefern ist er etwas Besonderes? Er ist doch nur ein Hybride und er ist …", sagte sie.

„Und er ist dein vorbestimmter Gefährte. Genauso wie Finn meiner ist", sagte Jenny und sah sie grinsend an.

Geschockt wie auch verwundert sah sie Jenny an, es schien fast so, als würde sie es ihr nicht glauben. Doch Jenny sah sie an und zeigte ihr das Gefährtenmal von Finn. „Ihr habt den Gefährtenbund vollzogen?", fragte sie verwundert.

„Ja, haben wir. Aber ich glaube, wir sollten uns jetzt mal vorstellen, sonst ist es komisch. Also ich bin Jennifer Falkensteiner. Aber alle nennen mich nur Jenny", sagte Jenny und hielt ihr die Hand hin.

Die junge Frau sah sie zuerst verwirrt an, doch sie sah auch, dass Jenny keinen Ring trug.

„Freut mich, dich kennenzulernen. Ich bin Carina Graf", sagte sie und schüttelte Jenny die Hand.

Beide waren nun froh, ihr Gegenüber zu kennen.

„Tja also Carina, ich würde dich gerne fragen, ob du mit dem Alpha von deinem Rudel verwandt warst. Denn du siehst richtig deprimiert aus", sagte Jenny vorsichtig.

Doch Carina sah nur kurz noch zu ihr und sah gleich zu Boden. Jenny merkte gleich, dass sie anfing zu weinen. Jenny merkte, dass sie nun etwas Falsches gesagt hatte, und legte nur eine Hand auf die von Carina. Sie sah Jenny an, doch sie sagte nichts. Für Jenny sah es so aus, als würde Carina ihr danken. Aber beide saßen nur da und sagten nichts. Jenny merkte auch gleich, dass fast alle schwiegen. Jenny ahnte nur, dass ihr alter Alpha sehr beliebt war.

„Carina, es tut mir leid, was dir passiert ist – ich kann es mir nicht einmal ansatzweise vorstellen. Ich verstehe, dass es schlimm war doch…", sagte Jenny.

„Unser Alpha war mein Vater. Mein Vater wurde herausgefordert, doch das war keine", sagte Carina unter Tränen.

„Ich wünschte, ich könnte dir folgen, doch leider hat mir Finn nichts über diese Herausforderungen erzählt. Da muss ich mit ihm ein paar Takte reden", sagte Jenny.

„Ja, scheint fast so. Nun eine Herausforderung ist für jeden Alpha etwas Gefährliches, da eine Herausforderung immer mit dem Tod eines Alphas endet", sagte Carina.

Jenny war sprachlos und sah sie erstmal an, als hätte sie einen Geist gesehen. Damit hatte sie nicht gerechnet, aber nun konnte sie es verstehen.

„Normalerweise sind bei der Herausforderung nur die Alphas und ihre Betas anwesend. Doch diese Herausforderung war anders", sagte Carina.

„Wenn es nicht zu viel ist, kannst du mir auch sagen, was anders war", sagte Jenny.

„Auch wenn du es vielleicht nicht verstehst, aber da mussten wir dabei sein. Ich, meine kleine Schwester und meine Mutter. Wir haben mit zusehen müssen, wie unser Alpha, mein Vater, getötet wurde. Es war ein Massaker", sagte Carina und fing wieder an zu weinen.

Jenny konnte es nicht mal erahnen, wie es ihr nun ging, aber sie legte ihr eine Hand auf ihre Schultern. Carina merkte es, aber sie konnte sich nur etwas beruhigen. Doch nach einiger Zeit kam Finn wieder und er merkte sofort, dass etwas nicht stimmte. Denn als Jenny ihn sah, sah sie ihn an, als ob sie ihn auf tausend Art töten möchte. Schwer schluckend kam er näher und stellte sich zu ihnen.

„Ähm, der Alpha möchte Sie morgen nach seiner Arbeit sehen und auch reden", sagte Finn zögernd.

„Okay, ja, ich werde mit ihm reden", sagte Carina und stand auf.

Sie ging dann zu einem der Wagen und blieb dort. Doch Jenny stand auf und lächelte etwas. Als Finn sich zu ihr umdrehte und sie küssen wollte, zog sie an seinem linken Ohr.

Aufgebracht zog sie Finn hinter sich her und die anderen sahen ihnen verwirrt nach.

„Okay Finn, sag mal wieso hast du mir nichts über die Herausforderung gesagt?", fragte Jenny leicht aufgebracht.

„Ich wollte es dir ja sagen, doch ich wollte auf den richtigen Moment warten", sagte Finn resigniert.

„So auf den richtigen Moment warten. Aha. Tja, der Moment ist vorbei. Ich meine, wenn nicht du, dann hätte es mir Lukas sagen können", sagte Jenny.

„Wenn er es dir nicht gesagt hat, dann nur, weil er es dir vielleicht ersparen wollte. Denn du hast immer noch die Möglichkeit, in deine Welt zu gehen, sollte Lukas bei der Herausforderung getötet werden", sagte Finn.

„Du weißt doch auch, dass das hier nun meine Welt ist. Die andere Welt ist nur ein Teil meiner Seite", sagte Jenny.

Finn gab das zu, aber sie verstand auch, dass Finn und Lukas sie schützen wollten. Doch sie wusste auch, dass sie es nur gut meinten. Sie wollte zwar böse auf Finn sein, aber sie konnte es nicht. So gab sie ihm einen leidenschaftlichen Kuss. Finn war zwar verwirrt, aber er ließ sich fallen. Für ihn hätte es nichts Besseres geben können, was ihm nun seine Gedanken vertreiben konnte. Aber er wusste auch, dass wenn er hier Jenny seine Liebe gestehen würde, dann würden das alle hören und riechen. Sie wussten alle schon von klein an, dass sie wegsehen und weghören müssen. Doch er kannte Jennys Gefühle, was das anging. So verabschiedeten sie sich von den anderen und gingen zu den Autos. Jenny sah noch nach Carina, aber sie fand nur ihre Kleidung und sah ein paar Pfotenabdrücke. Wortlos ging sie zu Finn und stieg ein. Als sie gerade wegfuhren, hörten sie einen Wolf heulen. Finn öffnete ein Fenster und er wurde auch selbst traurig. Jenny fragte ihn, was mit ihm los sei. Doch er sagte nur, dass die Rudel einen individuellen Ruf entwickelten, aber viele waren immer gleich, so wie dieser. Während der Fahrt erklärte Finn Jenny, dass die Rufe der Trauer und der Wut bei allen Rudeln gleich wären, aber andere Rufe waren unterschiedlich: Freude, Jagd und Sieg waren bei allen anders. Jenny verstand das nun, doch sie fragte sich nur, wie diese Rufe klingen würden. Doch bei Lukas war es noch etwas anders. Er verstand ihren Schmerz und ihre Trauer, er verlor beide Eltern. Aber er hatte gerade jetzt das Bedürfnis danach, zu spielen. Doch er ging nach oben in sein Zimmer und öffnete das Fenster und spielte einfach. Alle, die es hören konnten, spürten die Traurigkeit in der Melodie wie auch im Heulen von Carina. Einige fingen selbst an zu weinen. Lukas hörte sie weinen, am liebsten hätte er aufgehört, zu spielen, doch er konnte nicht. Es war fast so, als würde jemand anderes seine Hand führen. Erst jetzt hatte er es verstanden. Sie war nicht nur seine Gefährtin, sondern auch sein Gegenstück für die

Musik. Aber er hatte dennoch Angst, dass er seine eigenen Hormone nicht im Zaum halten könnte. Aber als es dann dunkel wurde, schloss er das Fenster und sah noch etwas raus, sie hatten ein paar Zelte aufgeschlagen, doch einige schliefen auch als Wölfe. So legte sich auch Lukas dann zum Schlafen hin. Er hoffte nur, dass er nun schlafen konnte. Friedlich und glücklich schlief er dann ein. Doch sein Wecker läutete seiner Meinung nach viel zu früh. Aber es half nichts, er stand auf und zog sich etwas zum Laufen an. Dabei mied er, so gut er konnte, die Neuankömmlinge und lief direkt in den Wald. Dort war keine Spur von Carina zu riechen, so konnte er sich mental auf die Arbeit vorbereiten. Doch als er wieder zurückkam, wehte ihm der Duft von Carina sofort um die Nase. So lief er noch ums Dorf und ging durch die Hintertür in sein Haus. Dort konnte er sich wieder etwas beruhigen, wenn da nicht dieser Duft gewesen wäre. Aber er ging noch kalt duschen und nahm sich dann sein Frühstück, das schlang er mehr, als er es aß, hinunter, nur um schnell ins Auto zu kommen. Erst als er bei seiner Arbeit war, konnte er sich nun etwas beruhigen. Aber er ahnte, dass die Arbeit heute stressig sein würde. Nun da musste er erst mal abwarten, wie es wirklich sein würde. Das Mittagsgeschäft war nicht allzu schlimm, aber auch nicht zu ruhig. Karl merkte, dass sich bei Lukas irgendetwas verändert hat. Doch was, konnte er nicht sagen. Zu seinem Glück war Lukas wie immer professionell. Aber dennoch hatte Karl einfach das Bedürfnis, mit Lukas zu sprechen. Doch er wusste genau, dass Lukas immer etwas stur sein konnte. Jedoch fasste sich Karl ein Herz und fragte ihn, als Lukas in der Pause war.

„Okay Lukas, was ist denn los mit dir?", fragte Karl etwas neugierig.

„Was meinst du denn? Ich bin nur etwas verkatert", sagte Lukas wenig überzeugend.

„Damit kannst du mich nicht überzeugen. Ich kenne dich schon eine lange Zeit. Seit du damals als Lehrling hergekommen bist, nur um den Lehrbetrieb zu wechseln und dann nochmal nach deiner Zivildienerzeit. Ich glaube, ich kenne dich besser, als du denkst", sagte Karl.

Lukas wusste genau, dass Karl ihn schon seit über sechs Jahren kannte. Da war Karls Einschätzung durchaus nicht abwegig. Doch er konnte unmöglich Karl alles erzählen. So erzählte Lukas Karl, dass es im Moment einfach nur etwas viel ist und auch dass er jemanden kennengelernt hatte. Als Karl das hörte, wurde er gleich neugierig. Er wollte wissen, wen Lukas kennengelernt hatte. Seine Neugier fand fast kein Ende, doch Lukas musste ihn mal stoppen. Denn Karl fragte Sachen, die definitiv etwas zu intim wurden. Karl verstand nun, dass er etwas zu neugierig wurde, und er entschuldigte sich auch bei Lukas. Aber er musste das fragen, denn bei seinem Sohn konnte er nicht fragen. Immerhin wechselte er die Bettbekanntschaften wie andere Leute die Unterhosen. Lukas sah ihn an, doch Karl schüttelte nur den Kopf.

„Du konntest noch nicht mit ihm reden. Ich nehme an, dass das nur jugendlicher Ungehorsam ist", sagte Lukas.

„Ich wünschte, dass es das wäre, doch er ist einfach nur störrisch. Ich weiß nicht, was ich mit ihm anfangen soll, wenn es nicht klappt", sagte Karl deprimiert.

„Ich will ja nicht anmaßend klingen, aber schick ihn zu mir. Ich und meine Leute werden ihn schon wieder auf Kurs bringen. Außer dir fällt noch was anderes ein", sagte Lukas.

Karl verstand das natürlich, aber er war mit seinem Latein auch schon fast am Ende. Er würde den Vorschlag mit seiner Freundin noch mal besprechen. Aber er wollte auch, dass Lukas ihm sagt, wenn etwas mit seinem Sohn passieren sollte. Lukas versprach es und war froh, dass Karl nun doch den Vorschlag vielleicht ernst nahm. Nach dem Gespräch fühlte sich Lukas gleich besser. Er wusste nur nicht, ob es daran lag, dass er jemanden zum Reden hatte oder daran, dass Karl für ihn sowas wie ein Bruder war. Egal, was es war, Lukas hoffte nur, dass Karl ihn heute nicht früher heimschickte. Doch leider sollte sich diese Hoffnung bald zerschlagen. Denn keine Drei Stunden später schickte Karl Lukas heim. Alles, was Lukas versuchte, hatte keine Wirkung mehr. So musste Lukas sich leider seinem Schicksal beugen. Auch wenn ihm das nicht gefiel. Also machte er alles, was noch zu erledigen war, und ging dann auch nach Hause. Doch er wusste genau, was auf ihn wartete. Nur ungerne fuhr er nun zurück zu seinem Rudel. Das konnte Lukas nicht glauben, bisher war das noch nie der Fall. Er fragte sich, ob das daran liegen könnte, dass seine Gefährtin nun da war. Aber daran konnte er während der Fahrt nicht nachdenken. Denn während der Fahrt kam ein Anruf. Fragend nahm Lukas mit der Sprechanlage ab.

„Lukas am Apparat", sagte Lukas laut.

„Hey Brüderchen. Du musst sofort herkommen. Oma und Tobias wollen alle unserer Gäste vertreiben. Sie drehen jetzt endgültig durch", sagte Finn beinahe schon panisch.

„Okay, ich komme so schnell, ich kann", sagte Lukas und legte auf.

Er konnte es einfach nicht glauben, erneut stellte seine Großmutter seine Autorität infrage. Aber wieso nur. Er kannte zwar einen Grund, aber ihre endgültigen Beweggründe kannte er noch nicht. So schnell er konnte, fuhr er die Straßen entlang. Als er dann endlich bei den anderen Autos stehen blieb, konnte er jetzt schon die Streitereien hören. So schnell er nur konnte, lief er hin und sah schon wie sowohl seine Großmutter wie auch Tobias sich in Wölfe verwandelt hatten. Doch das war noch lange nicht das Schlimmste. Unter Tobias lagen zwei Wölfe, ihrem Duft nach waren es sowohl Cornelia wie auch seine Gefährtin. Also ob das nicht schon gereicht hätte, lag unter seiner Großmutter sein Bruder. Das reichte ihm nun endgültig. Er lief auf sie zu und zog sich aus. Noch während des Laufes verwandelte er sich. Sofort riss er sowohl Tobias von den beiden wie auch seine Großmutter von Finn. Es entbrannte ein heftiger Kampf. Jenny stand bei den Kindern ihrer Gäste und konnte die Wölfe kaum auseinanderhalten. Sie konnte nur einen Haufen Fell sehen. Wenn keiner geknurrt hätte, dann wäre sie davon ausgegangen, es wäre nur ein Haufen Flusen. Finn wie auch die anderen beiden kamen zu ihnen gelaufen und Jenny war nun erleichtert, dass sie bei ihnen standen. Doch der Kampf war nur furchtbar. Andauernd flogen Fellfetzen davon und irgendein Wolf stieß immer wieder einen Schmerzschrei aus. Aber Lukas schaffte es, Tobias am Nacken zu packen und ihn auf seine Großmutter zu schleudern. Als Tobias sie traf, waren beiden kurz benommen, doch sie wollten sich bereits wieder aufrichten. Doch Lukas war schneller bei ihnen und hielt sie unten. Laut knurrend stand Lukas vor ihnen und senkte seinen Kopf zu ihren Augen ab. Beide sahen seine Zähen in voller Länge und beide verstanden die Drohung sofort. Als Lukas sie losließ, knurrte er weiter, beide blieben am Boden liegen und drehten sich dann auf den Rücken. Lukas wusste, was diese Geste bedeutete, doch er knurrte noch einmal laut hörbar und ging dann weg. Alle, die er ansah, senkten unterwürfig den Kopf. Lukas ging dann direkt in sein Haus. Jenny und Finn sammelten seine Kleidungsstücke auf und folgten ihm. Als sie im Haus waren, sahen sie, dass sich Lukas wieder zurückverwandelt hatte. Doch ihnen fiel sofort auf, dass Lukas einiges abbekommen hatte. Lukas zeigte es nicht, doch sie war froh, dass Lukas sich zumindest untenherum etwas angezogen hatte. Doch man sah ihm an, dass er sich doch ziemlich verletzt hatte. Schmerzerfüllt zog er scharf die Luft zwischen seinen Zähnen ein. Jenny fühlte wirklich mit ihm, doch sie wusste nicht, ob es richtig war. Lukas merkte sofort, dass sie da waren.

„Finn, geh dir was anziehen", sagte Lukas.

Jenny kam auf ihm zu und nahm das Tuch von Lukas.

„Ich helfe dir. Du wirst Hilfe brauchen", sagte Jenny zu Lukas.

Auch wenn es Lukas nicht gefiel, wusste er, dass sie recht hatte. Er hatte schon immer Hilfe gebraucht bei seinen Wunden.

„Lukas, sei mir nicht böse, aber Finn hat mir erzählt, dass eure Wunden schnell heilen. Schneller als bei uns Menschen. Doch wieso verwandelst du dich nicht noch ein paar Mal", sagte Jenny fragend.

„Das mag bei vollwertigen Wölfen zutreffen, doch da ich ein Hybride bin ...", sagte Lukas.

„Bei ihm ist das einfach anders. Seine Wundheilung ist dann etwas langsamer. Da spielt es auch keine Rolle, wie oft er sich verwandelt", sagte Finn, als er wieder zu ihnen kam.

Jenny verstand das nicht sofort, aber dann sah sie noch einmal auf die Wunden von Lukas. Sie war immer noch schockiert über die Wunden. Auf seinen Oberarmen, auf seinem Rücken und seiner rechten Schulter. Die Wunden waren zwar nicht tief, aber die Bissspuren sah man. Sie mochte sich nicht vorstellen, wie lange die Heilung dauert.

„Nur, wieso sind dann noch die Bissspuren von Tobias und eurer Großmutter da?", fragte Jenny.

„Tja, das ist einer der Haken am Hybriden-Sein. Wenn ich als Wolf Wunden hab, dann sieht man sie als Mensch auch. Narben bleiben keine. Aber bis sie geheilt sind, wird man sie so sehen", sagte Lukas.

Finn sah während des Gesprächs, dass Carina wie auch Cornelia sich zu ihnen gesellt hatten. Als Jenny merkte, dass sich Finn umdrehte und sie sah, sah auch Jenny zu ihnen. Beide schienen auf irgendetwas zu warten. Als Lukas wieder anfangen wollte, über die Nachteile des Hybriden-Seins reden, roch er den Duft seiner Gefährtin. Auch Lukas drehte den Kopf zu ihnen um und wollte sich aufsetzen. Doch da verzog er sein Gesicht schmerzerfüllt, als er aufstehen wollte. Finn kam auf ihn zu und stützte ihn etwas. Langsam setzte er ihn wieder zurück.

„Du weißt genau, dass du noch Zeit brauchst. Deine Wunden müssen noch heilen. Du hast dir ja mit den beiden eine ziemliche Rauferei geliefert", sagte Finn und lächelte verschmitzt.

Lukas wusste genau, dass er es nicht böse meinte, doch er musste sich zu ihren Gästen wenden.

So blieb er auf dem Sessel sitzen und drehte sich etwas zu ihnen um.

„Wir wollten uns bei Ihnen bedanken, dass Sie für uns und unsere Leute gekämpft haben. Wir wissen nicht einmal, wie wir euch dafür danken sollten", sagte Cornelia.

„Ihr müsst euch nicht bedanken. Ich tat das, um euch und eure Leute zu beschützen. Ich bin mir sicher, dass ihr das auch an meiner Stelle getan hättet", sagte Lukas.

Keiner von ihnen sagte etwas, doch das mussten sie nicht. Sie nickten nur und das reichte Lukas schon. Doch noch bevor jemand was sagen konnte, kam auch schon Jessica zu ihnen. Als Lukas sie sah, knurrte er leicht. Sie entblößte sofort ihren Hals und Lukas ließ das Knurren sein. Aber dafür sah er sie sehr streng an. Alle anderen sahen sie entweder vorwurfsvoll an oder geängstigt.

„Ich möchte mich für das Benehmen meines Bruders entschuldigen. Ebenso wie ich mich auch für mein Versagen entschuldigen möchten. Ich hätte besser achtgeben sollen. Wegen meinem Versagen seid Ihr nun verletzt. Es tut mir leid, mein Alpha", sagte Jessica bedrückt und ihre ganze Stärke schien wie weggefegt zu sein.

„Ich akzeptiere deine Entschuldigung. Aber behalte deinen Bruder nun besser im Auge. So etwas wie heute will ich nach einem anstrengenden Arbeitstag nicht noch einmal erleben. Wenn doch, werde ich Tobias wie auch dich suspendieren müssen. Genau das will ich nicht", sagte Lukas streng.

Jessica verstand und senkte den Kopf noch mal. Gleich darauf ging sie wieder. Lukas sah in die Gesichter von allen und hoffte, dass es ihnen gut ging. Doch da blieb sein Blick bei Carina hängen. Finn merkte, dass sie nun alle überflüssig waren, und stupste Jenny kurz an. Diese verstand sofort und sie bat auch Cornelia, mit ihnen zu kommen. Erst als sie draußen waren, konnte sich Finn ein breites Grinsen nicht verkneifen. Als Jenny das merkte, fragte sie sich, was mit ihm los war.

„Okay, ich sage Sonntag. Was sagt ihr beide?", sagte Finn mit einem Grinsen.

„Was meinst du denn bitte? Ich habe keine Ahnung", sagte Jenny verwirrt und ging mit Cornelia von der Veranda.

„Nun, ich kenne meinen Bruder. Er hatte schon ein paar Jahre niemanden mehr in der Kiste. Also, Sonntag, da landen die beide in der Kiste", sagte Finn Grinsend.

„Du bist mir aber einer. Du weißt doch schon, dass es hier Kinder gibt. Also reiß dich am Riemen", sagte Jenny streng.

„Wir lernen in ihrem Alter schon, wieso manche so komisch riechen. Also muss ich mich nicht zusammenreißen", sagte Finn.

Resigniert stand Jenny da und fragte sich dennoch, was mit ihrem Freund los sei. Aber da gab es noch etwas anderes.

„Okay, aber wieso sagst du, dass das am Sonntag sein wird. Ich glaube das nicht", sagte Jenny fast schon siegessicher.

„Glaubst du, dann wetten wir beide", sagte Finn.

„Einverstanden. Ich sage, dass die beiden sich bis Montag zusammenreißen können", sagte Jenny ernst.

„Gut nur, ich wette einen Zwanziger darauf", sagte Finn und hielt einen Zwanzigerschein in die Luft.

„Gut deine Zwanzig und meine Dreißig", sagte Jenny und hielt einen Fünfzigerschein in die Luft.

Beide reichten die Scheine an Cornelia. Diese war verwirrt und verstand nichts mehr.

„Wieso habt ihr mir das Geld gegeben?", fragte Cornelia verwirrt nach.

„Du bist die Wächterin des Wetteinsatzes. Der, der gewinnt, bekommt alles", sagte Jenny und sah Finn weiter an.

„Okay und wieso wettet ihr auf so etwas?", fragte Cornelia.

„Ganz einfach, Menschen wetten gerne. Ich mache das nur zum Zeitvertreib", sagte Finn.

Lukas hörte sie draußen reden hören. Obwohl Carina in der Küche werkte. Als sie sich zu Lukas setzte, sah sie ihn lächeln.

„Was hast du denn?", fragte sie verwirrt nach.

„Jenny und Finn wetten gerade, wie lange es dauert", sagte Lukas.

„Wie lange es dauert, bis wir beide uns paaren", sagte Carina fast schon zittrig.

„Ja. Lukas sagte, dass es am Sonntag so weit sein wird, Jenny, dass es am Montag so weit sein wird. Aber ich will nicht jemanden zu etwas drängen. Das macht unser Wolf schon genug", sagte Lukas ebenso zittrig.

Carina glaubte ihm, aber sie spürte auch, wie sehr ihr Wolf es wollte. Aber sie musste sich noch zusammenreißen. Für sie war es aber auch nicht einfach. Ein Teil von ihr konnte ihn nämlich nicht leiden, weil er ein Hybride war. Aber dennoch wusste sie, dass er ihr Gefährte war.

„Carina, wenn du willst und kannst, dann erzähle mir was passiert ist", sagte Lukas zu ihr vorsichtig.

„Ich weiß und ich möchte es auch. Der Alpha, der meinen Vater herausgefordert hat, war seltsam. Alles daran war seltsam. Immerhin mussten wir alle dabei sein. Meine ganze Familie. Er hat meinen Vater massakriert. Doch sein Geruch war einfach nur schrecklich. Er roch so, als würde er verwesen, nur noch viel schlimmer. Wenn ich ihn noch einmal sehen würde, dann könnte ich für nichts garantieren", sagte Carina wutentbrannt und den Tränen nahe.

Lukas kam ächzend zu ihr und kniete sich vor ihr hin. „Hör zu, Carina. Sollten wir ihn sehen, dann überlass das bitte mir. Ich werde mich für dich und Cornelia an ihm rächen. Das verspreche ich dir", sagte Lukas zu ihr und war kam nahe zu ihr. Carina spürte in seinen Worten, dass er für sie alles tun würde. Aber da war noch etwas anders. Etwas, das von Lukas ausging. Doch noch bevor einer etwas sagen konnte, küssten sie sich. Beide küssten sich wild und leidenschaftlich. Alles in ihnen schrie nach mehr. In beiden brannte ein Feuer, das sie fast schon in Brand setzte. Doch Lukas konnte sie nicht zu irgendetwas zwingen und hielt inne.

„Was machst du bloß mit mir?", fragte Carina und sah ihm tief in die Augen.

„Das gleich wollte ich dich auch fragen. Nur ich würde dich gerne noch etwas besser kennenlernen, wenn es dich nicht stört", sagte Lukas zu ihr.

„Woran dachtest du denn dabei? Etwa laufen als Wolf oder nackt baden?", sagte Carina als Vorschläge.

„Ich dachte da an ein Picknick im Wald. Ich kenne einen Ort im Wald, dort wäre es ideal", sagte Lukas zu ihr.

„Picknick. Klingt gut. An welchen Tag denkst du denn", sagte Carina.

„Sonntag, Nachmittag, so um sechzehn Uhr", sagte Lukas.

Carina nickte nur und freute sich schon. Sie wollte Lukas dann noch etwas Zeit zum Erholen geben und ging nach draußen. Er blieb noch sitzen und starrte ihr hinterher. Lukas wäre am liebste aufgesprungen und hätte einen Freudentanz hingelegt. Doch beim Aufspringen gab es ihm einen Stich. Scharf zog er die Luft zwischen die Zähne ein.

„Okay, ein Tänzchen kann ich nicht hinlegen. Dafür bin ich doch noch etwas schlimmer verletzt, als ich dachte", sagte Lukas schmerzhaft.

KAPITEL NEUN

Bis Sonntag hatten sich alle zum Glück zurückgehalten. Doch als es dann endlich ruhiger wurde auf der Arbeit, sah man Lukas an, dass er etwas unruhig war. Karl fragte sich schon, was mit ihm los war. Denn sie wussten zwar, wie Lukas war, wenn er nervös war, aber normalerweise ließ er sich nichts anmerkten. Nachdem sie alles fertig hatten, stellte sich Karl zu Lukas und sah ihn an.

„Okay, Karl was ist denn los mit dir?", fragte Lukas verwirrt.

„Nun, du bist irgendwie nervös. Was mich eigentlich nicht stört, aber du lässt dir sonst nichts anmerken. Also was ist los mit dir?", sagte Karl fragend.

„W…w…was meinst du denn? Ich bin wie immer", sagte Lukas in einer leichten Erklärungsnot.

„Nun, Lukas du bist halt nervös. Nicht ungut nervös oder angestrengt nervös. Aber man merkt es nun mal", sagte Linda, als sie zu ihnen kam.

„Okay, erwischt. Ihr habt mich am Haken. Also, ich hab heute ein Date", sagte Lukas zögernd.

Karl wie auch Linda fiel das Kinn runter und sie standen fassungslos da. Doch nach kurzer Zeit hatten sie sich wieder gefangen. Sofort beglückwünschten sie ihn. Sie wollten alles wissen. Doch Lukas musste sie erstmal bremsen. Denn er wusste ja noch nicht viel von ihr, so gaben es die beiden auf und versprachen, ihn erst wieder später zu fragen. Auch wenn es für ihn wichtig war, sein Privatleben geheim zu halten, hatten seine Kollegen ihre Methoden, um ihn zu knacken. Aber das war nun nicht mehr wichtig, denn sie teilten noch das Trinkgeld auf und machten sich auf den Heimweg. Lukas fuhr los und hoffte inständig, dass Jenny seine Nachricht gelesen hatte, denn sonst würde ihm die Zeit zu knapp werden. Doch als er die Auffahrt rauffuhr, war er

154

froh, Finns Auto zu sehen. Er wusste, dass beide da waren. Aber als er sich auf den Weg zu seinem Haus machte, roch es schon etwas komisch. Lukas machte sich sofort auf den Weg zu seinem Haus. Als er die Tür aufmachte, sah er sofort, dass Jenny und Finn in der Küche waren.

„Hallo, Lukas. Du, entschuldige, aber Finn schafft es sogar, Wasser anbrennen zu lassen", sagte Jenny.

„Wie oft denn noch, ich hab ein paar Nudeln nur anbrennen lassen", sagte Finn.

„Ich glaube, ich muss dir das Kochen beibringen. Dann kann vielleicht auch Jenny sich freuen, sonst sehe ich schwarz", sagte Lukas und stellte seinen Rucksack ab.

„Echt komisch, du weißt ganz genau, dass bei uns am meisten die Damen kochen. Immerhin du bist einer der wenigen Männer, die kochen können", sagte Finn.

„Kommt mir bekannt vor. Papa hat das ja auch mal gesagt, als ich mich um eine Lehrstelle als Gastronomiefachmann umgesehen habe", sagte Lukas.

„So gerne ich es mir auch anhöre. Finn raus aus der Küche und Lukas ab mit dir unter die Dusche. Ich habe zwar keine Wolfsnase, aber den Küchengeruch merkte selbst ich. Da will ich nicht wissen, was eine Wolfsnase dazu sagt", sagte Jenny zu den beiden, „Lukas, ich will hier nicht den Chef raushängen lassen, aber ich bin eine Frau und der Duft der Küche. Das ist nicht gerade sexy."

Lukas sah sie an und roch dann auch noch mal an sich selbst. Da merkte er, dass der Küchengeruch immer noch an ihm haftete. So ging er nach oben und duschte diesmal heiß. Für seine Nase war der Geruch des normalen Duschgels und Shampoos erträglich. Insgeheim hoffte er nur, dass das auch für Carina erträglich war. Aber er wusste auch, dass Wölfe den Geruch von den Dingen, die die Menschen nutzten, nicht gerade sehr schätzen. Für sie waren nur die Gerüche, die sie von Natur aus trugen, genug. Aber Lukas nutzte schon seit Jahren nur Dinge, die keinen chemischen Geruch hatten. Aber er konnte nicht allzu viel Zeit vergehen lassen, denn er musste auch noch die finale

Geschmacksprobe machen. Nachdem er sich auch etwas Schickes angezogen hatte, holte er noch den Picknickkorb und ging nach unten. Jenny war schon fast fertig mit den Vorbereitungen. Lukas war froh, dass er eine so tolle Familie hatte.

„Lukas, ich bin schon fast fertig. Jetzt musst ... Wow. Mein lieber Wolf. Ich hatte ja keine Ahnung, dass du sowas überhaupt hast", sagte Jenny, als sie zu ihm aufsah.

„Tja, ich habe halt einiges im Kleiderschrank", sagte Lukas. Er stellte sich dann zu ihr und nahm sich einen Löffel und kostete erstmal das Dressing.

„Da fehlt noch Salz und etwas Basilikum könnte es auch noch vertragen", sagte Lukas und legte den Löffel in die Spüle.

„Wow, du schmeckst wirklich alles raus. Naja, du hast ja auch Koch gelernt", sagte Jenny.

„Gastronomiefachmann. Aber war nah dran. Ich habe in der Lehrfirma oft diese Salate gemacht. Wenn einer es verbessern musste, wurde ich immer angeschrien", sagte Lukas deprimiert und würzte nach.

Jenny fragte sich, wo er nur gelernt haben könnte, aber sie wollte nicht alte Erinnerungen wecken. So vollendete er die Nudelsalate und füllte sie in die Behälter ein. Jenny half ihm beim Packen des Korbes. Lukas sah auf die Uhr und er war froh, dass er noch genug Zeit hatte, und so ging er noch mal kurz nach oben in sein Zimmer. Als er aber noch oben war, klopfte bereits Carina an die Tür. Lukas schrie nach unten, dass Jenny kurz aufmachen sollte. Jenny machte das schnell und als sie die Tür öffnete, konnte sie ihren Augen nicht trauen.

„Hallo, Carina. Also ich muss schon sagen: Modegeschmack habt ihr beide auf jeden Fall", sagte Jenny zu Carina.

„Ich hoffe nur, dass es passt. Den wenn nicht, kann ich mir noch was anderes anziehen", sagte Carina und sah an sich hinab.

„Was? Nein. Ach, komm schon,du siehst umwerfend aus. Diese Bluse passt perfekt und die Jeans passt auch gut. Also komm, du bist hinreißend", sagte Carina zu ihr.

„Wer ist ... umwerfend!", sagte Lukas als er aus seinem Zimmer kam und Carina sah.

Lukas war fast schon wie gelähmt, als er sie sah. Sie stand da mit offenen schulterlangen Haaren, einer blau-weiß-karierten Bluse und einer engeren Jeans im Destroyed-Look. Lukas hätte fast schon seine Gitarre fallen gelassen. Doch noch bevor sie ihm aus der Hand rutschte, hielt er sie noch mal fest und ging zu den Damen nach unten, sodass nun auch Carina der Atem stockte. Lukas kam auf sie zu mit seinen zusammengebundenen Haaren, einem fast schon kitschigen Holzfällerhemd rot-schwarz-kariert, einem weißen T-Shirt drunter und einer schwarzen Skinny Jeans mit Destroyed-Elementen. Ihr stockte der Atem und sie konnte nicht glauben, dass dieses Bild von einem Mann ihr Gefährte sein sollte. Beide sahen sich eine ganze Weile nur in die Augen. Doch Jenny räusperte sich.

„Ich will ja nicht unhöflich sein, aber wolltet ihr nicht Picknicken gehen", sagte Jenny und hielt den Korb zu Lukas.

Schlagartig stieg ihnen die Röte ins Gesicht. Lukas nahm den Korb entgegen und legte die Gitarre auf den Rücken. Carina ging schon mal nach draußen und Lukas folgte ihr. Als sie das Dorf verließen, führte Lukas sie durch den Wald, bis sie zu einer Lichtung kamen. Carina war begeistert, dass es hier eine so schöne Lichtung gab. Doch das war noch längst nicht alles: Genau in der Mitte der Lichtung stand ein Majestätischer Baum. Sie war beeindruckt von diesem Baum. Lukas ging direkt auf den Baum zu und legte unter dem Blätterdach eine Decke aus. Carina kam zu ihm und war sprachlos von dem, was Lukas da gemacht hatte. Sie wartete, bis Lukas sie bat, nun Platz zu nehmen. Als sie sich an den Baum lehnte, spürte sie, dass an diesem Ort viel Geschichte geschrieben wurde.

„Bitte nimm dir was. Sonst muss ich annehmen, dass du keinen Hunger hast", sagte Luka zu ihr, als er die Gitarre abnahm.

Carina wurde aus ihren Gedanken gerissen und nahm sich einen Teller und einen der Nudelsalate. Als Lukas fertig war, nahm auch er sich einen Nudelsalat. Carina kostete gleich mal den Salat auf ihrem Teller. Nach dem ersten Biss wurden ihre Geschmacksnerven praktisch von dem Geschmack überflutet. Carina genoss den Geschmack richtig. Noch nie zuvor hat sie so was Köstliches gegessen.

„Schmeckt es dir?", fragte Lukas und sah sie an.

Carina sah zu ihm und grinste nur. Lukas lächelte und war froh darüber.

„Ich muss wirklich sagen, ich habe noch nie zuvor etwas so Köstliches gegessen. Unglaublich, wie machst du denn?", sagte Carina mit vollem Mund.

„In meiner Ausbildung habe ich oft Nudelsalate machen müssen. Immer unterschiedliche. Es hat mich wahnsinnig gemacht", sagte Lukas und nahm auch ein paar Bissen von seinem mit Nudelsalat gefüllten Teller.

„Du hast eine Ausbildung zum Koch gemacht?", fragte Carina verwirrt.

„Kommt darauf an, was du unter Koch verstehst. Ich bin ein Gastronomiefachmann. Ich bin dadurch quasi in die Fußstapfen meiner Mutter getreten", sagte Lukas.

„Oh. Was hat denn deine Mutter gearbeitet, wenn ich fragen darf?", sagte Carina.

„Sie hat auch denselben Lehrberuf ergriffen wie ich. Aber sie arbeitete nach ihrer Lehrabschlussprüfung nur als Kellnerin. Ähnlich wie ich. Muss in der Familie liegen", sagte Lukas.

„Sei mir nicht böse, aber deine Mutter war doch nur eine normale Frau und dein Vater war ein Wolf. Wie bist du denn groß geworden?", sagte Carina vorsichtig.

„Du kannst gerne fragen. Ich bin damals unter Menschen groß geworden. Nun ja zumindest die ersten zehn Jahre. Meine Mutter und mein Vater haben nie ein Geheimnis daraus gemacht. Sie sagten mir einst, dass ich das Ergebnis eines One-Night-Stands war. So richtig habe ich ihnen das nie geglaubt. Nun weiß ich auch, dass es nicht stimmt. Meine Eltern waren Gefährten, doch meine ...", sagte Lukas.

Doch mittendrin musste Carina kräftig husten. Als sie sich wieder gefangen hatte, sah sie ihn verwirrt an.

„Ähm, deine Eltern waren Gefährten. Wie Jenny und Finn?", sagte Carina verwundert.

„Ja, sie haben es mir aber nie gesagt. Ich bin ihnen deswegen auch nicht böse. Sie wollten mich wohl einfach nur schützen.

Aber naja. Ich konnte meinen Vater regelmäßig sehen. Ich sah ihn, glaub ich, öfter, als andere ihren Vater sehen", sagte Lukas. „Wirklich, wie oft hast du ihn den gesehen?", sagte Carina fragend.

„Dreimal die Woche mindestens. Aber nach dem Tod meiner Mutter kam ich her. Meine Stiefmutter nahm mich auf wie ihr eigenes Kind. Sie hat mich und Finn immer gleich behandelt. Aber ich sollte nicht so viel von mir erzählen, was ist denn mit dir? Hattest du eine gute Beziehung zu deinen Eltern?", sagte Lukas fragend.

„Ja, ich hatte immer eine gute Beziehung zu meinen Eltern. Mein Vater war ein unglaublicher Mann, er war sowohl stark wie auch sanft. Er hat mich immer wie eine Prinzessin behandelt. Meine Mutter war, das heißt ist, eine tolle Frau. Liebevoll, aber auch streng. Keiner hat sich mit ihr angelegt", sagte Carina fast schon freudig.

„Darf ich wissen, was du arbeitest?", fragte Lukas neugierig.

„Ach ich bin eine … es ist etwas peinlich", sagte Carina.

„Keine Angst, ich werde nicht lachen. Versprochen", sagte Lukas.

„Okay, ich bin eine Mechanikerin für Autos und landwirtschaftliche Maschinen. Aber ich hatte auch eine Art Band", sagte Carina und sah zu Boden.

Lukas räusperte sich und sah sie an.

„Du bist eine Mechanikerin?", sagte Lukas verwirrt.

„Ja und hab eine Band gehabt. Die hat sich vor zwei Jahren aufgelöst. War schade. Ich habe damals so gerne gesungen", sagte Carina deprimiert.

„Wirklich, wie hieß die Band?", fragte Lukas.

„Du kennst sie vielleicht nicht", sagte Carina.

„Komm schon. Ich verurteile dich bestimmt nicht", sagte Lukas und lächelte.

„Okay. Sie hieß damals Star Four", sagte Carina.

Lukas fiel es wie Schuppen von den Augen. Er hatte schon mal von den Star Four gehört. Lukas erzählte ihr, dass er schon mal von der Band gehört hatte, aber leider konnte er sich nie ein Album sichern. Carina war geschmeichelt. Sie fühlte sich von ihm nur noch mehr angezogen und sie stellten den Teller zur Seite und zog ihn zu einem Kuss heran. Lukas war zwar überrascht, aber er ließ es zu und sie genossen den Kuss. Lukas Wolf wollte mehr und drängte ihn fast schon danach, sich zu nehmen was er wollte. Aber Lukas wollte das nicht, aber sie zog ihm das Hemd aus und glitt mit der Hand unter sein Shirt. Was sie da spürte, konnte sie sich nicht einmal erträumen. Seine Bauchmuskeln waren steinhart, so glitt ihre Hand weiter nach oben und sie spürte seine Brustmuskeln. Sie waren ebenso fest wie seine Bauchmuskeln. Doch noch bevor sie weitergehen konnte, nahm sie ihre Hand wieder weg und unterbrach den Kuss. Lukas hatte das Gefühl, als ob irgendetwas für sie nicht gepasst hätte.

„Ist alles in Ordnung bei dir?", fragte Lukas vorsichtig.

„Nein, es ist einfach nur das mit meinem Vater. Ich finde dich wirklich attraktiv, aber meine Wunden in meiner Seele sind einfach noch zu frisch. Glaub mir, ich würde gerne mehr von dir, aber ich …", sagte Carina und sah zu Boden.

„Ich weiß. Diese Wunden sind schlimm. Ich bin dir auch nicht böse. Das ist einfach noch nicht der richtige Zeitpunkt, aber ich kann warten", sagte Lukas zu ihr und holte seine Gitarre.

Carina sah sich einfach nur um und lauschte dem Gezwitscher der Vögel. Aber da war etwas Bekanntes. Etwas, was sie schon lange nicht mehr gehört hatte. Sie sah zu Lukas und glaubte nicht, was sie sah. Lukas spielte Gitarre und jeder Ton wurde mit so viel Gefühl gespielt, als würde er direkt aus seiner Seele kommen. Aber irgendetwas stimmte nicht an der Melodie. Die Melodie, die er spielte, war unglaublich gefühlvoll gespielt. Nach den letzten Tönen hörte er auf zu spielen und sah zu Carina.

„Seit wann spielst du denn?", fragte sie.

„Seit ich sechs Jahre alt bin. Diese Gitarre hat meiner Mutter gehört. Die hier würde ich niemals aus der Hand geben", sagte Lukas zu ihr.

Sie sprachen noch eine ganze Zeit. Doch später sahen sie auf und es dämmerte schon. Sie packten noch zusammen und gingen los. Während des Rückwegs sprachen sie weiter und Carina nahm sogar die Hand von Lukas. Hand in Hand gingen sie zurück. Doch weil sie in ihr Gespräch vertieft waren, übersah Lukas eine Wurzel und er stolperte. Als er hinfiel, blieb Carina stehen und half ihm dann auch noch auf. Bis auf etwas Schmutz war ihm nichts passiert. Aber Carina bat Lukas darum, die Haare mal aufzumachen. Sie wollte wissen, wie er ohne zurückgebundene Haare aussah. Auch wenn Lukas das etwas komisch fand, kam er ihrer Bitte nach. Er nahm das Haarband ab und seine Haare fielen nach vorne. Kurz schüttelte er noch den Kopf, damit die Haare besser aussahen. Carina war fasziniert von seinem neuen Erscheinungsbild. Sie fand sogar, dass das nun besser zu ihm passte als zuvor. Lukas wusste, dass viele sagte, er solle seine Haare offen tragen. Aber er wollte es einfach oft nicht, aber nun spielte er mit dem Gedanken, das öfter zu machen. Als sie wieder im Dorf waren, sahen sie alle schon am Lagerfeuer sitzend. Sie konnten beide riechen, dass alle dort ein paar Marshmallows grillten. Lukas stellte seine Sachen ins Haus und kam dann wieder zu Carina und ging mit ihr zum Lagerfeuer. So gut wie alle sprachen miteinander und lachten sogar.

„Ich hoffe, dass es allen hier gut geht", sagte Lukas, als sie bei ihnen waren.

Alle sahen zu ihnen und freuten sich, die beiden nun auch dabei zu haben. Lukas und Carina setzten sich nebeneinander hin und sprachen mit allen. Finn und Jenny sahen die beiden an und fragten sich, wer die Wette gewinnen würde. Doch noch konnten sie nichts mit Gewissheit sagen – Finn roch zumindest nichts, was auf irgendeine Art von Verkehr hingedeutet hätte. Aber es wusste auch, dass es jetzt nicht der richtige Zeitpunkt war, um das zu bereden. So ließ er es gut sein. Carina war sich nicht zu schade, sich an Lukas ranzukuscheln. Lukas sah zu ihr und legte seinen linken Arm um sie. Auch wenn Carina wusste, dass sie hier nichts zu befürchten hatte, fühlte sie sich gleich viel sicherer. Erst als es dunkel wurde, gingen Finn und Jenny. Carina sah den beiden hinterher.

„Sag mal Lukas wieso gehen die beiden eigentlich jetzt schon, wo es gerade so angenehm ist", sagte Carina.

„Die beiden haben morgen wieder Schule. Finn und Jenny studieren an einer Hochschule. Wenn sie fertig sind, können sie dem Rudel helfen. Aber bis dahin können sie kommen und wieder gehen, ohne mir Rechenschaft schuldig zu sein. Denn gegen den Schulunterricht bin ich leider machtlos", sagte Lukas scherzhaft.

Carina lachte etwas und genoss einfach die Nähe zu Lukas. Nach und nach gingen dann alle. Auch die Kinder gingen dann. Alle, die mit Carina gekommen waren, gingen auch. Selbst die von Cornelia und auch der Rest von Lukas' Leuten gingen auch. Lukas löschte das Feuer noch und wollte Carina zu ihrem Schlafplatz bringen. Doch sie wollte nicht. Stattdessen sah sie Lukas an und er wusste, was sie wollte. Beide gingen in sein Haus und räumten noch den Rest weg. Als sie nach oben gingen, zeigte Lukas Carina noch das Badezimmer und auch ihr Zimmer. Aber sie hatte was anderes vor. So zog sie Lukas zu sich herab und küsste ihn erneut. Doch diesmal war mehr Verlangen darin, Lukas wehrte sich nicht und ließ sie gewähren. Er dirigierte sie beide in sein Zimmer, doch da ging es dann so richtig zur Sach. Ohne ihren Kuss groß zu lösen, zogen sich beide in Windeseile die Kleidung aus. Lukas ließ sich mit Carina auf das Bett fallen und keiner von beiden beabsichtigte, sich groß zurück zu halten. Jedenfalls nur in zwei Dingen, wollten sie sich zurückhalten.

Cornelia und ein paar der Damen waren am nächsten Morgen schon früh wieder auf den Beiden. Gemeinsam machten sie das Frühstück für das ganze Rudel.

„Wirklich? Ach, du meine Güte, da habt ihr ja wirklich einiges durch gemacht", sagte Cornelia mitfühlend.

„Ja, es ist einfach nur am schlimmsten, dass meine Nichte dabei sein hat müssen, als ihr Vater getötet wurde. Ich will mir gar nicht vorstellen, was sie nun durchmachen könnte", sagte Carinas Tante.

„Das dürfte durchaus schlimm sein. Nur, wo ist sie denn?", sagte Cornelia.

„Ja, das ist eine gute Frage? Ich habe sie heute noch gar nicht gesehen?", sagte Carinas Tante.

„Ich werde mal sehen, wo sie sein könnte. Zur Not weck ich ihren besten Freund einfach auf", sagte Cornelia und ging.

Sie lief über den Hauptplatz, wo gerade David und Gerhard damit beschäftigt waren, die Tische aufzustellen.

„Noch ein bisschen zu dir, Gerhard. Sonst können wir nicht alle zusammensitzen", sagte David.

„Ja, nur so langsam ist das echt mühsam", sagte Gerhard leicht erschöpft.

„Vielleicht. Aber das Rudel ist größer geworden und da brauchen wir Platz", sagte David.

„Ja, nur nachdem, was letzte Nacht war, da bin ich überrascht, dass du ...", sagte Gerhard.

Doch noch bevor er weiterreden konnte, ließ David schärfer ein „Shht" hören. Das signalisierte Gerhard, dass er nun besser die Klappe halten solle. Cornelia kam gleich darauf zu ihnen.

„Hey, Jungs, sagt mal habt ihr vielleicht Carina oder Lukas heute schon gesehen?", fragte Cornelia.

„Nein! Haben wir nicht!", sagten David und Gerhard zeitgleich.

„Nein? Das ist schon komisch. Vor allem für Lukas?", sagte Cornelia.

„Ja stimmt, Lukas ist normalerweise um diese Uhrzeit laufen. Aber heute keine einzige Duftspur von ihm. Das letzte Mal haben wir ihn gestern gesehen mit Carina ...", sagte David und da fiel es ihm wie Schuppen von den Augen.

Er lächelte verschmitzt und sah sowohl Cornelia wie auch Gerhard an. Als beide das sahen, wussten sie, was wohl passiert war. Doch mit Gewissheit konnten sie es nicht sagen. So machte sich Cornelia wieder auf den Weg zurück. David und Gerhard waren froh, dass sie nun wieder alleine sein konnten.

„Sag mal David, glaubst du, wir sehen Lukas heute noch?", fragte Gerhard.

„Das ist schwer zu sagen. Als er noch mit seiner Ex-Freundin zusammen war, da haben ihn selbst seine Eltern einen ganzen Tag nicht gesehen. Aber gehört", sagte David.

„Ist nur seine leibliche Mutter nicht vor einigen Jahren bei einem Verkehrsunfall ums ...", sagte Gerhard vorsichtig.

„Ums Leben gekommen, ja. Aber seine Stiefmutter war für ihn wie eine Mutter. Sie und seine Mutter waren sogar gute Freundinnen", sagte David.

„Doch irgendetwas ist doch, das sehen ich dir an", sagte Gerhard.

„Ja, wenn wir beide recht haben, dann hat Finn die Wette gewonnen. Na toll, und ich habe auch noch vierzig Euro gewettet. Dass Lukas und Carina sich bis Mittwoch zusammenreißen", sagte David deprimiert.

Gerhard musste ihn etwas bemitleiden, denn das hatte er nicht verdient. Aber David wusste ja, er sollte nicht wetten, wenn Lukas ein Teil der Wette war. Das war ein riesiger Fehler. Aber die beiden mussten noch einiges machen. Cornelia ging zu den anderen zurück und dort wurde gerade einiges gebraten. Doch da kam Cornelia wieder und sie waren froh, dass sie nun wieder eine helfende Hand hatten.

„Und weißt du schon, wo Carina ist?", fragte Tina.

„Nun, das weiß ich nicht. Aber hört mal zu, Mädels. Carina wurde das letzte Mal gestern mit Lukas gesehen. Außerdem war Lukas noch nicht einmal Laufen. Zufall?", sagte Cornelia.

Der Rest fragte sich, ob es stimmen könnte. Aber sie wussten ja, dass Cornelia den Wetteinsatz verwirtschaftete. Aber sie ließen sich nichts anmerken lassen und sie konzentrierten sich wieder auf die Arbeit. Fast schon alle waren auf den Beinen. Doch Tobias wollte fast schon wieder mit einem Streit anfangen. Doch seine Schwester Jessica hielt ihn davon ab. Auch wenn ihm das nicht gefiel, musste er sich anpassen. Jessica hoffte, dass Lukas bald zu ihnen käme. Sie war zwar die Vollstreckerin, aber als Alpha war sie keine gute Vertreterin. Doch von all den Problemen hatte Lukas keine Ahnung. Noch schlummerte er in aller Seelenruhe mit Carina in seinen Armen im Bett. Nur langsam wurde Carina wach und sie drehte sich zu Lukas um. Sie konnte es immer noch nicht glauben. Kaum hatte sie ihren Gefährten gefunden, schon landete sie mit ihm im Bett. Sie musste etwas lachen, für sie war es einfach nur komisch.

„Guten Morgen, Carina", sagte Lukas mit einem Lächeln.

„Morgen. Hab ich dich geweckt?", fragte Carina leicht verschlafen.

„Nein, hast du nicht. Ich habe vergessen, meinen Wecker auszuschalten. Doch du hast so friedlich geschlafen, da konnte ich dich nicht wecken", sagte Lukas.

„Ich wusste nicht mal, dass du so umsichtig bist", sagte Carina und kuschelte sich Lukas ran.

„Du hast bis jetzt auch nicht gefragt. Aber viele sagten, ich habe viele Facetten", sagte Lukas.

„Ja, das glaube ich dir gerne. Doch ich frage mich, was wohl die anderen sagen werden, wenn sie uns beide ...", sagte Carina.

„Beide aus dem Haus kommen sehen. Ja, aber sie werden sich zurückhalten. Glaube ich", sagte Lukas.

„Du glaubst? Was soll das denn heißen", fragte Carina verwirrt.

„Nun sie wissen, dass wir beide eine ziemliche Anziehung haben. Da könnten sie neugierig werden", sagte Lukas.

Carina reichte das schon und sie küsste ihn erneut. Lukas genoss es und freute sich schon fast auf eine weitere Runde, wenn da nicht eine Nachricht auf sein Handy kam.

„Jetzt schon eine Nachricht? Wer schreibt dir denn um diese Zeit schon?", fragte Carina eifersüchtig.

„Tja, keine Ahnung. Da müsste ich lügen, um es zu sagen", sagte Lukas fast schon verführerisch.

Carina ließ ihn nachsehen. Doch sie merkte, dass etwas nicht stimmte. Als sie ihn fragte, was los sei, erklärte Lukas ihr sofort, dass sie heute Nachmittag eine Besprechung mit dem Geschäftsführer hätten, die aber nun auf heute Mittag verschoben wurde. Als Lukas das las, machte er sich sofort wieder Sorgen um seinen Großonkel und stellte sich die schlimmsten Szenarien vor, was schiefgehen konnte. Seine Sorgen waren so groß, dass Carina sie fast schon greifen konnte. Doch sie entschied sich einfach, nur für ihn dazu sein. Lukas wusste, dass sie es nur gut meinte, doch seine Sorgen konnte sie ihm nicht nehmen. Aber nach ein paar Minuten mussten sie nun doch aufstehen, sonst hätten sich die anderen erst recht ihren Teil dabei gedacht. Beide zogen sich ihre Sachen wieder an und doch konnten sie nicht so recht die Finger voneinander lassen. Jetzt wusste Lukas, wie sich Finn damals fühlen musste. Doch daran konnte er nun keinen Gedanken mehr verschwenden. Sie gingen gemeinsam zu den anderen. Doch da konnten sich die anderen schon denken, was zwischen den beiden passiert war. Denn auch beim Essen waren die beiden nicht in der Lage, die Augen voneinander zu lassen. Jessica sah die beiden an und sie war fast schon neidisch. Lukas und Carina waren nicht nur Gefährten, sondern auch bis über beide Ohren verliebt. Alle waren richtig neidisch auf Lukas und Carina. Aber die Zeit war leider nicht auf ihrer Seite, das wussten sie und die beiden gingen wieder in das Haus. Lukas fand, dass es wichtig war, noch etwas Zeit mit seiner Gefährtin zu verbringen. Doch auch wenn sein Wolf das wollte, was ihm gehörte, hielt er ihn im Zaum. Lukas machte beiden noch einen Tee und kam mit den Tassen zu ihr. Carina aber stand vor dem Kamin und sah sich die Bilder an. Eines davon nahm sie sich auch. Sie fragte sich, wer das wohl war. Doch da war Lukas schon zur Stelle.

„Meine Mutter. Sie hat mich zu dem gemacht, der ich heute bin. Okay nicht nur sie, aber sie hat mir viel beigebracht", sagte Lukas und stellte sich zu Carina.

„Sie war eine schöne Frau. Du hast viel von ihr. Doch wie war sie?", sagte Carina fragend.

„Sie war einfach bezaubernd. Sie war gütig, klug, geduldig, aber sie konnte ebenso auch sauer, wütend und gefährlich werden. Hätte mich jemand angegriffen, dann hätte dieser jemand sich die Radieschen von unten ansehen können", sagte Lukas und setzte sich.

„Wow, sie schien wohl ein Wolf im Schafspelz zu sein. Aber das kann ich verstehen. Wenn jemand meiner Cousine auch nur ein Haar krümmen würde, dann kann auch ich gefährlich werden", sagte Carina.

„Glaub ich dir. Wenn ich eins weiß, dann, dass man sich nie mit einer Mutter anlegen sollte. Oder gar mit Wölfen", sagte Lukas und lächelte.

„Ja, mit uns sollte sich keiner anlegen, wenn wir Welpen haben. Doch ich hoffe, dass es noch etwas dauert mit den Welpen", sagte Carina.

„Glaub mir, so lange das mit diesem Kerl nicht geklärt ist, will ich auch noch warten. Ich will ja auch nicht, dass unsere Welpen ohne Vater aufwachsen müssen", sagte Lukas.

Beide sprachen noch eine ganze Zeit und sie kämpften gegen ihre Instinkte an. Doch Lukas musste, als es Zeit war, dann auch schon losfahren. Bis er wieder da war, sollten Carina, Cornelia und Jessica das Kommando haben. Nur so konnte er alle im Zaum halten. Kurz sah er noch auf das Dorf und fuhr dann wieder los. Völlig unmotiviert fuhr er die Straße entlang bis er in die Stadt kam. Er kannte das Café, in dem sich alle treffen. Früher war das sein Stammcafé, dort hat er seine Ex-Freundin kennengelernt. Doch daran wollte er nicht mehr denken. Er fuhr zum Bahnhof und stellte sein Auto dort ab und ging den restlichen Weg. Denn konnte er fast noch mit verbundenen Augen finden. Als er hineinging, konnte er den Geruch von frisch geröstetem Kaffee riechen. Aber ihm fiel sofort Linus auf. Sofort kam er auf ihn zu.

„Linus, alte Socke. Bist du auch schon da?", sagte Lukas freudig.

„Lukas. Na, endlich bist du auch da. Der Chef hat sich schon gefragt, wo du bist", sagte Linus.

„Wieso, ich bin doch nicht zu spät", sagte Lukas.

„Nein bist du nicht, aber sonst bist du immer einer der Ersten. Da haben wir uns schon Sorgen gemacht", sagte Linus.

„Ach, ich habe nur die Zeit übersehen. Mehr nicht", sagte Lukas freudig.

Linus ließ das jetzt einfach auf sich beruhen und ging mit Lukas zu den anderen. Sie saßen schon alle in der Kaffeestube und warteten ungeduldig. Als sie Lukas sahen, waren sie nun etwas entspannter und der Chef bat sie darum, Platz zu nehmen. Doch noch wollte der Chef nicht anfangen. Es schien fast so, als ob er noch auf etwas warten würde. Aber nach kurzer Zeit fing er dann doch an.

„So nun ich möchte mich bei euch allen bedanken, dass ihr euch die Zeit genommen habt. Ich wollte mit euch allen etwas bereden. Etwas, das keine Zeit mehr hat, um es aufzuschieben", sagte der Chef mit bedrückter Stimme.

Lukas ahnte, was gleich kommen wird. Aber da war noch etwas anderes.

„Guten Tag, was darf es … Lukas?", sagte Jenny erschrocken.

„Jenny? Was im Namen aller Bücher machst du hier?", fragte auch Lukas ebenso erschrocken.

„Ähm, arbeiten. Studentenjob. Schon was davon gehört?", sagte Jenny.

Alle anderen sahen sie nur fassungslos an und Lukas wäre fast umgefallen, weil er das nicht erwartet hatte. Insgeheim fragte er sich, ob Jenny und Finn Geldsorgen hatten oder Jennys Eltern ihr den Geldhahn zugedreht hatte. Aber so weit konnte er nicht denken, da der Chef fortfahren würde. Lukas bestellte noch ein großes Bier. Jenny ging und ließ sie für einen Moment alleine.

„So, nun hoffe ich, dass es nicht zu einer Unterbrechung kommt. Aber das spielt jetzt mal keine große Rolle. Denn ich muss euch etwas sagen. Es geht um den neuen Geschäftsführer. Denn es bleibt nicht mehr viel Zeit", sagte der Chef.

„Wieso denn das? Sie haben doch sicherlich noch genug Zeit", sagte Jutta.

„Ja genau. Sie sind doch erst fünfundfünfzig. Also haben sie noch mindestens zwanzig bis Dreißig Jahre. Kein Grund, das jetzt schon zu regeln", sagte Ben, der Leiter des Sportgeschäfts, das der Großonkel von Lukas auch führte.

„Nein, ich hab keine Zeit mehr. Ich habe, wenn dann, nur noch ein paar Wochen. Mehr nicht", sagte sein Großonkel.

„Was?", sagten alle zeitgleich.

Jenny kam zu ihnen und stellte Lukas sein Bier.

„Worum geht es denn?", flüsterte Jenny ihm zu.

„Mein Großonkel hat gerade allen gesagt, dass er nicht mehr viel Zeit hat", setzte Lukas in Jenny Kopf.

Stillschweigend ging Jenny wieder und fragte sich, ob das irgendetwas mit Lukas zu tun hatte.

„Wie euch wahrscheinlich aufgefallen sein wird, musste ich oft husten in letzter Zeit. Ich habe auch fast jedes Mal Blut husten müssen. Aus diesem Grund haben wir … aus diesem Grund habe ich mir auch Gedanken gemacht. Den bevor ihr fragt, ich habe einen bösartigen Lungenkrebs. Die Ärzte sagten auch, dass ich nicht mehr viel Zeit habe. Also habe ich mir Gedanken gemacht, wer der nächste Geschäftsführer werden soll", sagte der Chef. Jeder sah sich an und fragte sich, wen er ausgesucht haben könnte. Und doch fühlte sich jeder traurig und alleine. Lukas kannte diesen Schmerz nur zu gut. Er hat das schon zweimal duch gemacht. Jeder rechnete sich eine Chance aus. Alle bis auf Lukas. Ihm war das nicht wichtig. Er hatte alles, was er haben wollte, doch da machte ihm sein Großonkel einen Strich durch die Rechnung.

„Also bevor ihr euch nun fragt, wer das sein wird, sag ich es gleich. Denn wie ihr wisst, ist das Gasthaus schon seit dem Ersten Weltkrieg im Familienbesitz und so soll es auch bleiben. So wollte es mein Vater und das Sportgeschäft geht auch an ihn über", sagte der Chef.

Viele fragte sich, wer das sein könnte, aber noch bevor es Lukas oder einem anderen vom Gasthaus auffallen konnte, sagte der Chef auch schon, wer es sein wird.

„Also der nächste Geschäftsführer und Inhaber beider Firmen wird mein Großneffe Lukas Huber-Moser sein", sagte der Chef.

Alle sahen zu ihm und waren fassungslos.

„WAS?", sagten alle gleichzeitig.

Kopf nickend bestätigte er das. Lukas setzte sich mit blasser Gesichtsfarbe. Während Linus und auch Linda Lukas dazu beglückwünschten, waren andere nicht ganz so erfreut darüber.

„Chef, wieso kriegt dieser Bengel eigentlich alles? Er hat keine Ahnung vom Einzelhandel und dennoch wird er der neue Geschäftsführer?", schrie Ben wutentbrannt von trauer überwältigt.

„Liegt vielleicht daran, dass er zu meiner Familie gehört. Deshalb vielleicht und beide Firmen werden auf ihn übertragen. Mein Notar weiß das auch schon. Ich will mich deshalb auch nicht mehr aufregen. Keiner von euch macht meinem Nachfolger irgendwelche Probleme", sagte der Chef und schärfte es allen mit einem festen Blick in ihre Gesichter ein.

Lukas konnte es immer noch nicht fassen. Aber die meisten freuten sich für Lukas. Auch sein Großonkel war froh und sagte auch allen, sie sollten eine Runde bestellen. Die meisten bestellten etwas mit Alkohol, doch Ben wollte nicht mehr bleiben und ging. Lukas merkte, dass dieser Ben es ihm übelnahm. Aber das konnte er nicht mehr ändern, noch nicht zumindest. Auch Lukas bestellte noch etwas, aber nur noch ein kleines Bier. Jenny war etwas verwirrt, als sie mit den Getränken wiederkam, und fragte sich, warum fast alle Lukas beglückwünschten.

„Sag mal, Lukas, wieso beglückwünschen dich alle?", fragte Jenny.

„Nun ja, das liegt daran", sagte Lukas grinsend.

„Lukas, du toller Hecht du. Ich hoffe nur, wir können hinten bei der Bar ein bisschen was ändern, oder?", sagte Linus fragend.

„Jetzt mal langsam Linus. Erst einmal muss ich mir alles ansehen. Die Bücher, die aktuelle Geschäftslage, den Gästestamm, den Nutzen. Da muss ich einiges ansehen", sagte Lukas leicht überfordert.

„Jetzt überfordert mir meinen Nachfolger nicht", sagte der Chef.

Alle verstanden das, aber sie wollten dennoch ein bisschen was ändern. Aber Jenny war etwas geschockt von dem gerade Gehörten.

„Du bist was, Lukas?", fragte Jenny kreidebleich.

„Ich bin der nächste Geschäftsführer vom Gasthaus und vom Sportgeschäft meines Großonkels", sagte Lukas noch mal ruhig.

Immer noch geschockt und verwirrt sah sie ihn an. Doch Lukas merkte, dass es ihr nicht allzu gut ging.

„Sag mal Jenny, ist alles in Ordnung mit dir? Du hast eine ziemlich ungesunde Farbe im Gesicht?", sagte Lukas besorgt.

„Ich weiß nicht … Ich muss mich wohl mal setzen", sagte Jenny und kam langsam hinter der Bar nach vorne.

Linus merkte, dass es ihr wirklich nicht gut ging. Aber da kam auch schon Lukas zu ihr und half ihr etwas. Sie setzte sich auf den ersten Hocker und langsam bekam sie wieder Farbe im Gesicht. Aber noch nicht normal. Eine Kollegin von Jenny kam zu ihr und sah, dass sie blass war. Sofort holte sie Jenny was zu trinken und sie hoffte, dass sie wieder fit wird.

„Geht's nun wieder, Liebes?", sagte ihre Kollegin zu ihr.

„Es wird wieder. Ich glaube, das ist nur der Stress im Moment", sagte Jenny etwas schwach.

„Was für einen Stress hast du denn?", fragte Lukas.

„Naja. Meine Eltern sind etwas sauer auf mich", sagte Jenny.

„Und sie haben dir den Geldhahn zugedreht?", fragte Lukas verwirrt.

„Nur zur Hälfte. Aber ich wollte schon immer mal einen Studentenjob machen", sagte sie und bekam mit jeder Sekunde mehr Farbe ins Gesicht.

Alle waren erleichtert und auch die Kollegen von Lukas waren froh darüber. Doch da kam auch schon der Chef des Cafés rein und wurde gleichmal sauer.

„Sag mal Jenny, was soll denn das? Du sitzt hier und arbeitest nicht. Na los, ab jetzt. Sonst streich ich dir deinen Lohn für heute", sagte er und ging an allen vorbei.

Sie sahen ihm hinterher. Fassungslos verstanden sie rein gar nicht mehr. Wie konnte man nur so ein Arsch sein? Aber Linus fiel da ein, dass viele Chefs in der Gastronomie so sind.

„Sag mal, Margit, ist der Chef immer noch so ein Arsch? Wie damals?", fragte Lukas die Kellnerin.

„Oh ja, leider. Er ist nicht besser geworden. Leider", sagte Margit und ging hinter die Schank.

„Sag mal, woher kennt ihr beide euch denn?", fragte Jenny schwach.

„Wir kennen uns noch von früher. Das hier war mal mein Stammcafé. Früher gab es hier jedes Wochenende eine andere Party. Ich hab mir hier mehr als nur einmal die Kante gegeben", sagte Lukas.

Margit bestätigte das. Alle standen nur mit offenem Mund da. Keiner hätte Lukas für so ein Partytier gehalten.

„Sag mal, du warst mal ein Partylöwe? Das hätte ich ja nie im Leben von dir gedacht", sagte Linus fassungslos.

Sie blieben alle noch etwas, doch ihre Gruppe wurde langsam immer kleiner und kleiner. Das ging so lange weiter, bis nur noch Lukas, Jenny und sein Großonkel da waren. Aber leider kam dann auch wieder Jennys Chef und schrie sie wieder an. Die anderen Gäste hörten das. Auch sie verstanden es nicht, warum er sie anschrie. Sie war immer noch viel zu blass. Jenny versuchte, mit ihm zu reden, doch er ließ nicht mit sich reden. Er sagte ihr dann noch, dass sie nicht mehr zu kommen bräuchte. Sie sei entlassen.

Jenny wurde schlagartig wieder blass und der Chef ging aus dem Lokal. Am liebsten wäre Lukas ihm hinterhergestürmt und hätte ihn zur Sau gemacht. Aber Jenny brauchte jetzt etwas Hilfe. Jenny war in sich zusammengesackt. Sie hatte kaum den Job bekommen und war nun wieder entlassen. Sie drehte sich zur Bar um und fing leise an zu weinen. Margit hatte viel Mitleid mit Jenny, denn sie mochte sie. Lukas legte ihr eine Hand auf die Schulter und hoffte, dass es bald wieder gut sein würde.

„Hör zu, Jenny! Ich weiß ja, wo der Lukas arbeitet, ich bringe ihm das Trinkgeld für dich. Da bekommst du ein bisschen was", sagte Margit zu ihr.

Jenny nickte nur mit dem Kopf und weinte leider weiter. Lukas blieb noch bei ihr und sein Großonkel ging dann auch. Er musste sich ausruhen, aber er zahlte noch alles und gab ein großzügiges Trinkgeld. Lukas versuchte, mit ihr zu reden, aber sie war immer noch nicht sehr ansprechbar. Er bat sie darum, sich umzuziehen und brachte sie dann auch nach Hause. Schweigend ging Jenny nach hinten. Lukas wusste zwar nicht, was nun mit ihr war, aber diesen Chef konnte er auch nicht leiden. Er wartete noch etwas auf sie. Als sie wieder vorne war, verabschiedete sie sich von Margit und Lukas sagte Margit, wann er wieder arbeiten würde. Margit war froh, dass Jenny jemanden kannte, der sich um sie kümmert. Als sie das Lokal verließen, kehrte langsam wieder ihre Gesichtsfarbe zurück, doch sie blieb weiterhin schweigsam – bis es aus ihr herausplatzte, was genau los war.

„Lukas, du kannst es dir nicht vorstellen. Meine Freundinnen wollen immer shoppen gehen. Ich aber muss sparen. Meine Eltern geben mir gerade noch so viel, dass ich die Schule bezahlen kann und um die Miete zu zahlen. Sie sind wütend, dass ich und Finn immer noch zusammen sind. Sie wollen, dass ich mit ihm Schluss mache. Sie sind der Meinung, dass Finn nicht gut für mich ist. Sie haben sich ja noch nicht einmal die Mühe gemacht, ihn besser kennenzulernen, geschweige denn mit ihm einmal an einem Tisch zu sitzen. Doch das Schlimmste kommt ja noch", sagte Jenny und sie fühlte sich fast schon erleichtert. „Wow. Das ist heftig. Aber jetzt mal ehrlich, was ist denn das Schlimmste", sagte Lukas leicht verwirrt.

„Das ist mir etwas peinlich immerhin bist du ja auch Finns Bruder", sagte Jenny.

„Ich verrate ihm nichts. Also was ist denn", sagte Lukas.

„Nun meine Tage sind schon mehr als überfällig", sagte Jenny peinlich berührt.

Also Lukas das hörte, blieb er abrupt stehen. Mit weit aufgerissenen Augen starrte er sie an und hoffte inständig, dass er sich nur verhört hatte. Aber Jenny sagte es ihm noch mal. Lukas wusste nicht, was er sagen sollte, aber er fragte sie, ob sie schon einen Test gemacht hatte. Jenny verneinte dies, da sie auch in zwei Tagen einen Termin bei ihrem Frauenarzt hatte. Lukas wollte sie schon dazu überreden, einen Test in der Apotheke zu kaufen, aber sie wollte das nicht. Deshalb machte Lukas ihr ein Angebot, für sie einen Test zu kaufen. Jenny war zwar nicht allzu sehr davon begeistert, aber sie stimmte zu. Auf den Weg zum Bahnhof ging Lukas in die Apotheke rein und holte einen Schwangerschaftstest. Die Apothekerin gab ihm einen Test. Dankend zahlte er noch und ging sofort. Jenny wartete die ganze Zeit draußen, nervös ging sie auf und ab. Erst als Lukas wieder da war, konnte sie sich etwas beruhigen. Gemeinsam fuhren sie noch zur Wohnung von Finn und Jenny. Lukas brachte sie noch nach oben und sie verabschiedete sich von ihr. Jenny bedankte sich für seine Hilfe und sie sperrte auf. Lukas ging gleich darauf wieder zum Auto und fuhr wieder zurück zum Rudel. Aber seine Gedanken schwirrten immer noch um Jenny. Er sorgte sich einfach um sie. Aber als er wieder zurück war, konnte er Carina riechen und alles war immer noch in Ordnung. Als Jessica ihn sah, kam sie auf ihn zu und sagte, dass alle ruhig blieben. Darüber war er sehr froh, schon alleine deswegen, weil er endlich Carina wiedersah. Als sie sich sahen, liefen sie aufeinander zu und fielen sich freudig in die Arme. Beide küssten sich, als hätten sie sich viele Jahre nicht mehr gesehen. Aber sie wussten auch, dass sie das nicht vor aller Augen machen könnten, so gingen sie ins Haus und sie machten sich einen gemütlichen Abend. Aber Lukas konnte sich nicht so richtig entspannen. Carina merkte das und wiegte ab, ob sie ihn fragen sollte. Doch im Endeffekt siegte ihre Neugier.

„Sag mal Lukas, was ist denn mit dir? Du bist so abwesend", sagte Carina vorsichtig.

„Heute bei der Besprechung wurde gesagt, dass ich der neue Geschäftsführer und Inhaber werde, von Zwei Firmen. Aber das ist nicht alles", sagte Lukas.

„Wow, ich bin also nicht nur mit dem Alpha von diesem Rudel zusammen, sondern auch noch mit dem künftigen Geschäftsführer. Hab ich ein Glück! Aber das ist noch nicht alles, oder?", sagte Carina.

„Jenny hatte einen Studentenjob und hat ihn heute verloren. Ihr ging es nicht gut, sie war blass und sie vermutet, dass sie schwanger ist. Aber sie hat noch keinen Test gemacht. Wenn sie es ist, dann machen ihre Eltern ihr das Leben zur Hölle", sagte Lukas.

Carina war fassungslos von dem Gehörten, aber sie glaubte nicht, dass ihre Eltern ihr das Leben schwer machen würden. So erzählte Lukas Carina alles, was Jenny ihm gesagt hatte. Er ließ nicht aus. Sie war geschockt, weder sie noch Lukas verstanden, wie das Eltern nur machen können. Aber sie sprachen noch eine Weile, bis es dunkel war. Sie gingen beide wieder nach oben und verbrachten die Nacht miteinander.

KAPITEL ZEHN

Der darauffolgende Tag war ruhig. Keiner wollte einen Streit mit dem Alpha haben. Alle arbeiteten gemeinsam daran, dass sie alle friedlich zusammenarbeiten konnten. Als es dann früher Nachmittag war, hatten sich einige zusammen verabredet und wollten mit der Feldarbeit weitermachen. Lukas und Carina sahen ihnen dabei zu und sie waren froh, dass alle so gut zusammenarbeiteten. Lukas ging dann ins Haus und holte für ihn und Carina einen Tee in einer Thermotasse. Als Lukas wieder zu ihr kam, sah sie weiter zu den anderen.

„Hier bitte schön. Ich hoffe, du magst einen Früchtetee", sagte Lukas, als er ihr die Tasse reichte.

„Ja sehr gerne. Danke. Ihr baut einiges selber an", sagte Carina.

„So gut wir können. Alles geht zwar nicht, aber, was wir anbauen können, tun wir. Aber einige Sachen müssen wir leider auch kaufen. Fleisch etwa oder Hygieneartikel. Bei einigen Sachen können wir auch ein paar Wochen davon zehren", sagte Lukas.

Carina fragte ihn noch eine ganze Zeit aus, bis dann auch Jenny und Finn zu ihnen kamen.

„Hallo Jessica. Ist Lukas irgendwo?", fragte Finn leicht aufgedreht.

„Tja, hört doch mal. Er unterhält sich mit seiner Gefährtin", sagte Jessica.

Erst jetzt hörte Finn genauer hin und sah zu den Beiden.

„Sie sehen nun wirklich verliebt aus", sagte Jenny.

„Ja doch, wenn das stimmt, dann wird unser Rudel etwas größer", sagte Finn und stellte sich hinter Jenny.

Sie freuten sich mit den beiden. Aber ihre Freude war etwas größer. Wenn der Test recht hatte, würde es besser werden.

„Wie? Was?", sagte Carina verwirrt.

„Ja, wirklich. Ich, mein Vater, meine Mum und Finn waren jagen. Da steht ein Prachtkeiler. Ich und Finn sind hinter ihm hergelaufen. Unsere Eltern waren dicht hinter uns. Da rennt dieser Keiler doch glatt in einen Busch rein. Ich und Finn hinter ihm her, doch da hatten wir eine kleine Überraschung", sagte Lukas.

„Überraschung inwiefern?", fragte Carina verwirrt und neugierig.

„Nun unsere Eltern sind vor dem Busch stehen geblieben. Sie wussten, was für ein Busch das war. Gekriegt haben Finn und ich den Keiler nicht. Aber dafür waren wir also … als wir aus dem Busch rauskamen …", sagte Lukas.

„Ja? Was denn?", fragte Carina.

„Tja Finn war dann nicht mehr braungrau, sondern braungraugrün und ich war mehr grün als weiß. Sie haben fast schon gelacht, als sie uns sahen. Das Rudel hat es auf jeden Fall getan. Doch erst dann, als sie mich geschoren hatten", sagte Lukas.

„Du wurdest als Wolf geschoren?", sagte Carina fragen und lachend.

„Ja. Aus meinem Fell waren diese Kletten nicht so leicht rauszubürsten. Bei Finn ging es besser. Aber mein Fell war da etwas widerspenstiger. Damals konnte ich nicht lachen, heute aber schon", sagte Lukas.

Carina fing an laut zu lachen und auch Lukas musste lachen. Aber da hörten sie auch schon ein Auto stehen bleiben. Aber das war kein normales Bremsen.

„Lukanus!", hörten alle.

Verwirrt sahen sie sich an. Alle bis auf Lukas – er schlug eine Hand gegen seine Stirn, denn er wusste, was das bedeutete. Gleich darauf kam auch schon ein panisch Matteo zu ihnen. Panisch sah er sich, um bis er Lukas entdeckte.

„Wer ist denn das?", fragte Carina verwirrt.

„Das ist Matteo. Ein guter Freund von mir und der Einzige neben Jenny, der von unserem Geheimnis weiß", sagte Lukas.

Verwirrt sah sie ihn, aber Lukas stand auf und ging auf Matteo zu.

„Matteo, wie geht es dir? Warum so aufgebracht?", fragte Lukas auf Italienisch.

Doch Matteo griff eine Hand von ihm und zerrte Lukas in Richtung Wald und sprach weiter auf Italienisch und schnell. Keiner verstand auch nur ein Wort, aber Finn wusste, dass Lukas vielleicht etwas verstand.

„Warte, Matteo. Ich verstehe ja kein Wort. Also beruhige dich. Dann erzähle mir alles, was du sagen willst", sagte Lukas, als er sich von der Umklammerung befreite.

Langsam atmete Matteo durch und beruhigte sich etwas. Sofort erzählte Matteo, was er gesehen hatte, aber leider, was alle anderen ärgerte, nur auf Italienisch. Nachdem Matteo einiges erzählt hatte, übersetzte Lukas.

„Also du bist mit dem Kind deiner Schwester, welche aus Italien kommt. Ihr habt einen Waldspaziergang gemacht und da habt ihr etwas Verstörendes gesehen. Kommt das hin", sagte Lukas.

Matteo nickte nur und erzählte weiter.

„Okay, ihr habt verstümmelte Tiere gesehen. Du hast deinen Neffen geschnappt und bist mit ihm nach Hause gefahren. Als du ihn dort abgegeben hattest, bist du wieder in deinen Ferrari gestiegen und hierhergefahren", sagte Lukas.

Matteo war immer noch aufgebracht, aber als er Carina sah, verfiel er in sein altes Muster. Sofort ging er an Lukas vorbei und ging direkt auf Carina zu.

„Buon giorno, Seniorita. Also da sollte jemand sofort im Himmel anrufen, denn ich glaube, es wird ein Engel vermisst", sagte Matteo und griff nach Carinas Hand.

Kurz bevor er die Hand küssen konnte, zerrte Lukas Matteo am Ohr von ihr weg.

„Sag mal, Romeo. Warst du nicht vor einer Minute panisch und nun baggerst du meine Gefährtin an. Was ist mit dir?", sagte Lukas eifersüchtig und wütend.

„Jetzt komm du …Warte was? Gefährtin? Wieso hast du mir das nicht gesagt? Mamma Mia, Madonna. Was für eine grausame Welt ist das denn? Ich bin verflucht!", sagte Matteo fassungslos und ziemlich theatralisch.

„Wow, er ist eine ziemliche Dramaqueen", sagte Carina.

„Das war noch nicht einmal das Schlimmste, vertrau mir", sagte Lukas zu ihr.

„Also Lukas, du und irgendjemand aus deinem Rudel muss mitkommen. Sofort. Ich hab keine Ahnung, wie das genau zustande gekommen ist", sagte Matteo wieder panisch.

Aufgrund seines plötzlichen Stimmungsumbruch sah Carina Lukas an und sah wieder mit riesigen Augen zu Matteo. Lukas wusste, wenn Matteo so panisch reagiert, dann musste etwas passiert sein.

„Okay, Finn, Jessica ihr kommt mit mir und Matteo mit", sagte Lukas in seinem Alphastimme.

Carina und Cornelia wollten es auch mit ihren eigenen Augen sehen. Auch wenn sie diesem Matteo nicht vertrauten, vertrauten sie dennoch Lukas. Aber da spielte Jessica nicht ganz mit.

„Lukas, es wäre vielleicht besser, wenn ich hierbleibe, um unsere Gäste zu beschützen. Du weißt, was in letzter Zeit los war", sagte Jessica.

Lukas sah zu den anderen und er wusste, dass sie recht haben könnte. So stimmte Lukas, wenn auch nur zähneknirschend, zu. Selbst als Carina und Cornelia mitkommen wollten, konnte er sie nicht aufhalten. Finn ging noch zu Jenny und war immer noch hin und her gerissen, aber Jenny wusste, dass er gehen muss. Nur so konnten sie sicher sein. Mit einem unguten Gefühl ließ Finn Jenny auch dort. Jessica würde auf sie aufpassen und die Silberringe schreckten auch die meisten ab. So ging die Gruppe in den Wald. Matteo ging voraus, da er wusste, wo sie hinmussten. Aber Matteos Gedanken kreisten nur um eine Person.

„Lukas, ich muss mit dir reden", sagte Finn nach ein paar Minuten Fußweg.

„Lass mich raten, du willst mir sagen, dass du und Jenny Eltern werdet", sagte Lukas.

Finn sah ihn verständnislos an und verwirrt an. Abrupt blieb Finn stehen. Langsam drehte sich Lukas zu ihm und sah ihm geduldig an.

„Jenny hat es mir gestern, nach dem sie gefeuert wurde, gesagt", sagte Lukas.

„Wieso hat sie es dann mir nicht schon früher gesagt?", sagte Finn wütend.

„Ich hab sie gelöchert, bis sie es mir gesagt hat. Du weißt, wie ich bin. Wenn mich etwas interessiert, dann löchere ich alle so lange, bis sie es mir sagen", sagte Lukas.

„Aber dennoch, sie hätte es mir vielleicht vor ...", sagte Finn.

„Wann denn? Sie ist sich ja selbst nicht sicher gewesen. Ihr war es ja auch sehr peinlich. Doch wenn du auf jemanden sauer sein willst, sei sauer auf mich", sagte Lukas zu ihm.

„Du weißt genau, dass ich das nicht kann. Du hast ja damals alles getan, um mich zu unterschützen an der Schule. Immerhin ich bin wohl einfach nur etwas überfordert", sagte Finn.

„Überfordert? So siehst du nicht aus Finnbino. Du siehst eher aus, als hättest du ziemlich schlecht geschlafen", sagte Matteo und drehte sich zu den beiden um.

„Hab ich ja auch. Leider schon seit ein paar Tagen", sagte Finn.

„Das dachte ich mir doch, könnt ihr mir einen Gefallen tun?", sagte Matteo.

„Wieso habe ich da ein ganz schlechtes Gefühl?", sagte Lukas etwas verwirrt.

„Keine Sorge, nichts Gefährliches. Nur könnt ihr mir vielleicht die Nummer von dieser Perle besorgen, die neben Carina steht. Denn sie sieht richtig geil aus", sagte Matteo mit einem Lächeln.

Lukas wie auch Finn waren verwundert und kamen auf Matteo zu. Sie standen beide rechts und links von ihm und sprachen leiser mit ihm, während sich Carina und Cornelia miteinander unterhielten.

„Sag mal, ich weiß, dass Lukas dein Gefährte ist, aber findest du diesen Matteo nicht ungeheuerlich sexy?", sagte Cornelia zu Carina.

Carina sah sie verwirrt an und sah wieder zu Matteo. Sie war sich nicht sicher, was mit ihr los war, doch da fiel ihr ein komischer Geruch auf. Sowohl nahe neben ihr wie auch von weiter vorne und dieser Duft war mit einem seltsamen Geruch vermischt.

„Kann es sein, dass du diesen Matteo mehr als nur gut findest?", sagte Carina verwirrt.

„Gut finden? Er ist unglaublich. Er spricht italienisch und sieht auch noch aus wie ein Gott. Außerdem ist er Italiener, außerdem ist er Italiener und er ist Italiener. Muss ich noch mehr sagen", sagte Cornelia begierig.

„Oh Mann, ich glaub es nicht", sagte Carina.

Lukas und Finn waren verwirrt, als sie das hörten, und sie selbst zählten eins und eins zusammen. Lukas hoffte nur, dass sie sich irrten und dass Matteo nur notgeil war. Aber dafür kannte er Matteo einfach schon zu gut. Er hielt es für besser, wenn er nun schweigen würde, bis sie fast an der Stelle waren, wo Matteo die verstümmelten Tiere sah. Da roch Lukas schon, dass hier etwas nicht stimmte. Auch Finn roch es und sie wussten, dass es nicht richtig war. Selbst Carina und Cornelia schienen es zu riechen und kamen zu ihnen. Lukas ahnte, was dann kam. Doch seine schlimmsten Befürchtungen wurde noch um einiges übertroffen. Auf der ganzen Lichtung sahen sie keine verstümmelten Tiere, sondern Zerrissene Tiere. Überall lagen Organe, Haut oder Körperfetzen herum. Für Finn war der Anblick zu viel und er rannte hinter einen Baum und entleerte mal seinen Magen. Selbst für Matteo, Carina und Cornelia war das einfach zu viel. Sie taten es allen Finn nach. Lukas konnte ihnen nur nachsehen, bis ihm der Geruch von Erbrochenem in die Nase stieg. Er ging etwas zur Seite und wartete, bis er keine Würgegeräusche mehr hörte. Langsam kamen alle wieder zu ihm. Besorgt sah er sie alle an.

„Sag mal, wieso hast du dich nicht übergeben müssen?", fragte Carina verwirrt.

„In meiner Zeit als Zivildiener, als ich Sanitäter war, da gab es mehr schlimme Gerüche. Erbrochenes hatte ich jedes Wochenende in der Nase", sagte Lukas.

Ohne auf eine Antwort zu warten, ging er durch und fragte sich, wer das nur getan hatte. Er sah alle Überreste an und war immer noch fassungslos. Nur langsam kamen auch die anderen nach und doch sie sahen sich die Überreste eher mit Ekel. Carina sah sich alle an. Jedes Tier hatte eine ausgerissene Kehle und wurde übel zerrissen. Doch Lukas fiel noch etwas anderes auf. So kniete er sich vor einem kopflosen, beinlosen und halbierten

Oberkörper. Zielsicher griff er hin und sah sich den Oberkörper genau an. Die anderen ekelten sich davor und hätten sich fast schon wieder übergeben.

„Wenn ihr euch wieder übergeben müsst, dann geht woanders hin", sagte Lukas, ohne aufzusehen.

Sofort zerstreuten sie sich. Lukas hörte sie alle wieder würgen und war froh, dass sie sich wirklich zerstreut hatten. Nach ein paar Minuten kamen sie wieder. Lukas hatte sich in der Zeit den Kadaver genau angesehen. Alles in ihm sagte, dass etwas nicht stimmte bei diesem. Erst als Lukas aufstand, hatten sie ein komisches Gefühl. Doch Lukas bat nur Matteo darum, dass er zu ihm kommen sollte. Matteo versuchte, sich zu beherrschen, und kam zu Lukas.

„Sag mal, kommt dir das nicht auch komisch vor? Du bist ja ein Jäger. Also?", sagte Lukas und hob das Teil zu Matteo. Angewidert sah er sich das an. Doch da fiel ihm etwas auf. Etwas, das nicht sein konnte, da es nicht passte.

„Ja, da stimmt etwas nicht. Die Rippen sind durchgeschnitten", sagte Matteo angewidert.

„Genau durchgeschnitten. Wenn ein Räuber seine Beute zerreißt, dann wird der Thorax nicht zerbissen oder geteilt. Er bleibt ganz", sagte Lukas und sah nochmal genauer hin, da er etwas Warmes seinen Arm entlangfließen spürte.

Das Blut war noch frisch. Es gab kaum Anzeichen einer Gerinnung.

„Diese Tiere sind noch nicht lange tot. Vielleicht eine Stunde, maximal anderthalb. Aber dennoch es ist komisch", sagte Lukas und legte den Oberkörper wieder hin.

Lukas sah auf seine rechte Hand und sah das Blut an. So rieb er seine Finger am Handteller und spürte kaum Anzeichen einer Gerinnung. Irgendetwas stimmt nicht. Doch da hörten sie einen Wolf heulen. Sie sahen zu dem Wolf. Finn, Carina und Cornelia knurrten ihn an, doch Lukas stellte sich vor sie. Er ging auch etwas auf ihn zu, nervös griff Matteo zu seiner Pistole. Der Wolf kam auf Lukas zu und setzte sich vor ihm hin.

„Dich habe ich schon eine ganze Weile nicht mehr gesehen. Weißt du, was hier passiert ist?", sagte Lukas fragend.

Doch der Wolf stand auf und ging wieder in die Richtung, aus der er kam. Er blieb kurz stehen und deutete mit dem Kopf den anderen.

„Er will, dass wir ihm folgen. Keine Sorge, er wird uns nichts tun. Ich kenne ihn", sagte Lukas und folgte dem Wolf.

Zögernd gingen auch die anderen ihnen nach. Aber dennoch waren sie angespannt. Matteo hielt die ganze Zeit über seine Pistole in der Hand. Finn blieb angespannt, selbst Carina und Cornelia waren angespannt. Doch Cornelia kam etwas näher zu Matteo.

„Du bist ein Freund von Lukas also?", sagte Cornelia zu Matteo.

„Ja schon lange. Wir sind seit mehr als achtzehn Jahren beste Freunde. Aber dennoch bin ich nervös wegen dem hier", sagte Matteo.

Noch bevor Cornelia etwas sagen konnte, blieb Lukas stehen. Auch der Wolf blieb einfach stehen. Sie kamen alle neben ihm und sie waren geschockt. In einer leichten Kuhle lag ein in Fetzen gerissener Wolf. Nur das Fell war noch fast vollständig gelassen. Carina war fassungslos wie auch alle anderen ebenfalls. Lukas war von dem, was er sah, angewidert. Doch Cornelia lief auf den Wolfskadaver zu. Finn roch ihre Trauer und auch ihre Wut. Cornelia fiel auf die Knie und sie schrie vor Trauer. Matteo sah Lukas verwirrt an.

„Nimm die Hand von deiner Waffe. Der Wolf wird uns nichts tun. Er hat uns hergeführt, um zu sehen, was hier geschehen ist. Bevor du fragst, Cornelia kennt diesen Wolf. Er ist Teil ihres alten Rudels", sagte Lukas und ging mit Finn und Carina etwas zur Seite.

In dem Moment rochen sie noch etwas. Etwas Fauliges, Verwestes. Lukas ging alle anderen Tierkadaver ab und er roch dasselbe – überall. Er kam wieder zu den anderen. Sofort sah Lukas Carina an und sie roch es auch.

„Dieser Geruch. Dieser Geruch haftet auch an dem, der meinen Vater getötet hat", sagte Carina fast schon wütend.

Lukas schaffte es, die Gedanken von seiner Gefährtin wieder auf etwas anderes zu konzentrieren. Erst jetzt fiel ihm auf, dass Matteo nicht mehr bei Finn war. Sie kamen zu Finn und sie sahen, dass Matteo bei ihr war. Beide sprachen miteinander, bis sie beide wieder zu ihnen kamen. Lukas sagte kein Wort und sie gingen wieder zurück. Keiner sprach auch nur ein Wort. Aber Lukas roch, als sie fast schon wieder beim Dorf waren. Sie blieben alle stehen und rochen. Carina und Cornelia wurden wütend, als sie das rochen. Sie wollten ihn sofort in Stücke reißen. Aber Lukas beruhigte sie und sie gingen wieder ruhig. Als sie aus dem Schatten der Häuser kamen, sahen sie eine Gruppe. Keiner von ihnen roch angenehm. Sie gingen auf die Gruppe zu. Doch, was einer der Fremden sagte, war für sie abartig.

„Wir sind Wölfe. Wesen der Nacht. Ich weiß, dass ihr alle es leid seid, euch im Schatten zu verstecken. Mir ist jemand erschienen, der uns wieder aus dem Schatten holen möchte, sodass wir im Mondlicht laufen können und auch wieder den Mond anheulen können. Denn ...", sagte der Fremde.

„Denn du willst die Menschen unterwerfen, tyrannisieren und wie es dir beliebt, sie zu vergewaltigen oder gar zu töten. Ihr wisst alle, dass wir nicht Wesen der Nacht sind. Wir sind Kinder der Wälder. Keine Monster", sagte Lukas.

„Das sagst du, ein Hybride! Ausgetragen von einem schwachen Menschenweib. Immerhin bist du ja hier das Monster", sagte der Fremde.

„Wenigstens habe ich nicht Dutzende Tiere abgeschlachtet. Sie zerrissen, sie zerteilt und einfach liegen gelassen, ohne sie zu fressen. Sag mir, wer ist hier das Monster? Es gibt hier einige, die wild darauf sind, dich zu töten. Aber ich bin wenigstens noch human. Verlasse mein Revier und ich schicke nicht meine Jagdleute dir und deinen Betas hinterher. Dann kann ich aber für nichts garantieren", sagte Lukas und ließ eine gewisse Drohung mitschwingen.

„Du willst mir drohen? Du dreckiger Hybride. Wer glaubst du, wer du bist?", schrie der Fremde und kam auf Lukas zu.

Doch da wurde der Ring etwas kleiner, einige hatten sich bereits verwandelt und sie knurrten. Auch die Betas des Fremden kamen näher.

„Ich glaube, du hast nun gesehen, dass ich auf mein Rudel zählen kann. Geh, sonst wird das Blut nur so fließen", sagte Lukas.

„Ich hoffe, du überdenkst mein Angebot. Der Alpha einer Hybriden-Armee zu werden, wenn du dich mir unterwirfst. Denn ich bin Alpha Georg", sagte Georg drohend.

„Das habe ich und meine Antwort lautet Nein. Denn ich bin Alpha Lukas", sagte Lukas und verwandelte seine Arme. Nur einen kurzen Moment blieben sie noch stehen, doch dann gingen dieser Georg und seine Betas. Erst als die Geräusche der Autos verschwunden waren, entspannten sich alle wieder. Lukas sagte ihnen auch, dass dieses Angebot für keinen eine Option gewesen wäre. Alle verstanden das und taten alles, damit sie das vergessen konnten. Lukas ging mit Carina und Co in sein Haus. Zum Glück war auch Jenny da und sie war richtig froh, dass es allen noch gut ging. Lukas erzählte ihr auch, was im Wald geschehen war. Jenny wurde von dem, was sie da hörte, schlecht. Schnell lief sie ins Bad. Finn schien insgeheim zu hoffen, dass sie wirklich schwanger war. Aber das stand noch in den Sternen. Erst als Jenny wieder da war, konnte sich Finn etwas entspannen.

„Seid mir nicht böse, aber Jenny, hast du gestern den ...", sagte Lukas.

„Den Schwangerschaftstest gemacht. Ja, hab ich und nicht nur einen. Ich musste Finn darum bitten, in die Apotheke zu gehen und noch drei weitere zu kaufen", sagte Jenny.

„Moment mal, du hast ...", sagte Lukas geschockt.

„Vier Schwangerschaftstests, gemacht", sagten alle gleichzeitig und verwundert.

Doch statt einer Antwort bekamen sie nur ein Lächeln von ihr und Finn. Lukas musste sich setzen. Denn das hätte ihn fast umgeworfen.

„Jetzt mal ehrlich Lukas. Dich werfen keine zerrissenen und noch etwas blutigen Tierkadaver um, aber das schon? Was für einen Gefährten habe ich denn nur", sagte Carina.

„Nun ja, ich wünschte nur, das Ergebnis wäre eindeutig gewesen", sagte Jenny.

„Was meinst du damit?", fragte Lukas verwirrt.

„Nun ja, es waren ...", sagte Jenny.

„Zwei positive und zwei negative Tests. Also wissen wir es nicht mal. Aber ich hoffe es schon. Denn ich hoffe nur, dass wir bereit sind für einen Welpen", sagte Finn und strahlte.

Jenny und Finn wirkten vertrauter denn je. Doch Lukas ging erstmal in die Küche und machte sich was zum Trinken. Lukas nahm eine Flasche und ein Glas. Lukas fragte, ob die anderen auch etwas trinken wollten, doch keiner wollte etwas.

„Ihr beide macht mich fertig. Ihr wisst doch noch nicht einmal, wie es ist, einen Hybriden großzuziehen?", sagte Lukas fassungslos.

„Nun so ein großer Unterschied ist doch wohl nicht zwischen unseren …", sagte Jenny.

„… unseren Völkern. Doch, da gibt es einen gewaltigen Unterschied. Der größte Unterschied ist der Hunger eines jungen Hybriden. Finn weiß, wovon ich rede. Habt ihr euch schon mal darüber Gedanken gemacht?", sagte Lukas fassungslos und setzte sich wieder.

Sofort nahm er einen großen Schluck von seinem Drink.

Noch bevor jemand etwas sagen konnte, war auch schon Jessica mit den drei Teenagern im Haus. Sie redeten alle durcheinander. Lukas musste erst einmal alle wieder beruhigen. Doch als sie wieder ruhig waren, sagten die Teens, dass sie gesehen hatten, dass sowohl Tobias wie auch seine Großmutter in den Wald gingen. Doch da würgte Lukas sie ab und deutete ihnen, dass sie ihm folgen sollten. Als er bei der Tür zum Keller stand, deutete er allen, dass sie nach unten gehen sollten. Auch wenn sie es nicht verstanden, gingen sie nach unten. Als sie unten waren, stieg ihnen ein holziger Duft in die Nasen. Jenny fragte sich, ob alle Häuser hier einen Holzkeller besaßen. Doch als sie sich umdrehte, konnte sie sehen, warum dieser Duft hier war. Lukas kam zu ihnen und erklärte ihnen auch, warum sie hier unten das besprechen sollten. Matteo ahnte schon, warum sie hier waren. Aber als Lukas sagte, dass sie hier waren wegen seiner Großmutter und Tobias, wurde es Matteo klar. Aber auch allen anderen wurde klar, dass sie hier waren wegen den Wolfsohren. Lukas wollte nicht, dass Tobias oder seine Großmutter sie hören konnten. So bat er dann die Teens darum, ihnen zu sagen, sie gesehen haben. Jenny hörte kaum zu, als sie in dem kleinen Raum war. Sie sah sich um und sah überall Holzfiguren stehen wie auch Holzspäne. Sie bewunderte jede Figur und fragte sich nur, wie Lukas die hier alle machen konnte. Sie kriegte nichts mit, nicht einmal, als Lukas plötzlich neben ihr stand.

„Gefallen dir die Figuren?", sagte Lukas ruhig.

Erschrocken drehte sie sich um und stieß gegen den Tisch. Peinlich berührt wurde sie knallrot. Aber Lukas deutete nur mit dem Kopf wieder zu den anderen. Sie kam wieder zu ihnen und Finn kam zu ihr und nahm sie erstmal in den Arm.

„Okay, sagt es nun nochmal. Ich kann es selbst kaum glauben", sagte Lukas deutlich aggressiv.

Finn und Matteo sahen sich an. Denn die beiden kannten diesen Tonfall nur zu gut und auch was dann passieren könnte.

„Okay. Als ihr in den Wald gegangen seid, kurz nach euch sind auch Tobias und eure Großmutter in den Wald gegangen. Genau dort, wo wir sie auch das letzte Mal gesehen haben. Diesmal kam auch wieder dieser Wolf mit dem rauchigen Geruch wieder. Aber diesmal war er nicht alleine, denn dieser Wolf, der vorhin hier war, kam auch zu ihnen. Sie sagten etwas von einer Höhle und dass eure Großmutter gute Arbeit geleistet hatte. Wir wissen nicht, was sie damit meinten", sagten die drei abwechselnd.

Keiner konnte dem Gehörten so recht Glauben schenken, aber sie rochen keine Täuschung. Doch sie sahen, dass Lukas fast schon die Kontrolle verlor. Schnell griff Finn nach einer Flasche und reichte sie Lukas. Doch dieser sah Finn verständnislos an.

„Ist das dein Ernst? Ich meine wirklich? Kleiner Bruder, im Ernst?", sagte Lukas fast schon sauer.

„Ähm ja, ist es, nun nimm einen Schluck", sagte Finn.

„Du reichst mir einen Whiskey? Und dann auch nicht einmal einen billigen Fussel. Nein, du rechst mir einen Neunzehnhundertneunundsechziger Single Malt Scotch Whiskey. Aus den schottischen Highlands. Wo die Flasche mehr als dreihundert Euro kostet. Wirklich?", sagte Lukas geschockt.

Ohne auch nur ein Wort zu sagen, stellte er die Flasche wieder zurück. Lukas war fast noch immer außer sich, aber er fragte sich, was er tun sollte. Doch da kam ihn ein Gedanke.

„Finn, wir haben doch heute Nacht Vollmond. Oder irre ich mich?", sagte Lukas ruhiger.

„Ja, haben wir. Doch ich weiß nicht, was es damit zu tun hat", sagte Finn verwirrt.

Doch da kam Finn ein Gedanke. Lukas lächelte auch etwas, Finn konnte es nicht glauben, was Lukas da dachte.

„Lukas, du glaubst doch nicht, dass es nun an der Zeit ist …?", sagte Finn fast schon aufgeregt.

„Um ihre Position zu schwächen, nein. Aber um unsere Interessen zu stärken. Schon", sagte Lukas.

Alle sahen Lukas verwirrt an, denn keiner wusste, was Lukas und Finn meinten.

„Finn, bring Jenny und Matteo zur Höhle, nimm die Teens mit. Bereite dort die Fackel vor und befestige sie an den Wänden. Beeile dich. Du hast vielleicht dreißig Minuten", sagte Lukas.

Finn nickte nur und deutete allen, mitzukommen.

Doch die anderen hatten keine Ahnung, was los war. Aber Lukas sagte kein Wort und ging mit ihnen wieder zu den anderen vom Rudel. Nach ein paar Minuten Warten ging Lukas wieder in die Mitte des Dorfes.

„Hört mir zu! Versammelt euch!", sagte Lukas, sodass alle ihn hören konnten.

Verwirrt wie auch verwundert kamen sie wieder zusammen und stellten sich um ihn auf.

„Ich weiß, dass ihr alle Angst habt. Aber ich möchte euch bitten, mir zu vertrauen. Lasst alles stehen und liegen. Stellt alles vom Feuer und seid in zehn Minuten bereit. Ich muss euch etwas zeigen", sagte Lukas.

Keiner verstand es so recht, aber sie taten das, worum Lukas sie bat. Als die Zeit um war, hatten sie sich wieder versammelt und Lukas führte sie in dem Wald. Sie hatten Angst, dass dieser Georg wiederkam und das Dorf leer vorfand. Doch sie vertrauten Lukas so viel, dass sie ihm weiter folgten. Seine Großmutter verstand nichts. Tobias kam zu ihr und stellte sich neben sie. „Mylady, sagt mir bitte, wo wir hingehen?", fragte Tobias leise. „Erinnerst du dich nicht. Er führt uns zur Höhle. Doch wozu, weiß ich nicht", sagte sie ebenso leise.

„Was will er dort? Dort gibt es nichts, was ihm helfen kann, das, was kommt, zu verhindern. Das kann er nicht", sagte Tobias selbstsicher.

Doch noch ehe Lukas Großmutter antworten konnte, gingen sie in die Höhle, sie hatten nicht gehört, was Lukas gesagt hatte. Nervös folgten sie Lukas in die Höhle tiefer. Keiner wusste was sie nun hier machen sollten, bis sie zu einem Hohlraum kamen. Sie staunten, da er doch ziemlich groß war. Lukas stand vor einer Art von Altar. Sie konnten aber auch sehen, dass Lukas auf einem Podest stand.

„Diese Höhle ist für unser Rudel heilig. Hier wurden einst Versammlungen abgehalten. Denn hier konnten wir uns aufhalten und Wölfe sein – in der Zeit der Verfolgung. Mein Vater konnte hier leider keine Versammlungen abhalten, da wir weniger wurden Sie gingen freiwillig. Doch mein Vater wurde von jemandem verraten. Denn hier waren wir unseren Wölfen, dem Vater wie auch der Mutter nahe. Doch ich bitte euch, schließt eure Augen und lauscht. Mutter, Vater, ich bitte euch zeigt uns, dass ihr immer noch bei uns seid", sagte Lukas zu allen.

Alle schlossen die Augen. Als Lukas zu Ende sprach, kam ein Wind und er umspielte jeden Einzelnen. Er hörte, wie so mancher geschockt die Luft einsog. Dem einen oder anderen kamen die Tränen, Auch Carina war geschockt. Aber auch Matteo und Cornelia kämpften mit den Tränen. Als der Wind dann auch bei Lukas war, verschwand er genauso schnell, wie er kam. Nach ein paar Minuten hatten sich einige wieder gefangen.

„Ich bitte euch nun, wenn ihr wollt, könnt ihr gerne allen hier sagen, wen ihr gespürt habt", sagte Lukas und sah alle an.

Doch keiner sagte auch nur ein Wort, zu sehr war der Schock noch da. Sie alle spürten die Nähe eines Geliebten, den sie schon lange nicht mehr spürten. Die Stille war fast schon gespenstig, so kam Matteo auf Lukas zu und stellte sich vor die anderen hin.

„Ich weiß, einige können mich nicht leiden, da ich ein Mensch bin. Aber ich spürte die Nähe von meiner Nonna. Meiner Großmutter. Sie starb vor zehn Jahren und hier spürte ich genau, wie sie mich umarmte wie damals, als ich noch ein Kind war. Traut euch. Erzählt allen, was ihr gespürt habt", sagte Matteo und sah auch alle an und kämpfte mit den Tränen.

Dann fing einer nach dem anderen an zu erzählen, was er spürte und von wem. Ein paar fingen sogar an zu weinen. Lukas hörte, wie alle mit sich selbst zu kämpfen hatten. Alle schauten nach einiger Zeit zu Lukas.

„Ich weiß, dass ihr alle wissen wollt, wen ich gespürt habe. Denn ich habe meinen Vater bei mir gespürt. Und ich muss wohl nicht groß sagen, wie wichtig mir mein Vater war. Das wissen alle hier. Aber ich hatte das Gefühl, als würde mein Vater mir seine Hand auf dem Rücken lagen wie damals, als ich herkam", sagte Lukas.

Alle merkten, dass es für Lukas nicht leicht war, darüber zu sprechen, aber er tat es. Das gab auch noch drei der Kinder den Mut, die mit Carina herkamen, zu sagen, was sie gespürt hatten. Sie spürten ihre Eltern. Sie hatten das Gefühl, dass ihre Eltern noch immer hier waren. Doch die Kinder fingen an zu weinen und Carinas Tante nahm sie in den Arm. Nur langsam beruhigten sie sich wieder.

„Ich möchte euch allen etwas sagen. Ich spiele schon eine ganze Zeit mit dem Gedanken. Aber wenn dieser ganzer Wahnsinn vorbei ist, würde ich gerne die Rudel, falls es keinen neunen Alpha der Rudel gibt, sie zusammenführen. Ich weiß, das ist nicht unsere Art, aber alle, die bleiben wollen, können auch bleiben. Aber lasst uns das zu einem späteren Zeitpunkt besprechen. Ich möchte, dass ihr heute Nacht tun könnt, was ihr wollt. Laufen, jagen oder Zeit mit dem Gefährten verbringen. Es ist nun euch überlassen, was ihr macht", sagte Lukas gütig.

Alle waren am Anfang etwas durch den Wind, aber sie fingen an so langsam zu verstehen. Lukas deutete Finn und den anderen, dass sie nun gehen musste. Finn ging mit Jenny schon mal raus, auch der Rest folgte Finn. Carina aber blieb noch etwas und half Lukas dabei, die Fackeln zu löschen. Erst als auch die letzte Fackel gelöscht war, gingen auch die zwei. Außerhalb der Höhle war es bereits dunkel. Lukas lächelte Carina an und sie gingen Hand in Hand wieder zum Dorf. Dort waren bereits einige damit beschäftigt, alles zu bereden, ob sie bleiben oder wieder zurückgehen wollen. Doch da fiel ihnen ein, was Lukas in der Höhle sagte. Dieses Rudel war einst größer. Aber einige verließen das Rudel. Aber freiwillig? Lukas hatte das so seltsam betont. Da musste es doch einen Haken geben. Doch das konnte nur Lukas sagen, aber er war gerade anderweitig beschäftigt. Sie konnten alle sehen, wie innig Lukas schon mit Carina war. Sie ahnten alle, dass es bald wieder eine Alphagefährtin geben wird und einen neuen Alpha. Doch sie sagten nichts.

„Nur war das, was du vorhin bei der Versammlung gesagt hast, ernst gemeint von dir?", fragte Carina fragend.

„Meinst du das mit der Zusammenführung. Natürlich, sobald dieser Albtraum vorbei ist. Noch sind wir aus drei unterschiedlichen Rudel und das möchte ich gerne ändern. Ich will, dass wir ein Rudel werden. Dass wir uns gemeinsam unterstützen und gemeinsam wachsen. Es mag komisch klingen, aber ich glaube, unsere verstorbenen Alphas würden das vielleicht auch so sehen", sagte Lukas und sah auf das Rudel.

„Deine Idee klingt gut. Doch ich glaube, es hat sich noch ein Gefährtenpaar gefunden", sagte Carina und deutete zu Matteo.

Lukas sah zu ihm und war überrascht, was er da sah. Matteo saß innig umschlungen mit Cornelia. Lukas kannte die Art, wie Matteo sie ansah. Doch da kam ein Geruch von Erregung zu ihnen rübergeweht. Lukas konnte nicht glauben, was er da roch. Aber als sich Matteo und Cornelia leidenschaftlich küssten, grinste Lukas.

„Sag, was geht dir gerade durch den Kopf?", sagte Carina neugierig.

„Tja, ich frage mich gerade, wie oft es wohl vorkommt, dass innerhalb weniger Tage sich gleich zwei Gefährtenpaare finden", sagte Lukas und lächelte.

Carina fragte sich das zwar auch, aber für sie gab es etwas Wichtigeres, als darüber nachzudenken. Carina führte Lukas in sein Haus und sie küsste ihn leidenschaftlich. Als sie den Kuss unterbrach, musste Lukas grinsen.

„Okay, wofür war das?", fragte Lukas mit rauer Stimme.

„Unser letzter Kuss. Vor dem …", sagte Carina.

„Warte, wie meinst du das? Unser letzter Kuss?", sagte Lukas panisch und verängstigt.

Doch noch bevor er etwas sagen konnte, hielt Carina einen ihrer Finger auf seine Lippen, um ihn zum Schweigen zu bringen.

„Lass es mich nur noch schnell zu Ende erklären. Ich habe nämlich nicht vor, meinen Gefährten einfach gehen zu lassen. Mein Vater hat zwar gesagt, ich soll um meinen Gefährten kämpfen, aber in Wahrheit kämpfst du um mich und ich habe das nicht gesehen. Deshalb möchte ich auch, dass wir den Gefährtenbund vollziehen", sagte Carina.

Nach diesen Worten küsste Lukas sie begierig und voller Freude.

„Kannst du dir vorstellen, wie lange ich mich schon zusammenreißen muss. Damit ich dir nicht mein Mal gebe. Immer wenn wir nahe beieinanderstehen, muss ich mich zurückhalten, dass ich dich nicht einfach in Besitz nehme, egal wo wir sind. Das nun zu hören, ist wie eine Erlösung für mich", sagte Lukas mit einer noch raueren Stimme.

„Nicht nur für dich. Auch für mich. Ich möchte nämlich auch schon länger mit dir vereint sein", sagte Carina und küsste ihn nochmal.

Nur Sekunden später nahm Lukas Carina auf seine starken Arme, ohne nur einen Moment den Kontakt zu ihren Lippen aufzugeben. Doch dann mussten sie sich kurz voneinander lösen, damit sie den Weg rauf ohne Unfall schafften. Erst als sie ins Zimmer kam, nahmen sie wieder den Kuss auf. Lukas wollte nun nicht mehr seinen Wolf kontrollieren. Doch lange konnten beide nicht mehr nachdenken. Denn da übernahm schon der Wolf in ihnen und sie hatten sich schneller ausgezogen, als sie schauen konnten. Wild küssend stürzten sie sich auf die Matratze, die knarzend etwas nachgab. Carina knurrte, als Lukas sie begierig anfunkelte.

Draußen ahnten sie nichts von dem, was gerade passiert. Schon gar nicht Matteo.

„Sag mal, wie lange bist du denn schon hier in Österreich?", fragte Cornelia.

„Schon mein ganzes Leben. Mein Vater kommt aus Italien, meine Mutter nicht. Ich bin hier geboren und aufgewachsen", sagte Matteo und strahlte sie an.

„Trotzdem sprichst du so gut Italienisch? Sprecht ihr zu Hause nur Italienisch? Oder hast du ein paar Freunde dort?", fragte Cornelia neugierig.

„Ich spreche nur mit meinem Vater oder mit Lukas italienisch. Ich habe auch Verwandte und auch Freunde dort. Meine Familie stammt aus Latium", sagte Matteo und freute sich, dass Cornelia fragte.

„So. Klingt ja interessant. Warst du schon mal dort?", sagte Cornelia fragend.

„Ja. Oft, ich war früher mit meiner Familie fast jeden Sommer dort. Doch dann haben sich meine Interessen geändert", sagte Matteo und sah Cornelia an.

„Welche Interessen hast …", sagte Cornelia.

Doch weiter kam sie nicht. Schon küsste Matteo sie. Überrascht hielt sie kurz inne, doch nach dem Schock ließ sie sich fallen. Alles schien sich zu drehen, ihnen wurde gleichzeitig heiß und kalt. Alles in ihr wollte mehr, aber bevor sie weitergehen konnten, vibrierte Matteos Handy in seiner Hosentasche. Genervt davon musste er den Kuss unterbrechen und holte sein Handy raus. Als er abnahm, musste er sein Handy etwas weiter weg von seinem Ohr halten. Eine wütende Stimme war zu hören. Erst als sich die Stimme beruhigt hatte, konnte Matteo reden. Doch keiner war da, der das verstehen könnte. Matteo sprach so schnell, dass sich die Worte für Cornelia überschlugen. Doch als er fertig war, sah er sie an. Denn leider musste er sofort nach Hause. Er gab Cornelia noch einen letzten Kuss und hätte sie am liebsten mitgenommen, doch er hatte schon genug Schwierigkeiten. So verabschiedete er sich noch von den anderen. Aber als er dann wirklich gehen wollte, hörten er und die anderen ein Geheul. Matteo sah zum Haus von Lukas und blieb verwundert stehen.

„Was war denn das gerade?", fragte Matteo verwirrt deutlich hörbar.

„Das ist immer so bei uns", sagte Cornelia, als sie sich zu Matteo stellte.

„Wie meinst du das?", fragte Matteo immer noch verwirrt.

„Wenn sich Wölfe paaren, dann schickt der stärkste Wolf seine ganze Freude darüber gen Himmel. Das ist schon seit Jahrtausenden bei uns so", sagte Cornelia.

Matteo wollte nun nicht weiter darauf eingehen. Verabschiedete sich noch einmal von Cornelia und ging dann wirklich zu seinem Auto. Erst als er im Auto saß, hatte er das Gefühl, er würde einen großen Fehler begehen. Doch er wusste auch, dass wenn er nicht bald nach Hause kam, dann würde sein Vater so richtig sauer sein. Als er dann wegfuhr, konnte er sich nicht anders helfen, denn er hatte das Gefühl, unter Beobachtung zu stehen. Zuerst dachte er sich nichts dabei, aber als er auf die Hauptstraße bog, stand da ein Wolf. Erschrocken blieb Matteo stehen. Die Angst stieg in ihm auf. Alles in ihm sagte, dass das kein normaler Wolf war. Das Fell dieses Wolfes war schwärzer noch als die schwärzeste Nacht. Doch die Augen dieses Wolfes waren stechend gelb. Matteo hatte schon einmal einen schwarzen Wolf gesehen, aber das war kein gewöhnlicher. Sie starrten sich minutenlang an, bis sich der Wolf umdrehte und in den Wald ging. Matteo wusste, dass dieser Wolf nicht in die Richtung von Lukas seinem Revier ging, aber als er wieder losfuhr, rief er Finn an und warnte ihn. Sie sollten aufpassen, da ein seltsamer Wolf sein Unwesen treiben würde. Finn verstand die Warnung und würde gleich am nächsten Morgen Lukas Bescheid sagen. Matteo war zwar etwas beruhigt, aber er hatte dennoch ein mulmiges Gefühl: Irgendetwas sagte ihm, dass sie diesen Wolf noch einmal sehen würden. Aber als Matteo heimkam, da wartete schon sein Vater und beide fingen an zu streiten. Matteo verlor im Laufe ihres Streites das Zeitgefühl. Seine Mutter griff dann ein und sie beruhigte beide. Aber dennoch war Matteo viel zu sauer, um weiter mit seinem

Vater in einem Raum zu sein. Aber er hörte, wie sich seine Eltern weiter stritten. In letzter Zeit kannte er das nicht anders von seinen Eltern. Aber als Matteo in seinem Zimmer war, da kreisten seine Gedanken immer weiter um Cornelia. Er stellte sich vor, wie es wäre, mit ihr nebeneinander zu liegen, im Sonnenschein der Toskana. Wie es wäre, mit ihr am Strand der Riviera zu liegen. Auch wie es wäre, mit ihr in die Kiste zu steigen. Da ertappte sich Matteo selbst, wie er sich Cornelia nackt vorstellte und dann auch noch sie beide im Bett.

Nach ein paar Minuten „Handarbeit" legte er sich ins Bett und schlief sofort ein. Aber in seinen Träumen wurde seine Fantasie nun real. Alles fühlte sich echt an. Er spürte den Sand der Riviera, die Sonne der Toskana, das Wasser der Adria, ebenso wie die weiche Haut von Cornelia.

KAPITEL ELF

Am nächsten Morgen stand sie unter der Dusche. Das warme Wasser rann ihr über die Haut. Sie war froh, nun endlich wieder etwas Warmes auf ihrer Haut zu spüren. Doch nach einiger Zeit wurde die Tür zum Badezimmer langsam und leise geöffnet. Langsam näherte er sich ihr. Nichts ahnend stand sie weiter nur da. Leise zog er sich aus und ging zur Duschkabine. Vorsichtig bewegte er seine Hand zum Griff und machte die Dusche mit nur einer Bewegung auf. Von dem Geräusch erschrocken drehte sich Carina um und schrie einmal laut auf. Nach kurzer Zeit hatte das Klingen in den Ohren von Lukas aufgehört. Langsam beruhigte sich Carina auch wieder.

„Du ...!? Oh ... du Arsch! Das ... war nicht ... lustig. Ich habe fast einen Herzinfarkt erlitten. Du Arsch", sagte Carina lachend und warf ihm ein Stück Seife entgegen.

Lukas hob die Seife auf und hielt sie in seiner rechten Hand und lehnte sich gegen die Dusche.

„Ja, das habe ich verdient. Aber nur aus Interesse: Ist da noch Platz in der Dusche?", sagte Lukas leicht fragend.

„Eigentlich sollte ich dich zur Hölle schicken, aber ... die ganze Zeit deinen Schweißgeruch in der Nase zu haben, ertrage ich nicht", sagte Carina lachend.

Lukas kam zu ihr rein und küsste sie leidenschaftlich. Carina konnte nicht glauben, dass nun dieses Bild eines Mannes zu ihr gehörte. Für immer. Doch Lukas griff mit seiner Hand nach ihrer Wange und hielt sie etwas fest. Nach kurzer Zeit unterbrachen sie ihren Kuss und sahen sich einfach nur an. Die Haare von Lukas hingen einfach nur herab und ein paar kitzelten sie etwas. Sie wollte ihn nicht mehr gehen lassen. Auch Lukas wollte sie nicht mehr gehen lassen. Aber er streichelte mit seiner rechten Hand Carinas linken Arm bis zu ihrer Schulter. Dort ließ er seine Hand liegen, mit seinem Daumen strich er über das Mal. Sein Mal. Doch auch Carina tat es ihm gleich. Sie beide waren einfach nur noch froh. Noch während sie sich einseiften, küssten sie sich immer wieder. Aber Lukas spürte instinktiv, dass Carina irgendetwas bedrückte. Doch noch ehe er sie fragen konnte, sagte sie ihm, was sie sagen wollte. Sie erzählte ihm, dass Finn sie anrief und sagte, er hätte einen Anruf von Matteo bekommen, um sie vor einem schwarzen Wolf mit stechenden gelben Augen zu. Lukas hörte ihre Angst und Furcht. Aber er selbst hatte sich Sorgen um Matteo gemacht.

„Sei nur bitte vorsichtig, wenn du laufen bist. Oder in den Wald gehst", sagte Carina besorgt.

„Keine Sorge, das werde ich. Eben war Markus mit mir auf Patrouille. Wir haben die Reviergrenzen kontrolliert. Ich habe sogar ein paar neu markieren müssen. Aber es war alles ruhig", sagte Lukas und versuchte, sie zu beruhigen.

„Ja, nur dieser Wolf, den Matteo gestern gesehen hat, das war vielleicht dieser Georg, der auch gestern hier war. Dass er so nahe an uns dran ist, macht mir Angst", sagte Carina und lehnte sich gegen Lukas starken Oberkörper.

Doch Lukas legte seine Arme um sie und ein bisschen beruhigte sie sich wieder. Gemeinsam konnten sie mit der Angst besser umgehen als alleine. Nach der Dusche lenkte Lukas sie, so gut er konnte, immer wieder ab. Doch Carina war nervös ebenso wie Lukas – keiner von beiden wusste, was das Rudel sagen würde. Aber er wusste, dass es das Rudel gut aufnehmen würde. Angespannt gingen beide dann zum Rest des Rudels. Alle, die sie sahen, waren froh, wenn auch beunruhigt, bis das Rudel Lukas und Carina entdeckte. Erst dann sahen sie auch, dass die beiden den Gefährtenbund vollzogen hatten. Jeder beglückwünschte die beiden selbst, dass jeder von ihnen das Mal des anderen trugen. Es hatte keinen gestört. Sie waren sogar froh darüber, nun konnten sie in eine neue Zukunft starten. Erst als das Frühstück vorbei war, merkte Lukas, dass sich David und dieser Gerhard ziemlich nahe waren. Er fragte sich, ob auch dieser

Gerhard etwas damit zu tun haben könnte. Aber die Teenys hatten ihn nie erwähnt. So begrub er diesen Gedanken tief in seinem Inneren, aber jederzeit bereit, ihn wieder ans Licht zu holen. Selbst Carina merkte das, sie sah zu den beiden und ahnte, was in Lukas vor sich geht.

„Du glaubst doch nicht wirklich, dass ...“, sagte Carina fast schon vorwurfsvoll.

„Nein. Ich will nur vorbereitet sein. Wie haben einige Schauspieler mal gesagt haben, „Hoffe das Beste, aber erwarte das Schlimmste.“ Ich will nur nicht, dass jemandem aus dem Rudel das Herz gebrochen wird“, sagte Lukas.

„Das glaube ich dir gerne sogar. Doch vielleicht solltest du ihm vertrauen. Er ist schon alt genug, um auf sich selbst aufzupassen“, sagte Carina freudig.

Lukas nickte nur und küsste sie.

„Du solltest auf sie hören. Ich kann auf mich aufpassen“, hörte Lukas von David.

Wolfsohren hab Dank. Mit denen ist fast keiner sicher. Aber Lukas musste sich auch noch auf die Arbeit konzentrieren. Aber Lukas ging mit Carina erstmal wieder ins Haus, dort setzten sie sich auf die Couch, aber Carina merkte, dass irgendetwas mit Lukas nicht stimmte.

„Sag mal, was hast du denn? Du wirkst irgendwie so abwesend“, sagte Carina zu ihm.

„Es geht um meinen Großonkel. Er hat eine ziemlich aggressive Krebsart. Er hat weniger als einen Monat noch zu leben. Er hat auch seinen Nachfolger als Geschäftsführer bekannt gegeben“, sagte Lukas und sah traurig aus.

„Hat es dich verletzt, als er das gesagt hat, wer der neue Geschäftsführer ist?“, fragte Carina.

„Verletzt nicht, überrascht eher. Denn ich bin der neue Geschäftsführer. Ich habe für seine beiden Geschäfte die Verantwortung. Ich bin mir nicht sicher, ob ich es schaffe, die Geschäfte gut zu führen“, sagte Lukas.

„Okay, nur wieso dir? Nur weil er dein Großonkel ist?“, fragte Carina verwirrt.

„Nein. Das Gasthaus ist in Familienbesitz seit dem Ende des Ersten Weltkrieges. Mein Ururgroßvater hat es aufgemacht und es war nicht einfach für ihn. Aber er hat es geschafft. Er bekam zwei Enkelsöhne: meinen Großvater und meinen Großonkel. Wenn meine Mutter noch leben würde, dann würde sie vielleicht alles bekommen. Aber da sie starb, geht nun alles auf mich über", sagte Lukas.

Carina war etwas überrascht. Sie hatte mit allem gerechnet, aber nicht damit. Sie sprach noch eine ganze Weile mit Lukas, bis er sein Arbeitsgewand anziehen musste. Jessica kam kurz zu ihnen und Lukas sagte zu ihnen beiden, dass Carina das Sagen hätte. Jenny und Finn kamen nach dem Unterreicht zu ihnen und versuchten, alles zu klären. Nach einem kurzen Kuss musste Lukas dann auch wirklich fahren. Doch während der Fahrt kamen alte Erinnerungen wieder hoch. Aber so gut er konnte, schob er sie zur Seite. Als er dann endlich beim Mitarbeiterparkplatz stand, konnte er sich etwas beruhigen. Doch seine Nervosität kam hoch. Lukas hatte keine Ahnung, was nun passieren würde. Aber er versuchte sich auf das, was jetzt wichtig war, zu konzentrieren. So ging er in die Firma und für den Moment taten alle so, als wäre nichts gewesen. Erst als das Mittagsgeschäft vorbei war, hat Karl angefangen.

„Wie waren die letzten Tage denn, mein neuer Chef", sagte Karl und zog Lukas damit etwas auf.

„Karl, noch bin ich nicht der Geschäftsführer. Also bitte lass mich im Moment damit in Frieden", sagte Lukas leicht genervt.

„Ja, ich weiß, Lukas, aber du bist nun mal der neue Chef von uns allen. Da habe ich mir gedacht ...", sagte Karl.

„Du hast dir gedacht, es ist nie zu früh, dem neuen Chef in den Arsch zu kriechen?", fragte Lukas ungläubig mit hochgezogener Augenbraue.

Karl erklärte ihm, dass es nicht böse gemeint war. Es wäre nur für alle etwas Neues. Denn einige kannten ihn schon, seit Lukas selbst ein Lehrling war. Genau das war für Lukas selbst etwas seltsam. Er kannte einige seit schon fast acht Jahren. Aber genau das würde dann auch komisch für die anderen sein. Sein

Großonkel kam zu ihnen und Lukas war in seinen Gedanken versunken, doch als sich sein Großonkle räusperte, sah er zu ihm. Lukas merkte sofort, dass sein Großonkel blasser wirkte. Aber er wollte dennoch auch stark sein, so lange es noch ging. Karl und Lukas waren schon fast überrascht, als ihr Chef sagte, dass in dieser Woche noch sein Anwalt kommen würde, um mit Lukas die Formalitäten zu besprechen, auch um die Übergabe dann rechtens zu machen. Beide mussten jetzt erst mal schlucken, aber sie akzeptierten das. Lukas fragte ihn auch, was er mit Ben machen sollte. Er war ja ziemlich wütend darüber. Sein Großonkel erklärte Lukas, dass er sich um Ben kümmern würde, sollte er ihm nicht helfen, würde ein neuer Leiter eingestellt wird. Lukas hatte gehofft, dass sich dieser Ben zusammenreißen würde. Aber sein Großonkel sagte ihm auch noch, dass sich Lukas keine Sorgen um die Buchhaltung machen müsste, denn er hätte genug Leute im Büro sitzen und die wüssten Bescheid. Sein Großonkel sah sich etwas um und Lukas und Karl sahen sich an und fragten sich, was nun mit ihm war. Aber dann sah er beide an, zuerst Karl, dann Lukas.

„Tja, Lukas, ich glaube, du wirst ein paar Dinge ändern, wenn ich nicht mehr bin", sagte sein Großonkel.

„Nun, das werde ich mit Karl besprechen müssen. Wenn, dann möchte ich nichts entscheiden, ohne dass Karl damit einverstanden ist. Er hat, was das angeht, etwas mehr Erfahrung als ich. Karl, ich möchte dich gerne als meinen Stellvertreter haben. Sowas kann ich doch wohl schon entscheiden", sagte Lukas zu seinem Großonkel und an Karl gewandt.

„Natürlich kannst du das. Ich mische mich nun nicht mehr ein", sagte sein Großonkel.

„Warte Lukas. Du möchtest, dass ich dein Stellvertreter werde? Ich meine, wieso denn ich?", fragte Karl verwirrt.

„Das ist einfach, ich vertraue dir, sehr sogar. Wir kennen uns lange, doch ich möchte auch, dass du mir sagst, wenn ich einen Fehler mache oder zu weit gehe", sagte Lukas zu Karl.

„Na klar, mach ich. Aber ich habe Vertrauen in dich. Keine Sorge", sagte Karl.

„Ich sehe schon, du wirst alles unter Kontrolle haben. Dann kann ich ja beruhigt sein, wenn ich dann gehe", sagte sein Groß-onkel.

„Jetzt komm, rede doch nicht so etwas. Etwas Zeit hast du auch noch", sagte Karl.

Auch wenn der Chef Karl am liebsten zusammengestaucht hätte, wusste er auch, dass Karl nur versuchte, ihn aufzumun-tern. So ließ er es dabei beruhen. Nach einiger Zeit kamen dann auch noch drei Gäste an die Bar.

„Hey Brüderchen. Oder sollte ich sagen: neuer Geschäftsfüh-rer oder Inhaber", sagte Finn.

„Finn. Noch bin ich es nicht. Also hör auf damit!", sagte Lu-kas streng.

„Na gut, ich höre ja schon auf", sagte Finn resigniert.

„Also, was wollt ihr drei denn trinken. Wobei ich ja weiß, was ich später dann vernaschen werde", sagte Lukas und sah Carina an.

Lachend sah Carina ihn an und strahlte fast schon.

„Jetzt bitte, erspar uns dein Bettgeflüster. Sonst will ich auch noch meine Freundin vernaschen", sagte Karl zu ihm.

Lukas gab nur ein Wort als Antwort und Karl musste fast schon anfangen zu lachen. Selbst Jenny musste fast mitlachen, auch wenn ihr nicht nach Lachen zumute war. Doch nach kur-zer Zeit musste der Großonkel von Lukas anfangen zu husten. Schnell ging er auf die Toilette, damit keiner sah, was mit ihm war. Doch Lukas machte sich jetzt bloß nur noch mehr Sorgen um ihn. Karl ging ihm hinterher, da er sich auch Sorgen machte. Als Karl außer Hörweite war, sah Lukas zu Finn, denn er wuss-te, sein Bruder würde etwas sagen.

„Was ist denn mit ihm? Vor allem, wieso hat er nach Blut ge-rochen", sagte Finn fragend.

„Da bin ich froh, keine Wolfsnase zu haben", sagte Jenny.

„Glaub mir, ich hätte jetzt auch keine am liebsten. Da ich mir nur noch mehr Sorgen mache. Aber naja, er hat Krebs und hat selbst keine Hoffnung auf eine Spenderlunge", sagte Lukas deprimiert.

„Ja nur, kann er nicht irgendeine Spenderlunge nehmen? Denn das ist doch …", sagte Finn.

„Nein, eben nicht, Finn. Er hat eine seltene Blutgruppe. Da kann man nicht einfach eine Lunge von einer anderen Gruppe bekommen", sagte Lukas niedergeschlagen.

„Wie meinst du das, Bruderherz?", fragte Finn.

Doch da hatte Jenny ihm gleich mal eine mit der flachen Hand am Hinterkopf verpasst. Finn sah sie fragend an, doch Lukas übernahm die Antwort für sie.

„Hör zu, um ein Spenderorgan zu bekommen, muss alles passen. Die Blutgruppe, der Rhesusfaktor, Antigene. Wenn da auch nur ein Teil nicht passt, dann kann man es nicht kriegen. Schon allein die Blutgruppe ist der größte Faktor. Das ist bei ihm noch schwerer", sagte Lukas.

„Hm, wenn ich mich an Biologie richtig erinnere, dann gibt es nur Vier Blutgruppen. Ich kann mir nicht vorstellen, dass da auch nur eine selten ist", sagte Finn.

„Du hast kaum noch Erinnerung an Biologie. Ja,es gibt zwar nur vier Blutgruppen, aber die können entweder positiv oder negativ sein. Das scheinst du vergessen zu haben", sagte Jenny.

Lukas nickte nur und erklärte, was die Schwierigkeit bei seinem Onkel war. Er sagte ihnen, dass sein Großonkel die Blutgruppe Null negativ hat. Genau das war auch das Problem, denn nur etwa sechs Prozent der Weltbevölkerung hatten auch diese Blutgruppe. Das machte es unwahrscheinlich, dass er zeitnah eine Lunge bekommen würde. Aber sie konnten ihr Gespräch nicht mehr weiter führen, da Karl wiederkam. Doch Karl sah nicht gerade gut aus. Lukas wollte fragen, was mit Karl los sei, doch dieser sagte nichts darauf und nahm Lukas mit nach hinten.

„Lukas, ich muss dir etwas sagen. Der Chef möchte, dass wir es akzeptieren", sagte Karl blass.

„Okay und was hat er gesagt?", fragte Lukas verwirrt.

„Der Chef möchte, dass du von nun an die Veranstaltungen mit mir besprichst, wenn wir eine machen sollen. Ach ja, er möchte auch, dass keiner von uns den anderen sagt, dass er einen heftigen Bluthusten-Anfall hat", sagte Karl.

Lukas nickte nur und machte sich noch mehr Sorgen um ihn. Doch daran konnte Lukas die nächsten Tage kaum denken. Die

Tage waren stellenweise sehr intensiv. Doch die Spitze kam erst am Sonntag. Denn da waren auch seine alten Lehrherren da. Lukas hörte, wie sie sich immer wieder über das unterhielten, dass alles hier nur schlecht eingerichtet wäre. Doch Lukas konnte ja leider nichts sagen, da Karl das machen wollte. Lukas hatte in seinem Bereich zum Glück alles im Griff, sein Großonkel kam dann auch noch. Die Gäste merkten, dass es ihm nicht allzu gut ging, aber sie sagten nichts. Später kamen dann die alten Lehrherren von Lukas an die Bar und wollten mit dem Chef des Hauses sprechen, nachdem sie gezahlt hatten. Linda holte Karl und er sprach mit ihnen.

„War bei ihnen alles in Ordnung?", fragte Karl.

„In Ordnung? Sie fragen uns, ob alles in Ordnung war. Natürlich war nichts in Ordnung", schrie der Lehrherr von Lukas durch das ganze Gasthaus.

„Okay, was hat nicht gepasst? Nur ich glaube nicht, dass Sie schreien müssen", sagte Karl ruhig.

Lukas sah sie und ahnte, was nun kommen würde. Seit sie hier waren, hatten sie nur rumgemeckert.

„Ob ich schreien muss oder nicht, das entscheide immer noch ich selbst", sagte er laut.

„Okay, dann sagen Sie mir doch, was nicht ganz gepasst hat.". sagte Karl.

„Ganz einfach zum einen die Suppe, die Sie Suppe nennen. War so fad im Geschmack und die Einlage auch noch, dann die Hauptspeise, das Fleisch war zäh, die Sauce total übersäuert, die Beilagen versalzen und das Bier vollkommen überteuert genauso wie die anderen Getränke", sagte der Lehrherr aufgebracht.

„Außerdem hatte dieser Mohr im Hemd, wenn man es überhaupt so nennen kann, der hat verbrannt geschmeckt", sagte seine Frau ebenso aufgebracht.

„Okay, nur was mir die anderen gesagt haben, was ich auch …", sagte Karl immer noch ruhig, als er unterbrochen wurde.

„Ich glaube, Sie verstehen nicht, wir haben den vollen Preis bezahlt und dann so was auch noch. Das ist viel zu viel gewesen", sagte sein Lehrherr.

„Ja nur, was solle ich da tun? Sie haben alles aufgegessen. Da kann ich nichts mehr tun. Es wäre was anderes gewesen, wenn die Hälfte übrig gewesen wäre, dann könnten ich ihnen was erlassen, aber …", sagte Karl.

„Dann will ich mein ganzes Geld wieder zurück. Denn für so einen …", sagte Lukas alter Lehrherr.

„Für so einen guten Service wollen Sie kein Geld zahlen? Wirklich?", sagte Lukas und stand selbstbewusst vor ihnen.

„Was willst du denn hier? Du hast eine gute Ausbildung einfach so weggeworfen, um wo zu landen? Hier in einem Gasthaus, das diesen Namen nicht einmal verdient hat", sagte seine Lehrherrin.

„Und Sie glauben wirklich, dass wenn Sie herkommen, um das Gasthaus meiner Familie in den Dreck zu ziehen, Sie das alles hier bekommen?", sagte Lukas.

Karl sah ihn verwirrt an und hoffte nur dass es nicht so gemeint war.

„Was weißt du denn? Du hast doch keine Ahnung vom Geschäftsleben. Also, misch dich hier nicht ein", sagte sie herablassend.

„Also wenn sich mein Neffe einmischt, dann hat er jedes Recht dazu. Immerhin wird er diesen Betrieb übernehmen. Und wenn Sie glauben, hier eine Szene machen müssen, dann sind Sie hier falsch. Sie haben alles gegessen und jetzt wollen sie das Geld zurück. Bestimmt … bestimmt …", sagte der Geschäftsführer und fiel in Ohnmacht.

Lukas sprang sofort über die Bar und drehte ihn auf den Rücken. Die Stammgäste waren alle blass vor Schock. Selbst Karl kam zu Lukas rüber. Lukas sagte zu seinem Stammgast, er solle die Rettung anrufen. Sofort wählte er den Notruf. Doch sein alter Lehrherr glaubte, er müsste noch einmal den dicken Mann markieren.

„Ach, ihr übertreibt doch. Der simuliert doch nur. Tja sowas liegt in der Familie. Oder Lukas, du hast doch immer, wenn du dich krankgemeldet hast, nur simuliert", sagte sein alter Lehrherr gehässig.

„Karl, pass auf meinen Großonkel auf. Denn jetzt reicht es mir", sagte Lukas laut und sah seine alten Lehrherren an.

Sie wollten schon was sagen, doch als sie Lukas sahen, konnten sie sich ein Grinsen nicht ersparen. Sie wussten, dass Lukas nichts sagen würde zu ihnen. Doch da wurden sie eines Besseren belehrt.

„Was wissen Sie schon von Ihren Mitarbeitern? Nichts! Wissen Sie, wie es ist, fast seine ganze Familie zu verlieren? Nein. Stehen Sie oft Monat für Monat da und fragen sich, wie Sie Ihre Kinder durchkriegen? Nein. Sie wissen nichts von mir oder Ihren Mitarbeitern. Ihnen war nur eines wichtig: das liebe Geld", sagte Lukas und kam bedrohlich auf beide zu.

„Ach ja, hast du irgendeinen Beweis, der deine Theorie unterstützt? Nein. Tja, du bist immer noch ein kleiner Hosenscheißer wie damals, als du bei uns angefangen hast", sagte seine alte Lehrherrin.

„Tja, was Beweise angeht, ich habe welche. Eine ihrer tollen Büroangestellten hat mich mal angerufen und mir ein paar Unterlagen in Kopie gebracht. Da sind ein paar interessante Dinge zu sehen. Also wenn Sie mich entschuldigen. Mein Großonkel braucht mich jetzt und nun möchte ich Sie darauf hinweisen, dieses Lokal zu verlassen. Sofort", sagte Lukas wutentbrannt.

Seine alten Lehrherren hatten nicht damit gerechnet, dass Lukas ihnen so die Stirn bot. Fast schon kreidebleich gingen sie und sagten kein Wort mehr. Als sie das Lokal verlassen hatten, kam Lukas wieder zurück. Doch als Lukas zu Karl sah, da war er blass. Lukas meinte noch, darüber könnten sie später reden. Nach kurzer Zeit kamen auch schon die Rettungssanitäter und halfen dem immer noch bewusstlosen Geschäftsführer. Als die Sanitäter ihn auf der Trage hatten, fragte Lukas, ob er mitfahren könnte. Sie fragten Lukas noch, ob er verwandt wäre, was dieser bestätigte. Sie erlaubten es ihm und Karl sagte zu Lukas noch, dass Karl ihm seine Sachen nachbringen würde. Lukas gab Karl noch seinen Spindschlüssel und fuhr mit den Sanitätern mit. Unterwegs rief Lukas seine Großeltern an. Ein paar Minuten später kamen sie im Krankenhaus an. Lukas musste leider außerhalb des Untersuchungsraums warten. Nervös nahm er Platz, doch seine Gedanken kreisten immer weiter. Bald darauf kamen auch schon seine Großeltern, Karl und auch Finn mit Jenny. Sie alle fragten, ob er schon etwas wüsste. Doch Lukas musste das leider verneinen. Lukas machte es fast schon wahnsinnig. Karl gab Lukas noch seinen Rucksack und sagte noch etwas. Doch Lukas war mit den Gedanken schon weit abgedriftet, sodass er ihn nicht mehr hörte. Er bekam nicht einmal mit, wie sich Karl verabschiedete und ging. Nur langsam setzten sich die andern auch und warteten. Nach einer Stunde kam eine Ärztin zu ihnen raus und sagte, wie es um ihn stand.

„Seine Chancen, das zu überstehen, liegen bei eins zu zehn. Seine Chancen würden besser liegen, wenn er die Spenderlunge annimmt", sagte die Ärztin.

„Wie, es gibt eine Spenderlunge?", sagte Lukas fassungslos.

„Ja. Wir haben heute die mit der passenden Blutgruppe wie auch Antigene gefunden. Aber er scheint sie nicht zu wollen. Sein Glück ist nur, dass der Tumor noch nicht gestreut hat. Noch könnte er die Lunge kriegen. Aber nur wenn er in einer Stunde auf dem OP-Tisch liegt", sagte sie fast schon mutlos und kühl.

Sie durften alle zu ihm rein und sie sprachen mit ihm. Doch egal, was sie sagten, er wollte nicht. So bat Lukas alle, draußen zu warten, denn nun muss er mit ihm reden. Alle gingen nach kurzer Zeit raus und ließen sie alleine zurück. Lukas sprach mit seinem Großonkel, doch dieser war fast schon resistent. Also musste Lukas auf etwas anderes zurückgreifen. Auch wenn er es nicht wollte.

„Ich weiß, du bist stur. Ja sogar stur wie ein Esel, aber so musst du mir zuhören", setzte Lukas seinem Großonkel in den Kopf.

Verwirrt sah er Lukas an und fragte sich, wie er das machte. Doch da war Lukas schneller.

„Wenn du wissen willst, wie ich das mache, dann musst du diese Lunge annehmen und überleben. Ich bin noch lange nicht bereit dazu, das Gasthaus wie auch dein Sportgeschäft zu übernehmen. Du musst mir noch mehr beibringen. Noch bin ich nicht bereit. Onkel, ich werde deine Hilfe noch brauchen. Aber wenn du mehr von mir wissen willst, musst du überleben. Sobald du wieder gesund bist, erkläre ich dir alles. Aber überlebe. Mama würde das auch wollen. Ich verspreche dir, alles zu erklären", setzte Lukas wieder in den Kopf.

Er nickte nur und Lukas ging raus und holte einen Arzt. Dieser nahm alles auf und brachte ihn zum OP-Saal. Kurz konnten Lukas und die anderen ihn begleiten, bis zum OP-Bereich.

„Sie müssen sich nun verabschieden. Ab hier dürfen sie nicht weiter", sagte die Ärztin.

„Okay, wir halten dir die Daumen, dass du wieder auf die Beine kommst. Dann gehen wir wieder Angeln, Bruder", sagte sein Großvater.

„Gut, und Lukas: Ich nehme dich beim Wort. Vergiss dein Versprechen nicht", sagte sein Großonkel schwach.

„Niemals. Im Vergleich zu anderen habe ich etwas, was meinen ehemaligen Lehrherren fehlt. Nämlich Ehre und Ehrgefühl", sagte Lukas und drückte seinen Großonkel kurz die Hand.

Doch dann mussten sie schon rein, die Zeit drängte. Sie sahen alle zu, wie sich die Tür schloss, und hofften, dass das nicht allzu lange dauern würde.

Aber nach zwei Stunden kam dann eine Schwester zu ihnen.

„Ich weiß, dass es schwer sein muss, aber die Ärzte sind dafür ausgebildet. Es wird alles gut gehen. Wir werden sie anrufen, wenn er auf Station ist. Sie helfen ihm mehr, wenn sie jetzt nach Hause fahren", sagte die Schwester.

Alle sahen sich an und stimmten zu. Als sie aus dem Krankenhaus kamen, verabredeten sie sich für den nächsten Tag. Erst dann gingen sie. Lukas fuhr mit Finn und Jenny mit.

„Sag mal, Bruderherz, wie hast du es denn geschafft, dass dein Großonkel nun doch zustimmt? Ich meine ihr habt ja auf ihn mit Engelszungen eingeredet und es hat nicht geklappt. Kaum, dass du allein mit ihm bist, stimmt er zu. Sag nicht, du hast...", sagte Finn.

„Doch habe ich. Ich hatte keine andere Wahl. Das Rudel wird es auch verstehen", sagte Lukas.

„Ja, hoffe ich. Denn du weißt ja, wie Oma und Tobias nun drauf sind", sagte Finn.

„Sie werden es akzeptieren müssen. Außer, sie wollen mich herausfordern", sagte Lukas trocken.

„Okay, dann hoffe ich, dass sie nicht siegen werden. Denn gegen zwei hast du kaum eine Chance, wenn sie ernst machen jedenfalls", sagte Finn.

„Jetzt komm schon, hör auf. Er hat sich doch gut geschlagen, als er gegen die beiden gekämpft hat", sagte Jenny.

„Ja, aber bei einer Herausforderung ist das was anderes. Da habe ich durchaus Angst um dich, Lucky", sagte Finn besorgt.

„Ja, ich weiß. Doch Jenny, was hat der Arzt bei dir gesagt?", sagte Lukas.

Jenny schwieg, doch sie wusste, Lukas könnte sie nerven.

„Er hat gesagt, dass ich nicht schwanger bin. Aber er hat auch gesagt, dass wohl der Stress, den ich in letzter Zeit hatte, schuld daran ist, dass meine Tage nicht kamen", sagte Jenny etwas niedergeschlagen.

Lukas nahm das gerade Gesagte einfach zur Kenntnis. Doch er kannte seinen Bruder dafür zu gut. Finn schien fast schon enttäuscht darüber zu sein. Aber nach ein paar Minuten kamen sie schon beim Gasthaus an und Lukas stieg aus und machte sich auf den Weg zu seinem Wagen. Aber dennoch blieb ein etwas ungutes Gefühl. Allein, was mit Finn war, reichte schon aus. Doch darauf konnte Lukas nun keine Rücksicht nehmen. Er musste zurück zum Rudel, aber er hatte durchaus Hoffnung, dass Carina es gut machen würde. Als er wieder beim Rudel war, hörte er nur ein paar Gespräche. So ging Lukas über den Hauptplatz und da kam auch schon Carina auf ihn zu. Besorgt warf sie sich ihm um den Hals. Minutenlang standen sie eng umschlungen da. Erst dann ließ Carina ihn wieder frei. Doch sie sah ihn immer noch besorgt an. Lukas nahm Carina und ging mit ihr erst einmal ins Haus.

„Lukas, was ist los? Du wirkst irgendwie komisch? Sag schon, was ist passiert?", sagte Carina besorgt.

„Mein Großonkel ist in der Arbeit in Ohnmacht gefallen. Dann haben wir auch noch den Rettungswagen gebraucht. Im Krankenhaus haben wir auf ihn einreden müssen, dass er die Lungentransplantation macht. Aber das Überreden habe ich übernehmen müssen. Weil mein Großonkel sturer ist als ein Esel, habe ich die Worte in seinen Kopf setzten müssen, damit er es macht. Ich weiß echt nicht, war der größte Esel in meiner Familie ist. Mein Großvater, mein Großonkel oder ich", sagte Lukas und setzte sich auf die Couch.

Seufzend ließ er sich nach hinten fallen. Carina konnte ihren Ohren nicht trauen.

„Moment mal, du hast deinem Großonkel das Geheimnis gesagt", sagte Carina fassungslos.

„Nein, habe ich nicht. Denn ich habe ihm gesagt, wenn er es wissen will, dann muss er überleben. Sonst erfährt er es nicht. Ich weiß auch, dass ich etwas getan habe, was unsere Art in Gefahr bringen kann. Aber ich habe das für unsere Kinder getan", sagte Lukas und setzte sich auf.

Carina war darüber nur verwirrt und fragte Lukas, wie er das meinte. Da erklärte Lukas ihr, dass sein Großonkel noch eine Bestimmung hätte, und da sie beide keine Väter mehr haben, könnten sie dadurch einen quasi Großvater haben. Erst jetzt verstand Carina Lukas. Etwas zumindest. Doch noch bevor sie sich setzen konnte, stand Lukas wieder auf und ging zu den anderen. Lukas bat sie alle, ihm zuzuhören. Da sagte Lukas, was sie wissen mussten. Einige waren zwar nicht begeistert, aber sie verstanden, dass er es sagen musste. Alle aus seinem Rudel, die ihn von klein auf kannten, merkten nun, dass Lukas stärker geworden war. Selbst alle andern waren beeindruckt. Nun verstanden sie, warum Lukas das tun musste. Alle waren mit dieser Entscheidung nun zufrieden. Sie verstanden nun auch, wieso Lukas nicht nur ein Hybride war, sondern auch ein guter Alpha. Nur leider war Tobias da ganz anderer Meinung, doch alle standen hinter Lukas, selbst Jessica, da hatte Tobias keine andere Wahl, außer Stillschweigen zu bewahren. Jeder Einzelne hatte Fragen über Fragen. Doch Lukas konnte nicht alle beantworten. So musste er alle darauf hinweisen, dass sie Geduld haben müssen. Aber er freute sich, dass es fast keine Widerworte gab. Selbst Carina war froh darüber. Lukas blieb noch eine ganze Zeit bei ihnen, bis es dann doch Nacht wurde. Die Kinder wollten noch unbedingt länger wach bleiben. Doch ihre Eltern beziehungsweise Carinas

Tante ließen nicht mit sich reden. Lukas musste leise anfangen zu lachen. Fast dieselbe Diskussion hatte er damals mit seiner Mutter und später dann mit seinem Vater geführt. Doch verschwand sein Lachen und es machte sich Traurigkeit in ihm breit. Lukas ging dann auch noch in sein Haus. Carina wartete schon auf ihn und sie sah sofort, dass es ihm nicht recht gut geht. Sie hatte dann auch noch die Bestätigung, als Lukas wieder diese traurige Melodie anfing zu spielen. Sie merkte, dass etwas passiert sein musste. Da fragte sie ihn, was los war.

Lukas erklärte ihr nur, dass er wieder einmal eine Erinnerung an seine Eltern hatte. Carina wusste zwar, wie Lukas seine Mutter verloren hatte, aber er sprach nie darüber, wie er seinen Vater verlor. Aus Angst, ihn zu sehr zu verletzten, wollte sie ihn nicht fragen.

„Du fragst dich doch, wie ich und Finn unseren Vater verloren haben. Finn hat dir ja erzählt, wie er seine Mutter verlor, aber von Papas Tot hat er nicht gesprochen", sagte Lukas fast schon deprimiert.

„Ja schon, nur ich dachte es wäre zu schmerzhaft für dich", sagte Carina.

„Schmerzhaft, ja. Aber ich glaube, du solltest es wissen. Mein Vater kam bei einem Überfall ums Leben. Irgendwelche Idioten haben meinen Vater nur wegen dem Inhalt seiner Brieftasche überfallen. Er konnte sich gerade noch hierher retten. Aber lange hat er leider nicht mehr gelebt. Für mich wie auch für Finn war es nicht leicht. Fast alle haben mich herausgefordert. Doch sie hatten keine Chance gegen mich. Willst du noch etwas wissen?", sagte Lukas fragend.

Carina schwieg und kam zu ihm und lehnte sich nur gegen seine rechte Seite. Lukas wusste, dass sie einen ähnlichen Schmerz hatte, doch sie wusste auch, dass er nun schweigen möchte. Noch ein paar Stunden saßen sie da. Erst als es dann weit nach Mitternacht war, gingen sie nach oben. Doch Carina wusste, dass Lukas nun eine andere Art der Zuneigung brauchte. Sie kuschelte sich an Lukas ran und er legte seinen Arm um sie. Carina wusste, dass die beste Medizin oft einfach nur Kuscheln sein kann. Sie wusste instinktiv schon, was Lukas nun einfach brauchte. Aber mitten in der Nacht griff sie einmal nach Lukas und er war weg. Panisch versuchte sie, ihn zu riechen oder zu sehen, doch das konnte sie nicht. Überall um sie herum war sein Geruch, bis sie die Nachttischlampe einschaltete und seinen weißen Wolf sah. Dieser sah sie mehr verschlafen an als verwirrt. Doch sie sagte nichts und zog sich aus und verwandelte sich. Lukas verstand nicht, was mit ihr los ist, bis er ihren Wolf sah: ein schöner Wolf mit einem Honigbraunen Fell. Ihr Fell glänzte, als sie zu ihm kam. Sie rieb ihren Kopf an Lukas seinem, ehe sie sich zu ihm legte und sich wieder an ihn rankuscheln wollte. Doch da stand Lukas auf und machte die Tischlampe aus, ehe er wieder zu ihr kam. Sofort kuschelte sich Carina wieder an ihn ran, selbst Lukas rieb seinen Kopf an ihrem und beide waren nur noch froh. Gemeinsam schliefen sie wieder ein.

Lukas wie auch Carina schliefen, tief und fest. Lukas hatte seinen Kopf auf Carinas Rücken gelegt und schlief vor sich hin. Doch da läutete sein Handy laut. Erschrocken sprangen beide in die Luft und landeten auf ihren Pfoten. Knurrend sah Lukas zu seinem Handy und verwandelte sich. Verschlafen nahm er es und sah sofort, dass sein Großvater ihn anrief. Sofort nahm er ab. Sein Großvater sagte ihm, dass sein Großonkel die OP gut überstanden hätten und nur für den Moment würde er noch auf der Intensivstation liegen. Lukas war froh, das zu hören, und er freute sich schon. Nachdem er aufgelegt hatte, freute sich Lukas umso sehr. Carina hatte sich schon verwandelt und ging zu ihm. Sie freute sich auch für ihn und Lukas hatte nun auch ein paar andere Gedanken. Selbst sie hatte denselben Gedanken und sie ließen sich nicht stören.

Aber am Nachmittag fuhren beide ins Krankenhaus, Lukas bat Cornelia und Jessica darum, das Rudel zu schützen. Beide waren etwas nervös, als sie ins Krankenhaus kamen. Alleine Carina hatte es schwer, ihre Nase wurde von all den chemischen Gerüchen hier überflutet und gereizt. Doch Lukas zeigte ihr einen Trick und er hielt ihr einen Pflegestift unter die Nase. Das half ihr etwas und sie gingen zum Portier und fragten nach dem Zimmer. Der Portier sagte ihnen, dass er im Zimmer hundertvierundvierzig auf der Intensiv lag. Lukas dankte ihm und ging mit ihr dorthin. Als sie dort waren, sprachen sie mit einer Schwester und sie führte die beiden zur einer kleinen Halterung. Lukas kannte das ganze Prozedere und half Carina, die Überschuhe anzuziehen, wie auch den Mantel und das Haarnetz. Die Schwester führte sie zum Zimmer und sagte ihnen noch, dass sie sich nicht erschrecken sollten. Sie verstand nicht, wieso, aber sie nahmen es hin. Lukas öffnete die Tür und ging rein. Carina hörte ein komisches Piepen. Es war rhythmisch, aber die Gerüche waren fast schon zu viel für sie. Doch da sah sie eine ältere Frau – sie sprach mit Lukas und schien vertraut mit ihm zu sein, erst dann sah sie zu ihr.

„Sag mal, Lukas, willst du uns nicht deine Freundin vorstellen?", sagte sie.

„Natürlich. Oma, Opa, Onkel ich möchte euch meine Freundin Carina Graf vorstellen", sagte Lukas und reichte ihr seine Hand.

Carina lächelte und reichte ihnen die Hand, doch dann hörte sie einen leichten Husten. Kurz darauf erstarrte sie. Mit offenen Augen stand sie da und sprach kein Wort. Lukas stellte sich hinter sie und hielt sie fest.

„Ich ... würde ... euch ... ja gerne ... die Hand reichen ... Aber geht noch nicht", sagte der im Bett liegende Mann angestrengt und heiser.

„Ist schon okay. So eine Operation ist ja auch nicht gerade einfach", sagte Lukas mitfühlend.

Kraftlos nickte er nur. Kurz darauf kam auch einer der Ärzte zu ihnen.

„So. Ah, wie ich sehe, ist Ihre Familie schon da. Ich darf mich kurz vorstellen, ich bin Dr. Alexander Neuhauser", sagte der Doktor.

„Freut uns. Wie ist die Transplantation verlaufen? Was ist mit dem Transplantat?", fragte Lukas.

„Oh, da fällt gleich mal einer mit der Tür ins Haus. Da macht sich wohl einer Sorgen. Aber die Operation ist gut verlaufen. Das Transplantat arbeitet gut, doch für ein paar Wochen müssen Sie noch hierbleiben und dann müssen Sie sich schonen. Am besten wäre es wenn sich jemand um Sie kümmern kann", sagte der Doktor.

Alle nickten zustimmend.

„Nun, das müsst ihr wohl entscheiden", sagte sein Großonkel.

„Gut, nur Sie müssen dann auch viele Medikamente einnehmen. Um möglichen Risiken entgegenzuwirken. Nur bitte passen Sie auf. Ich hoffe, wir sehen uns mal wieder", sagt der Doktor.

„Mach ich. Doch ich hoffe, wenn wir uns wiedersehen, dass wir uns anderwärtig sehen. Doch dann sind Sie und das ganze OP-Team von mir eingeladen. Getränke und Speisen gehen alle auf mich", sagte sein Großonkel heiser.

„Na, das ist aber großzügig. Ich werde es dem Team sagen", sagte der Doktor.

„Ja, nur ich hoffe, dass ich an dem Tag Dienst habe. Denn da kann ich es bezeugen", sagte Lukas.

„Ja, das wäre nicht schlecht. Auf jeden Fall gute Besserung, Herr Ewald Huber", sagte der Doktor und verabschiedet sich.

Nach knapp einer Stunde bat Ewald darum, ihn alleine zu lassen, da er noch etwas schlafen wollte. Sie verabschiedeten sich und versprachen, abwechselnd ihn zu besuchen. Kaum dass sie ihm hauseigenen Café waren, konnte Lukas sehen, wie seine Großeltern fast schon platzten vor Neugier.

„Also, sagt mal. Wie habt ihr euch denn kennengelernt?", fragte seine Großmutter.

Beide mussten sich ansehen und kurz überlegen.

„Nun, wir haben uns bei einem Waldlauf kennengelernt", sagte Lukas schnell.

Carina sah ihn an und da verstand sie es. Sie nickte und bestätigte es. Lukas sagte ihnen auch, wie er Carinas Charme erlag. Seine Großeltern waren durchaus beeindruckt. Aber sie hörten nicht auf, Fragen zu stellen. Lukas merkte, wie es für Carina schwer wurde, die Kontrolle zu behalten. Aber er sagte zu seinen Großeltern nur, dass es durchaus nervig wäre, wenn sie immer neue Fragen stellten. Da merkten sie, dass sie es übertrieben hatten. So hatten sie nun auch endlich Zeit, einmal vernünftig zu reden. Carina genoss es regelrecht. Sie verstand auch, wieso Lukas seine Großeltern mochte. Doch was er nicht bedacht hatte, war, dass Carina nun auch fragte, wie Lukas als Kind war. Dieser sah Carina fassungslos an. Doch darauf hatten seine Großeltern nur gewartet. So erzählten sie ihr, was er alles gemacht hatte. Carina musste sogar mal lachen, doch Lukas konnte sich dabei nur selbst bemitleiden. Er verbarg sogar sein Gesicht in seinen Händen. Doch sie hörten nicht auf, Carina war aber froh darüber, nun auch etwas mehr über ihn zu erfahren. Das Ganze ging so lange weiter, bis Lukas dazwischen ging. Mit glutrotem Kopf zwar, aber das ging ihn einfach zu weit. So konnte Lukas nun auch endlich das Gespräch auf das Wesentliche lenken. Denn es war nun immer noch wichtig, dass sie sich nun ausmachten, bei wem sein Großonkel unterkam. Seine Großeltern wussten, dass es nun mal wichtig war. So sprachen sie, wo es am besten wäre. Zuerst machten sie sich aus, dass Ewald bei seinem Bruder unterkam. Doch da tat sich ein Problem auf.

„Nun, das ist zwar gar kein schlechter Gedanke, aber nach einer Lungentransplantation kommt er nach ungefähr vier Wochen aus dem Krankenhaus, wenn keine Komplikationen auftreten", sagte Lukas.

Carina sah ihn an und dann zu seinen Großeltern, da seinem Großvater etwas einfiel.

„Wenn er in Vier Wochen raus kommt dann haben wir ein Problem", sagte sein Großvater.

„Ja, stimmt. In vier Wochen machen wir eine Kreuzfahrt durch das Mittelmeer. Da sind wir für zwei Wochen nicht da. Da müsstet ihr ihn aufnehmen. Doch du, Carina, wirst wohl auch arbeiten", sagte seine Großmutter.

„Nein ich arbeite im Moment nicht", sagte Carina traurig.

Seine Großmutter fragte, wieso. Doch noch ehe Carina etwas sagen konnte, übernahm Lukas für sie die Antwort.

„Ihr Betrieb hat zurzeit keine gute Auftragslage. Dadurch wurden einige Mitarbeiter entlassen. Leider war Carina auch dabei. Es ist leider dadurch nicht gerade gut. Aber sie kann sich nun auch auf eine gute Familie verlassen", sagte Lukas.

„Ja, bestimmt. Doch du hast uns nie gesagt, wieso ihr so nah am Wald lebt?", fragte sein Großvater verwirrt.

„Du weißt ja, dass wir eine enge Verbindung zum Wald haben, Opa. Schon seit Genrationen sind wir Waldarbeiter. Einige jedenfalls. Allein schon deshalb leben wir so nahe am Wald", sagte Lukas.

Seine Großeltern beließen es dabei. Nach ein paar Minuten zahlten sie und gingen dann auch. Lukas wusste, dass seine Großeltern oft nach ihm sehen würde, und Carina war froh darüber, nicht mehr diese chemischen Gerüche in der Nase zu haben. Doch während der Fahrt in Richtung des Rudels blieb sie stumm. Ein paar Minuten vor der Einfahrt konnte Carina nicht mehr an sich halten.

„Du hast es ihnen nie gesagt, dass du ein Wandler bist?", fragte Carina fast schon schockiert.

„Ich konnte es nie. Es fällt mir auch jetzt noch schwer. Als ich fünfzehn war, versprach ich am Grab meiner Mutter, dass ich sie nie zu sehr aufrege", sagte Lukas.

„Ja nur, wieso? Sie sind doch auch ein Teil deiner Familie. Wieso verheimlichst du ihnen das?", fragte Carina.

„Weil sie es selbst nicht leicht hatten. Drei Jahre nach dem Tod meiner Mutter auf den Tag genau hatte meine Großmutter einen Herzinfarkt. Ein Jahr darauf hatte mein Großvater eine Lungenembolie. Ich sah mich mit der Angst konfrontiert, auch meine Großeltern zu verlieren. Das konnte ich nicht", sagte Lukas und bog in die Einfahrt ein.

Carina verstand besser, warum Lukas das tat. Doch sie wusste auch, dass es noch etwas anderes gab. Lukas musste sich auch noch überlegen, wie er sein Rudel, das, was von Carinas Rudel noch übrig war, und das von Cornelia zusammenführt. Aber das musste warten, beide rochen etwas Vertrautes und sie gingen zum Hauptplatz. Dort sahen sie auch, von wem der Geruch stammte. Beim Lagerfeuer saß das ganze Rudel, aber nicht nur sie, sondern auch Matteo. Matteo saß mit Cornelia eng umschlungen. Beide sahen sich mehr als nur verliebt an, sondern auch noch begierig. Lukas kannte diesen Blick von Matteo. Immer wenn Matteo es zu lange nicht mehr gemacht hatte, hatte er diesen Blick, auch wenn er eine neue Flamme hatte. Doch Lukas und Carina sahen sich an und sie gingen zu ihnen. Lukas ging zu Matteo und bat ihn um ein Gespräch. Nur ungerne ging Matteo mit Lukas mit, aber er tat es dennoch. Als die beiden um die nächste Ecke bogen, drückte Lukas Matteo gegen die Wand.

„Was ist denn los mit dir?", fragte Matteo leicht gereizt.

„Dieselbe Frage könnte ich dir auch stellen. Denn du hattest gerade eben diesen typischen lüsternen Blick drauf. Also sag mir, wieso hast du Cornelia so angesehen?", sagte Lukas mit seiner Typischen Alphastimme.

„Glaubst du wirklich, deine Alphastimme wirkt bei mir?", fragte Matteo.

Sofort knurrte Lukas laut auf. Matteo bekam davon wie jedes Mal eine Gänsehaut. Genau das bezweckte Lukas damit.

„Also, was ist los?", fragte Lukas.

„Ach, es ist nichts Besonderes. Aber du solltest mal echtes italienisches Essen probieren. Da bin ich fast geschmolzen", sagte Cornelia.

„Du weichst aus. Sag schon, was los ist?", sagte Carina leicht knurrend.

„Nun, ich und Conny glauben ...", sagte Matteo.

„... dass wir eine tiefe Verbindung haben ...", sagte Cornelia.

„... so wie du und Carina sind wir Gefährten", sagte Matteo.

Lukas konnte es nicht glauben und sah auf den Hals von Matteo. Noch sah Lukas keine Malspuren. Noch jedenfalls nicht. Lukas ahnte, dass die beiden wohl früher oder später ihre Verbindung stärken würde. Lukas sprach noch mit Matteo, dass es nicht nur eine Verbindung wie eine normale Ehe ist. Lukas erklärte ihm auch noch, dass Gefährten-Sein bedeutet, dass man alles teilt. Matteo verstand es, doch ihm war es mehr als bewusst. Lukas sagte Matteo auch, dass wenn er es tun möchte, dann hätte er seinen Segen dazu. Erst jetzt ging Lukas wieder zu den anderen. Als auch Matteo zu ihnen kam, sprang Cornelia auf und lief auf ihn zu. Beide küssten sich und Matteo hoffte schon, dass sie bald den Bund eingehen. Aber er wusste auch, dass sie nicht bei ihm zu Hause den Bund vollziehen konnten. Aber daran wollte er nicht denken, jetzt jedenfalls nicht. Nachdem die anderen auch schon gingen, musste Matteo leider auch gehen. Aber Cornelia konnte ihm nicht gehen lassen, nach dem, was er ihr gesagt hatte. So entschied er sich, sie doch mitzunehmen. Doch er wusste auch, dass sie leise sein mussten.

KAPITEL ZWÖLF

Am nächsten Morgen waren Lukas wie auch Markus wieder früh auf den Beinen. Markus war zum Glück schon verwandelt. Lukas sah ihn an und er verwandelte sich. Beide liefen durch den Wald und schnupperten immer wieder, ob der faulige Geruch in der Luft lag. Aber nach einiger Zeit hörten sie, wie sich ihnen jemand näherte. Knurrend blieben sie stehen und warteten, bis ihre Verfolger bei ihnen waren. Da sahen sie, dass es die drei Teenager waren. Sie folgten ihnen, um ihnen beizustehen. Markus hätte am liebsten die Kinder wieder zurückgeschickt. Doch Lukas konnte es nicht. Er stand zwischen Markus und den Kindern, er sah Markus bzw. seinen grauen Wolf streng an und dieser hörte auf zu knurren. Lukas nickte ihnen zu und ging voraus. Die Kinder folgten ihnen und gemeinsam liefen sie weiter. Den ganzen Patrouillenlauf über blieben sie stehen und lauschten. Auch wenn Lukas das am liebsten alleine gemacht hätte, wusste er, dass es so sicherer war. Nach einer ganzen Stunde kamen sie wieder ins Dorf. Alle waren dabei, das Frühstück herzurichten. Doch da kam auch schon Tina mit ihren Eltern zu ihnen. Keiner von beiden war recht froh darüber.

„Was fällt euch bloß ein? Wisst ihr überhaupt, was für Sorgen wir uns um euch gemacht haben?", sagte Thomas, ihr Vater, zu ihnen.

Doch Sebastian verdrehte nur ungläubig die Augen. Das brachte ihre Mutter auf die Palme.

„Sag mal, junger Wolf, du musst uns zuhören. Einfach sich aus dem Haus zu schleichen und dem Alpha bei der Reviersicherung zu stören, das geht zu weit. Ab mit euch dreien. Ach ja, ihr habt alle drei Hausarrest", sagte ihre Mutter.

Fassungslos sahen die drei ihre Eltern an. Doch sie ließen nicht mit sich reden. Fast schon Hilfe suchend sahen die drei zu Lukas. Doch dieser durfte seine Fähigkeit nicht einsetzen. So schüttelte er nur den Kopf. Aber Lukas sah ihre Eltern streng an und beide wussten genau, dass es einiges zu besprechen gab. Doch damit wollte Lukas warten. Kurz darauf gingen sie wieder ihrer Wege. Als Lukas wieder ihm Haus war, musste er sich über sich selbst ärgern. Doch als Carina das merkte, kam sie zu ihm und versuchte, ihn etwas zu beruhigen. Doch das gelang selbst ihr nicht wirklich. Doch sie konnte mit Lukas erst reden, als dieser wieder von der Dusche zurückkam. Lukas erklärte ihr auch, wieso er sich so ärgerte.

„Aber du hast doch diese Fähigkeit, wieso nutzt du sie dann nicht?", fragte Carina nach dem Duschen verwirrt.

„Ich habe es damals meinem Vater versprochen. Er hat es selbst geheim gehalten, dass ich diese Fähigkeit besitze. Er hat immer gesagt, dass diese Fähigkeit selten ist. Diejenigen, die sie besitzen, sind meist Wölfe, die etwas in ihren Träumen gesehen haben. Bei mir ist das aber etwas anderes", sagte Lukas.

„Inwiefern ist das bei dir anders?", fragte Carina verständnislos.

„Ich habe diese Fähigkeit schon von klein auf gehabt. Meine Mutter hat das meinem Vater gesagt, doch ich war zu jung, um es zu verstehen. Aber ich erkläre es dir nach dem Frühstück genauer", sagte Lukas zu ihr.

Auch wenn sie es gerne jetzt schon wissen wollte, wusste sie auch, dass er wirklich stur sein konnte. So machten sie sich auf zum Frühstück. Alle waren wieder da, bei nur die drei Teenager waren nicht sehr froh darüber. Ihre Eltern ließen sie nicht aus den Augen. Lukas wusste, dass sie sich um ihre Kinder gesorgt hatten. Aber seine Pflicht als Alpha war es, vor allen anderen sein Rudel zu schützen. Dabei spielt es keine Rolle, ob sie Kinder oder Erwachsene waren. Für ihn war es wichtig, dass es allen hier gut ging. Nach dem Frühstück wollte sich Lukas die Eltern der drei vorknöpfen und brachte sie in sein Haus. Von dann weiter in sein Büro. Erst dort nahm er Platz.

„Ich versteh eure Sorgen durchaus, aber gleich Hausarrest ist schon etwas viel", sagte Lukas mit seiner Alphastimme.

„Lukas, auch wenn wir verstehen, dass du Partei für sie ergreifst. Aber sie haben nun mal nicht das Recht, dich zu stören", sagte ihre Eltern.

„Das taten sie nicht. Sie haben nur die Anweisung ihres Alphas befolgt. Ich wollte, dass sie sich mir und Markus anschließen. Nennt es eine Vorsichtsmaßnahme. Ich hätte euch in Kenntnis setzen sollen, doch ich habe zurzeit einiges um die Ohren. Deshalb verzeiht mir und hebt die Strafe wieder auf", sagte Lukas. Beide sahen sich an und nickten zustimmend. Bald darauf verließen sie das Haus. Lukas lehnte sich zurück und wusste, dass er heute noch etwas anderes machen musste. Doch Carina stand schon in der Tür und sah ihn fragend an. Lukas erklärte ihr, warum er die beiden sehen musste. Doch das war nicht alles, was Carina wissen wollte.

„Lukas, sag schon, was hast du gemeint, als du sagtest, dass du es damals nicht verstanden hast", sagte Carina fragend.

„Ich hatte diese Fähigkeit schon, da konnte ich noch nicht einmal richtig sprechen. Als ich sechs war, dachte ich, dass ich es nur geträumt hätte. Aber als ich elf war, da hatte sie sich bei mir verstärkt. Ich fragte meinen Vater, was mit mir los sei. Er sagte nur, dass ich mich verändere, aber nicht nur körperlich. Von dem Tag an musste Finn oft als mein Versuchskaninchen herhalten. Wir mussten alle versprechen, niemandem etwas zu sagen. Bis heute wissen es nur wir beide, Finn und Tobias. Mehr nicht", sagte Lukas.

„Okay, aber wolltest du diese Fähigkeit nicht schon immer mal einsetzen, um sie auch ohne Worte in ihre Schranken zu verweisen?", fragte Carina.

„Öfter mehr als einmal. Aber du hast es ja gehört, was Sebastian, Bianca und Benjamin gesagt haben. Meine Großmutter wie auch mein erster Beta haben sich mit diesem Georg getroffen. Sie verraten ihrem Alpha. Am liebsten würde ich ihnen eine Lektion erteilen, aber da sie mit dem Feind kollaborieren, werde ich Stillschweigen bewahren", sagte Lukas.

„Ja, nur dieser Tobias weiß von deiner Fähigkeit, er könnte es ihm sagen", sagte Carina.

„Könnte er. Aber ich habe zu ihm nur zwei Sätze gesagt und danach tat ich so, als wäre ich erschöpft. Selbst wenn er es ihm sagt, habe ich immer noch einen Vorteil. Vertrau mir in dem Fall. Dieser Georg wird früher oder später einen großen Fehler machen. Wir müssen nur Geduld haben", sagte Lukas zu ihr. Nur missmutig stimmte sie zu, doch Lukas kam zu ihr und sah ihr tief in die Augen. Sofort verspürte sie ein tiefes Gefühl der Geborgenheit. Beide gingen wieder nach ob und stiegen wieder ins Bett. Sie konnten nur von Glück reden, dass Lukas später zur Arbeit musste. Doch auch wenn sie es sich noch so sehr gemütlich machten, musste Lukas, als die Zeit drängte, losfahren. Doch er ging nicht ohne einen Abschiedskuss. Jedoch kaum, dass Lukas einen Fuß ins Gasthaus tat, wurde er schon von Karl und Linda belagert. Sie fragten ihn, was mit dem Chef sein. Aber Lukas musste sie einmal bremsen, erst dann erklärte er ihnen alles. Dass die OP gut verlaufen war, aber es würde wohl mindestens zwei Monate dauern, bis er wieder herkam. Nach diesen Worten waren sie zwar noch besorgt, aber auch erleichtert. Sie hofften nur, dass er alles überleben würde. Aber Lukas gab ihnen durchaus etwas Hoffnung, denn von nun an ging es bergauf. Sie freuten sich, ihren Chef mal zu besuchen. Sie machten schon ein paar Pläne dafür. Doch Lukas bremste sie wieder etwas, denn als Erstes musste sich sein Großonkel wieder etwas mehr fangen, denn noch war er auf der Intensivstation. Aber das tat ihrer Freude keinen Abbruch. Linda sagte Lukas dann auch, was noch zu machen sei. Gleich darauf ging sie dann auch. Lukas machte alles, was er noch machen musste, doch Karl kam nach einiger Zeit zu ihm. Aber Lukas ahnte, was gleich kam, denn er sah, wie Karl ein paar Zettel bei sich hatte.

„Lukas, ich weiß, dass es noch sehr früh war, aber was hältst du davon, wenn wir vorne in der Braumeisterstube mal eine andere Farbe nehmen. Aber auch noch ein bisschen was anderes …", sagte Karl fast schon vor freudig.

„Wow, Karl, jetzt bitte mach mal halblang. Noch bin ich nicht der Geschäftsführer und ich werde auch noch eine ganze Zeit nichts dergleichen sein. Noch lebt mein Großonkel. Ich werde es aber im Hinterkopf behalten und mit ihm reden. Aber wir können ja mal schauen, welche Farbe uns gefällt. Dann kann er nicht mehr so viel sagen", sagte Lukas.

„Ja, stimmt schon, aber du kannst ja sicherlich auch schon was entscheiden. Vergiss nicht, wie du dich gegen deine alten Lehrherren gewehrt hast", sagte Karl.

„Das vergesse ich so schnell nicht. Aber das war was anderes. Karl, hierbei ging es nicht nur um unsere Firma, sondern auch um mein Familienerbe. Ich könnte zwar sagen, wir nehmen eine Farbe, aber noch hat mein Großonkel das letzte Wort. Genau das fällt mir nicht sonderlich leicht", sagte Lukas und flüsterte den letzten Teil.

Auch wenn Karl es noch nicht verstehen konnte, wollte er sich nicht mit Lukas anlegen. Immerhin war er der nächste Geschäftsführer und Inhaber. Aber die beiden sahen sich dennoch schon mal die Farbpalletten an. Beide hatten allerdings einen anderen Farbgeschmack. Während Karl mehr auf ein schönes Beige setzt, setzte Lukas lieber auf einen hellen Braunton. Beide waren sich einfach nicht einig, aber sie wollten das Farbthema ruhen lassen. So arbeiteten sie weiter. Doch Lukas schnitt bald wieder ein anderes Thema an.

„Karl, ich weiß, das ist ein lästiges Thema für dich. Aber hast du mit deinem Sohn reden können?", sagte Lukas.

„Ja, so was in die Richtung. Wenn man ein unmotiviertes Stöhnen reden nennen kann", sagte Karl leicht gereizt.

Lukas ahnte, dass Konstantin nicht gerade begeistert war. Denn Konstantin pubertierte leider sehr heftig. Da wollte er nicht wissen, wie Karl war. Aber Karl meinte auch, dass er mit dem Gedanken spielt, seinen Sohn zu kastrieren. Lukas hatte fast schon Mitleid. Da er eine Ahnung hatte, wie es sich anfühlen musste, wenn man keine Eier mehr hatte. Doch das Mitleid für Konstantin hielt sich in Grenzen, da er ungefähr wusste, was er durchmachte. Scherzhaft sagte Lukas zu Karl, dass er auch in der Pubertät ziemlich schlimm war. Karl konnte das nicht glauben. Aber Lukas meinte nur, dass es einst Tage gab, da hätten ihn seine Eltern nicht einmal zu Gesicht bekommen, da er anderwärtig beschäftigt war. Da verstand Karl, was Lukas meinte. Doch nach ein paar Scherzen auf Kosten von ihnen beiden machten sie sich wieder an die Arbeit. Am Abend kam dann auch Gustav wieder, doch er hatte sich etwas seltsam benommen bei Lukas. Zuerst dachte Lukas, dass Gustav sich nur beweisen wollte, aber nach einiger Zeit kamen ihn da Zweifel. Doch so richtig merkte Lukas das erst, als Gustavs Freunde da waren. Lukas brachte einen Teller nach dem anderen zu den Gästen. Aber Gustav stand nur an der Bar und sprach mit seinen Freunden. Lukas wollte fast schon was sagen, doch da läutete die Küche wieder und Lukas machte sich auf den Weg zur Küche.

„Sagt mal, was ist denn bei euch los? Die ganze Zeit rennst nur du? Habt ihr denn nicht auch noch einen Lehrling?", fragte Josef.

„Tja, der ist bei der Bar und spricht mit seinen Kumpels", sagte Lukas und nahm wieder ein paar Teller.

Nach ein paar Minuten kam Linus nach vorne und half Lukas beim Rausbringen. Da konnte Linus seinen Augen nicht trauen. Gustav stand an der Bar und sprach mit den Gästen. Linus brachte die Speisen zum Tisch und fragte dann Lukas, was mit ihm los sei. Lukas sagte ihm, dass er noch nichts sagt zu ihm, da er nur auf einen Fehler von Gustav wartete. Linus verstand ihn nicht, aber Lukas musste es wissen. Nachdem sie auch die letzten Teller bei den Gästen hatten, ging Lukas wieder nach vorne. Gustav sprach noch weiter mit seinen Freunden, doch Lukas nahm ihm mit nach hinten zum Kühlraum. Da fragte Lukas ihn, was das sollte, er rannte mit den Tellern und musste sich sogar Linus holen, damit er ihm half. Doch Gustav sagte nur, dass er wusste, dass Lukas es schaffen wird, denn sonst würde er nicht der nächste Geschäftsführer und Inhaber werden. Noch ehe Lukas etwas sagen konnte, drehte sich Gustav um und ging wieder nach vorne. Als dann die Küche schloss und sie anfingen zu putzen, wusste Lukas auch, dass er Gustav bald heimschicken musste. Um 21:15 Uhr schickte Lukas Gustav nach Hause. Dieser zählte seinen Umsatz und reichte Lukas dann noch das Trinkgeld, was er eingenommen hatte. Lukas hoffte, dass Gustav alles saubergemacht hatte. Doch als er nachkontrollierte waren einige der Tische nicht wirklich abgewischt. So musste Lukas die doppelte Arbeit machen. Doch er war froh, als er endlich alles absperrte. Als er sich auf den Weg zu seinem Auto machte, hatte er schon ein ungutes Gefühl. Doch soweit er sah, war niemand in Sicht. Kein Geräusch oder eine Duftspur konnte er wahrnehmen. Alles war ruhig, aber nur weil es hier ruhig war, musste das nicht auf sein Revier zutreffen. Da griff er nach seinem Handy und rief Carina an. Als sie abhob, fragte Lukas sie sofort, ob irgendetwas im Revier nicht stimmt. Doch sie sagte, dass alles ruhig war, aber das konnte Lukas nicht wirklich beruhigen. So stieg Lukas dann ein und blieb weiterhin wachsam. Die ganze Fahrt über blieben die Augen von Lukas wachsam. Ein guter Vorteil, den er allein anderen gegenüber hatte war, dass er im Dunklen besser sehen konnte als alle anderen vom Rudel. Selbst als Wolf war er in der Lage, mehr in der Dunkelheit zu sehen als der Rest. Doch das konnte er nicht sagen. Lukas blieb angespannt, bis er wieder beim Dorf war. Da sah er ein paar Wölfe. Sie begrüßten ihn freundlich. Da wusste er, dass sie Freunde waren. Erst da erkannte er, dass es welche von Carinas Leuten waren. Sie neigten den Kopf. Lukas ging an ihnen vorbei und hörte schon, wie sich ein paar am Feuer unterhielten. Cornelia war bei ihnen und auch Carina. Lukas ging auf den Hauptplatz und er war froh, dass sich einige noch unterhielten. Als Carina ihn sah, kam sie auf ihn zu und fiel ihm um den Hals. Lukas war froh, dass es hier ruhig war. Gemeinsam gingen sie dann ins Haus.

„Ist alles in Ordnung bei allen?", fragte Lukas besorgt.

„Ja alles in Ordnung. Nach deinem Anruf hab ich sofort zu allen gesagt, dass wir Wachen brauchen. Von meinen Leuten wie auch von Cornelias Leuten haben sich ein paar freiwillig gemeldet. Auch von deinen Leuten haben sich welche gemeldet. Ich und Jessica haben sie eingeteilt. Acht patrouillieren um das Dorf herum und vier patrouillieren an den Reviergrenzen. Sie wechseln sich auch ab, sodass sie sich auch erholen können", sagte Carina.

Lukas war erleichtert und ging zu Carina.

„Wie es scheint, hast du alles unter Kontrolle", sagte Lukas und küsste sie am Hals.

Alleine das reichte bei ihr schon, um eine Gänsehaut zu kriegen. Doch sie war auch nicht in der Stimmung. Lukas verstand das und wollte einfach nur bei ihr sein. Sie gingen gemeinsam nach oben und legten sich gemeinsam schlafen. Doch Lukas konnte dennoch nicht gut schlafen. Seine Träume waren sehr seltsam. Doch dieses Mal hatte er einen sehr komischen Traum. Es war derselbe Traum mit dem Unfall seiner Mutter, doch dieses Mal war mehr dabei. Noch während Lukas weinte, konnte er von draußen etwas hören. Ein Gespräch, das irgendwelche Männer führten.

„Endlich ist diese Menschenfrau tot", sagte der eine.

„Und was ist mit dem Kind? Es scheint Schmerzen zu haben", sagte der andere.

„Nun, es ist zwar schade, aber wir finden schon noch einen anderen Hybriden. Er wäre nur ein gutes Druckmittel gegen seinen Vater gewesen. Aber das ist nun egal. Wenn er stirbt, dann stirbt er eben. Wir verschwinden von hier. Lasst alle Spuren verschwinden", sagte der Erste.

Dann verschwanden sie alle. Ein Auto hielt nach ein paar Minuten und kam zu Lukas Geschockt sah er zu ihm und Lukas weinte wieder.

Von dem Traum aufgeschreckt, wachte er wieder auf. Fast schon panisch, atmete er die Luft ein. Er sah sich um und merkte, dass Carina neben ihm lag. Erst da konnte er sich etwas beruhigen, doch er blieb angespannt. Carina wachte auf und drehte sich zu ihm.

„Was hast du denn? Ich habe dich noch nie so panisch erlebt?", fragte Carina total verschlafen.

„Es ist nichts. Ich hatte nur einen Albtraum. Schlaf ruhig weiter, ich brauche erst mal einen Schluck Wasser. Schlaf ruhig weiter", sagte Lukas und ging nach unten.

Aber Carina merkte, dass es ihm nicht gut ging, und ging ihm nach ein paar Minuten nach. Lukas stand unten am Kamin und starrte in die Nacht hinaus. Langsam kam sie zu ihm. Lukas sah sie mit Tränen in den Augen an. Sofort kam sie auf ihn zu und umarmte ihn. Sie merkte, dass es ihm nicht sonderlich gut ging. Lukas weinte leise. Selbst jetzt wollte sie nichts sagen. Erst als sich Lukas wieder beruhigt hatte, sah sie ihn nur an und sie setzten sich. Carina wusste, dass sich in Lukas irgendetwas aufgebaut hatte, das nun raus musste. Erst als sie sich etwas zu trinken nahm, kam sie wieder zu Lukas. Carina musste nichts sagen.

„Es war an dem Tag, als meine Mutter starb. Jahrelang dachte ich, es wäre ein normaler Unfall gewesen. Doch dabei war es keiner", sagte Lukas leicht verheult.

„Der Unfall deiner Mutter war kein Unfall?", fragte Carina.

„Ja. Denn als ich meine Augen wieder öffnen konnte, da sah ich sie. Blut überströmt, mit offenen leeren Augen und einem großen, breiten und gezahnten Metallstück im Hals. Das Blut strömte aus ihrem Hals. Der Anblick war schlimm, ich schrie und heulte wie ein Schlosshund", sagte Lukas und war wieder den Tränen nah.

„Okay, ganz ruhig. Es ist alles gut. Du musst nichts mehr sagen, wenn du nicht willst", sagte Carina und sah ihn mitfühlend an.

„Ich muss es aber. Denn sonst wird es nur noch schlimmer. Ich kann es nicht immer meiner Tante, die auch meine Therapeutin ist, sagen. Bevor du fragst, ja, sie weiß Bescheid. Ich musste es sagen. Aber zurück zu dem Unfall okay", sagte Lukas.

Carina war zwar nicht froh darüber, aber sie verstand es. Sie nickte nur und hörte ihm weiter zu.

„Okay, bei dem Albtraum gerade, da scheine ich mich an etwas erinnert zu haben. Denn da waren mehr, als ich dachte. Es waren mindestens zwei Männer, sie sagten, dass sie nun diese Menschenfrau getötet hätten. Sie hätten auch mich gewollt als Druckmittel gegen meinen Vater. Doch darauf wollte einer nicht weiter darauf eingehen und meinte, wenn ich sterbe, dann sterbe ich halt und sie müssten einen anderen Hybriden bekommen. Danach räumten sie die Unfallstelle. Keiner kam und half mir. Sie fuhren weg und ließen mich dort. Ein paar Minuten später kam ein anderer Mann und half mir. Er rief die Rettung, Feuerwehr und Polizei. Mehr weiß ich auch nicht mehr. Aber es war schlimm genug damals. Heute trifft es mich unvorbereitet", sagte Lukas.

Carina kam näher zu ihm und legte einen Arm um ihn. Lukas verstand das und ließ es zu. Er lehnte sich etwas an sie. Für ein paar Minuten saßen sie noch da. Keiner sagte ein Wort. Lukas genoss es einfach nur, sie an seiner Seite zu wissen. Doch nach fast einer Stunde gingen sie wieder nach oben. Als sie wieder im Bett waren, kuschelten sie sich aneinander, Lukas schloss bald darauf die Augen und versuchte, weiterzuschlafen. Nur langsam konnte Lukas einschlafen. Doch sein Wecker klingelte seiner Meinung nach zu früh. So stellte er den Wecker auf stumm und schlief weiter. Sein Glück war, dass er heute frei hatte. Doch Lukas konnte, selbst als das Frühstück fertig war, sich nicht zum Essen motivieren. Carina musste ihn nur ansehen und wusste, dass es ihm nicht gut ging. Carina überzeugte ihn, dass er liegen bleiben sollte, und sie brachte ihm dann das Frühstück. Auch wenn es ihm nicht sonderlich gefiel, aber er stimmte zu. Carina zog sich an und ging dann zu den anderen. Alle fragten sie, was mit Lukas sei. Doch Carina sagte nur, dass es ihm nicht gut ging. Einige wollten wissen, ob er sich eine Lebensmittelvergiftung eingefangen hatte oder nicht. Doch sie sagte nur, dass es nichts Körperliches sei. Natürlich machten sich die anderen nach wie vor Sorgen. Doch sie verstanden, dass er vielleicht nur Zeit brauchte. Aber beim Frühstück hatten alle das Gefühl, dass Lukas etwas verpassen würde. Sie sprachen über die Möglichkeit, die leer stehenden Hütten zu nutzen, damit für alle genug Platz sei. Ein paar, vor allem Tina und ihr Mann, wollten dann auch noch nach dem Bauernhof suchen. Lukas hatte den mal erwähnt und hoffte, dass sie ihn fanden, wenn sie nun mehr waren und alle bleiben wollten, könnten sie ihn wieder in Betrieb nehmen. Sie wollten auch die Hütten, die sie mühevoll instand hielten, wieder nutzen. Doch da mussten sie natürlich noch warten. Noch hatten weder Cornelia noch Carinas Leute voll zugestimmt. Nach dem Frühstück wollte Carina mit dem Teller für Lukas zurück ins Haus gehen. Doch da war auch schon Cornelia. Sie kam zu ihr und sprach mit ihr.

„Du, ich hoffe wir können kurz reden", sagte Cornelia.

„Nun, ich möchte Lukas das Essen bringe, solange es warm ist. Also beeile dich", sagte Carina.

„Okay. Nun es geht um das Angebot von Lukas. Alle von meinen Leuten haben mit mir gesprochen und sie wollen bleiben", sagte Cornelia.

„Nicht nur die wollen bleiben, du doch auch? Oder?", sagte Carina.

„Erwischt. Ja, ich möchte auch bleiben, denn immerhin ist hier auch mein Matteo. Ich kann dir sagen, Matteo ist einfach unglaublich. In ihm brennt mehr als nur Leidenschaft. In ihm brennt ein Feuer, und das ist heiß", sagte Cornelia lüstern.

„Cornelia, bitte. Für jeden hier, der seinen Gefährten gefunden hat, ist er der Beste. Also hör auf. Ich kann mir denken, wieso du so von Matteo begeistert bist", sagte Carina.

„Ja, schon. Doch zu bleiben, ist einfach das Beste. Es besteht zwar die Gefahr, dass dieser Geo...", sagte Cornelia.

„Sag seinen Namen nicht. Lukas wird, wenn dieser Narr ihn wirklich herausfordert, ihn töten. Ich glaube, dass er es kann", sagte Carina.

Nach diesen Worten ging sie wieder ins Haus. Cornelia war platt, aber sie verstand natürlich auch ihre Aufregung. Carina versuchte, sich zu beruhigen. Aber sie war zu aufgebracht. Da sah sie wieder auf den Teller und brachte Lukas sein Essen. Doch als sie oben war, glaubte sie ihren Augen nicht. Lukas schlummerte so friedlich wie ein Baby. Ein muskulöses, langhaariges Baby. Nur ungerne weckte sie ihn, doch sonst könnte er nichts essen. Verschlafen aß Lukas ein paar Bissen. Da platzte aus Carina das raus, was Cornelia ihr sagte. Lukas hörte ihr zu und war beeindruckt von dem, was er hörte.

„Cornelias Leute wollen bleiben. Alle wirklich?", fragte Lukas verwirrt.

„Ja. Alle wollen bleiben. Ich werde heute noch mit meinen Leuten reden. Ich brauche nur einen Ort, wo es möglich ist", sagte Carina.

„Wenn du willst, kannst du dich mit deinen Leuten hier treffen. Ich werde im Hobbyraum sein und Kopfhörer tragen. Wenn es dir leichter fällt. Sonst wäre unser Lagerfeuerplatz auch eine Möglichkeit", sagte Lukas zu ihr.

„Danke, ich werde mit ihnen beim Feuerplatz reden. Ich hoffe nur ich und auch die anderen treffen die richtige Entscheidung", sagte Carina.

Lukas aber glaubte an sie und wusste, sie würden eine gute Wahl treffen. Der Tag verging, Carina traf sich mit ihren Leuten und Lukas ging in seinen Hobbyraum. Er suchte sich extra einen Raum, wo er sie nicht belauschen konnte. Nervös saßen alle auf den Holzbänken, jeder von ihnen fragte sich, was der Grund war. Carina stand vor ihnen und sie sah alle bedrückt, aber doch mit Hoffnung an. Sie sprach mit ihnen über das Angebot von Lukas. Sie wollte niemanden zwingen, zu bleiben, der nicht auch bleiben wollte. Schon gar nicht die Kinder. Denn jeder hatte eine Wahl. Doch schon bald sagten die Kinder, dass sie bleiben wollten. Die Eltern waren fast schon sprachlos darüber, aber sie stimmten zu. Nur drei Kinder blieben stumm. Ihre Eltern hatten sie mit Carina mitgeschickt, damit sie in Sicherheit waren. Nach kurzer Zeit stimmten sie zu, auch zu bleiben. Alle anderen folgten, und so war es entschieden, dass alle blieben. Jetzt mussten sie es nur noch Lukas sagen. Aber da machte sie sich keine Sorgen. Die Rudel würden nun eins werden. Später kamen auch Finn und Jenny und waren verwirrt über die Wachen. Doch Carina erklärte ihnen, wieso diese da waren. Da bekamen es beide mit der Angst zu tun, aber Carina beruhigte sie wieder. Dennoch waren sie besorgt um alle. Sofort gingen sie ins Haus, Finn versuchte, die Spur von Lukas aufzunehmen, doch da roch er schon Holz. Sie folgten der Spur in den Keller und da sahen sie auch schon Lukas sitzen. Sie hörten, wie er ein Holz Stück mit einem Messer bearbeitete. Da drehte er sich zu ihnen um.

„Ihr seht ja ziemlich besorgt aus? Sagt mal, Finn, Jenny macht in eurer Nachbarschaft einen Silberladen auf", sagte Lukas und stellte das Holzstück auf den Tisch.

Beide schüttelten den Kopf und erklärten ihm, was sie so besorgte. Lukas verstand ihre Sorge, doch Jenny hatte da gerade

Augen für etwas anderes. Sie sah sich die Figuren genau an. Lukas ließ sie sich alle ansehen.

„Lukas, darf ich dich fragen, wieso du nicht auch ein paar dieser Figuren im Shop anbietest?", fragte Jenny verwirrt.

„Ich weiß nicht mal, ob sich diese Figuren verkaufen. Ein paar von ihnen hat Papa noch gemacht, andere haben ich und Papa gemeinsam gemacht. Den Rest könnte man verkaufen, aber ich weiß nicht, ob das seine gute Idee ist", sagte Lukas.

„Nun das könnte ich prüfen. Aber sind schon die ersten ...", sagte Jenny fragend.

„Kisten mit den Gläser, Etiketten, Schachteln und biologisch abbaubaren Füllmaterial. Ja, ist alles schon da. Zum Glück dient uns unser Vorratshaus auch zum Lagern und zum Verpacken", sagte Lukas.

Selbst Carina sagte, dass sich ein paar schon daran gemacht hatten, ein paar Gläser zu füllen. Jenny war froh, das zu hören. Selbst Lukas hatte keine Ahnung davon, jedoch freute er sich, das zu hören. Aber Carina musste ihm noch etwas sagen. Nun hatte sie auch mit ihren Leuten gesprochen, es wollten alle bleiben. Als Lukas das erfuhr, freute er sich. Denn nun konnten sie alle sich freuen. Nun hatten sie ein großes Rudel, größer noch als damals, als einige noch Kinder waren. Aber das wollten sie erstmal feiern. Sie gingen wieder nach oben und Lukas köpfte gleich mal eine Flasche und schenkte allen etwas ein. Keiner von ihnen konnte und wollte auch nicht die Freude darüber verbergen. Schon gar nicht Jenny oder Finn, sie freuten sich erst recht, als sie hörten, dass auch Cornelias Leute bleiben wollten. Sie blieben alle zusammen. Selbst bis spät in die Nacht hinein. Als dann auch Jenny und Finn gehen wollten, hielt Lukas sie auf, denn nach dem, was Matteo erlebt hatte, wollte er die beiden nur ungerne gehen lassen. Nur widerwillig stimmten sie zu. Doch keiner von ihnen wollte Lukas einen Grund geben, sich unnötig aufzuregen. Erst dann, als auch draußen keiner mehr auf den Beinen war, legten auch sie sich zum Schlafen hin.

„Sag mal, Finn, glaubst du, dass wir in Frieden noch leben können", sagte Jenny fragend.

„Natürlich, warum auch nicht. Sollte wirklich mit meinem Bruder etwas sein, gehe ich mit dir in die nächste Stadt und lebe dort mit dir in Ruhe und Frieden", sagte Finn und kuschelte sich an ihren Rücken.

„Klingt auf jeden Fall gut. Doch ich würde das nicht nur mit dir alleine verbringen wollen. Ich könnte mir dich gut als Vater vorstellen", sagte Jenny mit einem Grinsen.

Finn stimmte da nur zu und küsste sie gierig. Jenny wie auch Finn ließen sich fallen.

Lukas wie auch Carina hörten die beiden bei ihrem Liebesspiel. Beide mussten etwas lachen.

„Bei den beiden schien ja schon lange nichts mehr im Bett gelaufen zu sein", sagte Carina.

„Wie ich Finn kenne, hatten die beiden sicherlich bereits gestern Sex gehabt. Doch wenn ich ganz ehrlich bin ...", sagte Lukas und schwieg dann.

„Was? Du bist so komisch", sagte Carina und sah Lukas an. Doch dieser lächelte nur auch sie an.

„Du hast dich scheinbar schon gefragt, wie es wäre, wenn wir beide einen Welpen hätten, oder?", fragte Carina.

„Ja, das habe ich mich schon gefragt. Aber eines weiß ich. Du wärst eine gute Mutter. Alleine schon wie du mit den Welpen umgehst, die mit dir hergekommen sind, sieht man das. Da ist nur die Frage, ob du mich für einen guten Vater hältst", fragte Lukas.

Doch Carina sagte nichts und sah ihn lächelnd an. Das reichte ihm schon als Antwort. Beide küssten sich und sie ließen sich auch fallen. Draußen fragten sich einige, ob sich die vier um die Wette das Hirn rausvögeln wollen. Aber naja, sie lernten schon früh, dass man es einfach nicht hören sollte.

Die nächsten Wochen vergingen fast schon wie im Flug. Schon bald war es Zeit, dass sein Großonkel entlassen wurde. Am Tag seiner Entlassung war die Aufregung im ganzen Rudel zu spüren, keiner wusste, was genau nun auf sie zukam. Denn es war eine Sache, einen Menschen hier zu haben, welcher nur stundenweise kam und eine andere, einen Menschen die ganze Zeit hier zu haben. Aber dennoch freuten sich alle. Lukas hatte schon alle Hände voll zu tun. Die Ärzte hatten ihm schon gesagt, dass sein Großonkel nun für ein paar Tage eine Schonkost bräuchte. Lukas war schon am Vormittag einkaufen und nun kochte er wie ein Berserker. Es war zwar nicht viel, aber ein bisschen Übung brauchte er dennoch. Carina konnte nur vorsichtig lächeln. Aber Lukas wusste, dass sie es nicht böse meinte. Lukas bat sogar Jenny und Finn, seinen Großonkel zu holen. Sie stimmten zwar zu, aber nur widerwillig. Doch als sie am Krankenhaus ankamen und nach ihm fragten, wurden sie zur Abteilung Innere Medizin geschickt. Er sprach noch mit einem Arzt und dieser gab ihm auch noch ein Bündel Rezepte. Er verabschiedete sich und ging auf Finn und Jenny zu. Beide freuten sich und sie umarmten sich. Zu dritt gingen sie zum Auto und sprachen immer noch. Vor allem war Ewald an dem Zuhause von Lukas interessiert. Sie versuchten, ihm alles, so gut sie konnten, zu erklären. Aber seine Neugier war noch immer sehr groß. Doch sie mussten noch an der Apotheke halten. Doch Jenny und Finn mussten leider ziemlich lange warten, wenn es nach Finn ginge zu lange. Aber Ewald kam dann auch endlich mit einer ganzen Tasche von Medikamenten wieder raus. Sie wunderten sich, aber sie ahnten, dass es wichtige Medikamente sein dürften. Da machten sie sich auch nicht mehr so viele Sorgen. Aber sie ließen das Thema einfach außen vor. Aber Ewald fragte sie weiter, wie es wohl aussah. Doch Jenny sagte ihm dann, dass er die Fahrt genießen sollte und alles auf sich zukommen lassen sollte. Auch wenn seine Neugier in ihm brannte, musste er sich auch mal zurücknehmen. Allein schon wegen seiner neuen Lungen. Irgendwann war er dann etwas eingeschlafen und schlief ruhig vor sich hin, bis er von dem stehen bleibenden Auto wieder wach wurde. Verwirrt und verschlafen sah er sich um. Jenny aber versicherte ihm, dass sie nun angekommen waren. Immer noch verschlafen stieg auch er dann aus, während Jenny und Finn damit beschäftigt waren, ihm seine Sachen aus dem Auto zu nehmen. Als er sich die Sachen nahm, nahm Jenny alle Medikamente mit. Aber ehe sie sich auf dem Weg zum Hauptplatz machten, kamen auch schon zwei

Wölfe aus dem Schatten zweier Autos hervor. Ewald blieb vor lauter Schreck stehen. Jenny blieb bei ihm. Doch Finn ging auf sie zu und sah sie drohend an. Aber sie hielten ihren Blick weiter auf Ewald und knurrten lauter. Finn überlegte scharf, was er tun sollte, doch da hörten sie auch schon ein lauteres Knurren von einem anderen Wolf. Geschockt sahen alle in die Richtung, von dem aus das Knurren kam. Ewald sah einen großen weißen Wolf aus dem Schatten der Autos hervorkommen, gefolgt von einem honigbraunen und einem hellgrauen Wolf. Kurz knurrten die beiden anderen auch, doch dieser großer Wolf kam näher und die hinter ihm hörten auf. Doch der Weiße stand dann direkt vor ihnen und die beiden vor ihm wurden kleinlaut und senkten ihren Kopf. Sie legten sich selbst flach auf den Boden und winselten. Erst als der Weiße ein letztes Mal knurrte, drehte er sich um. Kurz konnte Ewald sehen, wie groß dieser Wolf wirklich war im Vergleich zu den anderen beiden. Doch bald darauf verschwanden die wieder aus der Richtung, aus der sie auch kamen. Ewald stand verständnislos da und war geschockt wie auch überrascht. Doch Jenny und Finn konnten ihn etwas zurückbringen ins Hier und Jetzt. So gingen sie auch an den immer noch am Boden liegenden Wölfen vorbei. Erst als sie auch am Hauptplatz waren, konnte Ewald sehen, wie viele Menschen hier lebten. Alle schienen sich gut zu verstehen und auch unbesorgt zu sein, obwohl in ihrer direkten nähe Wölfe lebten. Das war für ihn schon komisch. Doch da machte jemand eine Tür auf und zwei kamen auf sie zu. Eine ältere Frau, Ewald schätzte sie auf Mitte sechzig, und ein Mann Mitte Fünfzig, doch sie sahen nicht gerade glücklich aus.

„Sag mal Finn, hast du eigentlich den Verstand verloren? Oder bist du jetzt genauso wie dein Bruder? Von uns wissen schon zu viel Normale. Viel zu viele", sagte die ältere Frau.

„Die Entscheidung treffe nun einmal nicht ich. Ich folge ihnen nur. Das solltet ihr auch tun", sagte Finn und knurrte beide an.

„Falls du es nicht weißt, solche wie er oder sie bringen uns nur Schwierigkeiten. Also solltet ihr beide ihn …", sagte der Mann.

Doch da hörten sie alle jemanden laut über den Platz rufen. Jeder Einzelner drehte sich um und Ewald sah bei dem Haus Lukas stehen. Neben ihm waren zwei junge hübsche Frauen und ein Mann. Doch den anderen Mann kannte, er es war Matteo – doch was wollte oder machte er denn hier. Lukas kam wild entschlossen und schnellen Schrittes auf sie zu. Doch eine weitere Frau kam zu den beiden, die sie so unfreundlich empfangen hatten.

„Seid ihr beide von allen guten Geistern verlassen?", fragte diese Frau und stand neben dem Mann.

„Das Gleiche wollte ich auch gerade fragen. Habt ihr sie noch alle? Es war meine Entscheidung ihn hier her zu bringen. Und ich frage nicht mehr um Erlaubnis", sagte Lukas in einem Tonfall, den Ewald nicht kannte.

„Du weißt aber schon, dass du Tobias informieren solltest, wenn du so eine Entscheidung triffst", sagte die ältere Frau zu ihm.

„Tja, wenn er vor ein paar Tagen bei der Besprechung dabei gewesen wäre, dann hätte er es gewusst. Und falls du es vergessen hast, sage ich es dir noch einmal. Ich bin der Anführer von uns hier und sollte es einem von euch nicht passen, könnt ihr mich ja gerne herausfordern. Aber ich sollte euch sagen, dass ich keinen von euch verschonen werde, nicht so wie das letzte Mal, als ihr Finn, Carina und Cornelia angegriffen habt. Also?", sagte Lukas wild knurrend.

Leicht geschockt sahen sie Lukas an und senkten gleich darauf den Kopf. Kurz darauf gingen sie dann. Die Frau kam auf Lukas zu und wollte etwas sagen.

„Du brauchst mir nichts sagen. Das geht auf meine Rechnung. Ich hätte damit rechnen müssen. Doch behalte sie nun im Auge", sagte Lukas zu ihr.

Sie nickte nur und ging sofort los. Ewald verstand nun rein gar nichts mehr. Nach kurzer Zeit drehte sich Lukas dann zu ihnen um. Ewald erkannte sofort, dass er immer noch angespannt war. Aber er freute sich doch.

„Tut mir leid. Ich nehme an, du hast dir deine Ankunft anders vorgestellt", sagte Lukas zu ihm.

„Ach, schon gut. Nur wir sollten vielleicht mal in dein Haus gehen. Sonst macht meine neue Lunge vor Aufregung noch schlapp", sagte Ewald blass und zögerlich.

„Stimmt. Stress sollst du ja in den ersten Wochen vermeiden. Dann los. Aber du trinkst dann erstmal was", sagte Lukas und ging vor.

Ewald sah ihm nach und folgte gleich mal nach. Seine Angst konnte man fast schon greifen. Doch als er Carina sah, konnte er sich etwas beruhigen. Selbst die anderen beiden begrüßten ihn und zusammen gingen sie dann ins Haus. Lukas sah noch einmal zu Tobias und seiner Großmutter. Erst als er sicher war, dass sie nicht zu ihnen kommen würden, ging auch er ins Haus. Erst als die Tür ins Schloss fiel, kam Ewald zu Lukas und packte ihn an den Schultern.

„Lukas, sag mal, was ist hier los? Bei eurem Auto habe ich zuerst zwei, dann drei weitere Wölfe gesehen. Kaum, dass ich hier war, da kamen zwei zu mir und tun so, als würden sie mich überhaupt nicht hier haben wollen, dann sagst du sehr laut etwas – in einem Tonfall, den ich von dir nicht einmal ansatzweise kenne. Dann redest du auch noch …", sagte Ewald panisch.

Doch da unterbrach Lukas ihn und zeigte zu der Couch. Dort setzte sich Ewald und dann auch noch Carina, Finn und Jenny. Lukas kam dann auch noch dazu. Ewald verstand zuerst nichts, schon gar nicht, als er ein paar Sandwiches und zwei Kannen auf dem Tisch sah. Aber die andern beiden blieben stehen und sahen ihn neugierig an.

„Okay, Onkel, ich bin ein Mann von Ehre und ich halte meine Versprechen. Also, was willst du …", sagte Lukas ruhig.

„Was ist hier eigentlich los?", fragte Ewald immer noch verwirrt.

Alle sahen Lukas an und fragten sich, wie er es erklären würde. Doch Lukas nahm sich erstmal eine Tasse Tee und nahm einen Schluck. Erst als er die Tasse abstellte, da sah er ihn an. Ewald fragte sich, was nun mit Lukas war. So wie er nun dasaß und ihn ansah, machte es auf Ewald den Eindruck, als würde eine Art kraftvolle Aura von Lukas ausgehen. Ewald ahnte, dass irgendetwas komisch war. Doch was, konnte er nicht sagen. Tausend

Fragen schossen durch seinen Kopf. Doch da holte Lukas ihn mit nur wenigen Worten aus seinen Gedanken zurück.

„Was glaubst du, ist hier los?", fragte Lukas mit ausdrucksvoller Stimme.

„Ich weiß es nicht. Denn die Wölfe dort draußen sind doch eine Gefahr, aber alle sind sorglos. Ich hab keine Ahnung, was ich glauben soll", sagte Ewald fix und fertig.

„Okay, dann sage ich es dir, was hier los ist. Einige von uns hier im Raum sind anders. Sie sind Wölfe. Man könnte uns auch als Werwölfe bezeichnen", sagte Lukas ruhig.

Geschockt von dem gerade Gehörten wurde Ewald kreidebleich um die Nase.

„W…W…Wer…Wer…Werwölfe?", fragte Ewald verwirrt und sah Lukas mit großen runden Augen an.

Lukas nickte nur und sprach kein Wort. Ewald verdrehte geschockt die Augen und fiel in Ohnmacht. Carina fing ihn auf und sah ihn verwirrt an. Doch Jenny und Finn sahen Lukas verständnislos an. Doch Lukas wies Matteo an, sich eine Socke auszuziehen und ihm zu reichen. Kaum dass Lukas in Reichweite war, drehte er den Kopf angewidert weg und nahm sie sich. Selbst Carina und Finn drehten ihren Kopf zur Seite. Aber Lukas hielt die Socke, so gut er konnte, unter die Nase seines Großonkels. Keine Sekunde später schlug er wieder die Augen auf und schlug die Socke weg.

„Bäh… igitt ist das eine Sportsocke von mir?", fragte Ewald und rieb sich die Nase.

„Sportsocke, ja. Aber nicht deine. Danke Matteo und bitte geh mal zum Arzt wegen deinem Fußgeruch", sagte Lukas und warf die Socke zu Matteo.

Dieser zog sich die Socke wieder an und steckte seinen Fuß wieder in seinen Schuh. Doch Finn und Jenny rissen erst mal zwei Fenster auf. Selbst für Carina wurde der Geruch langsam wieder besser. Ewald aber verstand nun langsam, dass Lukas wirklich recht hatte. Doch er konnte es nicht glauben. Erst als die Fenster wieder geschlossen waren, setzten sich Finn und Jenny. Doch Ewald fühlte sich unwohl. Denn er war von Werwölfen umgeben. Rechts neben ihn direkt drei, vor ihm einer und links neben ihm zwei. Er war in der Falle. So nahm er all seinen Mut zusammen und sah Lukas an.

„Wann wurdet ihr denn alle gebissen?", fragte Ewald verängstigt.

Doch alle sahen ihn verwirrt an. Selbst Lukas hob eine Augenbraue.

„Wir wurden nicht gebissen, Onkel. Es sind auch nicht alle wie wir. Neben dir sind noch zwei und ein halber ganz normale Menschen. Der Rest sind zwar Wölfe, aber Werwolf war ein falscher Ausdruck. Wir sind Wandler. Wir besitzen die Fähigkeit, uns in Wölfe zu verwandeln", sagte Lukas.

Aber Ewald war immer noch verwirrt und verstand nur sehr wenig. Jeder konnte sehen, dass Ewald überlegte, was er fragen sollte.

„Wie meinst du das? Ich meine, ist sowas nicht unmöglich?", fragte Ewald verwirrt.

„Nein, ist es nicht. Wie es genau möglich ist, kann ich dir nicht sagen. Das Einzige, was ich sagen kann, ist, dass wir als Art vor langer Zeit erschaffen wurden", sagte Lukas.

Ewald versuchte, das etwas zu verstehen, doch da war noch etwas anderen, was in seinem Kopf spukte. Lukas sagte ja irgendetwas von zwei und ein halber normaler Mensch wären neben ihm hier.

„Lukas, du sagtest etwas von zweieinhalb normalen Menschen neben mir. Wen meinst du denn?", fragte Ewald verwirrt.

„Nun, es gibt hier von denen, wie wir euch nennen, Normalos, neben dir noch Jenny und Matteo. Bevor du fragst: Finn, Carina und Cornelia sind vollblütige Wandler", sagte Lukas ruhig.

Ewald sah sich alle an und konnte keinen Unterschied sehen. Doch wo war Lukas dann?

„Ja nur was ist mit dir und diesem halben Mensch. Moment, meinst du etwa, dass …", sagte Ewald.

„Ich bin zur Hälfte Wandler und zur Hälfte Mensch. Ich bin ein Hybride", sagte Lukas.

Mit offenem Mund sah Ewald Lukas an und konnte es nicht glauben. Carina nahm eine Tasse und schenkte Ewald einen Tee ein.

„Besser, du trinkst einen Waldkräutertee. Sonst fällst du uns noch um", sagte Carina und hielt die Tasse unter Ewalds Mund. Zögerlich nahm er die Tasse und trank einen Schluck. Nachdem er die Tasse abstellte, konnte er etwas ruhiger werden. Selbst Lukas sah, dass sich sein Großonkel beruhigte. Aber dennoch war er noch verunsichert. So sprach er einfach darauf los. Denn er meinte, dass er nie etwas gemerkt hatte. Doch Lukas versicherte ihm, dass keiner etwas merkt, wenn man sich unter normalen Menschen bewegt. Lukas erklärte ihm auch, dass es für sie immer von Vorteil war, dass keine Menschen von ihrem Geheimnis wissen. Aber als Matteo zu ihnen kam und sah, wie sich einer verwandelte, da mussten sie ihm sagen, was sie waren. Dieser verschwieg es immer und selbst als auch noch Jenny zu ihnen kam, hielt sie auch immer den Mund. Nun legten sie auch noch das Geheimnis in die Hände von Ewald. Dieser willigte ein, das Geheimnis zu bewahren, wenn man ihm sagte, was vorhin mit den beiden los war.

„Tobias und meine Großmutter. Sie glauben, sie sind die Alphas vom Rudel. Dabei hat sie keine tragende Rolle mehr im Rudel. Tobias aber ist einer meiner Betas", sagte Lukas.

„Ähm. Alphas? Betas? Rudel?", fragte Ewald verwirrt.

„Okay. Wir leben in Rudeln. Wie echte Wölfe. Aber es gibt in jedem Rudel einen Alpha, einen Alphagefährten, zwei Betas und einen Vollstrecker. Jeder Alpha wählt sich die Betas und den Vollstrecker selbst. Nur den Gefährten wählt jemand anders für ihn aus", sagte Lukas.

„Okay, also dieser Tobias ist ein Beta von dir?", fragte Ewald.

„Ja, die Betas sind sozusagen die Vertreter des Alphas. Der Vollstrecker führt Verhöre durch, wenn es einen Gefangenen gibt. Der Alpha aber führt nicht nur das Rudel an, sondern er kümmert sich um das Rudel. Aber der Alpha kann seine Position auch verlieren. Durch Herausforderungen oder durch den natürlichen Tod. Dann übernimmt der neue Alpha", sagte Lukas.

Verwirrt sah Ewald Lukas an und verstand nicht so recht, was los war. Doch da schaltete sich Carina ein und erklärte ihm, was Lukas damit meinte. Sie erklärte ihm, dass sich bei einer Herausforderung zwei Alphas von zwei verschiedenen Rudeln bekämpfen. Das ist immer ein Kampf auf Leben und Tod. Sollte der Herausforderer siegen, würde die Rudel zusammengelegt. Meist werden dadurch auch neue Gefährten gefunden, wenn es gut ging. Doch das war nicht immer so. Ewald verstand zum Teil, was mit allen los war. Doch die Frage blieb, was ein Gefährte war?

„Bevor du Lucky fragst, was ein Gefährte ist, erkläre ich es, immerhin hat es bei mir und Jenny ja lange gedauert", sagte Finn.

„Ja, das hat es. Dreieinhalb Jahre. Aber das hat sich gelohnt", sagte Jenny strahlend und sah zu Finn.

Dieser lächelte sie an und sie schienen richtig innig zu sein.

„Bevor ihr beide anfängt, euch zu küssen, Finn, bitte erkläre es", sagte Lukas.

„Ähm ja. Also, ein Gefährte ist praktisch der andere Teil von einem selbst. Unser Gefährte hat genau das, was uns selbst fehlt. Das kann alles sein. Von Eigenschaften, die man selbst nicht hat, bis hin zu einfach nur einen stärken können", sagte Finn und sah zu Jenny.

Als sie Ewald die zwei etwas genauer ansah, entdeckte er an Finns Hals etwas, was ihn irritierte. Doch als er Lukas fragen wollte, was es damit auf sich hat, zeigte Lukas ihm seinen Hals. Genau das irritierte Ewald nun komplett. Doch noch bevor er etwas sagen konnte, war Carina schneller.

„Das, was du da siehst, nennen wir ein Gefährtenmal. Gefährten zeigen dadurch ihre Verbundenheit. Normalerweise trägt nur einer das Mal. Denn das Mal gibt nur der stärkere Wolf dem anderen. Doch einige machen es anders", sagte Carina.

Ewald versuchte, es etwas besser zu verstehen. Doch noch bevor er noch was fragen konnte, kamen auch schon drei kleine süße Fellknäuel herein und stürmten auf Ewald zu. Die drei sprangen auf die Couch und kuschelten sich auf Ewalds Schoss zusammen. Alle waren verwirrt darüber. Doch da kam auch schon eine Frau zu ihnen.

„Entschuldigt bitte, die drei sind mir leider entkommen. Los, kommt jetzt, er muss sich noch etwas erholen und eingewöhnen. Los, jetzt kommt raus", sagte die Frau.

„Nun, die drei müssen ja nicht gleich gehen, denn sie sind ja ...", sagte Ewald.

„Bevor du etwas Falsches sagst, die drei sind Wandlerkinder. Wir können uns schon ziemlich jung verwandeln", sagte Lukas. Verblüfft sah er Lukas und dann die drei Kleinen an, die ihn mit großen Kulleraugen ansahen, so als würden sie nicht gehen wollen. Da wurde Ewald dann doch schwach und überzeugte Lukas dann doch, dass sie noch bleiben könnten. Die Frau stimmte zu und ging aus dem Haus. Fröhlich bellten die kleinen süß und kuschelten sich zu ihm. Ewald konnte es nicht glauben. Das es Kinder waren und doch kuschelten sich drei zu ihn und aneinander. Lukas wie auch die anderen sahen das und ihnen wurde warm ums Herz.

„Okay, nur Lukas, damit ich alles hier besser verstehen kann, möchte ich dich um etwas bitten", sagte Ewald.

„Um was möchtest du mich denn bitten?", fragte Lukas sichtlich verwirrt.

„Ich möchte sehen, wie ihr euch verwandelt. Mir ist es gleich, wer sich verwandelt oder ob alle", sagte Ewald.

Man merkt, dass Lukas mit dieser Frage nicht gerechnet hatte. Doch er nickte nur und stand auf. Carina, Finn und Cornelia wollten es für Ewald etwas leichter machen. Lukas stimmte zu und sie teilten sich auf. Während Lukas mit Carina nach oben ging, gingen Finn und Cornelia in zwei verscheiden Zimmer. Ewald sah zu Jenny und sie erklärte ihm, was es damit auf sich hat.

„Nun um sich zu verwandeln, müssen sie sich leider nackt ausziehen. Sei einfach nur froh, dass sie es nicht hier machen. Denn wenn ich ehrlich bin, mir reicht es, Lukas so zu sehen, wie sie dann kommen", sagte Jenny froh.

„Willst du etwa sagen, dass mein Lukas etwa nicht gut aussieht?", fragte Carina und stand am Geländer.

Als sie nach oben sahen, konnten sie Carina sehen nur mit einem Badetuch bekleidet. Gleich darauf konnten sie auch schon

Lukas sehen. Als sie nach unten kamen, waren auch schon Finn und Cornelia da.

„Okay, aber egal, was du jetzt siehst, das sind immer noch wir", sagte Lukas.

Noch ehe Ewald etwas sagen konnte ließen sich Finn, Carina und Cornelia nach vorne fallen. Kurz darauf standen da auch schon Wölfe da. Einer in einem Hellgrau, ein anderer in einem Honigbraun und einem Braungrau. Ewald konnte es nicht glauben, aber er sah Lukas fast schon fragend an. Doch er ließ sich nun auch nach vorne fallen. Gleich darauf stand da auch schon ein weißer Wolf da. Ewald war fassungslos, denn da fiel ihm ein, dass er alle außer dem braungrauen Wolf heute schon gesehen hatte. Sie kamen auf ihn zu und setzten sich vor ihm hin. Zwei der Kleinen kamen auf Lukas und Carina zu. Carina und auch Lukas stupsten die beiden an. Doch sie ließen sich nicht so leicht abschütteln. Da ließ sich Lukas auf ein kleines Spielchen ein. Er tobte mit den Kleinen kurz herum und ließ sich auf den Rücken fallen, sodass die kleinen etwas auf ihm herumtollen konnten. Doch Lukas ließ sich dann auf die Seite rollen und die Kleinen rutschten von ihm runter. Aber die Kleinen spielten mit ihm immer weiter. Ewald war erstaunt, dass sich Lukas so viel gefallen ließ. In der Zwischenzeit gingen die anderen wieder und kamen als Menschen angezogen wieder. Sie sprachen noch eine Weile miteinander und beobachten Lukas mit den Welpen.

„Lukas ist ja ziemlich geduldig. Das hat er sicher nicht von seiner Mutter. Da kommt er wohl nach seinem Vater", sagte Ewald.

„Ja. Jeder guter Alpha erweist sich als richtig geduldig. Vor allem, weil es auch in der Position des Alphas liegt, den Welpen des Rudels ein paar Grundsätze des Jagens beizubringen. Aber auch die unterschiedlichen Heuler eines Rudels bringt immer der Alpha den Welpen bei. So hat es auch unser Vater mit uns gemacht", sagte Finn und sah zu Lukas.

Einer der Welpen spielte mit seiner Rute, während der andere mit einem Ohr von Lukas spielte.

„Also der eine da, der könnte gleich eine Grenze überschreiten", sagte Jenny.

So kam es dann auch. Lukas schüttelte seinen Kopf, als der Welpe das Ohr losließ. Doch als der Welpe wieder nach dem Ohr schnappen wollte, konnten sie Lukas Knurren hören. Die Welpen erschraken beide und schnell liefen sie zu Ewald und blieben brav auf seinem Schoss zusammengerollt liegen. Verwundert sah Ewald sie an und Lukas kam dann auch noch auf ihn zu. Die Welpen hielten sich zurück und Ewald war immer noch beeindruckt.

„Bevor du fragst. Die Welpen wissen, dass sie auch mal vorsichtig sein müssen. Schon allein wegen ihren Zähnen. Deshalb musste ich auch knurren. Aber keine Angst, ich werde dir nichts tun, versprochen", setzte Lukas in seinen Kopf.

Verwirrt sah sich Ewald um und doch schüttelten alle die Köpfe. Als er wieder zu Lukas sah, war er weg und er hörte nur, wie eine Tür zufiel. Verwirrt sah Ewald zu den andern und sie erklärten ihm, dass Lukas eine Fähigkeit besitzt, die nur ein Alpha hat. Aber auch nicht jeder Alpha ist in der Lage, diese Fähigkeit zu erlangen.

„Doch Papa hat diese Fähigkeit zwar auch besessen, aber nicht auf dem Niveau wie ich", sagte Lukas vom Geländer.

Ewald verstand nichts, aber Lukas sagte ihm, dass er diese Fähigkeit seit klein an besaß. Sie sprachen dann noch stundenlang, bis es dann dämmerte. Carina brachte die Welpen wieder zu den anderen und schärfte ihnen ein, niemandem etwas zu sagen. Selbst Matteo ging dann mit Cornelia. Jenny und Finn halfen noch etwas mit den Vorbereitungen für das Abendessen, ehe sie dann auch gingen. Lukas machte den Rest fertig, während Carina den Tisch deckte. Ewald war sich nur sicher, was nun auf ihn zukommen würde. Doch es zeigte sich, dass Lukas und Carina trotz ihrer Besonderheit sich ganz normal verhielten. Aber für Lukas hatte leider das Essen etwas Fades. Sogar für die anderen, doch Lukas musste seinen Großonkel daran erinnern, dass er nun auf einiges verzichten musste. Es fiel ihm zwar nicht leicht, aber damit muss er nun leben. Nur später in der Nacht konnte Ewald nicht mehr schlafen. Unruhig stand er auf und ging nach unten. Neben der Treppe sah er ein Bücherregal, was in der Wand eingelassen war. Dort sah er neben Büchern auch noch ein paar Bilder. Er sah sich jedes Bild an. Bei manchen war Lukas als Mensch, bei anderen ein Wolf abgebildet. Aber es gab auch Bilder mit seinem Vater, Finn und seiner Stiefmutter.

„Diese Bilder sind alles, was ich noch von Papa habe", sagte Lukas und sah zu Ewald nach unten.

„Ja, doch deine Mutter fehlt bei diesen Bildern. Ist das ge...", sagte Ewald verwirrt.

„Die Bilder mit und von Mama sind hier drüben. Papa hat gehofft, dass wenn ich die Bilder nicht so oft sehe, dass es für mich leichter ist", sagte Lukas und ging zum Kamin.

„Du scheinst sie immer noch zu vermissen, oder?", fragte Ewald vorsichtig.

„Natürlich vermisse ich sie. Genauso wie meinen Vater oder meine Stiefmutter. Doch im und fürs Rudel muss ich nun mal stark sein. Das ist der Nachteil daran, wenn man Alpha ist. Man darf kaum oder besser noch keine Schwäche zeigen. Da ist es nicht leicht, zu trauen", sagte Lukas und nahm ein Bild.

„Inwiefern ist dann nicht leicht, zu trauen? Etwa weil ihr auch Wölfe seid?", fraget Ewald verwirrt.

„Nein, nicht deswegen. Als mein Vater starb, musste ich sofort der Alpha werden", sagte Lukas.

Ewald hatte keine Ahnung, was Lukas damit meinte. Doch dieser wollte nur, dass sich Ewald setzte. Da erklärte Lukas alles, was Ewald wissen musste.

KAPITEL DREIZEHN

Am nächsten Morgen, die Sonne schien kaum über die Baumkronen, schlummerte Ewald noch friedlich. Doch da machte Lukas die Tür auf und kam auf ihn zu. Lukas versuchte, ihn zu wecken. Aber Ewald schlief weiter hin. Lukas ging dann kurz ins Bad und holt einen Becher voll kaltem Wasser. Als dann Carina ihn sah, nahm sie ihm den Becher ab und schickte ihn wieder ins Bad. Kopfschüttelnd stimmte Lukas zu und drehte um. Als sie dann die Dusche hörte, ging sie zu Ewald. Sie stellte den Becher ab und weckte Ewald etwas unsanft. Sie zog ihm einfach die Decke weg.

„Wie? Was? Carina, was ist denn los?", fragte Ewald, als er wach wurde.

„Morgen. Ewald. Du solltest besser aufstehen. Denn Lukas wollte dich mit kaltem Wasser wecken. Ich konnte ihm davon abhalten", sagte Carina.

„Wieso denn? Es ist doch erst halb acht. Warum seid ihr denn schon so früh wach?", sagte Ewald verschlafen.

„Tja, wenn man bei Wölfen lebt, muss man sich an unseren Tagesplan gewöhnen. Außerdem hat dein Arzt auf deine Entlassungspapiere geschrieben: Früh aufstehen. Also komm, zieh dich an und komm dann zu uns ins Wohnzimmer", sagte Carina und ging aus dem Zimmer.

Er konnte es nicht glauben, dass sie hier so früh aufstand. Aber nach dem, was Lukas immer sagte, dass er früher aufstand als alle andern, da konnte er sich ja auf etwas einstellen. Doch wenn er nicht bald aufstehen und sich anziehen würde, würde Lukas kommen und ihn vielleicht auch noch wirklich unsanft wecken. Als er mit einer Jeans und Socken vor dem Spiegel stand, sah er wieder die Narbe. Mit einer Hand fuhr er die Narbe entlang und sie fühlte sich immer noch fremd an. Egal was er auch nun machen würde, es änderte nichts mehr. In seinen Gedanken fragte er sich, ob diese große Narbe für immer bliebe. Doch da hörte er schon die Stimmen von Lukas und Carina. Er zog sich noch ein T-Shirt an und kam zu ihnen. Sie freuten sich schon, dass er nun auch bei ihnen war. Gemeinsam machten sie sich auf den Weg zu den anderen. Kaum, dass sie etwas aus dem Haus waren, da stürmten schon drei Kinder auf sie zu. Die beiden Mädchen liefen zu Lukas und Carina, doch der Junge kam direkt auf Ewald zu. Lukas und Carina freuten sich regelrecht darüber. Doch Ewald war etwas verwirrt. Es schien so, als würde der Kleine ihn schon lange kennen. Bald darauf kam auch schon die Frau auf sie zu, die auch gestern kurz bei ihnen war.

„Entschuldigt, doch die drei sind wie ein Haufen Flöhe. Nicht unter Kontrolle zu halten", sagte sie.

„Schon gut. Ich kann mich gut an die Teenager, nur zu gut, erinnern. Die waren genauso schwer unter Kontrolle zu halten", sagte Lukas lächelnd.

„Wir sind keine Flöhe", sagte eines der Mädchen.

„Ja, doch Flöhe sind schwer wieder loszuwerden. Ihr seid schwer zusammenzuhalten. Also fast dasselbe", sagte sie.

„So, jetzt kommt schon ihr drei, ab mit euch. Los am Abend spielen wir dann wieder, nur dieses Mal wird nicht an meinem Ohr gekaut", sagte Lukas.

Alle drei nickten und gingen mit der Frau wieder.

„Darf ich vielleicht fragen, was mit den dreien ist? Ich meine, der Junge kam auf mich zu und …", sagte Ewald verwirrt.

„Dass sie dir nicht bekannt vorkommen, wundert mich nicht. Denn das sind die drei Welpen von gestern", sagte Lukas.

Sprachlos sah er Lukas an, doch dieser sagte nichts mehr und ging zu den anderen. Carina blieb bei ihm und deutete zu den anderen. Nervös sah er alle an. Viele von ihnen schienen jung zu sein. Nur wenige waren älter als vielleicht dreißig. Die Worte, die Lukas sagte, kamen kaum bis zu seinem Ohr.

Beim Frühstück hörte Ewald, dass sich alle unterhielten. Doch ein paar Gesprächsfetzen konnte er mitkriegen. Ein paar sagten irgendetwas von einem Bauernhof. Andere unterhielten sich über die Bestellungen und auch über größere Kräuterbeete. Doch alles war für ihn undurchsichtig. Auch wenn er nur die Hälfte verstand, ahnte er, dass hier vieles zu tun sein würde. Aber als dann das Frühstück fertig war, halfen alle noch mit, alles wieder sauber zu machen. Ewald kannte das nicht. Aber Lukas merkte, dass es ihm scheinbar gut ging damit. Bald darauf zeigten Lukas und Carina ihm das Dorf. Doch als sie fast am Ende waren, hörten Lukas und Carina einen kleinen Streit. Als sie sich umdrehten, sahen sie auch schon die Streithähne. Sie konnten es nicht glauben, dass sich die beiden stritten. Ewald war verwirrt und fragte, was mit ihnen los sei. Keiner sagte ein Wort und deutete stattdessen zu den beiden. Ewald war verwirrt, da er nicht wusste, was mit ihnen los war. Lukas ging schon mal, ohne ein Wort zu sagen, auf die beiden zu. Als Ewald zu Carina sah, hörten sie schon Lukas einmal laut schreien. Doch die beiden hörten nicht auf, zu streiten. Lukas hatte keine andere Wahl und holte etwas aus seiner Hosentasche raus. Kurz hielt er es in der Luft, sodass es Carina sehen konnte. Sofort wurde Carina blass und sie drehte sich zu den anderen um. Ohne auch nur ein Wort zu sagen, hielten sich plötzlich alle die Ohren zu. Ewald verstand nun überhaupt nichts mehr. Kurz darauf hörte er die beiden schmerzhaft aufschreien. Er hörte nur, wie Lukas die beiden fragte, was mit ihnen sei und doch sagten die beiden scheinbar nichts. Doch Lukas schnappte sich die beiden an den Ohren und zog sie hinter sich her. Während er mit ihnen vorbeiging, hörte Ewald immer wieder ein „Au!". Da fragte er sich schon, was er mit ihnen vorhatte.

„Bevor du fragst: Die beiden haben sich über irgendetwas gestritten. Doch diese Hundepfeife muss ich vor Lukas verstecken. Sonst macht er das wieder", sagte Carina.

„Ja, nur Hundepfeifen sind doch … Oh ja,ihr habt ja sehr gute Ohren – glatt vergessen. Aber ich würde gerne wissen, worüber sie sich gestritten haben", sagte Ewald.

Doch Carina sagte ihm nichts und brachte ihn erstmal zur ihrer kleinen Werkstatt. Währenddessen schleppte Lukas die beiden mit sich mit. Mit ihnen ging er ins Haus und zog sie weiter in den Keller. Erst als sie dort waren, ließ er sie los. Schmerzverzerrt hielten sie sich das Ohr, an denen Lukas sie gepackt hatte.

„Okay, was ist mit euch beiden los?", fragte Lukas.

„Wieso fragst du da nicht Gerhard?", fragte David leicht verärgert.

„Ach, nun soll er also mich fragen? Ja? Was ist mit dir? Er könnte dich ebenso fragen?", fragte Gerhard sauer.

„So, wieso sollte er mich fragen? Dich zu fragen wäre vielleicht besser!", sagte David genauso sauer.

„Schluss damit, alle beide. Ihr benehmt euch ja wie ein altes Ehepaar! Ich meine, was ist denn nur los mit euch? Ich meine, seid ihr beide…", sagte Lukas und unterbrach ihren Streit.

David und Gerhard sahen sich an und wurden auf einmal ganz still. Erst da fiel es Lukas wie Schuppen von den Augen. Denn da bemerkte er einen Geruch in der Luft. Fassungslos sah er beide an und nahm sich den Drehstuhl, der neben ihm stand. Er drehte die Lehne so, dass er sich mit der Brust anlehnen konnte, und sah sie weiter hin fassungslos an.

„Okay, ihr beide seid Gefährten. Doch wieso habt ihr es denn nicht schon irgendjemanden gesagt? Oder mit Finn oder mit mir gesprochen, wenn ihr es dem Rudel nicht sagen wolltet?", fragte Lukas verwirrt.

„Lukas, du weißt doch, wie es bei uns ist. Zwei Männer als Gefährten ist nicht so einfach. Viele glauben, dass das nicht gut für das Rudel ist", sagte David, „Du weißt genau, dass ich es meinen Eltern nie sagen könnten."

„Ja, ich weiß unsere Kultur nimmt das nicht gerade gut auf. Aber wieso seid ihr damit nicht zu mir gekommen?", fragte Lukas verwirrt.

„Das ging nicht. Lukas alle wissen, auch Gerhard weiß, dass ich als sein Wächter eingesetzt wurde. Ohne dass du ihn sehen willst, wäre das nicht möglich gewesen. Allein schon wegen meinen Eltern nicht", sagte David bedrückt.

„Na toll, schon wieder dieses Thema. Meine Eltern würden das nicht verstehen … Meine Eltern sind engstirnig … Blablabla. So etwas ist echt lästig. Du hast immer wieder eine Ausrede, um es deinen Eltern nicht zu sagen. So etwas ist echt lästig. Wieso stehst du nicht zu uns?", sagte Gerhard wütend.

„Und du glaubst, dass ich es nicht möchte, doch ich kann nicht alles aufgeben. Meine Eltern planen schon, seit ich ein Welpe bin, alles durch. Den Ablauf meiner Beziehung, die Geburt meiner Welpen und sogar die Namen von ihnen. Wenn ich ihnen sage, dass ich schwul bin, werden sie alles tun, um mir alles wegzunehmen", sagte David bedrückter als zuvor.

„Du glaubst ernsthaft, dass du es nicht leicht hast. In meinem alten Rudel hieß es immer nur, dass der Stärkster gewinnt. Ich habe immer selbst um den kleinsten Krümel Essen kämpfen müssen. Keiner hatte Mitleid mit mir. Nur weil ich der Schwächste des Wurfes war. Mir hat keiner was geschenkt. Ich sah meine Eltern nur an meinen Geburtstagen. Ich sah sie nur an einem Tag. Sonst nie. Ich wurde, als ich drei Jahre alt war, mit den anderen des Rudels zusammen erzogen. Der Alpha hat uns selten aus den Augen gelassen. Glaubst du, ich hatte es leicht", sagte Gerhard und starrte ihn mit Tränen in den Augen an.

David merkte, dass er einen Fehler gemacht hatte. Aber er wusste nicht, ob er ihn in den Arm nehmen sollte. Lukas stand auf und ging auf Gerhard zu. Lukas legte eine Hand auf die linke Schulter.

„Ihr beide habt es nicht leicht. Du David mit deinen Eltern und du Gerhard mit deiner Vergangenheit. Aber wenn ihr nicht bald anfangt, euren kurzsichtigen Egoismus zu überwinden, werdet ihr nie das Wichtigste sehen. Wichtiger als die Vergangenheit oder die Eltern. Ihr werdet nie leben. Wenn ihr nicht zueinander steht, werdet ihr wirklich nie leben können. Egal wie, ob nun als Gefährten oder sonst wie. Das muss jetzt endlich in eure Köpfe rein. Also ich möchte in den nächsten Tagen keinen Streit zwischen euch schlichten müssen. Redet miteinander. Also raus mit euch. Na los, und keinen Streit mehr", sagte Lukas und ging mit ihnen wieder nach oben.

Auch wenn beide verwirrt waren, mussten sie es scheinbar nun endlich selbst klären. Kaum, dass sie aus dem Haus waren, gingen sie zum Gästehaus. Währenddessen musste Lukas sich fragen, wie oft er schon einen Streit schlichten musste. Er musste fast schon lachen deswegen. Doch er wusste, dass es oft vorkam. Aber daran konnte er nicht denken. Carina und Ewald kamen dann auch schon wieder. Ewald war fasziniert von dem, was er gesehen hatte. Doch er musste sich nun mal wieder setzen, denn das war etwas viel für ihn. Doch als er saß, da konnte er nicht glauben, dass sich hier eine ganze Gesellschaft aufgebaut hat. Lukas lächelte, als er das hörte. So was war für ihn fast schon eine Art von Kompliment. Für alle war es wichtig, zu wissen, dass sie geachtet wurden. Doch Ewalds Neugier siegte und so löcherte er Lukas, was mit den beiden nur los war. Lukas erklärte beiden, dass es da etwas Privates gab. Darüber konnte er nicht reden. Ewald kam es so vor, als würde es eine Schweigepflicht geben. Aber er verstand, warum Lukas nichts sagen konnte. Carina verstand es auch, doch da gab es noch was anderes. Dieses Thema brannte ihr schon lange unter den Nägeln.

„Lukas, jetzt sag schon, hast du schon ein Datum im Blick?", fragte Carina fast schon aufgeregt.

„Noch nicht. Aber vielleicht wäre der nächste Vollmond ganz gut. Doch ich frage mich, ob das nicht schon zu bald wäre. Wir haben da ja noch ein anderes Problem", sagte Lukas.

„Wartet mal. Datum? Ähm Vollmond? Problem? Wäre vielleicht einer so freundlich und würde mich ins Bild setzen? Bitte!", sagte Ewald fast schon flehend.

„Nun ja, Lukas hat vor, die Rudel zusammenzulegen. Und Vollmond wäre da eine gute Möglichkeit, weil da der Vater und die Mutter am stärksten sind. Unser Problem ist ein anderer Alpha, der uns ziemliche Schwierigkeiten macht. Doch sollte ich ihn sehen, dann sollte besser Lukas gewinnen. Denn sollte er über Lukas siegen, werde ich diesen Typen jagen, ihn umbringen, eingraben, dann wieder ausgraben, ihn klonen und dann all sein Klone auf eine brutale Art und Weise umbringen, um mich an ihm zu rächen", sagte Carina immer wütender.

Ewald rutschte immer weiter zum Ende der Couch. Selbst Lukas fühlte sich nun nur noch unwohl. Beide schluckten laut und sie wurden blass.

„Lukas, dein Freundin oder Gefährtin oder wie auch immer, sie macht mir jetzt wirklich Angst", sagte Ewald panisch. „Sagen wir es so. Ich nun auch. So kenne ich sie gar nicht", sagte Lukas auch etwas panisch.

Carina sah beide an und sie sah, dass beide durchaus nun Angst hatten.

„Sorry, mit mir sind wohl einfach nur die Pferde durchgegangen. Aber er hat einfach ein paar von uns ziemlich viel Leid zu gefügt. Da bin ich wohl einfach nur etwas sensibel", sagte Carina mit Tränen in den Augen.

Lukas und Ewald sahen sich an und sie schienen fast schon noch mehr Angst zu haben. Aber Carina musste sich dann kurz entschuldigen und ging raus. Als die beiden alleine waren, konnten sie sich nicht einig werden.

„Okay, also wenn ich ehrlich bin, weiß ich jetzt nicht, wie sie mir mehr Angst macht. Wenn sie sauer ist oder traurig davonstürmt", sagte Ewald blass.

„Naja, ich habe sie selber noch nie so gesehen. Sauer ja, aber das war mehr als nur sauer. Sie war stinksauer. Aber mir macht sie jetzt auch Angst. Ich hoffe nur, dass sie sich abregt. Schon alleine wegen dir", sagte Lukas.

„Wieso wegen mir? Sag nicht, sie passt auf mich auf, wenn du nicht hier bist?", sagte Ewald schockiert.

„Doch tut sie. Aber das meine ich nicht. Denn wenn sie sich anders abregen will, machst du kein Auge zu. Glaub mir, das wirst du nicht", sagte Lukas.

Verwirrt sah Ewald zu Lukas, bis ihm einfiel, was er damit meinte. Einerseits gefiel ihm der Gedanke schon, aber auf der anderen Seite wollte er das nicht hören. Schon gar nicht wissen. Doch Lukas meinte nur, dass er froh sein sollte, keine Wolfsohren zu haben. Doch da gefiel ihm der Gedanke gar nicht mehr. Gemeinsam saßen sie noch da. Doch Lukas musste sich dann wieder an den Computer setzen, um die Bestellungen zu sehen. Viele waren es nicht, doch Lukas war froh darüber. Er ahnte, dass es erst dazu kam. Doch die Bestellungen, die sie nun hatten, waren wichtig. Lukas musste sofort los. Ewald sah ihm nach und sah, wie er mit zwei weiteren in ihre kleine Halle ging. Er konnte nur ahnen, was sie nun dort machten. Ewald versuchte, sich etwas abzulenken, und holte ein Kreuzworträtsel Heft und versuchte sein Glück, bis Carina wieder kam. Fast schon bedrückt sah sie Ewald an.

„Es tut mir leid, falls ich dir Angst gemacht habe, aber unser Problem ist ziemlich schlimm für mich. Er hat jemanden aus meinem Rudel umgebracht", sagte Carina und sah zu Boden.

„Schon gut. Ich muss mich daran gewöhnen. Aber du kannst mir vielleicht ein paar Dinge erklären", sagte Ewald und legte das Heft wieder weg.

„Ja klar. Wenn es dir Lukas noch nicht erklärt hat, dann erkläre ich es dir", sagte Carina.

Sie erklärte ihm alles von ihrer Kultur und ihrem Vorhaben. Lukas ahnte nichts davon und ging die Bestellungen durch. Sie stellten alles richtig zusammen und Lukas legte noch die Rechnung mit der Bankverbindung dazu und machte den Karton noch zu. Sie wussten genau, dass sie bald die Bestellungen wieder mal zur Post bringen mussten. Aber das würde Lukas wohl morgen noch vor der Arbeit machen. Er wollte, wenn es nur so wenige Bestellungen waren, nicht jemanden damit belästigen. Noch würde er es schaffen. Doch er machte sich dennoch Sorgen. In den letzten Tagen waren immer wieder zerfetzte Tierkadaver zu sehen. Aber Matteo konnte sich auch umhören. Seine Polizeikollegen sagten ihm, dass es immer wieder zu Begegnungen mit schwarzen Wölfen kam. Aber einer war zum Fürchten, mit seinen gelben Augen. Selbst die Jäger sind nur mehr immer zu zweit unterwegs. Wanderungen durch den Wald wurden unterbunden. Doch Lukas seine Leute konnten weiter bleiben, doch sie mussten ein paar Vorsichtsmaßnahmen treffen. Man konnte Lukas anmerken, dass er angespannt war. Doch er musste sich in Geduld üben und hoffen, dass ihre Maßnahmen ausreichen. Selbst ihre Wachen waren stets auf der Hut. Aber Lukas sah sich nach getaner Arbeit um und war schon mal froh, dass es im Rudel ruhig war. Aber keiner ließ auch nur eine Sekunde seine Wachsamkeit ruhen. Auch wenn sie mehr Sicherheit als normale Menschen hatten, mussten sie immer noch vorsichtig sein.

Aber da fiel Lukas etwas anderes ins Auge. David und Gerhard spielten mit den drei Kleinen. Doch das war noch nicht alles. Je länger Lukas ihnen zusah, desto mehr Welpen kamen zu ihnen. Alle spielten ausgelassen, als wären sie nicht in Gefahr. Kurz sah er ihnen noch zu, doch leider musste er sich von dem süßen Bild losreißen und wieder zurück. Er wollte sich nicht ausmalen, was eine Wölfin mit seinem Großonkel machen könnte. Doch kaum, dass er wieder in seinem Haus war, sah sein Großonkel ihn verwirrt an. Lukas hatte ein mieses Gefühl dabei.

„Ich nehme an, dass dir Carina etwas von unserer …", sagte Lukas und wappnete sich.

„Ich hoffe nur, dass du das nicht machen wirst. Denn wenn er dich wirklich herausfordert, dann nimm besser nicht an", sagte Ewald fassungslos und sauer.

Carina sah beide an und sie hoffte nur, dass die beiden sich nicht gegenseitig an die Kehle gingen. Doch Lukas stand nur da und sagte nichts.

„Wenn ich eine andere Wahl hätte, würde ich das auch tun. Doch genau das habe ich nicht. Wenn ich herausgefordert werde, muss ich sie annehmen", sagte Lukas fast schon unbeeindruckt.

„Ähm …Ich glaube ich höre nicht richtig. Man hat immer eine Wahl. Du hast eine wunderbare Frau, ein großes Rudel, wie ihr es nennt, und du wirst auch noch …", sagte Ewald.

„Jeder anderer hier hat eine, ich nicht. Ich bin der Alpha. Wenn ich um meine Position herausgefordert werde, dann muss ich annehmen. So will es unsere Kultur", sagte Lukas und ging zu einem Fenster und sah hinaus.

„Kultur hin oder her, wenn es um dein Leben geht, dann sollte es da doch eine Regelung geben. Oder einen Schiedsrichter", sagte Ewald verwirrt.

„Bei uns Wandlern gibt es sowas nicht. Sollte ein Alpha herausgefordert werden, muss er annehmen und das ist nun mal ein Kampf um Leben und Tod. Nur der stärkste Alpha überlebt und übernimmt das Rudel des Verlierers. So war es schon seit Anbeginn der Zeit. Früher als es noch Dutzende Arten von den Wandlern gab, war es nicht so einfach", sagte Lukas.

„Arten? Wie viele gab es denn einst?", fragte Ewald verwirrt.

„Keine Ahnung. Ich weiß nur, dass es bis auf Reptilien, Insekten und Fische etliche Arten gab. Doch wie viele genau, kann keiner sagen. Alle, die jetzt noch leben, haben kaum andere Wandlerarten gesehen. Nicht einmal ich. Wir, die Wölfe, sind die Letzten unsere Art", sagte Lukas und sah ihn streng an.

Verwundert setzte er sich und sah Lukas verwirrt an.

„Ihr seid die Letzten eurer Art? Und da habt ihr euer Geheimnis mir anvertraut?", sagte Ewald fragend und fassungslos.

„Ja. Aber keiner von uns glaubt, dass du eine Gefahr für uns bist. Zumindest die meisten nicht. Deshalb hat Lukas es dir ja auch gesagt", sagte Carina ruhig.

Ewald nickte nur und er hoffte, dass er diesem Geheimnis auch würdig war. Den restlichen Vormittag sprachen sie über ihre Kultur und auch über die unterschiedlichen Aufgaben von jedem Einzelnen. Ewald war beeindruckt darüber, dass die Talente eines jeden Einzelnen bestmöglich genutzt werden. Ganz gleich, welches Talent er auch immer hatte. Jeder hatte seinen Platz, jeder war wichtig, keiner war unwichtig. Lukas nutzte jedes Talent so aus, dass sich niemand ausgeschlossen fühlt. Carina erzählte auch von ihrem Rudel, wie es war, als ihr Vater noch lebte und sie in ihrem Rudel lebten. Sie erzählten ihm sogar von ein paar Legenden. Manche Legenden waren schon viele Jahrhunderte alt, andere erst nur wenige. Ewald lief fast schon eine gewaltige Gänsehaut über den Körper. Allein schon wie Lukas ihm die Legende des dunklen Zeitalters erzählte, wurde ihm ganz anders.

„Wow, kennen alle diese Legende?", fragte Ewald, als Lukas ihm alles erzählt hatte.

„Nein. Fast keiner weiß noch von dieser Legende. Aber auch nur, weil sie während der Wolfsverfolgung in Vergessenheit geraten ist. Genau das, was nicht in Vergessenheit geraten hätte sollen, wurde vergessen", sagte Lukas stand auf und sah beim Fenster raus.

„Ja, doch es war ja auch das dunkle Zeitalter. Auch bekannt als das finstere Mittelalter, falls du es vergessen hast", sagte Ewald mit skeptischer Stimme.

„Nun finster oder dunkel war es nur für die Menschen, wenn ich es so sagen darf. Aber abgesehen von den Taten mancher Alphas war es die Zeit der Wandler. Die Wandler-Königreiche waren sehr weitläufig, nach dem was mir meine Großmutter erzählt hat", sagte Carina.

„Ja, das waren sie. Schon alleine das von Carl, dem Tyrannen. Sein Königreich war gigantisch. Aber auch nur weil er nicht nur menschliche Königreiche, sondern auch Wandlerreiche überfiel. Er war größenwahnsinnig. Für ihn waren Menschen nur schwach, den Wandlern nicht einmal ebenbürtig. Er wusste genau, dass Silber nur den Reichen vorbehalten war. Doch das ist nun Geschichte. Aber der Neue glaubt, er müsste dieses Erbe anstreben", sagte Lukas.

„Moment, Carl? War das etwa ein so schlimmer Typ?", fragte Ewald.

„Schlimm? Schlimm ist gar kein Ausdruck. Er war tyrannisch, Menschen ließ er unbewaffnet gegen Bären antreten. Teils echte Bären, teils Bärenwandler. Nur zu seinem Vergnügen", sagte Lukas verbittert.

Ewald und Carina verstanden nicht, wieso ihm das so nahe ging. Sie wollten schon wissen, warum. Doch Lukas meinte nur, dass er es ihnen sagen würde, sobald Jenny, Finn, Matteo und Cornelia da waren. Das mussten alle erfahren. Nicht nur wenige. Sie stimmten zwar zu, doch beide hatten ein komisches Gefühl dabei. Lukas wollte sich nun nicht mehr damit herumschlagen. Schnellen Schrittes ging er in sein Büro. Verwundert darüber blieben die beiden alleine zurück. Ewald nahm sich ein Kreuzworträtselheft zur Hand und versuchte, ein paar Rätsel zu lösen. Carina holte sich ein Buch und fing an zu lesen. Manchmal hörten sie Lukas mit einem Stift auf seinen Schreibtisch klopfen. Ewald musste etwas lachen dabei. Diese Eigenheit hatte schon seine Mutter, als sie jung war. Ihn wunderte es, dass Lukas fast schon ein Ass in Mathematik war. Seine Mutter war da nicht ganz so gut darin gewesen. Er wusste nun nicht mehr, wie oft er den beiden geholfen hatten. Nur in anderen Dingen musste er die beiden um Hilfe bitten. Carina merkte das, doch sie sagten nichts. Aber der Wunsch nach mehr Infos aus Lukas Kindheit wurde immer größer. Doch sie versuchte, sich zu beherrschen, und las weiter. Doch nur so lange, bis auch Ewald mit dem Stift auf den Tisch klopfte. Kurz versuchte Carina, das zu überhören. Leider wurde das für sie langsam zu viel.

„Ewald, kannst du bitte damit aufhören. Es reicht, wenn ich Lukas höre, wenn er das macht", sagte Carina zu Ewald.

„Hm was? Oh, tut mir leid. Ist leider eine dumme Angewohnheit von mir. Ich versuche schon lange, damit aufzuhören. Doch leider ohne Erfolg, wie man sieht", sagte Ewald.

„Schon in Ordnung. Ich bin das nur nicht gewöhnt, dass zwei Männer das machen", sagte Carina und sah zu ihm.

„Okay. Dann werde ich versuchen, mit einem Radiergummi zu klopfen. Ich hoffe nur, dass das dich nicht stört", sagte Ewald fast schon schuldbewusst.

„Macht nichts. Aber ich möchte dich was fragen", sagte Carina neugierig.

„Klar, frag ruhig", sagte Ewald.

Da musste Carina ihn fragen, wie Lukas als Kind war. Oder wie er in der Schule so war. Ewald musste nicht lange überlegen. Da er für Lukas und seine Mutter eine Stütze war. So fing Ewald an zu erzählen, dass Luka in der Schule gut war, nur Freunde hatte er nur wenige, doch wenn er zu Hause war, da blühte er auf. Seine Mutter hatte stets Mühe, ihn wieder runterzubekommen. Aber in den Ferien war Lukas oft bei seinem Vater oder im Sommer schwamm er richtig gerne. Man konnte ihn kaum aus dem kühlen Nass wieder rausbekommen. Carina hörte gerne zu und was sie über Lukas erfuhr, war richtig toll.

„Wenn du etwas über mich wissen willst, wieso fragst du mich nicht?", fragte Lukas an die Treppe gelehnt.

Beide erschraken sich, da sie ihn nicht kommen gehört hatten.

„Kannst du mir jetzt bitte mal erklären, wie du das machst? Als Kind habe ich dich schon aus kilometerweiter Ferne gehört und nun nicht mehr", sagte Ewald erschrocken.

„Sorry. Aber das liegt daran, dass ich eine enge Verbinndung zu meinem Wolf habe. Nach dem Tod von Mama gab es Tage, da bin ich nur ein Wolf gewesen. Es ist leichter, ein Wolf zu sein als ein Mensch. Der Wolf geht mit Gefühlen anders um als der Mensch", sagte Lukas.

Verwirrt sah Ewald Lukas an. Aber Carina klinkte sich schon ein.

„Du musst wissen, wenn ein Elternteil stirbt, ist es fast schon einfacher, ein Wolf zu sein als ein Mensch zu sein. Liegt daran, dass der Wolf die Gefühle einfacher verarbeitet als der Mensch. Vor allem Kinder sind da öfter und lieber Wölfchen. Doch da ist auch ein gewisses Risiko", sagte Carina zu Ewald.

„Wir müssen sowohl Zeit als Mensch wie auch als Wolf verbringen. Sonst geht der andere Teil verloren, wenn wir zu viel Zeit als der andere verbringen. In der Zeit der Verfolgung ist das oft vorgekommen. Geht zum Beispiel der Wolf verloren, weil wir zu viel Zeit als Mensch verbringen, sind wir zu einem Leben in Unausgeglichenheit verdammt. Geht der Mensch verloren, verlieren wir die Kontrolle über den Wolf und er wird zu einer Bestie, die Kinder und Jugendliche anfällt oder auch Erwachsene. Vorzugsweise Frauen, die älter als Sechzehn waren", sagte Lukas.

Bei diesen Worten verschluckte sich Ewald heftig. Nach seinem Husten sah er Lukas mit großen runden Augen an.

„Warte mal, willst du mir etwa sagen, dass das auch zur Bestie…", sagte Ewald verwirrt.

„Ja. Aber nicht nur dort. Auch in Deutschland, Italien oder Bulgarien ist das vorgekommen. Aber dort hat es nicht so ein Ausmaß angenommen", sagte Lukas betroffen.

Ewald schluckte und nun verstand er so einiges. Doch die Angst vor Wölfen war doch schon immer in den Menschen tief verwurzelt. Sie sprachen noch eine ganze Weile miteinander. Nach dem Mittagessen ging Ewald nach oben und legte sich etwas hin. Carina schaute zu den anderen und fragte, auch ob etwas vorgefallen war. Doch jeder Wächter, den Sie fragte, verneinte dies. Beruhigt, aber dennoch angespannt machte sie eine Runde ums Dorf. Noch war alles ruhig, doch sie wusste, dass es sich jederzeit ändern konnte. Nachdem sie auch noch Zeit mit den Welpen verbracht hatte, ging sie wieder zurück. Als sie heimkam, war Lukas nicht mehr zu sehen. Sie glaubte, dass er entweder im Büro oder im Keller war. Doch seine Duftspur führte nach oben. Sie folgte ihr. Aber es führte sie an jedem Zimmer vorbei. Bis zu einer Tür im Obergeschoß. Sie machte die Tür auf und Lukas Duft wurde intensiver. Langsam ging sie die Treppe rauf und stand dann vor einer weiteren Tür. Verwirrt machte sie die Tür auf.

„Scheiße. Wieso musste ich damals nur recht haben. Genau das. Papa hat sich auch mit dem Thema beschäftigt", sagte Lukas und hielt ein Buch in den Händen.

„Lukas, was ist denn los?", fragte Carina und kam auf ihn zu.

„Etwas, wovon ich eigentlich gehofft habe, dass ich mich irre. Aber leider irre ich mich nicht. Bisher habe ich mir noch nie so sehr gewünscht wie jetzt, dass ich mich irre", sagte Lukas.

„Worüber irren? Ich verstehe rein gar nicht mehr", sagte Carina verwirrt.

„Okay, du kennst die alte Legende von Carl, dem Tyrannen", sagte Lukas und drehte sich zu ihr um.

„Ja, tu ich. Er hatte auch einen Sohn", sagte Carina verwirrt.

„Genau und dieser Sohn hatte zwei Frauen nacheinander. Die Erste war seine vorbestimmte Gefährtin, die Zweite zwar nicht, aber er brauchte eine Königin. Und er hatte drei Kinder Zwei Söhne, eine Tochter", sagte Lukas zu ihr.

„Okay, das ist für mich neu. Aber was hat das mit unserer Situation zu tun?", fragte Carina fragend.

„Nun Carls Enkelkinder sind in unterschiedliche Richtungen gegangen. Sein ältester Enkelsohn, Adam der weiße Wolf, hat sich in eine Menschenfrau verliebt und Kinder mit ihr gezeugt. Er ist der Vorfahre meiner Mutter, damit auch meiner. Sein mittlerer Enkelsohn Joachim war ein reiner Wolf und ist der Vorfahre meiner Vater, damit auch meiner und der von Finn. Doch seine Enkeltochter hatte zwar auch einen Gefährten, aber sie ist im Kindbett verstorben. Angeblich auch ihr Kind", sagte Lukas zu ihr.

Carina musste schlucken und sie wurde gleich einmal blasser als ein Stück Kreide. Lukas stellte sich zu ihr und nahm sie auf seine Amre. Unten legte er sie ab und holte ihr erst einmal etwas zum Trinken. Blass nahm sie das Glas entgegen und leerte es in nur einem Zug. Lukas sah das mit großen Augen. Er kannte das ja nur vom Karl. Aber Lukas ahnte, was Carina sagen wollte. Doch noch bevor sie etwas sagen konnte, kamen auch schon Matteo, Cornelia, Finn und Jenny wieder. Alle sahen Lukas verwirrt an. Selbst Ewald kam schon zu ihnen runter und fragte, was los war.

„Tja, das erfährt ihr in drei ... zwei ... eins", sagte Lukas und zeigte auf die Tür.

Jenny machte die Tür und Lukas zeigte mit einem Fingerschnipsen auf Carina. Sie sprang sofort auf und sprach wie von der Tarantel gestochen darauf los.

„Wieso hast du mir das nicht gesagt? Ich meine, das ist ja auch viel! Aber dennoch, wieso hast du nicht gesagt! Nun ich verstehe ja, wieso, aber du hättest was sagen können. Oder etwa nicht? Bin ich es leicht nicht wert, das zu wissen? Ich als deine ...", sagte Carina und fing schon fast an zu hyperventilieren.

„Okay Carina, ganz ruhig atmen. Beruhig dich. Okay, aber jetzt erst mal alle hinsetzen und Ohren auf. Ich muss euch etwas sagen", sagte Lukas.

Erst als alle auf der Couch saßen, stellte sich Lukas vor ihnen hin.

„So viele von uns kennen die alte Legende. Die Legende des dunklen Zeitalters. Tja, da gibt es noch etwas, was ich euch sagen muss", sagte Lukas.

„Warte, Lukas. Du denkst doch nicht etwa an das, was ich denke, dass du denkst, was du uns sagen willst", sagte Finn schockiert.

„Kommt darauf an, denkst du an das, was ich denke, dass du denkst, dass ich denke, dass du denkst, dass ich das sagen möchte", sagte Lukas und sah zu Finn.

Das Ganze ging noch ein paar Mal hin und her. Doch Ewald reichte es nach einiger Zeit und er entschuldigte sich schon im Vorfeld. So pfiff Ewald einmal laut. Lukas und Finn hielten sich die Ohren zu und krümmten sich leicht. Darauf rieben sich die beiden ihre Ohren.

„Okay, könnt ihr uns vielleicht mal sagen, was hier los ist? Ihr beiden streitet hier herum wie Kinder und sagt nicht, was los ist?", sagte Ewald verwirrt.

„Nun gut, es ist so ...", sagte Lukas, als er sich wieder aufrichtete.

„Lukas, das kannst du nicht sagen. Es werden dich gerade dann alle hassen. In dir fließt sein altes Blut", sagte Finn.

„Welches Blut? Wieso hassen, kannst du uns das sagen?", fragte Matteo verwirrt.

„In dieser Legende gibt es einen Wolf: Carl, den Tyrannen. Er war ein furchtbarer Wolf, er hielt die Menschen für schwache Wesen. Doch sein Sohn Stefan war da anderer Meinung, seine Gefährtin war einen normale Menschenfrau. Nach einiger Zeit tötete Stefan seinen Vater und übernahm die Führung. Er gab denen, die ihre Reiche verloren hatten, ihre Reiche wieder. In den nächsten Jahren wurde er dreifacher Vater. Sein ältester Sohn Adam, der weiße Wolf, übernahm nach dem Tod seines Vaters die Führung. Doch die Wolfsverfolgung zwang alle, sich zu verstecken. Aber seine jüngeren Geschwister nahmen andere Wege. Adam fand seine Gefährtin bei den Menschen, sein jüngerer Bruder bei den Wölfen, seine Schwester auch – doch sie starb damals, als sie ihr Kind gebar. Ihr Kind verstarb auch. Adams Kinder sind die Vorfahren meiner Mutter. Die Kinder von seinem jüngeren Bruder sind die Vorfahren meines und Finns Vater. Damit auch bist du ein Kind von Adam Großonkel. Den Beweis habe ich hier. Papa hat sich mit Ahnenforschung beschäftigt und der Ring ist auch ein Beweis dafür", sagte Lukas zu allen.

Alle sahen ihn geschockt an. Lukas konnte zusehen, wie die Farbe aus ihren Gesichtern wich. Schnell holte Lukas allen was zu trinken. Alle brauchten erst mal ein paar Minuten, um das gerade Gehörte zu verdauen. Doch sie wussten nicht, wie sie damit umgehen sollten. Doch Carina stand auf und kam auf Lukas zu.

„Lukas, hör zu. Mir ist es egal, welches Blut durch deine Adern fließt. Ich liebe nur dich und das allein zählt für mich", sagte Carina und sah Lukas in die Augen.

„Lukanus. Wir kennen uns schon seit dem Kindergarten. Du hast stets alles getan, um anderen zu helfen. Das ändert nichts. Sei una persona eccezionale", sagte Matteo.

„Stimmt schon. Doch ihr müsst auch verstehen, dass diese Angst tief in mir war", sagte Lukas.

„Das verstehen wir auch. Nur kannst du bitte sagen, was Matteo gesagt hat", sagte Carina.

„Du bist ein toller Mensch. Hat Matteo gesagt. Ich weiß zwar, dass alle so denken, doch nach dem habe ich auch ein paar Zweifel", sagte Lukas.

„Zweifel haben dich doch noch nie aufgehalten. Immerhin hast du ja auch mal bei einem Wettbewerb teilgenommen und gewonnen", sagte Ewald.

„Das war was anderes. Es war nur zum Spaß", sagte Lukas.

„Zum Spaß? Lucky, als du diesen Wettbewerb gewonnen hast, hat dir dieser Typ angeboten, deine Geschichten zu lesen. Du hättest es auch veröffentlichen können. Da hast du auch Zweifel gehabt. Und dann auch noch abgelehnt", sagte Finn.

„Nicht abgelehnt. Gerhard hat gesagt, dass ich überlegen soll und ich kann mich jederzeit melden", sagte Lukas.

„Okay, nur kannst du uns vielleicht sagen, woher weißt du das von diesem Adam und seinen Geschwistern", sagte Carina fragend.

Lukas verschlug es sofort die Sprache. Sein Mund wurde sofort trocken, doch alle warteten auf eine Antwort. Alle sahen Lukas fordernd an. Doch Lukas musste immer wieder aus Verlegung husten. Er druckste herum und versuchte, von seiner Erklärungsnot abzulenken. Keiner wollte nachgeben. Jeder von ihnen brannte vor Ungeduld. Lukas wusste, dass er es nicht lange mehr für sich behalten konnte. Alleine schon sein Großonkel wusste, wie er Lukas ansehen musste, um alle Infos zu bekommen die er wollte. Zum Glück von Lukas kam sofort jemand bei der Tür herein.

„Lukas, du musst sofort kommen, wir haben ein Problem!", sagte ihr Arzt Markus.

„Was für ein Problem? Verletzter Wanderer? Wilde Bären? Eine wild gewordene Wildschweinrotte? Egal, was, sag es sofort", sagte Lukas aufgebracht.

„Nein. Nein und nein. Es ist dieser Alpha. Er ist wieder da. Leider", sagte Ernst.

„Okay, wir kommen sofort. Gib mir nur kurz Zeit. Ich habe hier noch was zu klären. Eine Minute", sagte Lukas.

Ernst sah er zu den anderen und er ahnte, dass es nicht mehr lange dauerte. Er nickte nur und ging wieder raus. Lukas drehte sich zu den anderen um.

„Tja, ich würde gerne eure Fragen beantworten, aber da sind wichtige Alphaangelegenheiten, um die ich mich kümmern muss. Bis gleich", sagte Lukas.

Finn aber wollte sich damit nicht zufriedengeben und eilte zur Tür und stellte sich vor sie hin.

„Du verschwindest jetzt nicht. Wir wollen Antworten, jetzt", sagte Finn wild entschlossen.

Doch Lukas nahm Finn bei den Schultern, packte ihn und hob ihn hoch. Direkt neben der Tür ließ Lukas Finn wieder runter und ging hinaus. Verwundert sah Finn zu den anderen.

„Hat er gerade … Ich meine hat er mich … Wirklich? Er hat … Lukas!" sagte Finn verwirrt und eilte Lukas hinterher.

Die anderen fragten sich, ob sie ihnen hinterher sollten. Doch Carina meinte, dass es für Jenny, Matteo und Ewald gefährlich sein könnte. Sie verstanden es zwar, aber sie wollten trotzdem hinterher. Jenny zog sich noch ein paar ihrer Silberringe über ihre Finger. Gemeinsam machten sie sich auf den Weg. Kaum, dass sie aus dem Haus waren, brauchte man keine Wolfsohren, um zu hören, dass es einen sehr großen Streit gab. Ohne zu zögern, gingen sie zu der Gruppe. Auch wenn die meisten nicht sehr zufrieden damit waren, durften sie sie nicht aufhalten.

„Du bist eine Schande für unsere Art. Du lässt zu, dass Menschen von uns erfahren. Ein wahrer Alpha lässt so etwas nicht zu. Ein wahrer Alpha würde Menschen zu seinem Eigentum machen", sagte dieser komische Typ, der vor Lukas stand.

„Ein wahrer Alpha würde allen helfen, nicht nur seinen Leuten, sondern auch denen, die Hilfe brauchen. Ganz gleich ob nun Wolf oder Mensch", sagte Lukas bedrohlich.

„Dann möchte ich wissen, wieso du einen Menschen hier leben lässt", sagte der Typ.

„Ich glaube nicht, dass ich dir etwas sagen muss", sagte Lukas. Fast schon zornig sah dieser Typ Lukas an. Er wollte schon auf ihn losgehen. Doch da zog das ganze Rudel seinen Kreis enger. Fast schon verwirrt sah sich dieser Typ um und war erstaunt. Aber er knurrte wild, selbst seine beiden Begleiter fingen an zu knurren. Aber das Rudel stand hinter Lukas.

„Du hast jetzt nur eine Chance, verschwinde von hier. Und höre auf, nur einseitig zu denken", sagte Lukas drohend.

Dieser Typ wollte wieder auf Lukas los, doch da kam bereits einer seiner Begleiter auf ihn zu.

„Alpha. Wir müssen von hier weg. Keiner von uns hat eine Chance gegen die alle. Dieser Hybride scheint stärker zu sein, als ich vielleicht glaube", flüsterte sein Begleiter ihm ins Ohr.

„Das ist noch lange nicht vorbei. Hybride. Ich hole mir, was mir zusteht", sagte dieser Kerl und ging.

Seine Begleiter deckten seinen Rückzug und verschwanden auch. Lukas ließ die Wächter sie verfolgen. Angst machte sich in allen breit. Aber am meisten fürchteten sich die Kinder. Lukas bat alle, dass sie sich nun beruhigen müssten. Er würde es nicht zulassen, dass jemandem etwas angetan würde. Trotz dieser Worte wollte Lukas auch, dass sie nur noch zu dritt in den Wald gehen. Gerhard wie auch David gingen zu den Kindern und versuchten, sie zu beruhigen. Auch wenn sie weinten, blieben sie bei ihnen und taten alles, um sie zu auf andere Gedanken zu bringen. Lukas kam auf Jenny und Co zu. Die Angst war ihnen ins Gesicht geschrieben. Lukas ging mit ihnen wieder ins Haus. Jessica übernahm die Koordination der Wachdienste. Als sie wieder im Haus waren, setzten sich alle wieder. Lukas aber stand da und sah alle an.

„Ich glaube, ihr braucht nun wirklich eine Antwort von mir", sagte Lukas zu ihnen.

Alle sahen ihn an und sahen ihn wieder fordernd an. Lukas wusste, dass sie eine Antwort brauchten. Er brachte allen etwas zu trinken. Jeder nahm sich was und wartete auf die Erklärung.

„Nun seit einiger Zeit habe ich Träume. Träume, die mich fast schon um den Verstand bringen. Da ich immer wieder die Alphas von früher sah. Jeden Alpha, der einst unser Rudel anführte. Sie erzählten mir verschiedene Dinge von ihrem Leben. Aber nicht nur das, sie gaben mir auch Ratschläge. Doch vor Kurzen traf ich Adam, den weißen Wolf, und seine Geschwister. Sie erzählten mir von ihrem Leben. Alle bis auf ihre Schwester", sagte Lukas zu ihnen.

Alle sahen ihm verwirrt an. Finn und ja selbst Matteo sahen Lukas mit offenem Mund an. Auch wenn sie verwirrt waren. Doch die Stille war für manche zu viel.

„Moment mal? Du hast mit allen Alphas deines Rudels gesprochen, auch dieser Adam und sein Bruder. Aber ihre Schwester hat nichts gesagt?", sagte Carina verwirrt und fragend.

„Ja und nein. Ich konnte mit ihr noch nicht mal reden. Sie sagten mir nur, dass alles zur richtigen Zeit kommt. Ich weiß nicht mal, ob das, was in den Büchern steht, stimmt. Glaubt mir, ich habe keine Ahnung, wieso sie alle zu mir kommen. Denn alles, was ich über das Reich des Vaters und der Mutter weiß, sagt mir, dass es eigentlich unmöglich sein sollte", sagte Lukas zu ihnen.

„Ja, nur könnten sie sie nicht zu dir schicken", sagte Matteo.

„Ja, schon, doch. Nur vielleicht, wieso sollten sie die verstorbenen Alphas zu mir schicken? Ich meine, das ergibt doch keinen Sinn", sagte Lukas.

Ewald legte seine Stirn in Falten und überlegte, was das bedeuten könnte. Dann wie von einer Kobra gebissen, wurde er blass. Noch ehe jemand fragen konnte, platzte es aus ihm heraus.

„Ich ahne, warum sie das tun. Vielleicht wollen sie dir helfen, die Vergangenheit besser zu verstehen oder vielleicht sogar, um dir etwas zu sagen, was keiner weiß, bis auf die Toten. Egal welche Variante, beide wären möglich", sagte Ewald entschlossen.

Doch noch bevor einer etwas sagen konnte, ging die Tür auf und Jessica kam aufgebracht zu ihnen.

„Lukas, wir haben noch ein Problem!", sagte Jessica.

„Was für ein Problem denn diesmal?", fragte Lukas fast schon wütend.

„Tobias wie euch eure Großmutter sind verschwunden. Einige haben sie, seitdem dieser Alpha ging, zuletzt gesehen", sagte Jessica.

Lukas wurde mit einem Mal blass und überlegte. Finn aber sah ihn fast schon wütend an.

„Ich will dir ja nicht sagen: ‚Ich hab es dir ja gesagt!', aber in dem Fall …", sagte Finn.

„Spar es dir. Wir haben ein Problem. Wirklich", sagte Lukas. Alle sahen Lukas fragend an. Doch Lukas sagte ihnen, was er über die beiden herausgefunden hat. Jeder wurde im Bruchteil einer Millisekunde kreidebleich. Sie konnten es nicht glauben, was sie da hörten. Lukas aber sagte zu Jessica, dass es sofort eine Rudelzusammenkunft geben soll. Nur widerwillig stimmte sie zu. Sie verließ den Raum. Lukas wusste, dass er sich auf einiges gefasst machen konnte. Nach nur ein paar Minuten waren alle schon neugierig, was Lukas ihnen sagen wollte. Kaum, dass Lukas und die anderen bei ihnen waren, sagte Lukas alles, was er in den letzten Wochen zusammengetragen hatte. Alles, was seine Großmutter und Tobias taten, sagte er ihnen. Zuerst waren sie alle nicht gerade begeistert, warum Lukas das vor ihnen geheim gehalten hatte. Doch dann verstanden sie seine Sorge. Jeder sagte ihm dann, dass sie dennoch weiterhin hinter ihm stehen würden. Lukas war froh, dass sie immer noch zu ihm standen, doch nun würde sich für alle einiges ändern. Alle würden nun noch besser auf die anderen aufpassen und vor allem auf die Kinder. Aber viele, die bereits ihren Gefährten gefunden hatten, überlegten, ob sie nicht noch einen Welpen bekommen sollten. Aber Lukas bat auch Jenny darum, die Konten vom Rudel zu sichern. Jenny tat alles, was sie tun konnte. Vor allem setzte sie sich mit Lukas zusammen, um ein weiteres Konto zum Schutz ihres ganzen Geldes zu eröffnen. Lukas gefiel die Idee und stimmte zu. Finn würde das auch beobachten. Doch nun müssten sie noch vorsichtiger sein als zuvor. Am Abend aßen alle zusammen. Da sah Lukas auch, dass einer der drei Kleinen die ganze Zeit bei David und Gerhard saß. Insgeheim fragte er sich, ob sie nun endlich mit seinen Eltern gesprochen hatten. Doch er wollte nicht weiter darauf eingehen. Jedoch wuchs in ihm selbst der Wunsch nach Sicherheit. Doch er ahnte, dass sie nicht in Sicherheit sein werden, bis dieser Georg tot war. Er wusste, dass bald eine Herausforderung auf ihn zukommen könnte. Aber nun zählte nur, dass sie hier alle beisammen sein konnten.

KAPITEL VIERZEHN

Die Nacht und der Morgen blieben ruhig. Alle genossen es, solange es noch möglich war. Lukas musste nur dann zur Arbeit. Keiner wollte Lukas gehen lassen, doch er musste los. Carina und Jessica übernahmen den Schutz des Reviers und sein Großonkel übernahm den Computerdienst. Jessica und Carina schauten immer wieder zu ihm wegen den Bestellungen. Aber er behielt auch die Konten im Blick und würde sofort Alarm schlagen. Doch während Ewald alles im Blick behielt, fiel ihm am Computer etwas auf. Mit einem unguten Gefühl öffnete er den Ordner und sah einige Dokumente. Ewald gefiel es zwar nicht, aber er öffnete eines und fing an zu lesen. Je mehr er las, desto faszinierter war er. Er hatte ja keine Ahnung, dass Lukas so etwas konnte. Aber er bemerkte nicht, wie sich Carina näherte.

„Was machst du da?", fragte Carina.

Erschrocken sah Ewald zu ihr und musste etwas heftiger atmen. Sofort entschuldigte sich Carina bei ihm und Ewald musste anfangen zu lachen. Er erklärte ihr auch, dass er etwas gelesen hatte und dabei ein schlechtes Gefühl hatte. Carina kam zu ihm und fragte ihn, was los sei. So zeigte er ihr die Dokumente, kurz darauf lasen sie beide durch. Doch sie mussten auch nach den Bestellungen sehen. Bislang waren keine neuen dazugekommen. Da nutzten sie die Gelegenheit und lasen weiter. Als sie fertig mit dem Dokument waren, waren beide mehr noch als fasziniert, als sie es beim Lesen waren.

„Wow, also damit habe ich nicht gerechnet", sagte Ewald und lehnte sich zurück.

„Ich ja auch nicht. Aber das ist unglaublich", sagte Carina erstaunt.

„Lukas hat ja viele Facetten. Aber von der hatte ich kaum Ahnung. Ich wusste, dass er an einem Wettbewerb teilgenommen hatte. Aber ich dachte, dass das nur eine Phase sei", sagte Ewald. „Nach einer Phase sieht das nicht aus. Aber wir sollten mit ihm reden. Und ihm sagen, dass wir sie gelesen haben", sagte Carina. Ewald nickte nur und schaute gleich wieder zu den Bestellungen: zwei neue. Ewald druckte sie aus und gab sie Carina. Insgeheim fragte er sich schon, wie es im Gasthaus zuging. Aber der Arzt sagte ja, er sollte nicht so viel an die Arbeit denken.

Doch im Gasthaus war es nicht zu voll, aber auch nicht zu leer. Lukas blieb hinter der Schank und machte die Getränke, während Karl und Gustav mit Linda bei den Gästen waren. Aber Lukas hatte auch seinen Spaß mit den Stammgästen. Sie lachten und sprachen über alles. Natürlich fiel einigen auf, dass Lukas an irgendetwas nagte. Aber sie wollten ihn nicht zu sehr ausfragen. Selbst wenn schob es Lukas auf ein paar Schwierigkeiten mit seiner Freundin. Bis um halb zwei, denn da kam jemand zu ihnen, der aussah, als hätte er einen Geist gesehen. Sofort kam er auf die Bar zu und setzte sich auf den Hocker. Lukas spürte, dass etwas nicht stimmte, und stand gleich bei ihm. Aus Gewohnheit sagte der Gast, dass er ein großes Rotes wollte. Lukas machte ihm sein Kaiser Bier und stellte es ihm hin.

„Du siehst aus, als hättest du zehn Geister gesehen? Was ist denn passiert?", fragte Lukas.

„Wölfe. Ich habe schwarze Wölfe gesehen. Doch einer stach heraus", sagte der Gast.

„Wölfe? Sind die nicht in Österreich fast schon ausgestorben?", sagte Lukas fragend.

„Du hast die nicht gesehen. Die sind schrecklich. Vor allem der eine mit seinen gelb stechenden Augen. Er hat mich angesehen. Die anderen sind um meinen Lastwagen rumgegangen. Sie haben mich umzingelt. Gott allein weiß, was passiert wäre, wenn ich ausgestiegen wäre", sagte ihr Stammgast.

„Okay, ganz ruhig. Hier bist du in Sicherheit. Mach dir keine Sorgen. Wölfe kommen nicht in die Stadt. Hier ist ihnen zu viel Verkehr und es ist zu laut. Kein Wolf wäre so verrückt", sagte Lukas, ohne nachzudenken.

„Woher weißt du das denn? Sie könnten auch hierher kommen", sagte er und wurde wieder blass.

„Ähm … das ist doch logisch. Hier sind ihnen zu viele Menschen und Autos. Und ähm … die Hupen von Autos. Die müssten doch ihre Ohren reizen", sagte Lukas.

„Ja, schon. Doch diese Wölfe hatten keine Angst vor den Menschen. Wir sollten die Polizei darüber informieren", sagte er.

„Die Polizei? Bei Wölfen? Ist das nicht etwas heftig", sagte Lukas.

„Hierbei geht es um meine Kinder. Die müssen in Sicherheit sein. Ich rufe sie an", sagte er und rief die Polizei sofort an.

Lukas konnte es nicht glauben. Aber er durfte sich nichts anmerken lassen. Als dann auch endlich die Polizei da war und alle an der Bar bezahlt hatten, war Lukas immer noch angespannt. Karl fiel das auf und er fragte Lukas, was los wäre. Lukas sagte Karl, was er gerade gehört hatte, und dieser wurde sofort blass. Er hatte keine Ahnung, dass das sein konnte. Wölfe kamen normalerweise nicht so nahe an die Stadt. Doch die waren scheinbar nicht mehr normal. Karl überlegte, was sie tun könnten. Doch er wusste auch, dass die meisten in der Nähe lebten. Aber ein Teil seiner Sorge galt Lukas, ebenso auch seiner Familie. Also er setzte sich nach dem Mittagsgeschäft in sein Büro und sah nach, was er machen konnte, um die Mitarbeiter zu schützen. Lukas hielt sich zurück. Jetzt konnte er nichts machen. Doch seine Gedanken kreisten immer um seine einzige Chance. Er könnte diesen Georg herausfordern, doch genau das wäre ein Fehler. Er musste warten, bis Georg ihn herausforderte. Nur dann konnte Lukas die Bedingungen stellen. So wollte es ihre Tradition. Aber das bedeutet auch, dass er sich in Geduld üben musste. Er versuchte, seine Gedanken wieder auf Spur zu bekommen. Aber ganz abschütteln konnte er sie nicht. Später hörte Lukas, wie jemand reinkam. Er kannte den Geruch. Erst als sich Lukas umdrehte, konnte er sich nicht einmal ein Lächeln verkneifen.

„Lange nicht mehr gesehen. Alles in Ordnung, Lukas?", fragte Simon.

„Ja, das haben wir. Danke, ganz gut", sagte Lukas und reichte ihm die Hand.

Sie begrüßten sich und freuten sich. Lukas ging wieder hinter die Bar und machte ihm sein Getränk.

„Sag mal, wie ist es bei dir denn, Simon", sagte Lukas neugierig.

„Ach, nicht so gut. Meine Freundin hat mich verlassen und in der Arbeit ist einiges vorgekommen", sagte Simon.

„Wirklich, was ist denn vorgekommen?", sagte Lukas fragend.

„Die Chefs sind nur noch schlecht drauf. Sie gehen nur noch jeden von der Seite an. Es passt ihnen nichts mehr. Ganz gleich, wie wir es machen. Allein im Service ist die Chefin schwierig. Manche sind richtig sauer. Einige wollen sogar kündigen", sagte Simon.

„Oh Mann, waren schon vor einem Monat hier schlecht drauf. Aber wieso sind die so?", sagte Lukas fassungslos.

„Keine Ahnung, aber sie haben jeden ausgefragt, wer dir Infos zusteckt. Sie drohen sogar damit, jeden, der zu dir kommt, vom Personal zu kündigen. Selbst ich musste über Umwege herkommen. Du hast sie wohl auf dem richtigen Fuß erwischt", sagte Simon.

„Tja, wenn jemand über meine Familie oder gar über mein Familienerbe schlecht spricht, sollte er aufpassen. Ich verteidige meine Familie, wenn es sein muss, bis zum Tod", sagte Lukas.

Beide sprachen noch eine Weile miteinander. Lukas sah immer wieder, ob noch alles passte oder ob neue Gäste kamen. Noch war alles ruhig. Lukas sah auch, ob noch genug Zitronensaft da war. Als ob es der Teufel selbst gewollt hätte, musste er wieder einen machen. Lukas schaute auch hinten, ob es auch in ihrer Bar einen brauchte. Da war auch keiner mehr. So übernahm Lukas das schnell. Kaum dass Lukas mit den Zitronen vorne war, konnte Simon nur staunen. Er presste die Zitronen schneller, als es irgendeiner konnte. Simon konnte nur staunen. Wie schnell Lukas das konnte, war beeindruckend.

„Sag nicht, die Kellner dort machen das nicht so oft wie ich. Ich habe schon in der Zeit, als ich noch in der Küche war, Zitronensaft pressen müssen. Du weißt auch, dass ich jeden Tag acht Liter pressen habe müssen", sagte Lukas.

Simon stimmte zu, doch er wusste auch, warum Lukas damals ging. Er war in seiner Lehrfirma einfach nicht mehr glücklich. So ergeht es jetzt auch noch den meisten, keiner war mehr wirklich glücklich. Weder die Küche noch das Service noch alle vom Zimmer oder Reinigungsteam oder die aus dem Büro waren glücklich, seit die Chefs so komisch waren. Keiner wusste, was genau los war, aber irgendetwas war los. Doch nach einer Viertelstunde ging Simon auch. Lukas hoffte, dass man ihn nicht gesehen hatte. Ihre Freundschaft war ihm schon immer wichtig, doch sie wussten auch, dass sie sich nun etwas nicht mehr sahen. Doch nach einiger Zeit kam Karl wieder aus seinem Büro und kam zu Lukas. Sie besprachen noch einiges und Karl meinte auch, dass sie sich überlegen sollten, ein paar Stunden kürzer arbeiten zu lassen. Wegen der Gefahr der Wölfe. Doch Lukas war da nicht ganz seiner Meinung. Aber er konnte Karl nicht sagen, was er war.

„Karl, sehen wir es uns erst mal an, wie es sein wird. Besser wir machen die Pferde nicht schon jetzt scheuer, als sie vielleicht schon sind. Ich werde mit meinem Großonkel reden. Mal sehen, was er sagen wird. Aber es wird bestimmt besser sein, wenn wir ein paar Vorsichtsmaßnahmen treffen", sagte Lukas.

„Okay, gut, nur sei auch du vorsichtig. Warne deine Leute am besten. Sie könnten dich brauchen", sagte Karl.

„Ich kann dich doch nicht alleine lassen. Wölfe greifen in der Regel keine Menschen an. Selbst wenn, muss man sie vorher reizen oder ihre Jungen gefährdet haben. Das sind die einzigen Gründe, warum Wölfe angreifen", sagte Lukas.

„Ich weiß, du kennst dich mit den Tieren des Waldes aus. Aber Wölfe sind ein anderes Thema. Du kennst sie nicht", sagte Karl.

„Auch wenn ich mich vielleicht nicht mit Wölfen auskenne, eines weiß ich über Wölfe: Ihr Geruchssinn ist empfindlich. Chemische Gerüche müsste sie verrückt machen, selbst wenn es mehr sind", sagte Lukas.

Karl wusste, dass Lukas eine gute Beziehung zu Hunden hatte und selbst die hassten chemische Gerüche. Aber ihm fiel auch auf, dass Lukas sehr empfindlich auf solche reagierte. Da Karl wusste, dass Lukas recht hatte, entschied Karl auch, dass sie für alle etwas herrichten sollten. Eine halbe Stunde verging. Karl schickte Lukas heim, damit er sich um seine Leute kümmern konnte, er rechnete nicht mehr damit, dass viele kommen würden. Als Lukas bei seinem Dorf im Wald war, wartete schon das halbe Rudel auf ihn. Matteo hat ihnen Bescheid gesagt, dass sich irgendetwas zusammenbraute. Alle warteten auf eine Antwort von Lukas, doch dieser hatte keine Antwort.

Nur eine halbe Stunde, bevor Lukas zu ihnen kam, fuhren zwei Autos in den Wald hinein. Sie fuhren tief in den Wald. Im ersten Auto saßen drei Männer. Einer von ihnen war Georg. Er lachte nur unheimlich, als sie im Wald waren. Irgendwo blieben sie dann stehen. Alle stiegen aus. Georg sah sich um und war fast schon angewidert von dem, was er sah.

„Seht euch um. Dieser Lukas will sich nicht den Wald untertan machen. So wie es ein Wolf zum Teil tun sollte", sagte Georg mit gehässiger Stimme.

„Großer Alpha. Was werden wir heute hier tun?", fragte einer der Männer gebückt.

„Einfach. Wir fällen ein paar Bäume und wir entzünden ein Feuer. Sie werden verzweifeln", sagte Georg mit großer Arroganz.

„Aber, Alpha. Der Wald ist unsere Lebensgrundlage. Wir können ihn nicht so verwüsten. Das ist doch nicht ...", sagte einer der Begleiter von Georg.

„Du willst mir Widerworte geben. Mir, deinem Alpha! Vielleicht habe ich mich in dir ja geirrt. Du scheinst dich immer noch an diese beiden falschen Götter zu binden. Habe ich nicht gesagt, dass alle sich von ihnen abwenden müssen und ihr stattdessen Katasor anbeten sollt", sagte Georg aggressiv.

Sofort beugten alle ihre Köpfe. Doch das schien Georg nicht genug zu sein. So drang er in die Gedanken von seinem Gegenüber ein. Auch wenn er sich mit aller Macht wehrte, konnte er das nur kurz.

„Ja, Alpha. Bitte verzeiht mir. Ich stehe Katasor treu gegenüber. Beim Leben meiner Gefährtin", sagte er demütig.

„Gut. Und jetzt fällt ein paar Bäume und entzündet ein Feuer. Los!", schrie Georg alle an.

Sofort schnappten sich alle eine Axt und gingen zu einem Baum. Rhythmisch schlugen alle ihre Äxte in einen Baum. Georg lächelte, als er das sah. Doch einer seiner Betas kam zu ihm und stellte sich neben ihn.

„Mein Alpha. Ich bin mir eurer selbst bewusst. Doch meint ihr nicht auch, dass dieser Lukas uns hier nicht finden kann", sagte sein Beta mit gebeugtem Kopf.

„Hmpf … er ist nur ein Welpe. Selbst er muss sich vor Katasor beugen. Außerdem kann er uns nicht finden. Katasor wird das verhindern, er ist nur ein Hybride. Er ist einem wahren Wolf nicht gewachsen. Vergiss nicht, was uns Tobias und Helga, seine Großmutter, über ihn gesagt haben. Er ist ein Nichts", sagte Georg und lachte laut auf.

Doch im Wald hinter ihm wurden sie belauscht. Sofort ging ein Windhauch durch den Busch und erstarb sogleich wieder.

Alle im Dorf von Lukas waren verwirrt über das, was Lukas ihnen sagte. Er erzählte ihnen, dass er ein Nachfahre von Carl, dem Tyrannen war. Alle waren verwirrt, da sie die Legende kannten, doch sie hielten sie nur für eine Geschichte. Lukas aber versicherte ihnen, dass es keine war. Zeitgleich sagte er auch, dass er niemals so sein würde wie er. Alle wussten, dass es nicht in seiner Natur lag, so zu sein wie dieser Tyrann. Doch viele, darunter auch Jenny und Cornelia, fragten, was sie nun tun sollten oder könnten. Doch Lukas konnte ihnen keine Antwort geben, in diesem Fall wusste er auch nicht, was sie tun sollten. Genau da hörten alle einen Wolf heulen. Erschrocken drehten sich alle in die Richtung, aus der das Heulen kam. Keine zwölf Meter vom Lagerfeuerplatz stand ein Wolf. Er stand ruhig da. Jessica wie auch andere knurrten. Gerhard und David wollten sich schon verwandeln. Aber Lukas hielt sie auf.

„Ich kenne ihn. Er ist ein Freund", sagte Lukas zu ihn und ging auf ihn zu.

Der Wolf kam auf ihn zu und setzte sich vor ihn hin.

„Wieso bist du denn hier, mein Freund? Was hast du?", fragte Lukas und streichelte den Wolf.

Lukas sah ihn fragend an. Der Wolf drehte sich um und blieb kurz darauf wieder stehen. Bellend stand er da. Der Wolf schien Lukas irgendetwas sagen zu wollen. Doch Lukas hatte keine Ahnung, was er ihm zeigen oder sagen wollte. Der Wolf kam leicht knurrend wieder auf Lukas zu. Lukas spannte jeden einzelnen Muskel an. Er war bereit, zu kämpfen, selbst sein Herzschlag pochte ihm in seinen Ohren. Aber der Wolf blieb knapp vor ihm stehen.

„Georg ... gefährlich ...", sagte der Wolf knurrend.

Erschrocken fiel Lukas rückwärts auf seinen Hintern und starrte den Wolf mit großen fragenden Augen an.

Alle vom Rudel waren ebenso geschockt. Finn wie auch die anderen verstanden rein gar nichts mehr.

„Lukas. Ist das neu? Oder war das schon einmal?", sagte Finn.

„Nein. Das ist neu. Selbst für mich", sagte Lukas immer noch geschockt.

„Rudel ... Sicherheit ... altes Geheimnis ...", sagte der Wolf weiter knurrend.

„Was meinst du?", fragte Lukas.

„Vergangenheit ... Georg ... Gefahr ... Katasor ...", sagte der Wolf wieder knurrend.

„Katasor? Vergangenheit? Was willst du mir damit sagen?", fragte Lukas.

Doch da rochen sie schon Rauch. Jeder sah zum Himmel und eine große dunkle Rauchwolke kam vom Wald. Alle hatten Angst. Aber genau in dem Moment fing es an zu tropfen. Nur ein paar Augenblicke später fing sofort ein heftiger Regen an. Ewald ging sofort ins Haus, gefolgt von Jenny. Die meisten folgten ihrem Beispiel und gingen. Selbst Lukas wollte gehen, doch da hörte er den Wolf knurren.

„Du musst ... auf letzten Wolf ... hören ... Suchen du musst ... die Spur ... der drei Körper ... Einen noch ... aufsuchen ... du musst ... Andere Wahl ... du nicht hast ... Finde den letzten ... Weg zum Schlüssel ... nur einer ... kann Alpha sein ...", sagte der Wolf knurrend.

Lukas verstand nichts, doch der Wolf ging zu seinem Haus. Jessica sah aus ihrem Fenster raus und fragte sich, was der Wolf bei Lukas seinem Haus wollte. Der Wolf drehte sich einmal noch zu Lukas um und verschwand kurz vor der Wand. Lukas stand fast wie angewurzelt da, ein paar Minuten stand er noch so da. Bis es ihm zu nass wurde und auch er in sein Haus ging. Dort saßen schon Jenny, Carina, Cornelia, Finn, Ewald und Matteo jeder mit einer Tasse Tee in der Hand.

„Okay, ihr werdet was nicht immer?", fragten Matteo und Ewald verwirrt.

„Krank. Wir werden nicht wirklich krank. Dafür ist unsere Immunabwehr zu gut. Die meisten menschlichen Krankheiten können uns nichts anhaben", sagte Finn.

„Da kenne ich aber jemand anderen", sagte Ewald.

„Selbst ich bin fast nie krank. Selbst so ein Regenschauer kann mir nichts anhaben. Aber das ist auch ein komischer Regen. Im Wetterbericht war von Regen kein Wort", sagte Lukas.

„Komisch ja, doch was hat der Wolf noch gesagt?", fragte Jenny.

„Er sagte etwas von der Spur des letzten Wolfes, drei Körper, dass ich keine andere Wahl hätte, einem Schlüssel und dass nur einer Alpha sein kann", sagte Lukas und zog sich sein Firmenshirt aus.

Lukas wusste, dass er erst mal duschen gehen musste. Sonst käme seine Allergie früher. Während Lukas duschen ging, machte sich Finn daran, seine Tropfspur zu beseitigen. Doch Jenny kam das irgendwie komisch vor. Aber vielleicht hat Lukas eine Antwort darauf. Als dann endlich Lukas wiederkam, warteten schon alle gespannt.

„Lukas, was glaubst du, was das bedeuten kann?", fragte Jenny.

„Ich habe keine Ahnung, was das heißen soll. Ich wünschte, ich hätte darauf eine Antwort. Aber was auch immer das heißen soll, ich weiß es nicht", sagte Lukas.

„Aber es muss eine Antwort darauf geben. Aber vielleicht hast nur du eine Antwort darauf", sagte Matteo.

„Ja vielleicht, doch welche weiß ich nicht. Vielleicht liegt sie ja direkt vor mir, nur sehe ich sie nicht", sagte Lukas und lehnte sich in seinen Sessel zurück.

„Okay, Themenwechsel. Wieso wirst du dann nicht oft krank? Denn so immer Ende Mai hast du ja immer wieder deine Allergie. Da bist du doch quasi schon krank", sagte Ewald fragend.

„Die habe ich nur eine Woche. Die kann man nicht als Krankheit bezeichnen", sagte Lukas genervt.

Sie sprachen noch einige Zeit miteinander. Der Regen ließ einfach nicht nach. Finn und die anderen beneideten gerade nicht die Wachen. Beim Wetter draußen zu sein, das ist nicht gut. Lukas ließ Cornelia, Matteo Jenny und Finn nicht mehr in die Stadt fahren. Alle waren froh darüber. Denn sie wollten auch nicht nach Hause fahren – nicht wenn so ein durchgeknallter Wandler in der Nähe war. Nach einiger Zeit ging jeder in sein Zimmer, Matteo und Cornelia nahmen ein Gästezimmer. Doch mitten in der Nacht schreckte Carina aus dem Schlaf und ging aus dem Zimmer. Am Geländer sah sie nach unten. Dort stand nur Cornelia und nahm sich was zum Trinken. Erleichtert ging sie wieder ins Bett und kuschelte sich an Lukas ran. Dieser aber träumte wieder mal.

Lukas wachte in der Nähe der Höhle auf. Als er aufstand, wusste er genau, was er tun musste, so ging er in die Höhle rein. Während er immer weiterging, hörte er drei Stimmen. Erst als er in der Halle war, konnte er sie sehen. Es waren die Kinder von Stephan.

„Alpha Lukas. Wir haben euch erwartet", sagte Adam zu ihm.

„Das glaube ich euch. Aber ich habe eine Frage an euch", sagte Lukas zu ihnen.

„Dann sag uns deine Frage. Du scheinst ja ungeduldig zu sein. Waran liegt das?", sagte der zweite Mann.

„Ein schwarzer Wolf bedroht die Stadt, in der ich arbeite. Doch ein Freund von mir, ein Wolf, hat etwas von drei Körpern, einem Schlüssel, einer Spur zum letzten Wolf und Katasor gesagt, doch ich hab keine Ahnung, was er damit meint. Kannst du mir, Joachim, der Gerissene, sagen, was es bedeutet. Oder du Adam der Weiße oder ihr Anna die Gutmütige", sagte Lukas.

Geschockt sahen sich die drei an. In ihren Gesichtern stand fast schon Panik geschrieben. Lukas wollte fragen, doch Anna kam auf ihn zu und bat ihm, ihr zu folgen. Sie gingen zu einer Wand und sie legte eine Hand darauf. Augenblicklich änderten sich die Malereien.

„Katasor ist der Gegenspieler vom Vater und der Mutter. Er steht für alles Dunkle. Wie du weißt, haben sowohl der Vater wie auch die Mutter Leben erschaffen. Sie stehen für das Licht. Doch wo es Licht gibt, muss es auch immer Dunkelheit geben. Er ist das absolute Böse. Unser eigener Großvater ist ihm verfallen. Unser Vater sagte immer, dass er schrecklich stank. Nach Verwesung. Alle, die Katasor anbeten, werden verdorben. Von innen nach außen. Aber man muss von dem abstammen, der ihn als Erstes anbetet. Nur dann hat man auch so einen Gestank. Für alle anderen dauert es drei Jahre mindestens, bis sie innerlich verrotten, dann noch weitere drei Jahre, bis sie äußerlich auch so stinken", sagte sie.

„Und die von anderen Rudeln? Könnten die auch diesen Gestank erhalten?", fragte Lukas fragend.

„Dafür müssten sie ihm voll und ganz ergeben sein. Doch du kannst dich beruhigen, das sind sie nicht. Der Vater und die Mutter behalten sie im Auge. Mach dir keine Sorgen. Doch nur du kannst diesen Georg aufhalten. Du wurdest auserwählt. Nur du kannst ihn aufhalten. Du bist der Schlüssel zum Frieden der Rudel. Alles, was du brauchst, hast du bereits. Vergiss das nicht. Doch wir müssen nun gehen. Der Rest obliegt nun dir", sagte Anna.

Doch als sich Lukas umdrehte, waren sie verschwunden, nur die Bilder an der Wand waren noch da. Er fragte sich, was sie damit meinte. Aber da hörte er schon eine Stimme aus weiter Ferne. Sie wurde immer lauter.

Bis er seine Augen aufschlug und Carina sah. Sie sah ihn verwirrt an.

„Carina, was ist denn?", fragte Lukas verschlafen.

„Diese Frage sollte ich dir stellen? Du sprichst mitten in der Nacht in Reimen und da siehst du richtig fertig aus", sagte Carina verwirrt.

„Tut mir leid. Ich wollte dich nicht wecken. Besser wir schlafen noch etwas, bis ich wieder aufstehen muss", sagte Lukas und legte sich wieder hin.

„Ja, gute Idee eigentlich. Wenn du morgen nicht frei hättest", sagte Carina.

Lukas musste lachen, da ihm das entfallen war. Aber sie kuschelten sich wieder aneinander und schliefen weiter. Doch Lukas Gedanken kreisten über das, was Anna ihm sagte. Er sollte der Schlüssel zum Frieden der Rudel sein? Ihm kam er Gedanke absurd vor. Wie sollte er das sein? Doch je länger er darüber nachdachte, umso müder wurde er, bis er endlich in den Schlummer überglitt. Die ganze Nacht war ruhig, bis zum nächsten Morgen. Finn stand auf und ging in die Küche. Er nahm ein Glas und füllte es mit Wasser. Aber als er hinaussah, konnte er seinen Augen nicht trauen. Der Regen hörte nicht auf. Finn verstand es nicht. Wieso regnete es die ganze Nacht noch. Er ahnte, dass das kein Zufall sein konnte. Zuerst der Rauch, nun dieser Weltuntergangsregen – irgendetwas steckte dahinter. Doch was konnte Finn nicht sagen. Erst als dann alle wach waren konnten sie darüber reden. Aber Lukas hatte etwas anderes zu tun. Während die anderen den Tisch deckten, damit sie frühstücken konnten, war Lukas damit beschäftigt, genug Eier und Speck zu kochen. Erst als er damit fertig war, konnten sie nun alle gemeinsam frühstücken. Zum Glück von Jenny und Finn hatten die beiden nun zweiwöchigen Pfingstferien. Da konnten sie es mal genießen. Aber es war sehr ruhig für alle. Gerade mal der prasselnde Regen unterbrach die Stille. Lukas merkte das und seufzte.

„Ich merke doch, dass euch etwas auf der Seele brennt. Also los, schießt schon los. Was wollt ihr …", sagte Lukas auffordernd.

Sofort sprachen alle auf einmal. Lukas verstand kein einziges Wort mehr. Lukas musste alle zur Ruhe auffordern. Erst als sich alle wieder beruhigt hatte, konnte Lukas wieder ein Wort an sie richten.

„Okay, nochmal. Sagt, was ihr wissen wollt, aber einer nach dem anderen", sagte Lukas und sah alle an.

Gerade als Finn etwas sagen wollte, kam Jessica zu ihnen.

„Bitte verzeih mir, Lukas. Aber ich wollte dir nur ein kleines Sicherheitsupdate geben. Doch bei diesem Wetter lässt man kaum einen Wolf vor die Tür", sagte Jessica und meinte das scherzhaft.

„Schon gut. Also, was gibt es?", sagte Lukas und sah zu ihr.

„Den Wachen ist nichts aufgefallen. Die Nacht war ruhig. Keine Vorkommnisse, kein gar nichts", sagte Jessica.

„Gut danke, Jessica, du kannst gehen. Sollte etwas sein, melde dich bei uns", sagte Lukas eindringlich zu ihr.

Sie nickte nur und ging gleich darauf wieder. Man merkte sofort, dass Lukas angespannt war, aber sie brauchten eine Antwort.

„Lukas. Ich weiß, dass du es vielleicht nicht sagen möchtest, aber dieses Wetter und der Wolf gestern – was ist los?", fragte Finn verwirrt.

„Nun ich weiß nicht, ob es eine Antwort ist oder nicht. Denn ich weiß jetzt noch weniger als vorher", sagte Lukas niedergeschlagen.

„Lukas. Sag uns doch einfach, was du weißt oder erfahren hast. Vielleicht wissen wir ja eine Antwort", sagte Ewald zuversichtlich.

Lukas stimmte zu und wollte schon anfangen ihnen alles zu erzählen. Doch da läutete Finns Handy. Er holte es aus seiner Hosentasche und sah auf das Display. Irgendjemand wollte mit ihm über Skype reden. Verwirrt nahm er es an. Zu seiner Überraschung war es sein Onkel Martin. Dieser wollte sofort mit Lukas reden. Ohne ein Wort reichte er es zu Lukas. Auch wenn Lukas froh war, ihn wieder zu sehen, musste Martin seine Vorfreude bremsen, denn jemand anderes wollte mit Lukas reden. Auch wenn er keine Ahnung hatte, wer es sein könnte, ahnte Lukas, wer mit ihm reden wollte. Gleich darauf war ein anderer Mann im Bild, sein Hautton erinnerte Lukas an die amerikanischen Ureinwohner. Er hatte schulterlange schwarze Haare und vertrauensvolle Augen. Lukas wusste, wer er war, doch dafür blieb keine Zeit.

„Wir müssen unser Gespräch auf später verschieben. Jetzt gibt es etwas Wichtigeres. Du weißt bereits von Katasor, oder?", fragte er.

Alle haben diesen Namen schon mal gehört, doch Lukas nickte nur. Sofort fiel Lukas etwas ein. Lukas sagte ihm, dass er ihn am Laptop anrufen sollte. Dann könnten sie alle sehen, die zu seiner Familie zählen, aber Lukas wollte ihnen auch noch sagen, was mit seiner Großmutter war. Doch er sagte nur, dass sie es bereits wussten. Lukas nickte und holte den Laptop, da sie bereits fertig waren, gab Lukas Finn wieder sein Handy. Die anderen räumten den Tisch ab und Lukas holte seinen Laptop. Ewald und Carina machten Platz und so konnte er sich setzen. Kaum, dass Skype eingeschaltet war, rief sofort sein Onkel wieder an. Sie freuten sich, dass es klappte, und sein Onkel Steven übernahm. Lukas hatte zum Glück auch noch seinen Block und einen Kugelschreiber dabei.

„Gut, also du weißt von Katasor. Dann weißt du auch, was mit denen passiert, die ihm vollkommen ergeben sind. Oder?", fragte Steven fragend.

„Ja. Die, die von dem abstammen, die Katasor als Erstes anbeten, fangen an, nach Verwesung zu stinken. Aber wenn man nicht von dem abstammt, dann braucht es lange Zeit, bis sie von innen verrotten. Aber das dauert mindestens drei Jahre und dann noch mal so lange, bis sie von außen auch so stinken", sagte Lukas fast schon panisch.

„Gut, dann weißt es schon. Haben es dir der Vater und auch die Mutter gesagt?", fragte Steven.

„Nein, nicht direkt, aber sie haben mir jemanden geschickt, der mir das gesagt hat. Aber was ich immer noch nicht verstehen kann, ist, warum ein Wolf auftaucht", sagte Lukas.

„Hm, vielleicht ein Bote vom Vater oder von der Mutter. Oder aber vielleicht jemand anderes. Aber besser wir lassen das im Moment", sagte Steven.

Lukas und Steven diskutierten, bis die drei Kleinen wieder einmal als Wölfe hereingestürmt kamen. Steven und Martin fragten, was los sein. Da hatte Lukas keine andere Wahl mehr und stellte ihnen nun auch alle anderen vor: von Matteo, Jenny, Finn, Cornelia, seinem Großonkel Ewald bis zu seiner Gefährtin Carina. Sie freuten sich. Aber nun war es wichtig, dass auch die anderen nun wissen wollten, wer Katasor war. Steven übernahm das und auch wenn Lukas nicht ganz damit einverstanden war, wusste er auch, dass sich er da besser auskannte als Lukas. Als er aber dazu kam, dass Katasor böse war, kuschelten sich die Welpen zusammen und sie kuschelten sich umso mehr an Ewald ran. Allen lief es eiskalt den Rücken runter. Langsam wurde sogar draußen der Regen leichter. Doch Steven und Martin mussten sich dann wieder um ihr Rudel kümmern. Auch für Lukas war das nun wichtig. Nach ein paar Minuten hörte der Regen komplett auf. Doch Matteo musste zum Polizeidienst gehen. Nur ungerne ließen Cornelia und Lukas ihn gehen, doch da wusste Lukas auch, dass es wichtig war. Nur so konnten sie an neue Informationen rankommen, wenn es neue Vorkommnisse gab. Lukas sagte nur, dass Matteo vorsichtig sein sollte. Matteo stimmte zu und machte sich auf den Weg. Als dann alle wieder aus ihren Häusern kamen, wollten Lukas wie auch ein paar andere wissen, was mit dem Rauch von gestern war. Einige meldeten sich freiwillig, doch da kam auch schon ein kleines Problem. Der Regen hatte alle Spuren weggewaschen. Sie wussten auch, dass es von irgendeinem alten echten Wolfreviers kam. Sie wussten aber nicht einmal, wo sie suchen mussten. Da hörten sie einen Wolf heulen, sie drehten sich um und sahen den Wolf von gestern. Lukas kam wieder auf ihn zu und blieb vor ihm stehen.

„Was möchtest du von uns?", fragte Lukas neugierig.

„Folgt ... mir ... weiter Weg ... Beeile ... wir uns ... müssen ...", sagte der Wolf knurrend.

Auch wenn sie verwirrt waren, wusste Lukas, dass er kein Feind war. Auch wenn die anderen wachsam waren, zogen sie sich aus und verwandelten sich. Sofort lief der Wolf ihnen voraus, hinter ihm liefen Lukas und seine Leute. Sie liefen eine gefühlte Viertelstunde, bis sie dort hinkamen. Alle waren geschockt. Einige Bäume waren gefällt. Die Bäume waren dort, wo sie liegen blieben, einfach liegen gelassen worden und viele von ihnen hatten Brandspuren. Manche waren komplett, verbrannt andere nur leicht verbrannt. Dennoch waren sie traurig, selbst Lukas war es. Doch der Wolf, der sie hierherführte, war nicht nur traurig, sondern auch niedergeschlagen.

„Diese Bäume ... stehen seit vielen ...Jahrzehnten schon ... nun tot sie sind ... Gefahr für euch ... Georg war ... hier ... sein Werk ... das ist ... Lukas ... aufhalten ... du musst ...", sagte der Wolf wieder knurrend.

Auch wenn alle nicht wussten, was nun passieren würde, musste Lukas es machen. Als sie wieder zum Wolf sahen, ging er in den Wald und verschwand, als er bei einem Baum war. Alle waren verwirrt, aber Lukas wusste, dass sie wieder zurückgehen mussten. Irgendetwas ging nun vor sich, so schnell sie konnten, liefen sie wieder den Weg, den sie gekommen waren, zurück. Als sie wieder im Dorf waren, war zu ihrem Glück noch alles ruhig. Aber dennoch waren sie immer noch vorsichtig. Lukas wusste, dass seine Großmutter wie auch einer seiner Vertrauten nun bei diesem Georg waren. Für ihn war es jetzt erstmal wichtig, dass alles ruhig blieb. Aber sie genossen es bis zum frühen Nachmittag. Doch dann kamen die Wachen, die auf Patrouille waren, wieder ins Dorf. Zwei waren verletzt und die anderen zogen einen fremden Wolf hinter sich her. Lukas wie auch die anderen sahen das. Sofort kamen alle zusammen. Gerhard kannte den Wolf, doch er konnte es nicht glauben. Kaum, dass die Wachen den Wolf losließen, wollte er auch schon davonlaufen. Aber das ließ Gerhard nicht zu. Sofort zog er sich aus und verwandelte sich. Die beiden fingen an, zu kämpfen. Doch Gerhard unterlag, der Wolf wollte ihn schon töten. Aber David war schneller und riss ihn von Gerhard runter. David kämpfte gegen den Wolf und hielt ihn davon ab, zu fliehen. Auch Lukas zog sich aus und verwandelte sich. Als er bei ihnen stand, hielt Lukas den fremden Wolf in Schach, sodass David zu Gerhard schauen konnte. In dem Moment ließ er seine Furcht fallen. Als sein grauweißer Wolf bei Gerhard war, hatte er sich bereits wieder verwandelt, doch seine Wunden taten ziemlich weh. Sofort brach zwischen dem fremden Wolf und Lukas ein heftiger Kampf aus. David rang innerlich mit sich selbst. Er wollte Lukas helfen, aber er konnte ja nicht seinem Gefährten verwundet liegen lassen. Aber Markus, ihr Arzt, und sein Vater waren schon zur Stelle.

„Ich mach das schon. Geh und hilf Lukas!", sagte Markus zu ihm.

Einmal sah David noch zu Gerhard, ehe er sich umdrehte und zu Lukas sah. Dieser kämpfte noch mit dem Fremden. Alle wussten, dass dieser Wolf keine Chance haben sollte gegen Lukas. Dieser biss den Wolf und er jaulte laut auf. Lukas ließ ihn los und der Wolf torkelte ein paar Meter zurück. Er verwandelte sich zurück und fasste sich auf seinen Rücken. Als er einen scharfen Schmerz spürte, nahm er seine Hand wieder weg und sah, dass sie voller Blut ist. Er sah Lukas wutentbrannt an.

„Du scheiß Bastard, dafür wirst du büßen. Ich weiß schon, wie ich dich zu meinem Alpha bringe. Nur du wirst wohl mehr tot als lebendig sein", sagte der Fremde.

David konnte nicht glauben, was er da hörte. Sofort wurde David wütend und stürmte wie von der Tarantel gestochen auf ihn zu. Der Fremde wollte sich nach vorne fallen lassen, um sich wieder zu verwandeln. Doch so weit kam er nicht, denn David warf ihn zu Boden. Wild knurrend stand David auf der Brust des Fremden. Nur wenige Zentimeter trennten Davids Kiefer vom Hals des Fremden. Alles in ihm schrie nach Vergeltung und Rache. Lukas verwandelte sich und sah sich das an. Carina kam auf Lukas zu und reichte ihm erst einmal eine Hose. Schnell schlüpfte er hinein und er deutete Finn, er solle zu David gehen. Jessica ging auch auf den Fremden zu. Finn legte eine Hand auf Davids rechte Schulter. Im selben Moment war auch schon Jessica da.

„David, Cousin, es reicht. Wir haben ihn nun unter Kontrolle. Es ist alles gut", sagte Finn.

Sofort beruhigte sich David wieder und ging von dem Fremden runter. Seine Krallen hatten ihm ein paar Spuren verpasst. Er sah noch zu, wie Jessica sich den Kerl schnappte und mit ihm davonging. Augenblicklich drehte sich David um und lief zu Gerhard. Kurz davor verwandelte sich David wieder und kniete sich vor Gerhard hin. Die Sorge um Gerhard war David buchstäblich ins Gesicht geschrieben.

„Ist alles in Ordnung mit?", fragte David besorgt.

„Es geht ihm den Umständen entsprechend. Ein paar Mal noch verwandeln und er ist wieder so gut wie neu", sagte Markus.

David war erleichtert und am liebsten hätte er ihn geküsst. Selbst sein Wolf wollte ihn vom Kopf bis zu den Zehen untersuchen, doch er wusste auch, dass seine Eltern noch nichts wussten, ebenso wenig wie das Rudel. Davids Zwiespalt war für alle offensichtlich.

„David, du hörst doch, dass es ihm gut geht. Da sollten wir ihn in die …Au. Wieso machst du das?", sagte Markus, als ihm seine Frau auch noch eine verpasste.

„Du könntest auch mal freundlicher sein. Er ist ja ein Gast", sagte Tina, Davids Mutter.

„Ich weiß, ihr wollt nur mein Bestes, aber ich kann nicht einfach …", sagte David.

„Was kannst du nicht einfach … ah ich glaube, ich weiß, was du meinst. Aber keine Sorge, du findest schon noch deine Gefährtin", sagte Markus und legte seinem Sohn eine Hand auf die Schulter.

Gerhard merkte sofort, dass es David nicht gefiel, aber er konnte David kaum beruhigen.

„David, ich glaube, es wird Zeit. Denk doch mal an unser Gespräch", sagte Lukas.

David wusste, dass es vielleicht gar nicht so verkehrt wäre, doch er hatte das Gefühl, seine Eltern zu hintergehen, wenn er sich outete. Aber er hatte keine Lust mehr auf ein Versteckspiel. David nahm all seinen Mut zusammen und sah zu seinen Eltern.

„Mama, Papa, ich muss euch etwas sagen. Auch wenn ich nicht weiß, wie, aber ich habe meinen Gefährten schon gefunden", sagte David etwas unsicher.

„Na, das ist doch toll. Wie heißt sie denn?", fragte Markus lüstern.

„Papa, es ist keine Frau. Ich bin schwul. Ich weiß, dass es euch vielleicht nicht passt, aber …", sagte David und stockte, als er den Blick seines Vater sah.

Sofort machte er einen Schritt zurück und schloss die Augen aus Angst, dass er eine gescheuert bekäme. Doch es kam anders, als es David erwartet hatte. Sein Vater legte beide Hände auf seine Schultern und lächelte.

„Wieso hast du das nicht gleich gesagt? Ich meine, ich wäre zwar gerne Großvater und dein Mutter Großmutter geworden aber naja", sagte sein Markus.

„Hauptsache, du bist glücklich. Nur jetzt musst du uns mal sagen, wer dein Herz gestohlen hat", sagte Tina scherzend.

„Wenn dann hat er meines auch gestohlen", sagte Gerhard lachend.

Da wussten Davids Eltern, dass Gerhard und ihr Sohn nun Gefährten waren. Es war für sie zwar komisch, aber sie akzeptierten das.

„Nur Gerhard und David, was hält ihr davon, wenn Gerhard heute Abend bei uns zum Essen kommt, damit wir uns besser kennenlernen", sagte Markus erfreut.

„Gerne. Ich hoffe nur, Sie sind mir und David nicht böse", sagte Gerhard etwas schmerzhaft.

„Das können wir alles am Abend besprechen, vielleicht ja bei einem guten Glas Wein", sagte Markus erfreut.

„Das könnt ihr später ja besprechen. Wir sollten dann auch noch nach unserem weniger kooperativen Gast sehen", sagte Lukas.

„Dein Bruder ja, aber du nicht. Erst mal ab in die Praxis mit dir", sagte Markus zu Lukas.

„Na gut, aber nur weil mein Vater das auch getan hätte", sagte Lukas und folgte Markus ohne Widerrede.

Finn übernahm währenddessen die Besprechung mit den Wachen. Sie erzählten ihm, dass es insgesamt zwei waren. Was sie wollten, wussten sie nicht. Dafür hatten sie den Zweiten mitgenommen. Finn wusste, dass Jessica genau wusste, wie sie jemanden zum Reden bringen konnte. Aber die genauen Umstände würden sie erst von ihm erfahren. Lukas jammerte immer wieder, wenn das Desinfektionsmittel seine Wunde berührte. Ihr Arzt kannte das schon, aber er wusste auch, dass Lukas eigentlich ein harter Knochen war. Nur bei solchen Wunden konnte seine Heilkraft nicht mithalten. Als dann endlich die Bandagen fertig saßen, konnte Lukas endlich zu Jessica gehen. Als er draußen war, hörte er schon, wie sich David und Gerhard unterhielten, jedenfalls nur, was das Essen angeht. Doch das reichte schon, denn David schwärmte von den Kochkünsten seiner Mutter, auch wenn sie manchmal etwas sehr komische Zutaten verwendete. Lukas ging durch das Dorf und hielt

Augen und Ohren offen, um Jessica zu finden. Genau da kam Finn zu ihm.

„Sag mal, Finn, wo ist denn Jessica mit unserem Quasi-Gast abgeblieben?", sagte Lukas fragend.

„Tja, du kennst sie ja. Die hat nun endlich mal wieder ihren Spaß. Wir beide sollten mal zu ihr gehen. Am besten auch, wenn Carina dabei ist", sagte Finn zu Lukas.

„Tja, wo du recht hast. Nur lass dir das nicht zu Kopf steigen. Wir gehen zu ihr hin", sagte Lukas.

Finn ging noch zu Jenny und sagte ihr, dass sie nun Jessica aufsuchen würden. Als dann auch Carina bei ihnen war, machten sie sich auf den Weg zu ihr. Hinter Jessicas Haus wurden sie fündig. Jessica stand da mit einer Peitsche in der Hand und mit der anderen schubste sie ihrem Gast, sodass er hin und her schwang.

„Also, wir können es auf diese Tour machen oder auf die harte Tour machen, wie du willst", sagte Jessica und schlug einmal mit der Peitsche, sodass sie aussah wie eine Domina.

„Sag mal Lukas, ist sie eigentlich immer so?", sagte Carina fragend.

„Wir haben nicht oft solche Gäste, da lass ich ihr etwas freie Hand. Solange sie ihm nicht tötet oder ihm etwas abschneidet, ist es ok. Nur zu weit solltest du nicht gehen", sagte Lukas.

„Keine Sorge, ich verletze ihn nicht zu schwer. Ein paar Striemen, blauen Flecken, Quetschungen und ein paar leichte Brüche werden es vielleicht sogar sein", sagte Jessica gehässig.

„Wartet, ihr werdet mir das nicht wirklich antun. Dafür seid ihr doch zu weich", sagte er.

Sofort schlug Jessica mit ihrer Faust ihrem Gast in die Magengrube. Stöhnend schwang er zurück und wieder nach vorne.

„War das etwa für dich zu weich? Oder willst du es vielleicht noch härter? Dafür habe ich ja diese Peitsche, wenn du es auf die harte Tour willst", sagte Jessica mit einem fiesen Lachen.

Carina lief es kalt den Rücken hinunter, als sie dieses Lachen hörte. Lukas schockierte dieses Lachen hingegen nicht mehr, noch bevor Carina fragen konnte, war er schon bei Jessica.

„Nicht, dass ich dir vorschreiben will wie du deinen Job machen sollst, aber wir sollen nicht vergessen, dass er hier ist, damit wir ein paar Infos aus ihm rausbekommen", sagte Lukas.

„Keine Sorge, ich koche ihn schon weich. Nicht wahr, du kleiner Wolf", sagte Jessica.

Er wollte sie ja schon fast beißen, aber Jessica war schneller als er.

„Ich werde euch rein gar nichts sagen", sagte er.

„Abwarten. Früher oder später wirst auch du reden. Die Frage ist nur, wann und wie", sagte Jessica.

Das ganze Spielchen ging noch eine Weile so weiter. Lukas, Finn und Carina warteten abseits. Doch egal, was Jessica auch versuchte, sie brachte ihn nicht zum Reden. Sie sah zu Lukas und er wusste sofort, dass sie langsam, aber sicher immer frustrierter wurde. Dieser Kerl schien es zu genießen, doch Lukas kam da eine Idee. Schnell eilte er in sein Haus. Ewald und Jenny sahen ihn verwirrt an.

„Ähm Lukas, was suchst du?", fragte Jenny.

„Das hier und das. Damit kriegen wir diesen Kerl schon zum Reden", sagte Lukas.

Bevor sie etwas sagen konnten, eilte Lukas schon wieder hinaus. Keine fünf Sekunden später war er auch schon wieder bei ihnen. Carina sah, was Lukas geholt hatte. Verwirrt sah sie zu ihm, doch Finn schien fast schon verängstigt.

„Bruder, du hast nicht wirklich das vor, oder?", fragte Finn kleinlaut.

„Tja, fällt dir was Besseres ein. Wenn ja, dann raus damit", sagte Lukas.

Jessica wusste, was sie tun musste. Sie zog sich den Handschuh an und nahm das Stück. Sofort ging sie wieder zu ihrem Gast.

„Was ist das? Was habt ihr vor?", fragte dieser Kerl.

„Weißt du, was das hier ist? Das ist Silber in seiner natürlichsten Form. Es tut höllisch weh. Also noch einmal. Wie heißt du? Und was wolltet ihr hier?", sagte Jessica und lachte gehässig.

Der Kerl sagte nichts und Jessica kam mit dem Bröckchen immer näher an seine nackte Haut. Sein Atem wurde immer schneller. Schweißperlen rannen ihm ins Gesicht.

„Ich sage es euch. Nur bitte lasst mich alleine mit Gerhard sprechen", sagte der Kerl.

„Du scheinst deine Position zu überschätzen. Aber wir lassen dich mit Gerhard reden. Doch alleine nicht", sagte Lukas. Nur zögernd stimmte er zu. Zuerst versuchte er noch, zu verhandeln. Aber Lukas ließ da nicht mit sich reden. Denn ihr Gast wollte zuerst mit Gerhard reden und ihnen dann alles sagen. Aber Lukas sagte ihm noch einmal, dass dieser Typ hier nicht das Sagen hatte. Lukas schickte Finn damit er Gerhard holen konnte. Nach ein paar Minuten kam Finn wieder mit Gerhard, David und seinen Eltern. Gerhard wollte nicht zu ihm, da er diesen Fremden kannte. Aber er wollte mit ihm reden, sonst würde er nichts sagen. Aber Jessica ging etwas näher an seine Haut mit dem Brocken. So redete er.

„Okay, ich bin Franz, der Bruder von dem da, der Katasor mit Füssen tritt. Er scheint nicht zu wissen, was ein wahrer Wolf tut. Er ist eine Schande", sagte Franz.

„Was wolltet ihr hier? Sag schon, sonst wird unsere Vollstreckerin dir ein paar Narben verpassen. Also sprich!", sagte Lukas kraftvoll.

„Okay. Wir sollten ein paar von euch töten., damit ihr euch uns leichter anschließt. Alpha Georg wollte auch, dass wir euch wertlosen Hybriden schwer verletzen, damit er euch leichter töten kann", sagte Franz.

Alle waren geschockt davon, selbst Lukas war sehr geschockt und mitgenommen. Doch da ging er auf ihn zu und schlug ihm einmal sehr kräftig in die Magengrube. Er schwang sehr weit zurück und wieder nach vorne. Alle waren beeindruckt.

„Hat Lukas etwa gerade …?", sagte Carina fassungslos.

„Seine ganze Wut in diesen Schlag gelegt? Ja, hat er. Hoffentlich weißt du jetzt auch, wieso sich keiner mit ihm anlegen möchte", sagte Finn verängstigt.

„Wolltet ihr also? Dann sag, wie viele seid ihr?", fragte Lukas aggressiv.

„Nur zwei. Ich schwöre es. Wir sollten herkommen und ein paar töten und euch verletzen. Dann sollten wir euch mitnehmen. Mehr sollten wir nicht tun. Ich schwöre es. Bitte lasst mich gehen! Er hält meine Gefährtin und meinen Welpen gefangen. Selbst wenn ihr mich tötet, wird meine Gefährtin für mein Versagen verantwortlich machen. Er tötet sie und meinem Welpen erzählt er, dass wir beide gegen einen feigen Hybriden unser Leben verloren haben. Er wird ihn zu einer Kampfmaschine ausbilden. Bitte lasst mich gehen", sagte Franz.

Alle rochen, dass er es ernst meint. Sie rochen keine Lügen. Gerhard wie auch die anderen glaubten ihm, aber sie fragten ihn auch, was mit dem anderen war. Franz sagte ihnen, dass er keine Gefährtin und keine Welpen hat. Lukas gab den Befehl, Franz wieder herunterzulassen. Als er wieder am Boden war, konnte er mit Gerhard reden. Aber sie blieben, damit sie eingreifen konnten. Franz machte Gerhard Vorwürfe. Doch er hörte sie sich nicht ganz an. Bis zum Schluss, da platzte alles aus Gerhard heraus. Gerhard schrie ihn an, was für ein schlechter Kerl er war. Gerhard hörte nicht auf, ihm zu sagen, was ihm auf der Seele lag. Als Gerhard fertig damit war, seinem Unmut Luft zu machen, ging er mit Tränen in den Augen. David hielt es keine zehn Pferde mehr auf der Stelle und lief ihm nach.

„Nun gut. Sobald du zurück bist, bei diesem Georg, wirst du ihm sagen, dass du und dein Freund entdeckt wurdet. Du hattest Glück, mit dem Leben davongekommen zu sein. Ach, und wir haben euer Auto gefunden und sämtliche Handys zerstört, so konntest du nicht Hilfe anfordern. Ist das klar?", sagte Lukas und sah ihm in die Augen.

„Nur was, wenn mein Alpha merkt, dass ich lüge", sagte Franz geschockt.

„Dann lass dich besser nicht erwischen. Du sagst uns noch, wo dein Fahrzeug steht, und wir bringen es her. Sollte dein Alpha sich den Kilometerstand ansehen, wirst du ihm sagen, dass du uns nicht zu ihm führen wolltest, weswegen du auch einen kleinen Umweg gefahren bist. Hab ich mich klar und deutlich ausgedrückt?", sagte Lukas.

Eingeschüchtert nickte er nur. Gleich darauf sagte Franz noch, wo der Waagen stand, und Lukas schickte zwei los, um den

Wagen zu holen. Franz wurde immer im Auge behalten. Jedes Mal, wenn Franz Gerhard oder David sah, knurrte er und wollte sie anspringen. Doch Jessica und auch ein paar andere zeigten Franz, dass sie es nicht schätzten, wenn er Mitglieder bedrohte. Sofort hörte er sofort auf und wurde wieder kleinlaut. Als der Wagen bei den anderen war, zeigte Franz denen, die den Wagen holten, wo alle Handys lagen. Sie holten die Handys aus ihren Verstecken und behielten alle bei sich. Franz stieg ein und fuhr los. Lukas deutet drei weiteren, dass sie ihm etwas folgen sollen. Sie holten die Schlüssel und fuhren los. Lukas ging mit Finn, Jessica und Carina in sein Haus und kaum, dass die Tür zu war, platzte es aus ihnen heraus.

„Jemanden mit Silber bedrohen? Hast du jetzt deinen Verstand ganz verloren?", fragte sie gleichzeitig.

„Bevor ihr fragt, woher ich das Silber herhabe, beruhigt euch, es ist kein echtes Silber gewesen, auch wenn es so aussieht", sagte Lukas zu ihnen.

„Wie? Kein echtes Silber? Was ist es denn dann?", fragte Finn verwirrt.

„Das hier ist Neusilber. Sieht aus wie Silber, ist aber keins. Nur eine Kupfer-Nickel-Zinn-Legierung.", sagte Lukas.

„Nicht echt. Aber wieso hast du es dann?", fragte Carina verwirrt.

„Ihr glaubt doch wohl nicht wirklich, dass ich echtes Silber besitze? Das ist viel zu teuer und ein zu großes Risiko, wenn hier immer wieder Welpen herumsausen", sagte Lukas.

Alle waren entweder geschockt oder verwirrt. Doch da fiel Jessica wieder ein, dass Lukas vor ein paar Jahren ein Geschenk bekommen hatte. Lukas nickte nur und erklärte ihnen, dass sein besonderes Besteck aus diesem Neusilber besteht. Alle waren verblüfft, dass er so etwas überhaupt besaß. Aber da erklärte Lukas ihnen den Plan, denn er hatte. Sein Plan sah vor, dass sie diesem Georg – wollte er wirklich herkommen – das Leben etwas schwermachen würden, sie würden ihn so lange nerven, bis dieser einen Fehler machte. Auch wenn Jessica und Finn wussten, dass dieser Plan schiefgehen kann. Aber Ewald hatte da andere Pläne.

„Lukas, dieser Plan kann fast nur schiefgehen. Was, wenn er deinen Plan durchschaut?", sagte Ewald.

„Ich weiß, mein Plan ist riskant, aber hat einer von euch einen anderen Plan?", sagte Lukas fragend.

„Lukas, wir müssen deinen Plan noch verbessern oder ausarbeiten. Das Risiko ist zu groß, dass du getötet wirst", sagte Ewald.

„Okay, was schlägst du vor?", sagte Lukas.

„Nun ich weiß nicht genau, was dieser Georg vorhat. Aber wenn ihr ihm das Leben schwermachen wollt, dann solltet ihr vielleicht sie zum Überwandern bewegen. Dann könnte der Georg vielleicht die Nerven verlieren", sagte Ewald.

„Das wird nicht funktionieren. Nicht wenn er die Alphagefährten und die Kinder der alten Alphas gefangen hält. Kein Wolf würde etwas tun, was seinen Alpha oder seinen Alphagefährten in Gefahr bringt", sagte Carina.

Das war Ewald nicht bewusst. Er schwieg nur und schüttelte den Kopf. Aber Lukas besprach mit allen den Plan und sie versuchten, sich einen Plan zu überlegen. Doch kein vernünftiger fiel ihnen ein. Lukas wusste aber, dass ihnen die Zeit davonlief. Sie brauchten einen Plan, sollte er wirklich noch kommen.

KAPITEL FÜNFZEHN

Die nächsten Tage blieben ruhig. Dennoch blieb die Stimmung angespannt. Bis auf jene zwischen Gerhard und David. Nach dem Kennenlernen mit Davids Eltern war alles noch viel besser zwischen ihnen. Die beiden verbrachten viel Zeit miteinander. Das machte leider vielen zu schaffen, da sie sich gegenseitig verrückte Kosenamen gaben. Lukas machte es auch Kopfzerbrechen, da viele Mitglieder des Rudels in den vergangenen Tagen zu ihm kamen und sich darüber beschwerten. Doch Lukas konnte sie beruhigen, in der Hoffnung, dass sich die beiden bald wieder einkriegen. Aber Lukas wusste genau, dass sie vorsichtig bleiben mussten. Georg konnte jederzeit mit ein paar seiner Leute wieder herkommen und sie angreifen. Natürlich blieben alle wachsam. Doch ihre Anspannung war so groß, dass es regelmäßig in Streits endete. Lukas griff ein und versuchte, sie zu beruhigen. Lukas wusste, dass es jetzt keine gute Idee war, sein Rudel alleine zu lassen. Aber das musste er. Jetzt hing ein Teil von Lukas seinem Gehalt ab. Es war für ihn kein angenehmer Freitagabend. Fast alle Steaks wurden wieder zurück in die Küche geschickt. Karl hat das schon oft mit dem Küchenchef besprochen, doch es schien sich nicht zu ändern.

„Josef. Wir haben wieder ein Steak, was nicht passt", sagte Lukas fast schon genervt.

„Also das kann ja wohl echt nicht sein, oder? Willst du mich verarschen?", sagte Josef fassungslos.

„Nein. Hier, die Gäste haben gerade zu mir gesagt, dass das Steak zäh und versalzen ist. Da geht es nicht anders", sagte Lukas.

„Was, das glaube ich nicht", sagte Josef und nahm ein Messer und eine Gabel.

Ein kleines Stück schnitt er ab und kostete es. Josef fand, dass es ganz normal war. Lukas wollte schon einen Streit anfangen. Aber da kam auch schon Linda zu ihnen rein.

„Josef, das Essen von Tisch drei schmeckt nicht", sagte Linda. „Was? Ne. Das kann nicht sein. Das hab ich gut abgeschmeckt. Das kann nicht sein", sagte Josef wutentbrannt.

Das kostete Josef auch noch kurz. Selbst da fand er, dass es schmeckt. Doch Linda und Lukas stritten das weiter ab. Zu ihrem Glück kam Karl in dem Moment zu ihnen. Sie erklärten Karl, was mit dem Essen los war, doch da grätschte ihnen Josef ins Gespräch. Karl schickte Lukas und Linda wieder nach vorne. Er klärte das und sagte zu ihnen, dass sie den Gästen sagen sollten, dass das Essen aufs Haus geht und wenn sie wollten können sie sich noch was anderes aussuchen. Als sie draußen waren, hörten sie schon ein Geschrei. Sie waren froh, nicht dazwischen zu stehen. Linda sagte Lukas, bei wem es nicht gepasst hatte, und Lukas eilte hin. Nur aus dem Augenwinkel sah Lukas, dass Gustav irgendetwas tat, was er nicht tun sollte. Aber darauf konnte er jetzt keine Rücksicht nehmen. Er ging zu jedem Tisch und sagte ihnen, dass das Essen aufs Haus ginge, und er sagte auch, dass sie sich gerne was anderes aussuchen könnten, wenn sie wollten. Das Angebot nahmen die Gäste gerne an. Sie bestellten was anderes und Karl blieb in der Küche und sah Josef genau auf die Finger. Genau das passte Josef gar nicht, aber er musste es zulassen. Als dann endlich auch die Küche geschlossen hatte, kam auch Karl wieder zu Linda und Lukas.

„Das ist ja echt nicht zu fassen. Das ist schon das zehnte Mal das Josef mit uns einen Streit anfängt. Ich meine, ist das noch zu fassen", sagte Karl fassungslos.

„Das glaub ich dir. Hast du schon versucht, mit ihm zu reden. Vernünftig?", sagte Lukas fragend und stellte ihm ein Glas Bier hin.

„Danke, Lukas. Ja, habe ich, aber scheint nichts zu nutzen. Ich wüsste nur gerne, was mit ihm los ist?", sagte Karl fragend.

„Keine Ahnung. Aber wir müssen es herausfinden. Das wird sonst extrem teuer. Wenn das so weitergeht", sagte Lukas.

„Ja, stimmt schon. Doch was können wir tun? Immerhin, Lukas, hast du auch schon gemerkt, was Gustav heute gemacht hat?", sagte Linda.

„Nein, was war denn? Ich habe es nur im Augenwinkel gesehen. Was war denn?", sagte Lukas verwirrt.

„Nun seine Freundin war hinter der Bar und er hat sie fast schon verschlungen", sagte Linda genervt.

„Oh, Mann, Jugendliche. Die meisten haben einen nicht zu kontrollierbaren Sexualtrieb", sagte Lukas.

„Ja und einen davon habe ich auch noch bei mir zu Hause. Doch, Lukas, ich habe mit ihm gesprochen. Vielleicht kannst du es ja wirklich übernehmen. Wenn du noch willst", sagte Karl.

„Mhm ja, das kann ich machen, aber was hältst du davon, wenn wir es im Sommer machen? Da könnten ich und mein Ru...meine Leute ihn wieder auf die richtige Spur bringen", sagte Lukas noch schnell.

„Okay. Das können wir ja noch in Ruhe bereden", sagte Karl etwas misstrauisch.

Lukas und Linda putzten alles und Karl ging in sein Büro. Dort kam ihm sofort das Grauen. Seit fast schon drei Wochen hagelte es nur noch schlechte Bewertungen. Die meisten schrieben immer nur über das Essen: Aber Karl wusste auch, dass wenn das so weiterging, dann müsste sie zusperren. Doch genau das wollte keiner. Allein schon, weil Lukas bereits als Kind viel Zeit hier verbracht hatte. Da würde es für ihn nur noch schwerer werden. Doch in Karl keimte der Verdacht auf, dass die alten Lehrherren von Lukas da ihre Finger mit im Spiel hatten. Doch als sie dann endlich mit allem fertig waren, erzählte Karl ihnen auch, was er gelesen hatte. Alle waren geschockt. Doch Lukas wusste, dass das ganz ihre Masche war. Ein Restaurant so lange schlechtzumachen, bis es schließen musste. Sie kauften es dann und dann sperrten sie es nach kurzer Umgestaltung wieder auf. Aber das würde nur dann klappen, wenn sie jemanden bereits eingeschleust hatten. Doch das Risiko war hier eigentlich viel zu groß. Lukas kannte alle, die dort arbeiten. Da wäre es doch viel zu riskant. Doch diesen Gedanken behielt Lukas für sich. Alle wussten, dass es für sie viel zu verlieren gab. Natürlich für manche mehr und für andere weniger. Aber sie wussten genau, dass es für Lukas schlimm wäre. Sie gingen dann und fuhren nach Hause. Karl sagte zu allen, sie sollten vorsichtig sein. Lukas wusste, dass es immer noch riskant war. Natürlich behielt auch Lukas beim Heimweg alles im Blick. Als Lukas endlich zu Hause war, schien immer noch alles ruhig. Selbst ihre Wachen waren immer noch wachsam, sie sahen aber entspannt aus. Jedenfalls so entspannt, wie es zurzeit ging. Aber damit musste sich Lukas zufriedengeben. Die Wachen verneigten sich, als Lukas an ihnen vorbeiging. Lukas ahnte, dass sein Großonkel es bereits wusste. Aber er hoffte dennoch, dass es nicht so sein würde. Aber diese Hoffnung zerschlug sich, als er in sein Haus eintrat. Auf der Couch saßen Carina und Ewald, beide sahen besorgt aus. Er wusste gleich, was los war. Ewald sagte auch gleich was nun los war, ihr Essen hatte bisher immer gepasst. Doch seit kurzer Zeit passte es nun überhaupt nicht mehr. Selbst Carina schien besorgt zu sein. Lukas erklärte ihnen, dass Karl bereits mit Josef oft sprach, aber es schien sich nicht wirklich viel zu ändern. Ewald verstand nicht, wieso Josef da nicht mehr dahinter war. Selbst für Carina war es seltsam, aber da kannte sie sich selbst nicht sehr gut aus. Aber da gab es noch etwas anderes, worüber sie mit Lukas noch sprechen wollte und auch musste. So nahm sie all ihren Mut zusammen und beichtete Lukas, dass sie und Ewald ein paar Dokumente lasen, die sehr gut geschrieben waren. Doch während sie sprach, wurde Lukas komplett blass. Verärgert drehte er sich um.

„Warum habt ihr das nur gelesen?", sagte Lukas verärgert, aber auch peinlich berührt.

„Wieso denn? Ich meine ja, du wolltest nicht, dass sie einer liest, aber sie sind ja nicht schlecht", sagte Carina.

„Jetzt kommt schon. Du sagst das doch nur, weil du meine Gefährtin bist und meine Gefühle nicht verletzen willst. Du wohl auch, Onkel. Du würdest auch kein schlechtes Wort darüber verlieren, weil ich dein Großneffe bin", sagte Lukas.

„Nein. Nicht deswegen. Wir sagen das, weil es stimmt. Deine Geschichten sind gut. Um nicht zu sagen sehr gut. Wieso legst du sie nicht mal einem Verleger vor?", sagte Ewald verwirrt.

„Ich weiß nicht einmal, ob ein Verleger die überhaupt lesen würde oder sie in der Luft zerreißen würde. Ich versuche damit nur eine Enttäuschung ...", sagte Lukas.

„Nein, du willst nur dein Ego schützen. Ich dachte immer, ich kenne dich. Oder da habe dich gerade besser kennengelernt, aber ich habe mich wohl geirrt. Vielleicht sollte ich deinem Cousin alles vermachen", saget Ewald.

„Du willst was? Manuel, alles vermachen. Du weißt ebenso wie ich, dass Opa und Oma möchten, dass ich das Gasthaus übernehme. Da kannst du doch nicht einfach sagen, dass du es ...", sagte Lukas wütend.

„Da ist er ja. Genau der Alpha, den ich die letzten Tage kennengelernt habe", sagte Ewald und stand auf.

„Warte mal, du hast das nur gesagt, damit ich ...", sagte Lukas verwirrt.

„Damit du endlich aus diesem verdammten Schneckenhaus rauskommst. Immer wieder fällst du in dieses Muster zurück. Ich habe dich in meiner Zeit hier als einen wirklich starken und mächtigen Alpha kennengelernt. Nun hör auf, wieder ein kleiner Junge zu werden. Erinnere dich doch mal daran, wie du den Wettbewerb gewonnen hast. Du hast gestrahlt und ich habe dir den größten Eisbecher gemacht, den es in unserem Gasthaus je gab. Ich sehe dich immer dasitzen mit diesen riesig großen Augen. Du warst damals so stolz darauf. Warum versuchst du es nicht?", sagte Ewald und setzte sich wieder.

Auch wenn Lukas immer noch sauer war, musste er leider zugeben, dass sein Großonkel recht hatte. Bisher hatte er das nur noch nicht gemacht, weil er zu viel Angst vor einer Absage hatte. Aber davon wollte er nun sich nicht mehr abhalten lassen. Doch seine Sorge blieb. Erst nach einem kurzen Gespräch gingen sie auf ihre Zimmer. Lukas wollte zwar wütend auf beide sein, aber das konnte er einfach nicht. Schon gar nicht, weil sie ja auch noch recht hatten. Selbst am nächsten Tag konnte er einfach nicht wütend auf beide sein. Schon gar nicht, weil die beiden sich die Mühe machten und sein Lieblingsfrühstück zubereiteten. Schon allein deswegen konnte er es nicht lange sein. Dieser Tag war hoffentlich besser als der letzte. Karl hatte zum Glück auch eine bessere Laune. Auch die Essen waren nun besser. Josef hatte auch frei und in ihrer Küche war heute nun Emil der Chef. Da gab es keine Beschwerden bis zum Abend. Da entschied Karl, Lukas nach Hause zu schicken. Lukas war froh darüber, da er sich um sein Rudel kümmern musste. Da war es einfach nur am besten, wenn er sich für seine Leute einsetzen konnte. Aber leider hatte sich bereits eine kleine Traube um sein Haus gebildet. Lukas ahnte Schlimmes. Doch allein schon, was er hörte, reichte, um zu wissen, dass es nichts Schlimmes war. Es gab nur wieder einmal eine ziemlich heftige Beschwerde über das Verhalten von Gerhard und David. Die meisten störte das gewaltig. Aber Lukas wusste auch, dass es auf Dauer nur eine Lösung gab. Dafür mussten die beiden ihren Bund nun vollziehen. Tja, nur leider wollten es die beiden noch nicht. Lukas versuchte, so gut er konnte, sie zu beruhigen. Nur schwer ließen sich alle beruhigen, aber sie verstanden es auch. Aber David und Gerhard wollten noch mit Lukas reden. Er fand das gar nicht mal so schlecht, doch er wusste auch, dass ein ernster Ton mitschwang. Lukas ging mit ihnen in sein Büro und dort setzten sie sich erstmal.

„Okay, ihr wollt mit mir reden. Dann sagt schon, worum geht es?", fragte Lukas.

„Nun, wir haben ziemlich lange miteinander gesprochen und wir wollten Sie etwas fragen", sagte Gerhard vorsichtig.

„Was wollt ihr mich denn fragen?", fragte Lukas verwirrt.

„Nun, wir wollten euch fragen, ob Sie eine Zeremonie abhalten möchten", sagte Gerhard.

„Was für ein Zeremonie?", fragte Lukas.

„Eine alte Gefährten-Zeremonie. Meine Eltern reden schon seit Jahren davon und wir dachten, dass du uns, nun ja, du weißt schon", sagte David.

„Ihr wollt, dass ich euch beide traue. Eine komische Bitte. Aber wenn ihr wollt, gerne. Doch wen ich mich richtig an das erinnere, was mir mein Vater gesagt hat, dann darf der Alpha oder ein Schamane das durchführen. Doch nur, wenn sie selbst schon diese Zeremonie durchgemacht haben", sagte Lukas.

„Ja, das wissen wir. Doch Tina ist ja auch eine Schamanin. Sie könnte Sie und Carina trauen und Du dann uns. Wenn das auch Ihr Wunsch ist", sagte David etwas verschüchtert.

„Ich werde mit Carina reden. Wenn sie es auch will, dann steht dem nichts mehr im Weg. Wir können dann auch noch genauer reden", sagte Lukas.

„Danke, Lukas. Es wäre uns wichtig. Wenn nicht, dann sind wir bei Tina", sagte David.

Lukas ahnte, dass sie ihn fragten, da sie Tina schon gefragt hatten. Aber nun ja, er wusste, dass es für beide ein Schritt in die richtige Richtung sein konnte. Als sie dann gingen, suchte Lukas nach einem Verleger, doch das stellte sich nicht als ganz einfach heraus. Allein schon deswegen, weil nicht alle sich auf Gedichte spezialisiert hatte. Aber Lukas versuchte es weiter. Bis dann Carina in der Tür stand.

„Worum ging es bei eurem Gespräch?", fragte Carina neugierig.

„Du bist schon sehr neugierig. Aber David und Gerhard wollen, dass ich die beiden bei einer Gefährten-Zeremonie traue. Doch wenn, dann kann ich das nur, wenn ich auch schon so eine hinter mir habe. Sonst darf ich das nicht. Da ist natürlich die Frage, ob du das auch willst", sagte Lukas und lehnte sich zu ihr.

„Wir sind aber keine normalen Menschen, die man trauen muss. Aber ich finde die Idee gar nicht einmal so schlecht", sagte Carina zu Lukas.

Beide sprachen noch eine Weile, wann und wo. Doch sie wussten auch, dass solange dieser Georg noch sein Unwesen trieb, da wäre es vielleicht sogar am besten, sie würden diese Zeremonie im Kleinen machen. Das wäre wohl am besten, doch da war auch noch die Frage, wann. Doch diese Frage konnten sie nicht klären, da es an der Bürotür wie wild klopfte. Keine Sekunde später stand eine aufgelöste Jenny vor ihnen und sprach so schnell, dass weder Lukas noch Carina etwas verstehen konnten. Sie konnten zwar Jenny beruhigen, doch gleich darauf kam Finn zu ihnen und sprach genauso schnell. Lukas stand auf und ging zu Finn, gleich darauf hielt Lukas Finn den Mund zu. Verwirrt sah Finn seinen Bruder an.

„Okay, Finn. Ich werde jetzt meine Hand wegnehmen und du erklärst mir, was hier los ist und das langsam! Alles klar", sagte Lukas. Finn nickte nur. Langsam nahm Lukas seine Hand weg. Finn wollte schon wieder schnell reden, doch Lukas musste ihn nur einmal streng ansehen und da blieb er ruhig.

„Okay, Brüderchen. Du musst wissen, ich und Jenny wir haben ein Problem", sagte Finn mit panischen Augen.

„So und was für ein Problem? Kleiner Bruder?", fragte Lukas.

„Meine Eltern wollen Finn nun doch mal kennenlernen. Aber sie wollen auch seine Familie kennenlernen. Aber sie wollen euch in einem exquisiten Restaurant treffen. Sie haben sogar schon eine kleine Karte zusammenstellen lassen. Doch ich hab da so meine Zweifel, wenn ich ehrlich bin. Aber der Hammer kommt noch: Das Restaurant gehört deinen Ex-Lehrleuten. Ich konnte sie nicht davon abhalten", sagte Jenny.

Fassungslos setzte sich Lukas erstmal. Carina verstand erstmal gar nichts, aber Finn erklärte ihr dann, dass Lukas nicht gut zu sprechen auf seine ehemaligen Lehrherren war und auch, warum. Nach kurzer Zeit fing sich Lukas wieder und fragte die beiden, wann das Treffen war. Sie sagten, dass es morgen war. Zu seinem Pech hatte Lukas da auch noch frei, aber da musste er jetzt durch. Er stimmte zu, doch da hatte er leider vergessen, dass sie sich elegant anziehen mussten. Am nächsten Tag, eine knappe Stunde vor dem Treffen, trafen sie sich auch noch in der Wohnung von Jenny und Finn. Carina verstand nicht, warum Finn freiwillig in der Stadt lebte. Lukas sagte ihr, dass er nur so rechtzeitig in die Schule kam. Gleich nach dem Klingeln öffnete auch schon Finn. Allerdings trug er nur eine Boxershorts und nasse Haaren.

„Du siehst aus, als wärst du gerade aus der Dusche gekommen", sagte Lukas etwas überrascht.

„Wie kommst du darauf? Kommt rein", sagte Finn.

Schnell gingen sie an Finn vorbei und Carina sah sich beeindruckt um. Einige sehr wertvolle Stücke standen in der Wohnung verteilt.

„Zum Glück seid ihr beide schon da. Jenny sollte eigentlich gleich aus der Dusche kommen. Carina, du wirst bei Jenny sein. Lucky komm mit", sagte Finn und ging in ein Zimmer hinein.

Carina verabschiedete sich kurz von Lukas und stellte sich vor das Bad. Lukas folgte Finn währenddessen ins Wohnzimmer.

„Wow. Hast du etwa einen Luxusladen überfallen?", sagte Lukas, als er ein paar Sachen sah, die definitiv Finn gehörten.

„Nein, habe ich nicht. Jenny hat mir ein paar Sachen davon geschenkt. Genauso wie das hier. Ein maßgeschneidertes Hemd mit der passenden Krawatte", sagte Finn und zeigte das hellblaue Hemd.

„Okay. Naja, zum Glück habe ich meinen eigenen Anzug mit. Nur du wirst wohl auch einen tragen, oder", sagte Lukas.

„Ja, habe ich. Den hier. Den hat auch Papa einst bei der Beerdigung von …", sagte Finn.

„Ich weiß. Er trug ihn das letzte Mal bei Mamas Beerdigung. Ich hätte ihn sowie so nicht tragen können. Er war mir damals noch zu groß, aber später war er mir zu klein", sagte Lukas und zog sich sein Shirt aus.

„Ja, wundert mich nicht. Bei deinen Muskeln. Immerhin bist du auch einen Meter neunzig groß und ich bin nur einen Meter fünfundsiebzig, wie Papa", sagte Finn niedergeschlagen.

„Ich weiß, es ist schwer. Aber Papa hat immer gewollt, dass einer von uns seinen Anzug mal trägt. Also komm, ziehen wir uns um. Sonst sind die Frauen schneller fertig als wir", sagte Lukas.

Finn stimmt zu und sie zogen sich um. Selbst Jenny und Carina donnerten sich auf.

„Hm, ich glaube, dir würde ein grünes Kleid besser stehen", sagte Jenny und reichte Carina ein grünes Kleid.

Carina verstand nicht, wie man nur so viele Kleider haben konnte und dann auch noch wusste, welches zu welchem Anlass passt. Carina tat sich schon schwer, sich bei ihrem Shirt zu entscheiden. Aber sie zog es, ohne zu murren, an. Bald waren sie auch schon fertig, nur Jenny und Carina mussten sich noch final aufdonnern. Etwas Make-up fehlt noch. Jenny half Carina, sie wusste genau, dass Wölfe es eher dezent mit dem Make-up hielten. Während sich die Damen fertig machten, kämpfte Finn mit seiner Krawatte. Verärgert versuchte er es immer wieder, bis er es fast schon sein ließ. Lukas aber stellte sich hinter ihm und half ihn bei der Krawatte.

„Du kannst das so gut, wieso denn?", fragte Finn.

„Wenn man zweimal die Woche Hemd und Krawatte im Servierunterricht tragen muss, lernt man es. Ich habe einen Kollegen gehabt, der hatte einen aufwendigen Krawattenknopf. Mir reicht der einfache. So fertig. Jetzt noch den Kragen umlegen und fertig sind wir", sagte Lukas und legte die Krawatte um Finns Hals.

Noch fummelte Lukas am Kragen von Finn herum, aber es war bald vorbei. Finn sah sich im Spiegel an und wusste nicht, was er denken soll.

„Okay, jetzt sehe ich aus wie ein fein gekleideter Zombie. Na toll. Und das muss ich den ganzen Abend lang tragen?", sagte Finn.

„Ja, musst du leider. Ich muss ja immerhin dieses Kleid anhaben. Auch wenn es wirklich schön ist, aber meins wird es nicht werden", sagte Carina.

Lukas sah sie und war völlig hin und weg. Auch Finn war es, als er Jenny in ihrem blauen Kleid sah. Doch sie mussten sich dann auch schon beeilen, sonst würden sie zu spät kommen. Zu ihrem Glück war es nur ein paar Minuten entfernt. Als sie ins Restaurant kamen, sahen sie schon ein paar gut betuchte Herrschaften an ein paar Tischen sitzen.

„Oh Mann, wie halten das nur Menschen aus?", fragte Carina.

„Glaub mir, als ich noch ein Lehrling war, gab es das hier nicht einmal. Aber diese Musik ist klassisch", sagte Lukas flüsternd zu Carina.

Finn wollte schon zu einem Tisch hingehen. Aber Jenny hielt ihn auf und schüttelte nur den Kopf. Gleich darauf kam auch schon ein Kellner. Vom Alter her war dieser kaum älter als Lukas.

„Guten Abend, meine Herrschaften. Sie haben reserviert?", sagte der Kellner und stellte sich zu einem kleinen Pult.

„Braucht man für …", sagte Finn.

Doch Lukas legte ihm nur eine Hand auf die Schulter und Finn schwieg.

„Ja, meine Eltern haben reserviert auf Falkensteiner. Dr. und Magister Falkensteiner", sagte Jenny.

„Ah, ihr gehört zu den Falkensteiners. Bitte folgen Sie mir. Sie habe extra einen unserer Räume gebucht", sagte der Kellner und ging voraus.

Sie folgten dem Kellner. Lukas kannte den Einrichtungsstil der gehobenen Gastronomie, vor allem den hier. Bald darauf gingen sie in einen kleinen Raum. Carina sah zwei Personen, die warteten. Insgeheim fragte sie sich, ob sie zu spät waren. Doch sie waren recht zeitig losgegangen.

„Ah, Jennifer. Wir haben uns schon gefragt, wie ihr kommt. Aber das ist wirklich gut", sagte eine Frau, die auf Jenny zukam.

Carina sah die Frau genau an. Sie trug ein bodenlanges schwarzes Kleid. Ihr Schmuck war aber für ihren Geschmack zu protzig. Die Frau trug eine Perlenkette und Ohrringe mit je zwei großen roten Steinen. Aber sie roch auch noch einen ihr fast schon bekannten Geruch. Es roch nach Fuchs.

„Mama. Du weißt doch, dass ich es hasse, wenn man mich danach fragt, wie ich komme. Das weißt du doch auch", sagte Jenny leicht gereizt.

„Nun, Jennifer. Wir können uns doch Sorgen machen, wie unsere Tochter in der Öffentlichkeit auftritt. Schließlich ist ja auch unser Ruf wichtig", sagte ein Mann und ging auf Jenny zu.

„Dein Vater hat da recht. Doch wir sollten das nun lassen. Denn wir sind hier, um deinen Freund und seine Familie kennenzulernen", sagte Jennys Mutter.

„Das stimmt, würdest du uns nun vorstellen", forderte Jennys Vater.

Nur widerwillig stimmte sie zu.

„Mama, Papa, ich möchte euch gerne meinem Freund Finn vorstellen", sagte Jenny und Finn kam zu ihr.

Freundlich begrüßte Finn Jennys Eltern, sie erwiderten das, wenn auch nur widerwillig.

„Ich darf Ihnen meinem Bruder Lukas vorstellen und seine …", sagte Finn leicht ratlos. „Meine Verlobte Carina. Mylord, Mylady. Es ist uns eine Freude, euch kennenzulernen", sagte Lukas und schüttelte die Hand von Jennys Eltern.

Aber bei Jennys Mutter legte sich Lukas richtig ins Zeug. Ihr gab er auch noch einen Handkuss. Jennys Eltern schienen recht beeindruckt zu sein von den Manieren von Lukas. Kurz danach setzten sie sich und tranken erst einmal ein Glas Orangensaft. Ihre Eltern mussten den nehmen, da Jennys Vater ein kleines Problem hatte. Er konnte keinen Alkohol zu sich nehmen. Leider hatte er eine Allergie. Bald darauf kam auch schon der erste Gang.

„Herr Kellner, bitte sagen Sie uns, was sie uns servieren", sagte Jennys Mutter.

„Wir servieren Ihnen hier einen Graved Wildlachs auf fruchtigem Linsensalat mit einem Wildkräuter-Bouquet und feinstem Beluga Kaviar", sagte der Kellner.

Sie dankte dem Kellner und dieser ging dann auch gleich.

„Oh, verzeiht ich bin gewöhnt, dass man weiß, was eine Beize ist", sagte Jennys Mutter.

„Schon in Ordnung. Wir haben ja zum Glück einen Profi, was das angeht. Ähm Bruderherz, bitte sag doch, was Beize und Belu…", sagte Finn.

„Eine Gewürzmischung. Man kann auch sagen, man mariniert den Fisch und Kaviar sind Fischeier. Beluga ist die beste Qualität, die feinste und die teuerste", sagte Lukas.

Jennys Eltern waren auch da wieder beeindruckt, dass sich jemand damit auskannte. Jennys Eltern waren schon sehr neugierig, sie wurden nur von den nächsten Gängen bis zur Hauptspeise unterbrochen. Doch ab da hielt sie nichts mehr zurück.

„Sagt mal, Lukas, ist Jennifer bei euch auch so rebellisch, wie wenn sie zu uns kommt?", fragte Jennys Mutter.

Jenny wollte schon was sagen, aber Finn hielt sie diesmal auf.

„Jenny ist bei uns sehr hilfsbereit. Sie hilft, wo sie nur kann. Ganz egal wobei, ob nun bei mir im Büro oder wenn sie mal die Kinder bespaßt, damit ihre Eltern zu etwas kommen", sagte Lukas.

„So wirklich? Nun, sie hat sich früher noch nie etwas aus Kindern gemacht. Das ist für mich etwas komisch", sagte Jennys Vater.

„Nun ich weiß nicht, wie Sie das sehen. Aber ich kann mir Jenny gut als Mutter vorstellen. Mit einem großen Haus und Garten. Einem guten Ehemann und einigen Kinder", sagte Lukas und legte das Besteck ab.

Alle waren zu ihrem Glück bereits fertig mit dem Essen. Die Kellner räumten den Tisch ab und fragten noch, wann sie das Dessert bringen könnten. Jennys Mutter sagte, dass sie etwas warten wollten. Der Kellner verstand und ging wieder.

„Nun, Mister Lukas, Sie sie scheinen eine andere Vorstellung zu haben als wir. Jennifer ist in unseren Augen noch lange nicht so weit, um eine gute Mutter und Ehefrau zu werden", sagte Jenny Vater.

„Papa, kannst du vielleicht mal damit aufhören! Ob du es mir glaubst oder nicht, aber ich kann mehr, als du glaubst", sagte Jenny gereizt.

„Jennifer, bitte nicht in dem Ton. Du weißt auch, was dein Vater meint. Dass du noch etwas Geduld haben sollst", sagte Jennys Mutter.

„Geduld ist wohl ein großes Thema bei euch. Darf ich fragen, wieso", sagte Lukas fragend.

„Nun wir sind einfach der Meinung, dass Geduld immer wichtig ist. Sowohl privat wie auch beruflich", sagte Jennys Mutter.

Jenny versuchte, sich zu beruhigen, doch ihr Vater lieferte ihr auch noch den nächsten Grund, um sich aufzuregen.

„Nun, Mister Lukas, verstehen Sie uns nicht falsch, doch wir sind der Meinung, dass Jenny eine bessere Partie verdient als Ihren Bruder", sagte Jennys Vater.

„Was soll das heißen? Ich verdiene eine bessere Partie als Finn. Ich meine, was ist denn mit euch nicht richtig", schrie Jenny wutentbrannt.

Jennys Eltern versuchten, sie wieder zu beruhigen. Aber Jenny ließ sich nicht beruhigen. Sie sagte ihnen, dass es reichte. Ihre Eltern sollten sich nun für immer aus ihrem Leben raushalten. Wutentbrannt stürmte Jenny aus dem Raum. Finn eilte ihr hinterher. Fassungslos sahen Jennys Elter ihr hinterher. Kurz darauf standen Lukas und Carina auf, sie verabschiedeten sich und gingen. Draußen sahen sie Jenny in ihrem blauen Kleid in Finns Armen liegen und heulen. Sie sprachen noch, bis sie zu viert in ihre Wohnung gingen. Lukas und Carina zogen sich noch um und fuhren dann zum Rudel zurück. Die nächsten Tage waren für niemanden leicht. Jenny wurde von Anrufen bombardiert, Finn musste in seinem Job nun auch noch Doppelschichten machen, Carina musste sich mit Tina auseinandersetzen und Lukas wurde immer wieder von Gästen angeschrien. Doch die Lage spitzte sich am Sonntag endgültig zu. Ihre berühmten Sonntagsschweinsbraten und Rindsbaten waren vollkommen versalzen. Ewald hatte es am Sonntag einfach nicht mehr ausgehalten. Er bat Carina darum, ihn zum Gasthaus zu fahren. Auch wenn sie es nicht wollte, tat sie es dennoch. Als sie ins Gasthaus kamen, sah Ewald schon, dass die Stimmung kurz vor dem Kippen stand. Schnell griff Ewald ein und sprach zu allen, dass sie einen Gutschein über einhundert Euro bekämen. Außerdem ginge ihr Essen aufs Haus. Alle waren begeistert. Doch noch bevor Lukas etwas fragen konnte, ging Ewald sofort in die Küche. Verwirrt sahen alle Ewald hinterher. Bald darauf hörten sie, wie Ewald mit Josef schrie. Aber Karl kam aus seinem Büro gestürmt. Lukas fragte Karl, was los sei. Dieser sagte ihm, dass Josef von den alten Lehrherren von Lukas dazu angestiftet wurde, das Gasthaus schlecht zu machen. Lukas fiel vom Glauben ab, als er das hörte. Keine drei Sekunden später kamen Josef und Ewald aus der Küche und sie stritten zwar immer noch, aber nicht mehr in der Lautstärke. Josef beteuerte immer wieder, dass er damit nichts zu tun hätte, selbst als Karl ihm die Beweise vorlegte, leugnete er es weiter. Aber Lukas und Carina rochen, dass Josef log. Ewald kam dann auch auf die beiden zu und noch bevor er fragte, nickten beide. Das war genug. Ewald ging wieder zu Josef und sprach die Kündigung aus. Josef war dann nur noch sauer.

„Ihr werdet schon sehen, was ihr davon habt, mich zu kündigen. Ich muss nur warten. Dank meiner ganzen Arbeit hier, habt ihr bereits keinen guten Ruf. Ich habe alles versalzen, nicht gewürzt oder sogar mit Absicht extrem scharf gewürzt. Ihr werdet niemals dieses Gasthaus an Lukas weiter eben können. Niemals", sagte Josef laut genug, dass alle an der Bar das hören könnten. Fassungslos sahen alle Josef an, aber Karl hatte zum Glück noch einen Trumpf im Ärmel. Er zeichnete ihr Gespräch auf. Auch wenn das nicht nötig war. Viele hätten Josef am liebsten grün und blau geschlagen. Aber das durften sie nicht, stattdessen musste Josef alles zurückgeben. Kochjacken, Schlüssel, alles was ihm übergeben wurde, musste er nun wieder hergeben. Josef drehte sich um und ging. Karl folgte ihm, um sicherzugehen, dass er nichts machte. Als sie wieder vorne waren, da entschuldigte sich Ewald bei allen und lud alle auf ein Getränk als Entschuldigung ein. Ein paar der Gäste kamen zu der Bar und entschuldigten sich für ihr Verhalten. Sie sagten auch, dass sie diesen Koch anzeigen werden. Ihr Kind hatte etwas gegessen, das zu scharf gewürzt war, und hatte Bauchschmerzen davon bekommen. Ewald sagte ihnen, dass dies in ihrer Berechtigung lag, aber dass er glaubte, dass eine Sammelklage mehr Aussicht auf Erfolg versprechen würde. Die Gäste stimmten zu. Als Karl wieder bei ihnen war, sagte Ewald, dass Karl alle anschreiben sollte und dass sie sich bei ihm melden sollten. Ewald erklärte Karl auch noch, was er vorhatte. Sie würden sich aber erst morgen treffen und es genauer besprechen. Bald darauf fuhren Carina und Ewald wieder nach zurück.

Am Sonntagnachmittag kam ihre Patrouille früher als geplant zurück. Markus ging sofort zu Lukas und holte ihn. Gleich darauf berichteten sie Lukas alles, was sie gesehen hatten. Zwei Fahrzeuge fuhren in den Wald. Sie ahnten, was das bedeuten könnte. Lukas ahnte, was es war. Er trommelte ein paar Freiwillige zusammen. So schnell sie konnten zogen sie sich aus und verwandelten sich. Die, die auf Patrouille waren, übernahmen die Führung. Nach ein paar Minuten drosselten sie ihr Tempo. Leise schlichen sie sich an sie heran. Sie konnten sie auf einer Lichtung riechen und versteckten sich hinter ein paar Büschen. Nur so weit, dass die Eindringlinge sie nicht hören oder riechen konnten, aber Lukas seine Leute dafür schon.

„Ihr wurdet also hier überfallen. Dann habe ich diesen Hybriden wohl unterschätzt", sagte Georg.

„Ja, Alpha. Ich bedaure das zutiefst. Sie waren leider in der Überzahl. Es waren zwölf von ihnen. Sie waren ... verzeiht mir Alpha, aber sie waren ...", sagte Franz.

„Schon gut. Ich gebe es nur ungerne zu, aber ich habe auch einen Fehler gemacht. Doch das wird mir nicht ein zweites Mal passieren. Schwärmt aus und überdeckt seine Markierungen", sagte Georg.

Alle verbeugten sich und verwandelten sich sofort. Eilig schwärmten sie aus. Lukas wusste, dass Franz große Angst hatte, aber er konnte an Franz nicht den Geruch der Lüge wahrnehmen.

„Hört zu, ich erkläre euch das später. Schwärmt aus und erledigt sie. Aber lasst diesen Franz am Leben. Er könnte noch nützlich sein. Verstanden", setzte Lukas in die Köpfe von allen.

Verwirrt sahen ihn alle an, doch sie nickten nur und schwärmten aus. Da sie diesen Wald kannten, konnten sie sich leise bewegen. Lukas blieb allein zurück und wartete noch etwas. Er sah aus seinem Versteck Georg zu, wie er sich scheinbar schon ausmalte, wie er diesen Wald abholzen wollte. Doch dann fingen ein paar Wölfe in der Entfernung zu heulen an. Georg wurde sichtlich nervös. Da wusste Lukas, dass seine zweite Chance gekommen war.

„Deine Leute werden nicht alle überleben, das ist dir doch klar, oder?", setzte Lukas in den Kopf von Georg.

„Wo bist du? Bist du überhaupt wirklich der Sohn eines Alpha? Wenn ja, dann bist du ziemlich feige", sagte Georg und suchte nach Lukas.

Doch er konnte Lukas nicht finden. Lukas lächelte in sich hinein, da er sein Gegenüber verwirrte.

„Mein Vater war ein Alpha, ich bin auch einer. Aber du scheinst irgendwie nervös zu sein. Sag schon, was macht dich denn so nervös?", setzte Lukas in seinen Kopf.

„Du glaubst wohl du bist gut. Weil du diese seltene Fähigkeit hast, aber irgendwann musst du dich wieder verwandeln, um als

Mensch sprechen. Dann werde ich dich finden. Mich wundert es, dass ein dreckiger Hybride wie du diese Fähigkeit besitzt", sagte Georg und sah sich weiter um.

„Glaubst du etwa, dass mich das aus der Fassung bringt. Dann irrst du dich. Mein Vater hat mir beigebracht, das einfach zu überhören. Also versuche es nicht mal. Doch du wirkst immer nervöser. Was ist es denn nur, was dich so nervös macht?", setzte Lukas in den Kopf von Lukas.

„Das weißt du genau. Doch ich lass mich nicht auf deine Spielchen ein. Du willst doch nur, dass ich einen Fehler mache. Doch genau das werde ich nicht machen", sagte Georg.

„Du bist bereits nervös. Wer sagt, dass du nicht bereits von meinem Rudel umstellt bist? Da hast du deinen Fehler", setzte Lukas in Georgs Kopf.

Georg wurde immer wütender und frustrierter, da er Lukas nicht ausfindig machen konnte. Doch Lukas musste nur noch kurz warten, er wusste, dass es gleich so weit sein dürfte. Doch das kam früher als gedacht.

„Es reicht mir. Ich fordere dich um dein Rudel und Revier heraus", schrie Georg wutentbrannt.

Genau darauf hatte Lukas gewartet. Er rief alle wieder zurück. Nur Sekunden später waren alle Freiwilligen auf der Lichtung versammelt. Alle verwandelten sich und selbst Carina war unter ihnen und auch sie verwandelte sich. Lukas verwandelte sich im Schutz von ein paar Bäumen. Erst dann trat er auf die Lichtung.

„Dann könne wir ja mit der Herausforderung beginnen", schrie Georg.

„Nein. Wir treffen uns morgen zur Mittagsstunde. Auf dieser Lichtung. Nur du und ein einziger Beta von dir. Auch ich werde nur einen mitbringen", sagte Lukas ruhig.

Doch dieser Georg sah an Lukas vorbei und starrte Carina begierig an. Sofort stellte er sich schützend vor ihr. Er hasste es, wenn jemand außer ihm seine Gefährtin nackt sehen konnte. Auch wenn Georg Lukas kaum beachtete, musste er es nun.

„So wie ich dich, dreckigen Hybriden, getötet habe, werde ich mir deine Gefährtin nehmen. Und sie mit meinem Samen füllen. Sodass dein Samen keine Chance haben wird. Du bist eines vollwertigen Wolfes nicht gewachsen", sagte Georg gehässig.

Carina hätte ihm am liebsten sofort getötet, doch Lukas hielt sie auf. Lukas meinte nur noch, dass Georg nur eine Chance hätte, in einem Stück von hier wegzugehen. Nur wenn er jetzt ging. Franz kam verletzt zu ihm und bat um Verzeihung, nur widerwillig nahm er sie an. Wütend stiegen sie in einen Wagen und fuhr davon. Alle sahen Lukas an und dieser erklärte ihnen noch, dass er diese Fähigkeit besaß, seit er ein Kind war. Aber sie wussten, dass sie nun nicht weiter darauf eingehen konnten. Sie verwandelten sich und liefen wieder in Richtung des Dorfes nur Lukas und Carina ließen sich dabei Zeit. Sie brauchten Zeit für sich und vor allem Lukas genoss die Zweisamkeit als Wölfe. Aber als sie wieder zurück beim Dorf war, da spürten sie sofort, dass alle angespannt waren. Carina verwandelte sich und zog sich an. Lukas spürte, dass es ihr nicht so gut ging. Gleich darauf verwandelte auch er sich. Langsam kam er auf sie zu.

„Ich weiß, du bist sauer, aber ich musste es tun, das weißt du auch", sagte Lukas beschwichtigend.

„Genau davor habe ich mich immer gefürchtet. Ich will nur nicht, dass du jetzt schon stirbst. Ich habe dich doch erst gefunden und da will ich dich nicht verlieren", sagte Carina mit Tränen in den Augen.

Lukas sprach kein Wort und nahm sie einfach in den Arm. Beide standen kurz noch da, bis sich Carina wieder beruhigt hatte. Schnell zog auch Lukas sich an. Langsam gingen beide zum Hauptplatz. Sofort kam einer der Kleinen auf ihn zu. Seine Tränen konnte Lukas sofort sehen.

„Wirst du wirklich gegen den kämpfen, der Carinas Papa getötet hat?", sagte der Kleine und schluchzte.

Lukas wollte ihm das Gegenteil sagen, doch er wusste, das würde nur alles schlimmer machen, als es bereits ist.

„Ja", sagte Lukas, mehr konnte er nicht.

Lukas sah in die Augen des Kleinen und sie füllten sich mit Tränen. Nur Augenblicke später weinte der Kleine los und fiel Lukas um den Hals. Lukas wusste genau, dass es nichts gab, was ihn beruhigen konnte. Als Lukas aufstand, ließ der Kleine nicht los. Langsam kam Lukas mit dem kleinen Welpen auf dem Arm zu den anderen. Es brauchte keine Worte von keinem, um Lukas zu sagen, dass alle todtraurig waren. Carinas Tante kam auf sie zu und nahm den Kleinen von Lukas. Alle hatten Angst, doch die meiste Angst hatte immer noch Ewald. Er wollte es nicht wahrhaben, dass Lukas vielleicht sterben könnte. Ewald versuchte, Lukas davon zu überzeugen, dass es besser wäre, irgendwo unterzutauchen. Doch Lukas konnte das nicht tun, da er es nicht machen konnte. Er konnte keinem mehr zumuten, erneut zu verschwinden. Es musste enden. Hier. Lukas hatte keine andere Wahl. Wenn er sein Rudel beschützen wollte, dann musste er dafür sorgen, dass er nicht verlieren würde. Aber Lukas wusste genau, was zu tun war. Doch da kamen auch schon Matteo und Cornelia zu ihnen. Aufgebracht versuchte Matteo, Lukas davon zu überzeugen, dass es besser wäre, wenn er es nicht tun würde. Doch Lukas ließ es nicht zu, dass man ihm von seinem Vorhaben abbrachte. Aber da trat er zu den anderen. Lukas Stimme hatte keine Spur von Nervosität oder Furcht. Sie war klar und deutlich. Lukas sagte zu ihnen, dass es wichtig sei, alle müssten nur zur Sicherheit das Wichtigste zusammenpacken, Erinnerungen wären wichtig, Kleidung könne man ersetzen, sie sollten mit dem Nötigsten von hier verschwinden, falls er verlieren würde. Alle waren fassungslos, aber sie wussten, dass es nur zu ihrer Sicherheit war. Finn aber versuchte immer wieder, seinen Bruder davon zu überzeugen, dass das Rudel nur in Sicherheit wäre, wenn auch er dabei wäre. Aber Lukas ließ keine Widerworte zu. Er erklärte Finn auch noch, dass es wichtig wäre, wenn sie ihre Sachen, die sie verkauften, mitnehmen und in einem Lager alles verpacken würden. Lukas sagte zu allen, dass sie am besten heute noch alles tun sollten, was getan werden müsste. Sofort eilten alle davon und erledigten alles. Lukas ging in sein Haus und richtete alles für Jenny her. Sie musste dann nur noch die Sachen nehmen und verschwinden. Jessica sprach mit Ewald, dass sie ihn, sollte Lukas wirklich verlieren, in die Stadt bringen sollte. Lukas half allen dabei, die wichtigsten Dinge aus dem Keller zu verpacken. Finn suchte sich noch ein paar Dinge aus, um sich an Lukas und seinen Vater zu erinnern. Lukas wollte auch, dass

Finn die Gitarre mitnehmen sollte. Anfangs wollte Finn nicht, aber Lukas bestand darauf. Spät am Abend wurde es dann ruhig. Lukas und Carina verbrachten die ganze Zeit gemeinsam, am meisten im Bett. Sie schliefen in dieser Nacht noch einmal miteinander. Für Carina war der Morgen schon viel zu früh wieder da. Sie wusste, was das bedeutete. Wenn sie es könnte, würde sie Lukas davon abhalten, gegen Georg zu kämpfen. Doch sie konnte es nicht. Lukas spürte ihre Anspannung und tat alles, um sie abzulenken. Als Ewald aus Jessicas Haus kam, fühlte er sich wie gerädert. Die letzte Nacht war für ihn nicht gut.

„Morgen", sagte Jessica.

„Morgen, Jessica. Au", sagte Ewald, als seine rechte Schulter laut knackste.

„Sag nicht, dir war das gestern zu viel?", sagte Jessica fragend.

„Nein, nur meiner Lunge vielleicht. Aber sonst ist alles gut. Und unser Mal trage ich mit stolz", sagte Ewald und küsste Jessica liebevoll.

„Jetzt mal, bitte nehmt euch ein Zimmer. Also echt", sagte Jenny als sie das sah.

„Ihr seid euch schon da?", fragte Ewald überrascht.

„Ja, sind wir. auch möchte nicht wissen, was Lukas davon hält, wenn er das sieht", sagte Finn überrascht.

Sie sprachen noch kurz miteinander und setzten sich zu den anderen. Kurz darauf kamen auch schon Lukas und Carina zu ihnen. Ewald merkte sofort, dass die Stimmung gedrückt war. Jeder hatte Angst um Lukas. Doch Ewald merkte auch, dass Lukas auch sehr angespannt war. Ewald hoffte nur, dass Lukas stark genug war, um diesen Georg zu besiegen. Nach dem Frühstück machten alle noch den Rest, den sie am Vortag nicht mehr geschafft hatten. Er hatte ein schlechtes Gewissen Lukas gegenüber, aber er wollte ihn nicht noch zusätzlich beunruhigen. Die Stunden verstrichen. Als es Zeit wurde, verabschiedete sich Lukas von allen. Den Welpen legte er allen eine Hand auf den Kopf und sah sie an. Als er dann bei Ewald war, verabschiedeten sie sich mit einem besonderen Handschlag. Doch Carina gab er einen Kuss, erst dann ging er mit Finn. Lukas hatte allen gesagt, dass sie in die Stadt fahren sollten, und dort sollten sie sich alle ein Parfum kaufen, damit sie nicht gerochen werden. Den ganzen Weg über schwiegen die beiden. Doch Lukas wusste genau, dass Finn etwas loswerden wollte. Finn sagte alles, angefangen damit, wie viel Lukas ihm bedeutete, wie er Lukas auch bewunderte, doch Lukas stoppte Finn.

„Finn, das alles weiß ich doch schon. Das hättest du mir nicht sagen müssen. Denkst du etwa, ich habe nicht bemerkt, wie du mich immer ansiehst. Ich weiß, du glaubst, dass du mir das noch sagen musst, bevor ich sterbe. Aber noch steht das nicht fest", sagte Lukas entschlossen.

„Okay, dann willst du wohl auch nicht wissen, was zwischen Jessica und deinem Großonkel läuft, oder?", sagte Finn fast schon fragend.

„Nein das will ... warte ma,l zwischen wem und wem?", fragte Lukas entsetzt.

„Zwischen Jessica und deinem Großonkel Ewald. Die beiden haben wohl letzte Nacht Sex gehabt", sagte Finn schuldbewusst.

„Aufhören, ich will kein Wort mehr hören. Ich hab eh schon Kopfkino", sagte Lukas.

Finn entschuldigte sich bei Lukas und sie setzten den Weg weiter fort. Als sie dort waren, kam Lukas ein bekannter Duft in die Nase. Aber Georg kam mit seinem Beta bereits. Georg sah siegessicher aus. Sie betraten eine Art Arena. Beide sahen sich an und gingen etwas am Rand der Arena. Erst dann stellten sie sich wieder zu ihren Betas. Georg zerriss seine Kleidung und die Fetzen flogen auf den Boden.

„Naja, einer von uns wird seine Kleidung nicht mehr brauchen", sagte Lukas und zig sich aus.

Lukas reichte Finn seine Sachen. Dann drehte sich Lukas um und sah, dass Georg sich nun verwandelte. Der Wolf von Georg war schwarz wie die Nacht mit gelb stechenden Augen. Lukas verwandelte sich auch. Sie umkreisten sich als Wölfe, bis dann Georg angriff. Lukas wich aus und griff auch an. Finn konnte nur hoffen, dass Lukas gewann. Aber jeder Angriff von Lukas ging fast schon ins Leere. Während Georgs Angriffe fast immer trafen. Lukas erwischte dann auch noch ein Hinterbein von Georg. Georg versuchte, Lukas zu erwischen, doch da kam Lukas seine Größe als Wolf zugute. Lukas riss immer wieder an dem Bein. Georgs Blut ran ins Maul von Lukas. Es schmeckte widerlich. So riss Lukas noch einmal kräftig daran. So kräftig, dass Georg sehr laut aufheulen musst. Lukas ging etwas auf Abstand. Er wusste, dass ein letzter Wolf gefährlich war. So blieb er auf Abstand. Die Wunden, die Lukas hatte, waren nicht schlimm. Georg stand da und versuchte, seine Wunde abzulecken, doch die Wunde war zu groß. Die Wunde war tief und blutig. Lukas riss ihm das Bein heftig auf. Ein Teil hing nur noch wie ein Lappen am Bein. Georg sah Lukas wütend an und griff ihn an. Nun tat sich Finn schwer, den beiden zu folgen. Doch da sah er zum Beta von Georg, dieser war völlig erschöpft. Er stand kurz vor einem Zusammenbruch. Finn hatte zu seinem Glück mal einen Messerwerfer-Kurs gemacht. Er zog sein Messer aus der Hülle am Rücken. Der Beta war so schwach, dass er nicht einmal merkte, was Finn tat. Finn holte aus und traf den Beta genau zwischen den Augen. Überrascht sah der Beta auf und fiel dann um. Finn jubelte innerlich, doch da hörte er aus dem Dickicht jemanden zu ihm kommen. Als sie die Äste zur Seite taten, konnte Finn sehen, wer das war.

„Wieso hast du das nur getan, Finn?", fragte seine Großmutter, als sie auf die Lichtung kam.

„Du hättest ein besserer Alpha sein können als Lukas", sagte Tobias und kam auch auf die Lichtung.

Wütend kam er auf beide zu, blieb aber anderthalb Meter vor den stehen und sah auf den Boden. Finn sah sie wütend an, doch sie lachten nur.

Im Dorf war die Stimmung angespannt. Carina ging auf und ab. Alle waren nervös, doch Carina schoss dadurch den Vogel vollkommen ab. Ewald versuchte, sie zu beruhigen. Doch sie schrie ihn fast schon an. Erst da merkte sie, dass Ewald ein Gefährtenmal trug. Verwirrt sah sie ihn an und dann Jessica. Carina schluckte hart und setzte sich mal. Sie verstand nun rein gar nichts, auch Jenny verstand nichts. Doch noch ehe jemand was sagen konnte, kam eine Windböe und umspielte beide.

„Geht zu Lukas. Erbraucht euch. Sein Leben hängt davon ab", sagten der Vater und die Mutter zu ihnen.

Beide sahen sich an. Sie nickten nur und rannten los. Carina sagte zu Jessica, dass sie nun das Sagen hätte. Sie folgten der Duftspur. Doch Jenny blieb hinter dem Haus stehen und sah, dass die Alpenveilchen ausgerissen wurden. Sie wusste, was das bedeutete. Carina hatte keine Ahnung, doch Jenny erklärte es ihr nur kurz. Sofort rannten sie wieder los. Als sie fast da waren, hörten sie ein schmerzerfülltes Jaulen. Carina roch Blut. Davon auch nicht zu wenig. Sie sorgten sich um Lukas. Sie schlossen ihre Augen und beteten zum Vater und zur Mutter.

„Lukas wird euch das danken. Wir lassen euch noch genug Kraft für eure Welpen", sagten der Vater und die Mutter.

Verwirrt sahen sich beide an und füllten sich matt und schwach. Matteo kam gerade vom Polizeidienst in die Jägerhüte.

„Ah, Matteo. Alles in Ordnung beim Streifendienst", sagte einer der Jäger.

„Ja alles in Ordnung. Nur persönlich nicht", sagte Matteo betroffen.

„So, warum denn das?", fragte der Jäger erneut.

„Nicht so wichtig. Ich werde es erst später wissen", sagte Matteo.

Noch bevor der Jäger wieder fragen konnte, nahm Matteo sein Jagdgewehr und ging. Bei seinem Jagdwagen legte er sein Gewehr rein und fuhr los. Matteo hatte ein ungutes Gefühl. Später dachte er, dass er Tobias wie auch die Großmutter von Lukas sah. Aber das konnte nicht sein. Als er an der richtigen Stelle war, ging er und kontrollierte die Futterstellen. Irgendwann hörte er auch ein Heulen. Zuerst dachte er, dass Lukas bereits verloren hatte. Matteo richtete sich schon danach, dass sein bester Freund nun tot war.

„Matteo. Du musst dich beeilen. Lukas braucht dich", sagte die Mutter zu Matteo.

„Was? Wer…Wo soll ich hin?", fragte Matteo in den Wind, der aufkam.

„Folge dem Wind. Beeile dich. Er schwebt in Lebensgefahr", sagte der Vater zu Matteo.

Matteo verlor keine Zeit und lief los. Nach nur ein paar Metern schmerzten ihn seine Beine bereits, aber Matte gab nicht auf. Später schmerzte ihm dann auch noch seine Lunge. Auch wenn er gut in Form war, schmerzte bald schon alles. Seine Knochen, Muskeln selbst seine Lunge und sein Herz schmerzten. Aber er konnte nicht aufgeben. Als er dann in der Nähe war, hörte Matteo, wie Tobias mit jemandem sprach. Er wollte wissen wer noch dabei war und legte sein Gewehr an. Durch sein Zielfernrohr konnte er sehen, dass es wirklich schlimm um Lukas stand, aber da waren auch noch Tobias und die Großmutter von Lukas. Aber in Matteo stieg die Angst auf. Lukas hatte schon ein paar schlimme Verletzungen, doch wenn Matteo es richtige sah, hatte Lukas diesem anderen Wolf auch ein paar schlimme Verletzungen verpasst. Doch Matteo kannte Lukas schon zu gut. Lukas wurde immer schwächer. Matteo legte das Gewehr wieder zur Seite und überlegte, was er tun könnte. Doch da kam ihm die einzige Möglichkeit, die er noch hatte. Matteo betete zu allen Göttern, die ihm in den Sinn kamen. Er hoffte nur, dass irgendjemand ihn hörte.

„Lukas wird es dir danken. Wir lassen dir noch etwas Kraft für den letzten Weg. Du wirst es wissen, wenn du merkst, dass Lukas sie nicht erreichen kann", sagten der Vater und die Mutter.

Sofort fühlte Matteo sich schwach. Aber er hoffte nur, dass es ausreichend war. Doch jetzt konnte er nichts mehr tun.

Lukas hatte es schwer. Er steckte zwar eine Menge ein, aber erteilte auch kräftig aus. Lukas war ausgepowert, doch er konnte sich es nicht leisten, aufzugeben. Georgs Kraft schien keine Grenze zu kennen. Aber Lukas wusste auch, dass dieser Georg die Kraft von seinem Beta wie nun auch von Tobias und seiner Großmutter zog. Lukas ließ Georg nicht aus den Augen, auch wenn sein Blutverlust schlimm war. An einigen Stellen floss das Blut von Lukas runter. Langsam wurde ihm immer schwindeliger. Doch er musste sich konzentrieren. Auch wenn er es sich nicht leisten konnte, musste Lukas alles auf eine Karte setzen. Lukas legte all seine verbleibende Kraft in einen Angriff. Georg sprang auf ihn und versuchte, ihn zu Boden zu ringen. Georg packte Lukas im Nacken und warf ihn auf die andere Seite der Arena. Kraftlos und schwach blieb Lukas am Boden liegen. Finn sah das und war geschockt. Doch Tobias und seine Großmutter lächelten und schien froh darüber zu sein. In dem Moment machte Finn seine Augen und bat einfach nur um Hilfe und bot seine ganze Kraft an.

„Lukas kann von Glück reden, so einen großartigen Bruder wie dich zu haben", sagten der Vater und die Mutter zu Finn.

Nur Sekunden später schwankte Finn und fiel zu Boden. Insgeheim hoffte Finn, dass nun Lukas gewinnen würde. Dieser aber hatte bereits Probleme beim Atmen und es rauchte in seinen Ohren. Georg kam immer näher, doch seine Beine gehorchten Lukas nicht mehr. Er hatte keine andere Wahl, als auf das Unvermeidliche zu warten. Georg knurrte begeistert. Ihm gehörten nun alle Wandler von Österreich. Er war der Herr von Österreich. Niemand, kein Mensch würde ihn nun mehr aufhalten können. Dieser Lukas würde nunmehr auch den Untergang der Menschheit teilen. Die schwachen Menschen würden sich vor den mächtigen Wandlern in Acht nehmen müssen. Nie wieder würden die Wandler sich verstecken müssen. Von nun an müssten die Menschen sich verstecken. Georg kam immer weiter auf den am Boden liegenden Lukas zu. Lukas konnte nichts anders mehr machen, außer warten. Doch in dem Moment durchströmte ihn eine warme Energie. Er fühlte sich wieder voller Kraft.

„Wir sagten dir doch schon einst. Ein Stern hat immer fünf Zacken", sagten der Vater und die Mutter.

Lukas wusste, was er mit dieser Energie machen würde. Doch er wartete, bis Georg in der Nähe war. Genau im Richtigen Moment sprang Lukas auf und schleuderte Georg durch die Luft. Jaulend kam er auf und sah Lukas verwirrt an. Lukas stand wieder auf den Beinen. Wild knurrend fokussierte Lukas Georg. Verwirrt kam Georg auf Lukas zu, doch dieser sprang zur Seite. Georg konnte nur aus dem Augenwinkel sehen, was Lukas nun vorhatte. Georg versuchte das immer wieder, doch dann machte er einen Fehler. Georg versuchte, auf Lukas zu springen. Genau darauf hatte Lukas gewartet. Als Georg mitten in der Luft war, sprang Lukas direkt unter Georg nach oben. Lukas biss, als er Georgs Kehle in Reichweite sah, zu und holte ihn wieder auf den Boden zurück. Lukas biss so kräftig zu, dass das Blut von Georg in seinem Maul war. Georg trat nach Lukas. Lukas riss an der Kehle immer weiter. Das Blut schmeckte widerlich. Er wollte es nicht in seinem Maul haben. Doch Georg tat alles, um Lukas los zu werden. Aber Lukas riss an der Kehle. Nur ein kräftiger Riss reichte und Lukas hielt die Kehle zwischen den Zähnen. Das Blut spritzte aus der Wunde in einem Schwall. Röchelnd versuchte sich Georg, noch einmal aufzurappeln. Doch da fiel er um. Von Georg kam nur noch ein einziges gurgelndes Geräusch. Finn war froh darüber, auch wenn Tobias und ihre Großmutter das anders sahen. Lukas warf die Kehle weg und versuchte, das Blut los zu werden. Bald darauf holte Lukas tief Luft und heulte seinen Sieg gen Himmel. Finn hörte, wie alle anderen einfielen. Doch da hörte Finn, wie noch jemand aus dem Wald kam. Es waren nur Jenny und Carina und beide sahen mehr als nur scheiße aus. Lukas sah beide und kam sofort auf sie zu. Kurz vor ihnen verwandelte sich Lukas wieder und sah alle verwirrt und besorgt an. Sie versicherten ihm, dass es ihnen gut ging. Lukas hörte dann nur noch, wie seine Großmutter ihn beschimpfte. Ebenso wie Tobias. Lukas kam langsam auf sie zu. Seine Wunde bluteten nur noch schwach. Finn versuchte noch, ihn aufzuhalten, doch das konnte er nicht. Plötzlich blieb Lukas stehen.

„Ja genau. Bleib stehen. Wertloser Hybride", sagte Tobias gehässig.

„Du weißt, was das für Steine sind? Oder?", sagte seine Großmutter.

Fast schon panisch atmete Lukas heftig ein. Langsam kamen auch die Schmerzen. Doch Carina kam zu ihm und fragte, was mit ihm sei. Lukas deutet nur auf den Boden. Als Carina hinsah, war sie verwirrt. Denn sie roch nur den typischen Geruch von Wolfswurz.

„Tja, das ist die einzige Schwäche von Lukas. Silberstücke bestrichen mit Hochkonzentriertem Eisenhutextrakt", sagte Tobias gehässig und kam langsam wieder zu Kräften.

„Ja. Da wissen seine Hälften nicht, was sie tun sollen. Wenn sein Wolf ihn vor dem Eisenhut beschützt, dann wird er nicht vor dem Silber beschützt", sagte seine Großmutter.

„Sollte aber sein Mensch ihn vor dem Silber beschützen, dann wird er nicht vor dem Eisenhut beschützen. Egal, was er tut, er wird so oder so sterben", sagte Tobias lachend.

Auch seine Großmutter lachte mit. Beiden standen auf, auch wenn sie noch wackelig auf den Beinen waren, lachten sie.

„Solange wir hier drinnen stehen bleiben, sind wir vor euch allen geschützt", sagte Tobias und lachte weiter.

Matteo aber hatte in seinem Versteck genug gehört und stand mühevoll auf. Der Baum konnte ihn gut stützen und er legte sein Gewehr an. Er nahm Tobias ins Visier und zielte auf seinen Hinterkopf. Zuerst hatte Matteo ein schlechtes Gefühl, doch da hörte er noch etwas von beiden.

„Du kannst uns nicht immer bewachen lassen. Sobald die Wachen sich ablösen, werden wir entkommen und den Sohn von Georg erziehen. Wir werden seiner Mutter sagen, dass er es verdient hat, der nächste wahre Wandlerkönig zu sein. Nicht du!", sagte Tobias wütend.

Matteo hatte da so seine Zweifel, dass die beiden das machen konnten.

„Ihr wisst da eines nicht. Ich bin der Sohn von Jakob Moser und der Sohn von Isabella Huber. Kinder von Adam und Joachim. Söhne von Stefan, Sohn von Carl. Der tyrannische König. Ich bin das Kind von einem König", schrie Lukas beide an.

Matteo konnte sehen, dass Tobias und die Großmutter von Lukas überrascht waren. Nun wusste er, was er tun musste. Matteo legte an und schoss auf Tobias. Finn und die anderen waren mehr als nur überrascht. Selbst seine Großmutter war überrascht. Sie suchte die Umgebung mit ihren Augen und anderen Sinnen ab. Doch sie konnte Mateo nirgends finden. Da fiel auch schon der zweite Schuss und sie fiel auch zu Boden. Alle waren besorgt und versuchten den, der geschossen hatte, zu finden. Doch sie konnten ihn nicht finden. Aber da hörten sie jemanden aus dem Wald kommen. Alle waren froh, dass Matteo aus dem Wald kam.

Wobei er mehr aus dem Wald fiel. Torkelnd kam er zu ihnen und entschuldigte sich bei Lukas und Finn. Doch Lukas wollte kein Wort hören, da Matteo nach dem Recht der Wandler richtig gehandelt hatte. Aber Lukas stürzte fast schon. Gerade noch rechtzeitig konnten Finn und Matteo ihn auffangen. Sie setzten ihn auf einen Baumstamm. Finn reichte ihm seine Sachen und Lukas zog sich an. Finn stand noch etwas vor dem toten Körper seiner Großmutter.

„Finn. Es tut mir leid. Aber ich hatte keine andere Wahl", sagte Matteo betroffen.

„Schon gut. Als sie uns verraten hat, hat sie auch ihre Familie verraten. Sie ist keine mehr von uns gewesen. Ich kenne sie nicht", sagte Finn uns ging zu Lukas. Er setzte sich zu Lukas und erholte sich etwas. Auch Matteo setzte sich zu ihnen, ebenso wie Carina und Jenny. Alle sagten Lukas, was sie getan hatten, um ihn zu retten. Lukas verstand es und dankte ihnen dafür, aber er sagte auch, dass das gefährlich war. Doch Lukas bat sie darum, die Leichen auf einen Haufen zu legen, um sie zu verbrennen. Matteo machte das, während Finn und Jenny etwas Holz sammelten. Lukas blieb dort sitzen, er war noch zu schwach und auch seine Wunden machten ihm noch zu schaffen. Carina tat alles, um das Blut von Lukas zu wischen. Sie versuchte auch, die Wunden zu verbinden, während Lukas immer mehr mit dem Schlaf kämpfte. Finn merkte das und griff in seine Hosentasche. Er holte da ein paar Tabletten raus und ging zu Lukas.

„Lukas, ich glaube, so wie du aussiehst, könntest du ein paar davon brauchen", sagte Finn und reichte Lukas die Tabletten.

„Was ist das denn?", fragte Lukas.

Carina sah Finn nur verwirrt an und verstand auch nichts.

„Ohne die würde meine Nachtschicht nicht überstehen, die ich immer am Sonntag habe. Die Schule überstehe ich dann nur mit literweise Kaffee", sagte Finn.

„Ich bin so erschöpft, da vertraue ich dir", sagte Lukas und nahm zwei Tabletten raus und schluckte sie runter.

Finn half Matteo und Jenny dabei, wieder Holz zurechtzulegen. Als sie das erledigt hatten, entzündeten sie alles. Matteo hatte das Gefühl, er müsste noch etwas sagen. Doch er wusste nicht, ob es richtig war. Aber da konnte er nun keinen fragen. „Große Mutter, Großer Vater. Wir bitten euch darum, helft diesen verwirrten Seelen. Sie waren verwirrt und orientierungslos. Wir bitten euch, helft ihnen, wieder zu euch zu finden", sagte Matteo. Lukas verstand den Wunsch von Matteo und war froh, dass er es übernahm. Nach ein paar Minuten kam ein Anruf. Es war der Jägerhauptmann von Matteo. Dieser wollte ihm nur sagen, dass er vorsichtig sein sollte, da angeblich Wölfe gehört wurden. Er sollte auch, wenn er einen Wolf sehen würde, nur in die Luft schießen. Matteo stimmte zu und legte auf. Kurz darauf musste Lukas mit den anderen wieder gehen. Matteo blieb noch, bis das Feuer nicht mehr so groß war. Lukas würde dann auch noch ein paar von seinen Leuten schicken, um die Knochen zu vergraben. Den ganzen Weg zurück sprachen Jenny und Finn. Doch Lukas war nicht nach Reden zumute. Lukas stöhnte immer wieder auf. Carina machte sich Sorgen, doch da sah sie auch, dass seine Wunden wieder etwas mehr bluteten. Als sie dann bei den Häusern waren, wollte Lukas alleine gehen. Doch da musste sich Lukas an der Hauswand abstützen. Doch Finn nahm seinen linken Arm und legte ihn um seine Schultern. Verwirrt sah Lukas ihn an, er wollte schon etwas sagen, doch Finn unterband das.

„Du kannst nicht immer alles alleine tragen. Hinter jedem Alpha steht eine starke Gefährtin wie auch ein starker Beta. Lass dir helfen. Großer Bruder. Einst hast du mich so gestützt, als ich Skateboard fahren versucht habe, nun bin ich dran, dir zu helfen", sagte Finn lächelnd.

Lukas wusste, dass Finn recht hatte, und ließ es zu. Lukas lehnte sich zu Finn und dieser war etwas überrascht von dem Gewicht von Lukas. Aber stand es durch. Jenny und Carina machten sie zwar Sorgen, doch sie gingen voraus. Als sie um die Hausecke kamen, stand das ganze Rudel da. Einige kamen auf ihn zu und klopften Lukas auf die Schulter. Dieser stöhnte etwas, deshalb beglückwünschten die meisten ihn nur und nickten ihm zu. Die Welpen wollten schon zu ihm, doch Gerhard und David hielten sie auf. Markus sah, dass Lukas einige Wunden hatte, und eilte davon, um seine Tasche mit dem Nötigsten zu packen. Finn brachte Lukas erst mal in sein Haus und gleich nach oben. In seinem Zimmer setzte Finn Lukas aufs Bett und musste ihn noch halten. Sonst würde er in einen tiefen Schlaf fallen. Aber Markus war auch schon bei ihnen. Markus säuberte die Wunden und verband diese. Markus ging dann wieder. Finn ließ Lukas los und wollte noch etwas mit ihm reden, doch da lag Lukas schon im Bett und schnarchte. Finn lächelte nur und legte Lukas seine Beine ins Bett und verließ den Raum. Als dann auch Finn draußen bei den anderen war, freuten sich alle. Doch ihre Freude währte nur kurz. Denn Franz kam zu ihnen. Gebückt stand er da und wollte mit Lukas reden. Doch Finn sagte ihm, dass Lukas sich gerade ausruhen würde. Aber Finn bot Franz an, dass er bleiben könnte, bis Lukas wieder wach wäre, wenn Gerhard damit einverstanden war. Alle waren verwirrt, aber sie wussten, wenn Finn etwas sagte, dann war es so, als würde Lukas es auch sagen. Gerhard stimmte nur zögerlich zu, aber er stellte eine Bedingung. Er wollte, dass Franz unter Beobachtung gestellt wird. Finn wie auch Franz stimmten zu. Die Stunden vergingen und Lukas schreckte aus seinem Schlaf. Von draußen war lautes Getöse zu hören. Matt ließ sich Lukas wieder fallen, aber als er auf die Uhr sah, wusste er dass er nicht mehr lange schlafen konnte. Deshalb entschied er sich, aufzustehen und sich etwas überzuwerfen. Erst als Lukas draußen war, sah er was wirklich los war. Alle schienen froh zu sein. Sie feierten ein kleines Fest. Carina kam auf ihn zu und küsste ihn erstmal.

„Wir dachten schon, du willst gar nicht mehr aufstehen", sagte Carina.

„Nun irgendetwas hat mich aufgeweckt und wenn ich ehrlich bin, könnte ich was zu essen vertragen", sagte Lukas.

„Hörten wir da gerade Essen?", sagte Cornelia und kam auf ihn zu.

Sie war froh, dass Lukas noch lebte, da er nun endlich auch das Versprechen eingelöst hatte. Gemeinsam gingen sie noch zu den anderen und Lukas schlang erstmal richtig alles, was man ihm vorsetzte, ohne zu kauen, hinunter. Man konnte es ihm nicht einmal verübeln. Doch als er dann endlich fertig war, kam etwas später dann auch Matteo zu ihnen. Doch Jessica konnte Matteo nicht einmal ansehen. Sie war verletzt, man konnte und man durfte nicht vergessen, dass Tobias ihr Bruder war. Aber Matteo war froh, dass alle so froh waren, dass Lukas noch lebte. Aber da kam auch schon Franz mit seinen Wachen. Finn erklärte Lukas, was vorgefallen war. Lukas nickte und stellte sich vor ihm. Franz kniete sich nieder.

„Mein Alpha. So wie ich mich der Sonne …", sagte Franz zu ihm.

„Hör sofort auf damit. Steh auf. Du musst das nicht tun", sagte Lukas mit kräftiger Stimme.

„Aber Alpha? Das will Kata…", sagte Franz und sah ihn verwirrt an.

„Sag seinen Namen nicht. Wir sind Kinder vom Vater und der Mutter. Auch du gehörst zu ihren Kindern. Und nun steh auf", sagte Lukas genauso kraftvoll wie zuvor.

„Ja, mein Alpha. Wie ihr befiehlt", sagte Franz.

„Ich will, dass du zurückgehst. Zu deinen Leuten. Gehe zu dem Haus eures alten Alphas. Befreie die Alphagefährten und deren Kinder. Sag zu allen, dass ich sie heute in einer Woche um zwei Uhr nachmittags sehen möchte. Lasst alle von den Rudeln, die er übernommen hat, wieder zurück in ihre alten Reviere kehren. Die Alphagefährten und deren Kinder sollen zu mir kommen. Ich möchte mit ihnen, nein, ich muss mit ihnen über die Zukunft unseres Volkes sprechen. Hast du mich verstanden?", sagte Lukas mit seiner Alphastimme.

„Ja. Mein Alpha. Ich werde mich sofort auf den Weg machen", sagte Franz und ging.

Seine Wachen wollten ihn aufhalten, doch Lukas deutete ihnen, dass sie ihn gehen lassen sollten. Die anderen waren immer noch froh darüber. Sie feierten eine kurze Zeit noch, bis es dunkel wurde. Ewald wollte mit Lukas zwar noch über den Bauernhof reden, doch Lukas hatte dafür jetzt kein offenes Ohr. Als Lukas und Carina im Haus waren, konnte sich Lukas nicht mehr zurückhalte. Er schnappte Carina und trug sie nach oben. Er legte sie aufs Bett und beide küssten sich leidenschaftlich.

Kapitel Sechszehn

Die Woche verging schnell. Im Gasthaus gab es einen neuen Koch. Karl sprach mit Lukas, dass in den Sommerferien sie einen mehr oder weniger freiwilligen Gast haben werden. Konstantin war nicht begeistert, aber Karl drohte seinem Sohn damit, ihm die nächsten Monate das Taschengeld zu streichen. Da hatte Konstantin genug Gründe, um es zu machen. Sie sprachen über alles Mögliche dann noch. Doch Lukas hatte fast nur noch Gedanken an das große Treffen und hoffte, dass alle kommen würden. Doch als der Tag kam, waren alle aufgeregt. Die einen vor Freude, die anderen vor Nervosität. Aber Lukas sagte zu allen, dass sie ihr bestes Benehmen an den Tag legen sollten. Sie waren ihre Gäste, auch wenn sie Alphas sein könnten, müssen sie gut behandelt werden. Sie nickten nur und machten alles fertig für das Gespräch. Carinas Tante hat mit einigen anderen auch noch ein paar unterschiedliche Sandwiches zubereitet. Ewald hat seine ganzen Thermoskannen mit frisch gekochten Kaffee beigesteuert. Doch Finn kochte auch zwei Tees. Nur für den Fall, dass jemand keinen Kaffee mochte. Als die Zeit kam, hörten sie, wie Autos hielten. Finn und Jessica stellten sich zu Lukas. Finns Tante begrüßte sie und führt alle durchs Dorf. Lukas konnte sehen, dass alle große Angst hatten. Doch genau diese Angst musste er ihnen nehmen.

„Ich möchte euch unseren Alpha Lukas, seinen jüngeren Bruder Finn und die Vollstreckerin Jessica vorstellen", sagte sie und zeigte zu jedem.

„Alpha Lukas, wir sind alle Gefährten der Alphas unseres alten Rudels. Wir gelo…", sagte eine Frau und verbeugte sich vor Lukas.

„Nein, bitte. Hört auf damit. Ich habe euch nicht hierhergebeten, um mich euch als Dominanter zu zeigen, sondern um mit euch allen hier zu reden. Es ist nun wichtig, dass wir gemeinsam ein paar Dinge klären. Bitte nehmt Platz", sagte Lukas und reichte ihr eine Hand und zeigte auf den Tisch, der gedeckt war.

Alle waren beeindruckt. Ein großer Tisch stand da, mit Getränken und Speisen. Sie suchten sich einen Platz, doch sie setzen sich nicht, bis nicht auch Lukas bereits saß. Erst dann setzten sich alle. Lukas sprach mit ihnen. Er musste nun einiges ändern. Doch das war nicht einfach. Denn zwei stritten nach einiger Zeit miteinander. Lukas hörte dem Streit zu. Doch Finn flüsterte Lukas etwas ins Ohr.

„Willst du nicht mal eingreifen? Sonst gehen die sich noch an die Gurgel!'", flüsterte Finn.

„Hab Geduld. Ich greife schon noch ein", sagte Lukas.

Noch bevor Finn fragen konnte, stand Lukas auf und schrie über Tisch. Sofort beendeten sie den Streit und sie setzten sich wieder.

„Ich verstehe ja, dass ihr es nicht einfach hattet, doch ich habe keinen von euch hergebeten, um zuzusehen, wie ihr euch gegenseitig an die Kehle geht. Ich weiß, dass einige von euch sich nicht riechen können, doch wir sollten an einem Strang ziehen, oder wollt ihr einen neuen Georg?", sagte Lukas zu ihnen.

„Alpha, verzeiht uns. Doch ich kann unmöglich mich mit einem künftigen Rudelführer einigen, der die Hälfte meines Reviers haben möchte", sagte eine Alphagefährtin.

„Ich will nur, was meinem Sohn zusteht. Die Hälfte ist doch angemessen, nachdem deine Tochter ihn immer wieder schikaniert hat", sagte eine andere Alphagefährtin.

Ihr Sohn stimmt nur zu. Aber Lukas wusste, dass es bald wieder einen Streit gab, wenn er nicht gleich eingreifen würde.

„Hört auf. Wem was zusteht wegen so etwas, spielt nun keine Rolle. Eure Rudel liegen doch fünfzig Kilometer auseinander. Da finde selbst ich, dass das etwas übertrieben ist. Ihr geht, wenn wir damit fertig sind, wieder in eure Reviere zurück. Keiner von euch wird sich das Revier eines anderen nehmen, nur weil jemand der Meinung ist, dass es ihm oder ihr zusteht. Ist das klar?", sagte Lukas mit mächtiger Stimme.

Alle nickten und sagten kein Wort. Lukas aber fiel auf, dass es Jessica irgendwie nicht allzu gut ging. Sie wirkte blass. Lukas winkte David heran und David brachte Jessica gleich mal zu ihrem Arzt.

„Alpha Lukas, bitte verzeiht mir, doch ich hab da eine Frage an euch", sagte eine Frau besorgt.

„Ihr müsst mich nicht Alpha nennen, Lukas reicht. Außerdem könnt ihr alle jederzeit etwas fragen", sagte Lukas zu ihr.

„Okay Alpha…Entschuldigung. Lukas, doch kennt ihr vielleicht meine ältere Tochter Carina? Sie müsste zu euch gekommen sein, als mein Gefährte starb", fragte sie immer besorgter.

Augenblicklich erstarben die Gespräche zwischen den anderen und sie sahen zu ihnen.

„Ja. Sie sind also Carina Mutter. Zum Glück lernen wir uns auch mal kennen. Carina ist meine Gefährtin", sagte Lukas.

Ihre Augen wurden groß und sie freute sich, das zu hören.

„Ach und bevor ich gefragt werde, ob Cornelia auch hier ist. Ja, das ist sie. Sie hat auch schon einen Gefährten gefunden. Sie hat meinen besten Freund als Gefährten gefunden. Sie sind glücklich miteinander", sagte Lukas.

Eine weitere Frau strahlte und sie wollten sofort wissen, wo sie sind. Doch Lukas musste sie noch etwas bremsen. Da sie noch etwas besprechen mussten. Nachdem sie nach einer Stunde auch den Rest besprochen hatten, zeigte Lukas ihnen noch das Dorf. Als sie von ihren Betten zurückkamen, sagte Lukas auch, dass nur ein paar wenige Menschen von ihrem Geheimnis erfahren haben. Am Anfang waren sie nicht begeistert, aber als Lukas ihnen sagte, dass es nur sein bester Freund, sein Großonkel und die Gefährtin von Finn wussten, waren sie schon etwas beruhigter. Aber da hörten sie schon ein Auto und jemanden der wild schimpfend ins Dorf kam. Lukas aber ließ den Kopf hängen und schüttelte ihn.

„Willst du nicht uns…", sagte Finn fragend.

„Nein, das will ich nicht. Aber es gibt da etwas, das ich will. Wartet hier", sagte Lukas.

Finn und die anderen sahen Lukas hinterher. Lukas kam auf den Mann zu. Als dieser sich zu Lukas drehte, schlug Lukas zu. Allen tat dieselbe Stelle weh.

„Du schlägst einen Polizisten?", fragte der Mann verwundert.

„Nein, ich schlage meinen Freund. Der in Polizeiuniform, auf Italienisch wild schimpfend, herumtrampelt und mit Schimpfwörtern um sich wirft", sagte Lukas.

Da verfluchte Matteo es nur noch mehr, dass er Lukas einst Italienisch beigebracht hat. Doch da zählte Lukas auch schon ein paar Möglichkeiten auf, weshalb sich Matteo so aufregen könnte. Aber Matteo verneinte alles, da sagte Matteo, was wirklich war. Sein Großvater hatte mit einem seiner Kollegen gestritten. Dieser war stur wie ein Esel.

„Stur wie ein Esel? Kommt mir bekannt vor. Nicht wahr, Onkel...", sagte Lukas und sah zu Jessicas Haus, doch da machte jemand die Tür zu.

„Ist dieser junger Mensch ein Freund von euch, Lukas?", fragte eine Frau, als die Gruppe zu ihnen kam.

„Ja ist er und nicht wütend werden, er ist...", sagte Lukas.

„Lukas. Ich habe gute Nachrichten, um nicht zu sagen sehr gute Nachrichten", sagte Ewald und kam auf sie zu.

„Wieso kann ich nicht einmal eine Besprechung führen, ohne dass jemand kommt und schimpft oder irgendwelche Nachrichten hat?", fragte Lukas laut.

„Jetzt komm so schlimm ist es auch nicht. Außerdem habe ich ...", sagte Ewald.

„Können wir uns vielleicht mal auf ein anderes Problem konzen...", sagte Lukas.

Doch da hörten sie ein spitzes Freudekreischen. Alle erschraken sich und drehte sich um. Doch Finn trieb es auf die Spitze. Vor Schreck sprang er auf Lukas Armen und klammerte sich an ihn. Doch die, die so kreischten, kamen direkt auf sie zu. Als Jenny das sah, musste sie lachen.

„Finn? Was machst du da?", fragte Jenny verwirrt.

„Genau, das wüsste ich jetzt auch gerne", sagte Lukas leicht genervt.

„Oh...ähm ich bin nur hier oben, um die Vögel besser zu verscheuchen", sagte Finn lachend.

„Natürlich. Ich glaube dir kein Wort", sagte Lukas und ließ Finn fallen.

Ein paar konnten sich ein leichtes Lachen nicht verkneifen. Aber als sich eine Frau umdrehte, erstarrte sie. Carina sah sie und erstarrte auch. Beide kamen aufeinander zu und fielen sich um den Hals. Als dann auch Cornelia ihre Tante sah, tat sie es Carina nach. Jenny kam zu Finn und sie sahen sich das an. Lukas konnte sich selbst nicht auch mal eine kleine Träne verkneifen.

„Das habe ich gesehen, starker Kerl", sagte Jenny.

„Ach komm hör auf das ist nur...nur...meine Allergie", sagte Lukas niesend.

Finn reichte ihm eine kleine Flasche und Lukas trank begierig. Als er alles runterschluckte, schüttelte er sich angewidert.

„Carina, ich bin ja so froh, dich wieder zu sehen. Ich kann es kaum glauben. Du bist ja fast noch schöner als vorher", sagte sie.

„Mama. Ich bin immer noch dieselbe. Nur mit dem Unterschied, dass ich nun einen Gefährten habe. Nur Papa wäre damit vielleicht...", sagte Carina verheult.

„Er würde sich auch freuen. Ganz sicher", sagte sie.

Carina nickte nur und ging zu Lukas, um ihn nun auch offiziell ihre Mutter vorzustellen. Lukas freute sich, dass er nun auch wusste, von wem Carina ihre Schönheit hat. Lachend dankte sie ihm, doch Lukas dann wieder zu Carina.

„Schatz, was ist den rausgekommen? Du hast doch wohl nur zu viel und zu schnell gegessen gestern, oder?", sagte Lukas fragend.

„Nun, nicht so richtig. Aber es ist etwas Freudiges", sagte Carina freudig.

Verwirrt sahen sie alle an, doch Cornelia und Jenny kamen zu ihren Gefährten. Sie waren alle verwirrt, was los war. Doch Jenny zeigte Finn nur ein Bild und zuerst verstand er nichts. Aber nach kurzer Zeit strahlte auch Finn. Augenblicklich küsste Finn Jenny und hob sie hoch. Finn konnte es kaum glauben. Doch noch bevor Lukas Finn gratulieren konnte, ließ Carina die nächste Bombe platzen.

„Lukas, wir erwarten auch einen Welpen", sagte Carina.

Lukas konnte es kaum glauben und strahlte sie an. Selbst Cornelia erzählte Matteo von ihrer Schwangerschaft und er konnte es kaum glauben. Doch Matteo war so überwältigt. Alle Anwesenden gratulierten ihnen. Aber da hörte Lukas Jessica knurren. Doch noch bevor er fragen konnte, hatte ihn etwas gerammt. Als sich Lukas umdrehte war er überrascht.

„Brian? Du hier? Warte mal, wenn du hier bist, dann ist…", sagte Lukas verwirrt.

„Lange nicht mehr gesehen, Neffe", sagte Martin, als Lukas aufsah.

Überrascht sah Lukas ihn an. Auch wenn die anderen nicht sehr begeistert waren, doch Lukas konnte sie beruhigen. Lukas kam auf Martin zu und begrüßte ihn freundlich. Doch nach dem sie ein paar Worte wechseln konnten, kam noch ein Mann zu ihnen. Lukas spürte, dass er auch ein Alpha war. Auch wenn die anderen nervös waren, blieb Lukas ruhig.

„Wir haben gehofft, dass du die Herausforderung überstehst. Du hast mehr geschafft als ich es dir zugetraut hätte", sagte Steven begeistert.

„Wow, so viel Vertrauen hattest du in deinen Neffen. Na, toll", sagte Lukas scherzhaft.

Lukas erklärte ihnen, dass die beiden zur Familie gehören. Ihm ist es egal, wen sie lieben. Die anderen konnten es zwar nicht sofort verstehen, doch sie versprachen Lukas, daran zu arbeiten und es nicht als unnatürlich zu sehen. Aber bevor Lukas noch was sagen konnte, hörte Lukas, wie Ewald umfiel. Besorgt kam er sofort auf ihn zu und weckte ihn mit leichten Schlägen wieder auf. Finn half Lukas dabei, Ewald wieder auf die Beine zu kriegen. Dieser ließ die beiden kurz noch stehen und sah Jessica fragend an. Doch die nickte nur. Ewald aber konnte seine Freude kaum zurückhalten und küsste Jessica. Sie schien überrascht, doch Lukas musste die beiden kurz stören.

„Nun Lukas, sagen wir es mal so. Cousin", sagte Ewald lächelnd.

„Wartete was? Cousin? Ihr beide kriegt einen…", sagte Lukas.

Lukas wurde blass und wäre fast in Ohnmacht gefallen. Doch Finn hielt ihn auf und richtete ihn wieder auf. Auch wenn er überrascht war, freute auch er sich darüber. Alle gratulierten ihnen. Alle freuten sich und gingen zum Lagenfeuer. Dort sprachen sie auch bis zum Sonnenuntergang. Lukas sprach mit seiner Schwiegermutter wie auch mit Cornelias Tante. Sie verstanden die Wünsche der anderen und akzeptierten ihren Wunsch danach, hier zu bleiben. Steven kam auch zu ihnen und gemeinsam wollten sie über die Rudelzeremonie reden. Aber da hörten sie einen Wolf heulen. Alle drehten sich um. Sie sahen einen wilden Wolf, der auf sie zukam. Lukas beruhigte alle, da er ihn kannte. Beide blieben etwas voneinander entfernt stehen.

„Wieso bist du diesmal hier? Gibt es wieder einen Hinweis für mich? Oder willst du mich warnen?", fragte Lukas verwirrt und kniete vor ihm.

„Finn, Lukas kennt diesen Wolf? Woher?", fragte Martin.

„Jemanden ... zu euch ... bringen ich soll ... Familie ... ist immer ... Teil des Rudels ...", sagte der Wolf knurrend.

Verwirrt sah Lukas zur Seite und sah im Schatten des Hauses jemanden stehen. Als Lukas sich wieder aufrichtete, kamen die drei zu ihm. Lukas sah sie geschockt an, da er es nicht glauben konnte. Selbst Finn war geschockt, als er die drei sah. Alles, was er wusste, wurde mit einem Mal infrage gestellt. Lukas kam auf die drei zu und eine bildhübsche Frau fiel ihm um den Hals. Carina knurrte und ging schnellen Schrittes auf sie zu.

„Ich kann es kaum glauben, was aus dir geworden ist. Sieh dich doch nur an, du bist so groß und so gutaussehend. Meine kleine weiße Plüschkugel ist erwachsen geworden", sagte die Frau.

„Jetzt komm schon, das war, als ich ein Kind war, vielleicht süß, heute nicht mehr", sagte Lukas und ging einen Schritt zurück.

„Du solltest auf ihn hören. Aus unserer kleinen Plüschkugel ist ein erwachsener wilder Wolf geworden. Er erinnert mich etwas an mich selbst, als ich noch jung war", sagte der Mann.

„Nun wir haben uns damals aber kennengelernt, als du zwanzig wurdest und ich süße neunzehn", sagte die Frau.

Carina stand hinter Lukas und hörte dem Ganzen zu.

„Mama, Papa. Könnt ihr zwei euch zusammenreißen. Meine Allergie kommt sonst gleich wieder zurück", sagte Lukas.

Carina war verwirrt und kam zu Lukas und fragte, ob das stimmt. Lukas nickte nur. Überrascht fiel Carina fast schon um. Doch Lukas fing sie auf. Nur kurz blieb sie ohnmächtig.

„Sag mir bitte nur, ich war gerade nicht wirklich auf deine Mutter eifersüchtig?", sagte Carina.

„Wenn ich das tue, würde ich lügen. Mein Wolfsengel", sagte Lukas und küsste sie.

Gemeinsam gingen sie wieder zu den anderen und Finn war auch froh, seine Eltern wiederzusehen. Selbst Martin sprach sich mit seinem Bruder aus. Die anderen Rudelführer waren zwar verwirrt,, aber sie sprachen mit einander. Selbst die drei Kleinen kamen zu Carinas Mutter und sie fragten sie ob ihre Eltern noch leben. Doch sie verneinte dies, ihre Eltern wurden von Georg getötet, da sie nicht Katasor anbeten wollten. Als die drei Welpen das hörten, fingen sie an zu weinen. Die zwei Mädchen kamen direkt auf Carinas Tante und Ewald zu. Doch der kleine Junge kam auf David und Gerhard zu. Sie nahmen ihn in den Arm und versuchten, ihn zu trösten. Lukas kannte den Schmerz, den die drei nun spürten. Finn sah noch oben und sah, dass der Mond bereits aufging. Lukas wusste, was es bedeutet. Am nächsten Tag würden aus drei Rudeln nun ein Rudel. Die Eltern von Lukas und Finn mussten sich verabschieden. Denn sie mussten nun wieder gehen. Doch sie versprachen, dass sie immer auf sie achtgeben werden. Die anderen Rudelführer verabschiedeten sich und fuhren dann wieder zu ihren Rudeln zurück, aber bevor alle gingen, sagten sie zu Lukas, dass sie ihn als ihren Hochalpha ansehen. Lukas wollte diese Ehre zuerst nicht annehmen, aber sein Vater meinte, dass er, da er den letzte Alpha besiegte und alle wieder frei ließ, diese Ehre ihm zusteht. Nur ungerne, aber schlussendlich nahm er diese Ehre an. Doch Carinas Mutter wollte ab und an vorbeikommen, um nach ihr zu sehen. Lukas und Carina freuten sich schon darauf. Steve, Martin, Brian und Timmy blieben und Lukas zeigte ihnen ihre Gästezimmer. Auch wenn es für sie komisch war, stimmten sie zu. Am nächsten Tag waren alle aufgeregt. Lukas kam etwas früher von der Arbeit, um mit Tina und Steven die Zeremonien vorzubereiten. Als es dann Abend wurde, kam das ganze Rudel kam zusammen. Die Halle wurde feierlich geschmückt. Denn die Gefährten-Zeremonien waren den Hochzeitszeremonien der Menschen ähnlich, aber nicht ganz. Es gab kleine, aber feine Unterschiede. Der eine war, dass die Paare nicht in Kleid und Anzug sein mussten. Aber als auch David und Gerhard nun auch vor allen aus dem Rudel ein Gefährten-Paar waren, konnte Lukas mit der Zusammenführung begingen. David und Gerhard gingen zu den anderen.

„Wir alle sind nicht nur hier zusammengekommen, um die Gefährten-Zeremonie durchzuführen, sondern auch um die Rudel zusammenzulegen. Ihre Rudel leben zwar noch, jedoch war euer Wunsch sehr groß, hier zu bleiben. Deshalb sind eure Rudel nun aufgelöst. Mein Rudel hatte einst keinen Namen. Doch ich hab viel Zeit damit verbracht, darüber nachzudenken. Ich glaube, auch einen Namen gefunden zu haben. Aus diesem Grund frage ich euch wollt ihr den Namen Old Protectors-Rudel tragen", sagte Lukas in die Runde.

„Wir schwören es. Wir sind eins. Wir sind das Old Protectors-Rudel", sagten alle wie aus einer Stimme.

Die Stimmen hallten von den Wänden und verschafften dem Schwur noch mehr Kraft.

„David, Gerhard, Keith. Kommt zu mir", sagte Lukas zu ihnen.

Die drei kamen zu ihm. Lukas wusste, dass Keith die beiden mochte, und er wollte bei den beiden bleiben.

„Ihr seid die erste Familie des Rudels. Die erste Familie, die nicht durch Blutsverwandtschaft entstand. Aber ihr liebt euch alle. Deshalb frage ich dich Keith, wirst du auf das hören, was dir Papa und Daddy sagen werden", sagte Lukas und sah zu Keith.

Keith sprach schon vorher mit Lukas und sagte ihm, wen er wie nennen wollte: David Papa und Gerhard Daddy. Er nickte freudig und hielt die Hände von David und Gerhard fest.

„Nun zu euch beiden. Wollt ihr beide Keith gute Eltern sein, ihn beschützen und ihm mit Rat und Tat beiseite stehen", sagte Lukas und sah beide an.

Sie nickten und sahen zu Keith. Dieser freute sich nur noch mehr.

Lukas legte eine Hand auf Keiths Kopf: Gerhard und David senkten beide ihre Köpfe. Lukas nahm die Blumenkränze und setzte sie den beiden auf. Das ganze Rudel freute sich für alle.

„Wollt ihr alle, dieser jungen Familie beistehen. Ihnen helfen, wenn sie Hilfe brauchen, sie auch beschützen, wenn es sein muss", fragte Lukas in die Runde.

„Sie gehören zu uns. Sie sind unsere Brüder. Wir schwören, ihnen beizustehen und sie zu beschützen, ebenso auch wie mit Rat und Tat beiseitezustehen. Wir sind eins. Wir sind ein Rudel", sagten alle.

Lukas sah zu den dreien und deutet ihnen, dass sie nun gehen dürfen. Von an waren sie eine Familie und keiner würde sie auseinanderbringen.

„Wollt ihr die Mitglieder dieses ansässigen Rudels, eure Brüder und Schwestern, beschützen. Ihnen helfen, wenn sie Hilfe brauchen und ihnen mit Rat und Tat beiseitestehen", sagte Lukas an sein altes Rudel gerichtet.

„Wir schwören alle beschützen. Wir sind eins. Wir sind ein Rudel", sagten alle.

Lukas nickte und sah zu den nächsten.

„Wollt ihr, Mitglieder des alten Ofenloch-Rudels, eure Brüder und Schwestern beschützen. Ihnen zu helfen, wenn sie Hilfe brauchen und ihnen mit Rat und Tat beiseitestehen", sagte Cornelia an ihr altes Rudel gerichtet.

„Wir schwören, alle zu beschützen. Wir sind eins. Wir sind ein Rudel", sagten Alle.

Auch da nickte Lukas wieder, ebenso wie auch Cornelia.

„Wollt ihr, Mitglieder des alten Pielachtal-Rudels, eure Brüder und Schwestern beschützen. Ihnen helfen, wenn sie Hilfe brauchen und ihnen mit Rat und Tat beiseitestehen", sagte Carina an ihr altes Rudel gerichtet.

„Wir schwören, alle zu beschützen. Wir sind eins. Wir sind ein Rudel", sagten Alle.

Auch da nickten Carina, Cornelia und Lukas. Nun waren sie ein Rudel. Nach der Zeremonie durften alle das machen, was sie wollten. Einige gingen laufen, andere blieben Menschen und sprachen. Ewald konnte mit Lukas reden und er half ihnen dabei, ihren Bauernhof zu renovieren. Es gab auch schon welche, die den Bauernhof leiten wollten. Lukas genoss es, dass alle aus dem Rudel sich ein neues Leben aufbauten. Doch Finn wollte, dass sie nun als Familie etwas unternehmen. Selbst Jenny wollte es. Lukas stimmte zu und als sie aus dem Haus kamen, liefen sie zum See. Jenny setzte sich auf einen Stein und Finn wich ihr nicht von der Seite. Lukas aber tollte mit seinen Cousins im Wasser herum. Nach einiger Zeit spielte auch Carina etwas mit. Als sie wieder zurück beim Dorf waren, schliefen die meisten schon. Denn bei ein paar schien immer noch Licht aus den Zimmern. Sie gingen aber dann ins Haus und alle legten sich schlafen. Lukas hoffte nur, dass in nächster Zeit nichts mehr auf ihn zukommen würde.

EXPOSÉ

Das Leben hält viele Überraschungen bereit. Einige sind gut, andere nicht. Das musste schon der junge Halbwandler Lukas erleben. Seine Mutter starb bei einem vermeintlichen Verkehrsunfall, wo er nur knapp mit dem Leben davonkam. Sein eigener Vater, ein stolzer und guter Alpha, wurde bei einem Überfall getötet. So steht er nun vor der Aufgabe, sein Rudel anzuführen. Doch das ist nicht einfach für ihn. Seine Art stört ihn selbst. Doch im Laufe der Zeit merkt er, dass er selbst daran wachsen muss. Allein schon weil sein Vater einen Bruder hatte, von dem er nicht erzählt hatte. Doch damit nicht genug: Sein Halbbruder Finn hat eine Freundin. Eine Menschenfrau. Für einige ist das schwer zu verstehen. Doch Jenny musste die Wahrheit herausfinden. Selbst Lukas musste das. Denn da erscheinen ihm mitten in der Nacht der Vater wie auch die Mutter. Die beiden Götter. Sie warnen ihn und bitten ihn um seine Hilfe. Denn ein großes Unheil steht den Menschen wie auch den Wandlern bevor. So muss er nun eine Allianz mit zwei anderen Alphas eingehen. Doch einer ihrer Gäste, Gerhard, kann ihnen ein paar hilfreiche Infos geben, sodass selbst Matteo, der beste Freund von Lukas, etwas beisteuern kann. Wenn das nur so einfach auch in seiner Arbeit wäre. Da muss Lukas sich auch noch mit Karl, dem Geschäftsführer von seinem Familienerbe, verstehen. Einfach ist das nicht, denn stur ist er. Aber die Lage spitzt sich zu, als auch noch dieser Georg zu ihnen kommt und Lukas Unterwerfung will. Dieser will nicht und verweigert es ihm. Aber das lässt Georg nicht auf sich sitzen. Er greift die Verbündeten an, aber ein paar konnten zu Lukas fliehen. Aber seine Großmutter hatte dann auch noch einiges in der Hand. Sie versuchte, die Position von Lukas und Finn zu schwächen da sie selbst den falschen Versprechungen eines merkwürdigen Priesters vertraute. Es kommt, wie es kommen muss. Lukas musste Cornelia und dann später auch seine Gefährtin Carina vor seiner Großmutter und Tobias, einem seiner Betas, schützen. Er bekommt aber auch unverhofft Hilfe aus dem Totenreich. Denn ein Bote kommt zu ihm. Ein Wolf kommt zu ihm und hilft ihm. Erst zeigt ihm nur, wo er eine Kiste findet, dann auch noch Tierkörper und zum Schluss redet er auch noch mit ihm. Lukas muss sich dann aber der schwersten Aufgabe seines Lebens widmen. Georg hat ihn nach einem misslungen Angriff herausgefordert. Den alten Regeln ihrer Art nach musste Lukas annehmen. Keinem passte das, doch Lukas bat sie darum, falls er verliert, dass sie fliehen sollen. Denn der Kampf der beiden war nicht fair. Georg nutzte seine Dunkle Macht und entzog einem seiner Betas alle Kraft, dann auch noch den Übergelaufenen von Tobias wie auch der Großmutter von Lukas und Finn. Aber der Vater wie auch die Mutter hatten auch noch ein Wörtchen mitzureden. Sie schickten Lukas Hilfe in Form von Jenny, Finns Freundin, und später dann seiner Gefährtin Carina und Matteo, ja selbst Finn half seinem Bruder. Doch Georgs Tod war nicht genug, die Verräter starben durch Matteo, weil Lukas es nicht konnte. Aber nach einer Woche kamen alle Alphagefährten zu ihm und sie ernannten Lukas zum Alpha aller Alphas. Zum Schluss gab es für Lukas noch ein paar Überraschungen. Seine Onkels waren aus Amerika gekommen und die Flüchtlinge wurden mit seinen Leuten in ein neues Rudel aufgenommen. Aber auch die Zukunft seines Rudels war gesichert, denn es waren ein paar neue Welpen unterwegs.

Der Autor

Der 1995 in St. Pölten geborene Michael Thomas
bemerkte zwar schon in der Schule, dass ihm
das Aufsatzschreiben alleine nicht ausreicht,
dennoch absolvierte er nach den Pflichtschuljahren
eine Lehre zum Einzelhandelskaufmann und
schließlich zum Gastronomiefachmann. Seine
Lieblingsaktivitäten in der Freizeit blieben nach
wie vor das Lesen und Schreiben. Und so begann
er im Alter von 20 Jahren schließlich damit, alte
Schulaufsätze zu überarbeiten. Der Science-
Fiction-Roman „Wolfshybride" ist nun die erste
Veröffentlichung des heute in Loosdorf lebenden
Jungautors.

Der Verlag

Wer aufhört besser zu werden, hat aufgehört gut zu sein!

Basierend auf diesem Motto ist es dem novum Verlag ein Anliegen neue Manuskripte aufzuspüren, zu veröffentlichen und deren Autoren langfristig zu fördern. Mittlerweile gilt der 1997 gegründete und mehrfach prämierte Verlag als Spezialist für Neuautoren in Deutschland, Österreich und der Schweiz.

Für jedes neue Manuskript wird innerhalb weniger Wochen eine kostenfreie, unverbindliche Lektorats-Prüfung erstellt.

Weitere Informationen zum Verlag und seinen Büchern finden Sie im Internet unter:

www.novumverlag.com

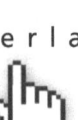

Zeitfracht Medien GmbH
Ferdinand-Jühlke-Straße 7
99095 Erfurt, Deutschland
produktsicherheit@kolibri360.de